生机勃勃的南方

文学新桂军小说评论集

主编 张柱林

上海文艺出版社

目　录

野气横生的南方写作　　文/张燕玲　　　　　　　...001

生机勃勃的语言　　文/余　华　　　　　　　　　...011

身体穿过历史的荒诞现场　　文/陈晓明　　　　　...014

绝望的反抗　　文/吴义勤　　　　　　　　　　　...024

在命运的万壑千沟之间　　文/张清华　　　　　　...037

有喜剧精神的悲剧　　文/谢有顺　　　　　　　　...066

走向寓幻现实主义：东西小说叙事考略　　文/张柱林　　...080

中间写作　　文/石一宁　　　　　　　　　　　　...087

论凡一平的新乡土小说　　文/黄伟林　　　　　　...094

论凡一平小说《撒谎的村庄》的寓意和艺术特征　　文/宾恩海

　　　　　　　　　　　　　　　　　　　　　　　...111

时代图腾与边缘化书写　　文/杨　一　　　　　　...129

平凡的生活，不平凡的想象　　文/张柱林　　　　...143

在漫游中狂想　　文/张燕玲　　　　　　　　　　...154

如此荒诞，又如此真实　　文/陈晓明　　　　　　...159

野马镇上"平庸的恶"　　文/贺绍俊　　　　　　...163

现实的裂口与叙事的缝合：李约热新作论　　文/张柱林　　...171

广西文坛的"后三剑客"　　文/陈晓明　　　　　...179

《风暴预警期》，独特的南方叙事　文/谢有顺　　…183

朱山坡的创作优势　文/胡　平　　…188

《天体悬浮》的几个基本面　文/双雪涛　　…199

驯养生活　文/黄德海　　…208

侦破幽暗，策反道德　文/唐诗人　　…218

别具特色的底层叙事　文/李运抟　　…233

蒋锦璐：跨越欲望朝向精神的书写　文/黄伟林　　…243

燃在俗世红尘的理想之光　文/房　伟　　…248

荒诞的叙事　真实的人性　文/石一宁　　…255

神秘与荒诞：小说家光盘理解和呈现这个世界的方式　文/韩颖琦　　…259

荒诞背后的生存之痛　文/杨　荣　　…267

黄佩华小说中的文学地理世界　文/陈金文　　…279

论黄佩华小说中民俗叙事的建构向度和精神意蕴　文/李佳佳　　…292

缅怀咫尺的牛族　文/刘澎珊　　…302

在意义消失的世界中重建生活　文/刘大先　　…311

时代特征与民族文化背景下的机智叙事　文/温存超　　…323

探索与发现的追问　文/芭　笑　　…333

性别文化建构视阈中的文学想象　文/王　迅　　　…340

杨映川中短篇小说创作简论　文/王　迅　　　…351

文学桂军的一种释读　文/张燕玲　　　…365

野气横生的南方写作

张燕玲

评论家王干在"广西后三剑客"作品研讨会上说"广西作家有个共同的特点,就是'野生'。'野生'与野心、野性、荒野相关联,也与生态、自然、乡村密切联系"。王干一语道破广西作家的文学共性与个性,就中国文学而言,这是广西作家的个性;就广西文学而言,这是广西作家的共性。

在同质化语境日益严重的今天,对文学个性的呼唤,尤其新乡土写作,以及成长记忆等,对地域性、对自然、对乡民生存真实、对乡土本真的呼唤越来越迫切。因为所有的文学作品都是从作家足下的土地生发,自然便有他的地域性,所谓一方人文的水土,这是一种地理的文学自觉。同时,也是当下建构国际化视野与中国文学理想,提升国际视野下的本土化写作,乃至中国当代作家如何向世界讲述中国故事的前沿问题,也是文学的母题。

近期广西的长篇小说也显示了一种根扎原乡,心生情怀,通过各自的文本,凸显"地方性"对于文学空间的整体建构价值,因为在破碎化、私人化和虚拟化的时代,文学需要通过一种"地方"认知来重新获得其动力，我想这也是广西近期讨论人文广西以"美丽南方"为切口，以对南方的"地域·自然"的重新挖掘发现，来强化对广西文化的认知，重新获得广西文化在今天的意义和价值，也许是切实的途径，也是有效的途径。

其实，当代广西文学的发轫之作，正源自陆地的《美丽的南方》。而今天，关于美丽南方的文学表达已经更为丰沛奇崛，也更有其自身的艺术影响力与生命力，尤其新一代广西作家，勇于直面时代的生存困境与精神困境，作品有更强烈的社会批判性，颇具时代担当和人文担当。他们以不俗的创作实绩，成长为以陆地、韦其麟等开创的广西现代文脉的传承者与创新者，广西相关部门顺势而为，如联合中国作家协会创研部、《文艺报》等单位于1997年、2015年先后召开"广西三剑客""广西后三剑客"作品研讨会，深得国内文坛好评，把广西作家深度融入中国当代文学的格局；如近年权威的年度文学排行榜，广西文学各文体不时榜上有名，显示了广西文学经历近十年的蓄势，正在勃发，尤以其野气横生的南方写作屹立于中国文学之林，这是"美丽南方"的一棵棵嘉木。

一

作家东西常说："自己是南方写作者，因为炎热，容易产生幻觉，想象力异常活跃。"是的，亚热带充沛的阳光雨露，在人文地理上，北回归线横贯广西的生机与繁茂，同时，大石山区的奇峰林立，特有的喀斯特地貌弥漫着一种野性和神秘感，加之温润的气候、充足的阳光使广西山水景物，时而山林迷莽、野气横生，奇崛苍劲；时而空濛、灵动、丰润豁朗。由此而生多样化的广西文学，尤其凸显了两种文风，即哥特式的陡峭奇崛与神似巴洛特的圆润朗阔。

直刺天空般的哥特式直面人生，当然充满着犀利诡异与力道十足，又相应着地理的野性，当代广西文学一直就活跃着这脉陡峭的剑走偏锋的文风，一如八十年代的"百越境界"，也如八桂大地遍地的野生植物，散发出生猛奇异、蓬蓬勃勃的活力。当下此文脉最有力道的当属东西、鬼子、田耳、李约热、朱山坡、光盘，以及更年轻的小昌、周耒等。除鬼子的《伤痛三部曲》正在成型外，东西已出版的《耳光响亮》《后悔录》《篡改的命》三部长篇似乎可称之为"命运三部曲"，坚定地执著关注民间苦难的平民立场，紧密的内在逻辑形成井然密实的结构，棱角分明的主人公构成个性鲜活的人物形象，命运的诡异坎坷赋予小说的狠毒绝望与野气横生，所幸洞晓一切的作者还给字里行间融入机智的幽默与凡间的快乐，使小说这些野地里生野地里长的南方小民们充满艺术的张力。东西始终立足桂西北的贫瘠，以特立独行的创作对命运不懈的追问，以及不妥协的绝望反抗，来张扬现实批判意识。这种坚定的平民立场和决绝的批判精神，也是近二十年中国作家对马尔克斯创作精神的张扬。

2015年夏至，读东西的新长篇《篡改的命》，"貌似用传统写法，夹杂了先锋的、荒诞的、魔幻的、黑色幽默的元素"为读者讲述了汪家三代篡改命运的故事。"命"为何要篡改？篡改谁之"命"？如何篡改？谁篡改？又"是什么支配我们的命运"？东西以含泪的笑，更以命运的荒诞层层推进，步步追问，犀利尖锐却又机智幽默；想象力丰富又劲道十分。令人触摸到东西对社会时代与人心的深度批判与深切绝望，掩卷之余，却有冷冬寒潮彻骨之感，绝望，虚无，不期而至。

虚无中，我抓起梁漱溟的《这个世界还会好吗？》读起来，仿佛救命稻草。梁漱溟让我们脆弱而不绝望，但我与东西都没有梁老先生的思想资源和生命厚度，也难有力量从容而豁达地承受汪长尺般命运的捉弄和现实的冲刷。我想，要既对生命及其际遇充满怜悯，又能对特定的苦难抱有一种"天地不仁，以万物为刍狗"的淡定态度，是需要有多么高深的生命厚度才可能抵达，一如梁漱溟等。但世间满地皆是汪长尺这样陷于生存困境的草根，渴望改变命运的精神追求，何其艰难？垂死地篡改只能陷入无边的绝望。有意味的是故事的结尾。被篡改了命运的汪大志，尽管他把父亲汪长尺的案宗及自己照片扔入父亲自杀的西江大桥下，但昨日的汪大志今天的林方生怎会知道，是否还有什么真相或魔掌等在命运的前方，一如林方生突然现身牙大山面前，牙大山正在享受冒名汪长尺而偷来的生活，命运充满偶然性和戏剧性。这一切似乎都掌控在结构高手东西的笔下，可见东西绝望之深，悲悯之切。这也是我读后不能释怀之故吧。

沿着东西文风执着前行的当属朱山坡，近年他以一部《懦夫传》为民间野生人物立传，通过荒诞不经的故事情节挖掘文本隐喻意义。众多论者对其凶猛野性的文学劲道称赞有加，也对其略有情绪化的灵魂叙述有所期许。我个人更为喜欢朱山坡的中短篇小说，无论《我的叔叔于力》《跟范宏大告别》《陪夜的女人》《喂饱两匹马》《鸟失踪》，还是近期的《灵魂课》《一个冒雪锯木的早晨》等，既能触摸到作者俯视人间、悲悯万物与灵魂救赎的情怀，还能感受到人物的不妥协精神，以及作者对小说的准确观念，一种撒野后的节制的精粹和魔力。

绝望的反抗与犀利的劲道，也贯穿在田耳与李约热的创作中，只是田李的叙事较之东西朱山坡更为舒缓绵实些。在他们耐心地缓缓的叙述中，一个无序的社会渐次打开，眼前一个个充满寓意与野草般的小说场域，同样洋溢着扎根田原市井的野性，田耳、李约热是广西难得的颇具民间品质的优秀作家。

李约热是个辨识度很高的作家。他始终书写那些"屁民们"在生存困境的左冲右突，那些有着对抗性的隐忍的小人物，犹如一株株野生植物，芒棘横生，却生命力蓬勃。他的长篇处女作《我是恶人》塑造了一个发誓就是要当恶人的马万良，以此书写1980年代南方野马镇的生存、乡村底层的命运挣扎和根深蒂固的国民性。小说如他的优秀中短篇一样粗野坚硬，一样以荒诞的表象，内蕴着一种潜在而犀利的文学力量。何为恶？如何恶？到底因何而恶？最终明白马万良的"恶"是与众人关联的，是野马镇人身上的愚昧麻木、听命从众看客般的"平庸之恶"，一如美国思想家阿伦特所论。要挑战这种国民性的"平庸之恶"，犹如进入无物之阵。作者以尖锐的笔触直指时代、权势和世道人心，颇具批判性又内敛而自省；小说芒棘凌厉，野气横生，充满隐喻和文学劲道。既热辣辣，更沉郁无奈。

同样书写失败者的田耳，则多了生之欢乐与人之尊严，脆弱而不绝望。从《一个人张灯结彩》到长篇《天体悬浮》，这散发异质的令人耳目一新的作品，都是当下小说创作中与众不同的存在。在田耳设置的分裂的两极间，他耐心地抽丝剥茧般渐次打开的是一个无序的社会——一个从派出所到街道到酒馆到出租屋到妓院再到广场的无序社会。《天体悬浮》，一群无名无分的辅警，面对这些烂到泥潭里的生活，而悬挂于灰色不洁生活之上的是观星，是星空天体乃至广宇。小说便分出向下与向上的维度，而两极都活色生香，生气勃勃。亦正亦邪的警察符启明，他的日常的乃至尘埃芜杂的生活，在田耳笔下活力四射，人物的精神层层分裂却野气横生。同为失败者的故事，但田耳深得文学三昧，明了小说也是为笔中绝望的小人物寻求反抗生路的,落实到具体人物,哪怕野地里生野地里长的小人物一如符启明、丁一腾等无名无分的辅警等,也是有生的幸福感的,那便是何为人?何为生?即生的尊严,卑微的却是巍峨的。尤其到了《金刚四拿》的回乡农民工罗四拿身上尤为彰显。在这个进城与归来的故事中,野生植物般生气勃勃的四拿,令人忍俊不禁,更令人感动尊敬。到城里去,再回到乡村,四拿与路遥《人生》的高加林一样,历经了一次人生蜕变,生活的度量也发生了转变;历经过城市底层的血泪挣扎,终于在家乡找到了存在感与生命尊严。尊严,乃至安全感、幸福感,超越城乡与阶层,超越世俗功利,是人之所以为人的本质所在。而四拿的尊严在于从小立下的渴望:即当一次抬棺的"八大金刚"之一。何其卑微!但那却是许多乡村少年渴望受人尊重的成长梦。有梦想,便有追求。在一次无"八大金刚"劳力,却成功地如法炮制出"十六金刚"的轰动四乡的送葬后,四拿决定不走了,当村长助理,因为"这里需要我……需要我抬棺材,我才能变成金刚"。

田耳再次成功地在"垃圾堆里做道场"(评论家杨庆祥所言),也为此,田耳的文学世界会更为高远和阔大。四拿,乃至丁一滕,正是以对自我生命的尊重而超越生活与命运的际遇,从而免于受伤。田耳的大气象,正是在于他从丰富的思想和生活中吸取能量,尤其以满纸的人间烟火、市井气息、民间智慧抵御吞噬人的虚无,以依稀的人性之光透射现实与命运的幽暗之处,成就了他的"垃圾堆里做道场"的"这一个"。

评论家李敬泽说光盘的写作"有一种蓬勃的,不衫不履的这样一种气质的作家,是非常少的"。这自然是肯定光盘独特的创作个性。从《王痞子的欲望》到《英雄水雷》,光盘的文学世界既有分裂感，还有荒诞感，他"不衫不履"的野性散发着一抹随性与草莽之气，散发着直面现实的勇气与掌控人物命运的强悍，那一个个荒诞故事表达了光盘对英雄意识形态化的真相发现。《王痞子的欲望》是把女儿养大来报恩。《英雄水雷》的水皮与雷加武，在纵火者与救火英雄的身份错位中，一路致力于还原真相而狂奔。这既是光盘的草莽野性，也是其对命运不妥协的曲折表现。

林白作品的异质和魅力一直是中国当代文学的鲜明存在。我见证了林白对文学三十年如一日不顾一切的追求。她撕裂自己的"一个人战争"，她的激情野性，她的丰沛妖娆，她不妥协的故意冒犯，仿佛她是为文学而生。作为中国当代文学私人化写作的代表，林白从《一个人的战争》《妇女闲聊录》到《北去来辞》，她创造性地把私生活写成了时代生活。《北去来辞》的北漂文青海红为寻找生活的意义，从一个人左冲右突的战争中走出，在厘清自身与史道良的相依关系后，也看清自己的梦想与疑难、可能与局限，回归生活，完成了治愈性的心灵疗伤与自我拯救。不仅为知识女性探索一条走出个人时空，寻找精神回归的自我救赎之路，而且描绘了一幅生动而繁复的现代社会生活图景。林白的创作充满女性的疼痛与悲情，文风尖锐奇崛，内蕴饱满，活力四射，为中国当代女性文学提供了持续而长久的阐析范本。

二

假如说前述的长篇以凌厉决绝的野性和批判性见长，那么黄佩华、凡一平、潘红日、潘大林、龚桂华、朱东、李小舰等人的长篇便是对现代传统的各自创造；如果前者似哥特式建筑，后者在各自创作个性外，或多或少以丰润朗健而颇领巴洛特神韵。

黄佩华是广西独有的专注以南方河流开掘民族与家国故事的作家，从《涉过红水》《生生长流》，到2015年的《河之上》，三十几年如一日执着于自己的精神原乡：在桂西这块红土地与母亲河找到了自己的生命体验，自己的独特的语法和语言，因而，他的创作是作者生命里带出来的，体现他的文学自觉。《河之上》以作者的赤子之心书写着自己母亲河右江，书写河岸上那些带着美善向往的事物，那些看似普通庸常的人们，他们这样或那样的欢喜与忧愁、高尚与卑微；黄佩华引导我们去挖掘探究其中蕴含的生命质地与形而上的追问和思索。作者笔下的河流从表相上看似乎没有波澜，水面之下却是涟漪四起，惊涛骇浪，掀起了河之下的右江百年历史，熊家、梁家、龙家，还有陆家早已在历史大河中历经沧桑，历史与现实交汇处也早已物是人非，作者的敬畏与批判、厌恶与悲悯悄然浮现在河之上，作者说他要"捍卫历史和现实的真相"，包括对南方土匪的个性解读，给了我们一个重新认识历史的新视角。尽管后半部略显粗疏，但前半部显示艺术功力，作者善于从虚构中触摸历史伤痕，并且不断反思乡土中国的政治和伦理的意义，其朗健机智的写实叙事，犹如那条条河流般缓湍畅扬，散发着南方蓬勃的生命力，显现了作者一以贯之的现实主义人文情怀。如果说，"文明史是对河岸上人们生活的记录"，那么黄佩华的"大河系列"，便是中国南方文明史的一部分。

2015年出版的还有红日的长篇小说《述职报告》，及其"文联三部曲"，红日告诉我们：当荒诞成为日常工作生活的本质，人的存在便遭遇巨大的挑战与质疑。他借此抒发了中国式的职场中别样的情怀，同时作为描摹日常的高手，那些新鲜如昨的细节、动人的人与事，诸如玖和平的乡村伦理之善，辐射出满纸桂西北质朴的乡村智慧与民间情怀，显示出作者有着较好的生活还原能力，尤其白描功夫，常常寥寥几笔，尽得精神。散发着南方泥土芬芳的新乡土写作还有《股份农民》，朱东、张越为我们塑造了桂东南新农村包家文这一新式农民的形象；《苦窑》桂北高尚坪黄、秦、令三大家族的沧海桑田，是龚桂华对人性幽微与裂变的深度表现。此外，凡一平的《上岭村的谋杀》，以"中国盒子式"的框架结构，环环相套，在建构完整封闭的叙事圈套中，为读者奉献了一个悬念迭出的好故事。潘大林的黑旗军的历史书写、李小舰的《西江风雨》、杨仕芳的《白天黑夜》等都可圈可点。

长篇小说创作还有一个出色的文学存在，那便是广西女作家群。比如王勇英新作不断，以心性在中国儿童文学创作中，建构了一座自己的南方艺术之城。是的，王勇英多以"城"的意象构建自己的作品空间，"弄泥的童年风景"系列中的南方客家孩子《巴澎的城》，"鸟麻之城"系列中的"鸟麻之城"，城里童心四溢、本真纯净，巫性十足、野气横生。比如远在美国硅谷的广西籍女作家陈谦，其文学原乡皆根扎南宁，她的留学生生活精神困境系列、精神疗伤与自我救赎系列令人关注，近日的长篇《无穷镜》，出色描述了人生在蝇营狗苟、片片浮云之上，还有物质的"无穷镜"与精神的无止境，"成功者"高处不胜寒的虚无与绝望，时代精神症候在陈谦洞若观火的透切中，"人生何以如此？人何以如此？"的追问便得以淋漓呈现。比如一地苍凉的《淑女学堂》，映川以感性丰盈的笔触表现了新一代淑女是如何炼成的，女人也需要像男人一样奋斗。还有网络作家辛夷坞，从《致我们终将逝去的青春》到《应许之日》，成为国内网文都市言情的代表写手之一。辛夷坞的书写有生活、有记忆，干净、细腻。又比如远居德国、比利时的纪尘、凌洁，即将出版的新长篇

《冰之焰》、《双桅船》，比如锦璐、陶丽群、林虹、潘小楼等，杂花生树的她们，本身就是一棵棵挺立的南方嘉木。

嘉木当然是品性卓然，刚硬与柔软同在，锋芒与独到相应，野性与个性共生，惟此，南方才可能美丽，中国文学之林才可能蔚然成荫，生生不息。

（原载《文艺报》2016.3.18）

生机勃勃的语言

余 华

几年没有东西的消息，然后他的新作《篡改的命》出版了。20年前，我们在广东结伴而行，当时珠三角的城市之间还有田地可见，记得在东莞的晚上我们去了一家电影院，里面一切都是新的，崭新的墙壁和椅子，还有顶上的灯光，感觉这家电影院刚开始接纳观众，可是地上已经铺了厚厚一层的瓜子壳，像是铺了地毯那么均匀，踩在上面发出一片响声，声音生机勃勃。

读完《篡改的命》，我想寻找一个词汇来说明对其语言的感受，接着发现不是那么容易，说它是生活语言，又有不少书面语言的表述；说它是书面语言，又缺少书面语言的规矩。显然这不是一部语言优美的小说，那些坐在深夜酒吧里高谈阔论间吟诵艾略特或者辛波斯卡诗句的人不会想起这部小说里的某一句话；另一方面，也不能用粗俗这个词汇针对这部小说的语言，中超赛场上两队球迷互骂时基本上不会动用这部小说里的语句。我想寻找一个中性的词汇，想起20年前东莞电影院里满地瓜子壳被踩踏时发出的生机勃勃的声音。生机勃勃，就是这个。

东西选择了生机勃勃的叙述方式之后，欺压和抵抗还有丑恶和美好都以生机勃勃的方式呈现出来，与此同时叙述的不讲究也呈现了出来。如果单纯从叙述来看，《篡改的命》的缺点和优点似乎同样明显，准确说缺点和优点是在同一个点上，如果用橡皮擦掉缺点的话，优点也会一起消失。我想东西写下这些的时候对此无所谓，他只要生机勃勃。

叙述的轴心是一个名叫汪长尺的人，他的命运几乎集中了农村青年的倒霉命运，或者说集中了当今社会无权无钱无关系家庭孩子的挫折人生。

汪长尺承载父亲汪槐的抱负参加高考，这是改变命运的唯一出路，可是超过录取线 20 分却没有被录取，原因是有人冒名顶替了他，这一刻开始他走上了被篡改的命运之路。汪长尺在叙述里最初出现时一副满不在乎的模样，没被录取并没有真正打击到他，只是让他暂时不敢将这个消息告诉父亲，那时候他还不知道此后的人生有多么辛酸。汪槐是一个脾气火暴的父亲，他不能接受儿子分数上线了却没被录取，决定带上儿子去县教育局讨回公道。儿子汪长尺不愿意跟着父亲汪槐去丢人现眼，汪槐骂汪长尺是一枚软蛋，活该被人欺负。汪槐寻求公平正义的方式是盘腿坐在教育局地上抗议，这也是社会底层民众遭受欺压以后仅有的表达方式。其结果可想而知，无人理睬他们，用汪长尺的话说"他们连看我们的兴趣都没了"。坚信人间有正义的汪槐改变了抗议的方式，走上三楼，站到局长办公室外走廊的栏杆上，虽然引起局长副局长还有招生办的关注，但是他摔了下去，从此瘫痪，这个贫困的家庭此后更加窘迫……悲剧只是刚刚开始，接下去一个又一个情节快速转换，随着叙述前行，不同人物逐一登场，社会现实也随之扩大，一幅世态炎凉的壁画在我们眼前展开。

东西不是一个悲伤的人,他是一个快乐的人,《篡改的命》则是一部绝望之作。父亲汪槐母亲刘双菊,建筑工地的工友,汪长尺人生路上同病相怜的这个和那个,几乎都在承受命运的无情践踏。

里面也有希望的片断,一个名叫贺小文的姑娘嫁给了汪长尺,这个姑娘没有什么文化,但是善良勤快,他们婚后生下一子,有过一段苦中作乐的美好时光,最终汪长尺为了不让儿子汪大志重蹈自己的覆辙,把他送给了一户有钱有权的人家,贺小文也离开了汪长尺。市劳动局一个名叫孟璇的女科长,与小说里其他干部相比,她是仅有的一个有同情心的干部,她真诚帮助汪长尺,贺小文为了感谢她,精心做了一袋粽子,每一粒米都选过,生怕里面含砂子,每个粽子的米都用杯子量过,为了粽子大小一致,煮粽子时又用闹钟定时,如此精心做出来的粽子被汪长尺送给孟璇后,孟璇一再感谢地将粽子放进包里走去,可能是担心卫生问题,孟璇走过一个垃圾桶时,觉得汪长尺已经走远了,就把这袋粽子扔进垃圾桶,汪长尺深受打击……小说里希望的片断总是这样转瞬即逝。

《篡改的命》里的情节转换充满戏剧性,阅读的时候可能会觉得过于戏剧化,我认为这个不重要,重要的是东西在这里努力写出他的人间戏剧。情节转换的戏剧性有时会带来细节上的瑕疵,我认为这个也不重要,重要的是东西用生机勃勃的语言写下了生机勃勃的欺压和生机勃勃的抵抗。

(原载《中国出版传媒商报》2015. 9. 15)

身体穿过历史的荒诞现场
——评东西的长篇《后悔录》

陈晓明

很多年后,我们会为这个时期有东西这样的作家而感到幸运,他使我们侥幸地逃脱了彻底的平庸。作为当代最有韧性的小说家,东西有能力把握独特的小说叙述意识,并且能够通过饱满的语言执拗地揭示历史和生活的真相,这使他的小说始终保持艺术和生活的质感。这从他过去的《没有语言的生活》、《耳光响亮》、《痛苦比赛》以及《不要问我》中可以看到,最近出版的《后悔录》则可以看到东西的小说写作更加成熟、自如而有力。

这部小说讲述一个被革命剥夺一切的资本家后代的倒霉命运的故事。这个叫做曾广贤的资产阶级后代,青年时代因为被诬告强奸投入监狱,他曾经有无数的机会和女性发生肉体关系,但直到他步入中年已经失去了性功能也未曾接触女性肉体。小说是以他对一次次与女性亲近机会却错过爱情和情爱的后悔来叙述故事,显然,这样的后悔只是强烈的反讽,在这个倒霉人的不断后悔的自责中,小说尖锐地揭示了政治革命给个人的精神和肉体造成的深重创伤。

这种揭示当然不是东西的首创，捷克作家米兰·昆德拉就做得非常出色。《生命不能承受之轻》中的托马斯的身体遭遇就是东欧知识分子的革命年代的精神创伤史；而《玩笑》中那条宽大的裤衩几乎可以看作是革命年代的欲望的旗帜，但那上涂满了沮丧和屈辱。中国作家也有人从身体的创伤来表达历史的压力，如张贤亮，他的《绿化树》，特别是《男人的一半是女人》，从身体机能的障碍来表现人在政治强大的压力之下所陷入的困境。但张贤亮并不彻底，他笔下的男性主人公通过政治的治疗（例如，抢救集体财产，阅读《资本论》等）最终还是恢复了机能，并且重新成为历史主体，成为历史责任的承担者，开创历史之未来。他的人物与其说是对历史政治的反思，不如说是对历史之完整性的维护和补充。张贤亮终于表达过那种意思，那就是"伤痕"具有美感，那是自我证明的依据，是历史的异化力量使得自我更加坚强，并且成为对未来承诺的依据。

多年过去了，我们无法指责张贤亮的不彻底，也无法对他的自欺欺人说三道四，在那样的历史时期，他的表达算是有深刻之处，"历史的局限性"轻而易举就可以为他开脱，相比较起现在而言——人们已经完全忘却了历史的伤痛，历史被历史遗忘，也被我们的怯懦和势利所遮盖。因此，东西的写作是有意义的，他重新捡起了历史，要撬开历史的本质，用的是个人的身体，那个被扭曲得变形的身体。

这是一部关于身体的后悔录，也是最直接的身体批判檄文，因为后悔的思绪，对身体的批判就是对自我的批判，而所有的自我批判都是批判的误区，所有的后悔都是后悔的歧途。小说关于身体的悔恨声讨不再是抽象的欲望表达，而是生理学意义上的直接面对身体的两大重要器官，其一是口腔；其二是生殖器官。这是身体的唯物论，实实在在地面对身体的器官，在对器官的错误检讨下引向生活和历史事实。这种书写在中国现代性以来的文学中尚未见过，这个大胆亵渎之举实际是在探索一种极富个性的小说叙事艺术。

这个身体的批判最初是从口腔开始，就像弗洛伊德所说的儿童"口腔期"一样。身体最幼稚的冲动就是口腔，小说直接的后悔的就是曾广贤多次的"口误"，也就是"多嘴"造成的恶果。这个多嘴，先是害惨了父亲，让父亲几乎送命。随后则是导致亲密朋友赵敬东自杀。而这二次口误多嘴，都是因为这二人的生殖器官犯下错误。

小说一开始的多嘴"口误"是泄密父亲与赵山河的肉体关系。父亲曾长风苦于妻子不与他同房，就与造反派赵万年的妹妹赵山河发生肉体关系。赵万年施行报复，把曾长风打得半死。曾广贤不能管住自己的嘴巴，经不住造反派赵万年的诱逼说出曾长风与赵山河的私情，结果导致父亲的灾难。这样的"泄密"显然不是父亲身体真正遭难的原因，真正的原因在于时代的压抑，在于阶级斗争形成的对人性压迫，人对人的敌视，对人的身体及欲望的漠视。曾长风的身体无法抹去历史记忆，这是一种本能的记忆，甚至不带有阶级的记忆方式，只是人的本能，人的基本的存在。但他显然落入了"非人"的状态中。曾长风的妻子（也就是小说主人公曾广贤的母亲）曾经是高傲的大家闺秀，蒙受屈辱饲虎自杀身亡。妻子显然是对曾长风的行为厌恶而自杀，但根本原因则是对于这个"乱糟糟"的世界绝望。赵万年的非人性及残暴，不过是阶级斗争工具的象征。身体的异化是阶级异化的后果。曾长风这个旧社会的资产阶级少爷，现在被置放在性的压迫的底层。阶级特权的取消最鲜明体现在性特权的剥夺上。曾长风这样的人，在解放前——按照他家的仆人赵万年的父亲的说法，他娶个三妻四妾是正常而合理的。但在阶级地位被颠覆的革命年代,他连基本的性权利也被剥夺。这个泄密是历史的强加,这本来不是什么招惹杀身之祸的秘密,这样的口误或多嘴,就会产生灾难性的后果,这就足以表明人的命运有多么脆弱。但这个非人的时代把这种男女双方自愿的肉体关系定义为非法,历史强行剥夺了人们的身体欲望,使欲望变得非法。性的压抑是对人性压抑最彻底的形式,连性的权利——正如小说开始对狗的性交的描写一样,赵万年这样的造反派,连狗的动物本性都要禁绝,人的存在的基本的权利被彻底践踏。

这种剥夺和压抑并不一定是公开的强制性的司法行为,更具有内在性的是对人的自我意识的阉割并使之异化。曾广贤的又一次"口误"是对赵敬东与狗发生交媾的多嘴,这使他又一次产生严重的自责,好像是他害死了赵敬东。但赵敬东发展到与狗交媾,显然是严重的变态,缘由则是他经受不住表姐的美丽性感形象的诱惑。这就很离奇。他为什么不直接去向表姐表达呢?他却给自己养的狗取了个与表姐一样的名字,然而以此作为发泄对象。历史的压抑已经深入到人的本能中使之变形变态,人们已经不能正常地表达自己的欲望,只有变态与错位。尽管任何时代都有变态狂,但这里的对赵敬东的描写还是包含着历史的批判意义的(例如,小说不断提到何彩霞散播的要开批斗会,要写检查之类)。

从"口误"的后悔转向关于自己身体的后悔。关于曾广贤的身体的"后悔",小说写到有三次。第一次是少年时代,小池在去插队的前夜脱下裙子让曾广贤看她赤裸的双腿,曾广贤却骂池凤仙是"流氓"并且逃之夭夭,后来也有机会与池凤仙发生关系,但都功亏一篑。第二次是对张闹,有那么多的机会却始终没有发生肉体关系。后来从监狱出来,张闹几乎要献身于他,他却临阵逃脱,最终也没有任何实质性的接触。第三次是等他出狱的张小燕，所有这些他都失之交臂。

这个倒霉的曾广贤，他的身体总是那么不走运，到底出了什么差错？他的人生道路被身体欲望的延搁弄得错乱不堪。最为懊悔的是对张闹的身体，他本来可以顺理成章地把张闹搞到手，但结果却成为一个被诬告的强奸犯。不只是身体，而是心理和性格，一种对欲望的认识和表达，已经完全病态了。在强大的革命政治压抑下，身体的机能发生了严重的错位，性格和心理也相应发生变态反应。人们已经不能正常地把自己当作一个正常人对待，政治强权对人类社会的最大破坏，也是最深刻的破坏大约也正在此。人们已经不能正常地思考和表达，怯懦与暴戾、无能与妄想，软弱与过激……总是混淆在一起。这个在后悔的名义下展开的对自我命运的反省，实际上是对历史的深刻审视，没有一部作品对强权政治压抑对人的肉体和心理造成的创伤揭示得如此深刻有力，如此透彻犀利。

如果考虑到"文化大革命"是中国人口增长最快的年代，那就会对强大的性压抑机制产生理论上的困惑。在那些压抑和被剥夺的年代，何以人口还能保持较高的增长率？好在福柯的理论已经成为老生常谈，对这些压抑机制的博弈论我们已经不陌生。在强大的政治压抑之下，人们的性活动只能转入黑暗之中。公开的通奸偷情之类的活动是不可能的，那样带来的可能是被治重罪的后果，但禁忌同时又是鼓励，因为资源和途径都变得稀少和困难，这使人们对性产生更为强烈的兴趣。一方面是家庭的性活动成为生活唯一的乐趣源泉，其副产品则是人口的高速增长。增长的人口固然可以为想象中的第三次世界大战提供充足的兵力，同时也可以看到政治权力在压抑与解放这一辩证法上玩弄的双重手法。革命应该伴随身体上的解放，这是革命一贯给予的想象，现在，这一想象被限定在合法化的家庭内部，这是革命给出快乐的最低承诺，这一点承诺如果丢弃的话，革命将无法在人性解放这一点上看到任何前景。压抑并限定在家庭的范围内，对生育数量不予限制，革命给予身体以怪诞的解放形式。但家庭的性活动也承载着太重的负担，一旦性活动不和谐，家庭的快乐幸福可能就要终结。但事实上，革命、贫穷以及居住环境的困难，特别是每个人岌岌可危的政治生命，都使这个异常重要的性活动受阻，它不可避免要向着变态方向发展。事实上，家庭不可能协调由压抑建构起来的性心理，其后果则是异常活跃的妄想症。在这意义上，东西的小说是福柯的《性史》的中国版，福柯的重点在十八九世纪，他对资产阶级充满的嘲弄和鞭挞，而东西则写出了福柯这个左派所向往的20世纪中期的革命的中国性史。肯定令福柯大跌眼镜的是，二者居然有异曲同工之妙。

曾广贤是对特殊年代特殊书写的一个典型，这个人物第一次用身体来书写了他的命运，也允诺历史在他的身体上铭刻自虐的印记。这个倒霉蛋是如此可悲，他几乎被历史和生活全面戏弄。同样是身体的困扰，张贤亮笔下的章永麟始终具有自我意识，他一直在努力寻求个人和历史平衡发展的途径，他寻求适应现实的方式，他终于寻求到了，不管是"美国饭店"，马樱花还是黄香久的软玉温香，还是《资本论》指引的唯物主义道路，他的人物在那样的年代是有自觉意识的，也可以有自觉意识。但这个曾广贤不行，他没有自我意识，它玩不过历史，玩不过现实的强大权力机制，玩不过赵万年，他只能被历史驱赶，被命运拖着走。曾广贤更为真实而深刻地写出了在强大的历史权力支配的年代的个人遭遇，个人的内心感受，个人只能有的命运。

这个"后悔录",既是悔恨,又是懊丧。前者带有负罪感的自责,后者则是无可奈何的遗憾。在叙述人依然执迷不悟的后悔中,充满的并不是怨天尤人的绝望,也不是让人喘不过气来的悲剧氛围。实际上,这部关于懊丧透顶的小说,始终保持着对自我和历史进行的双重嘲讽,始终充满着无穷无尽的幽默和荒诞。简言之,黑色幽默构成这部小说的美学基调,而这一点,正是东西小说独特的叙述风格,只是东西在这部小说中把黑色幽默推到了极致。

东西的黑色幽默有一种刻骨的锐利,那就在于他的作品中透示出的黑色幽默建立在人的真切的伤痛上,那些痛楚不是外在的、装腔作势的。东西能写出人最平实而切身的伤痛,在这部小说中,那是人的身体、欲望,关于幸福的期望。这部作品几乎没有从正面谈论幸福,没有任何关于生活的理想性的表达,但可以看到那个曾广贤是如此渴望幸福,如此对生活怀着朴素的和最低的理想期待。那个于百家为了从农村跑回城市,想了无数的办法试图在劳动中把自己弄病或受伤,但都落了空,最后却是参加一场婚礼成了拐子。他从农村偷跑回城市,对曾广贤大肆渲染他和小池(也就是池凤仙)的身体关系。他把小池描绘成一块"豆腐","她的身体多软,多嫩,好像没骨头,一口咬下去出好多的水"。说得让曾广贤大口大口地喘气,可怜的曾广贤当年还叫小池"流氓"并且逃之夭夭,现在只有想象的份。更要命的是,在于百家鼓动下,他的想象转向了张闹。小说写道:"看着他滑动的喉结,听着他'豆腐、棉花、嫩葱、泥塘、杀猪、鬼哭狼嚎'的形容和比喻,我恨得差不多杀了自己。当初只要我把手放到小池的胸口,只要轻轻地抱她一下,那后来发生在于百家身上的事,全都会发生在我的身上,而且提前两年。多好的机会,多美的豆腐,我竟然没下手,真是笨到家了。这么悔恨了几天，我对张闹的想象日渐丰富，其实也就是移花接木，把'豆腐'当成她柔软的肢体，把'棉花'放到她的胸口，把'嫩葱'贴上她的脸皮，把'泥塘'装在她的下身，然后再把自己当成屠夫，把她当成待宰的猪，这么一来，她不'鬼哭狼嚎'才怪呢。"（第43页）。

这确实有点下流，很不道德，但在被剥夺了生活一切的乐趣的状态中，还有什么更高尚的心理和对生活的期望呢？但这些想象本来都有可能实现，都可能转化成生活的快乐甚至幸福，但是没有，一切都往最坏的方面发展，曾广贤这么一个怯懦的人，最后却成为一个强奸犯，被判了十五年徒刑，减刑与加刑相等，在监狱里呆了将近十五年。最后出狱，还是一错再错，他的生活没有什么剩下来。事实上，曾广贤不过是一个善良本分的小人物，他只是顺从命运，被强权欺压。但他还是抗不住欲望的涌动，这就是人性，不可低头的人性。在任何时候，在任何压力之下，人性却依然倔强。这就是善良而平庸的小人物的悲剧所在。曾广贤回首自己的一生，他的所有的希望都落空，连最基本的人性欲望都丧失了。最令人痛心的是，是他的过错，他的愚蠢导致了幸福的丧失。他一再后悔的是他的幸福不再有，他的幸福从未有过。是生活与历史的荒诞消除了他的幸福，这是历史的异化，人性的异化。这是在异化中产生出的荒诞，荒诞中产生出的滑稽、嘲弄、自嘲和可笑。

当然，小说还藏了一个可怕的悬念始终没有揭穿。小说结尾处提到那个领班右手心有颗黑痣，正在他要和这个领班发生肉体关系时，那颗黑痣把他吓了一跳。因为这颗黑痣使他想到这个领班可能是他幼年时失散的妹妹曾芳。但恍惚之间，那颗黑痣又不见了。显然，东西本人也拿不定主意是不是要把这个领班定义为曾广贤失散了多年的妹妹，要是这样就落入俗套。但曾广贤这样的心理出自东西的虚晃一枪，在这里东西没有找到一个更有力的结构/解构的圈套。但他努力去推进，潜在的心理更有可能是曾广贤猛然间对张闹的移情，他很可能在琢磨张闹是不是与失散的妹妹有相似之处，只是差了那颗黑痣，但他这个时候可能后悔的就是始终没有注意张闹手心有没有痣？除此之外，有更多的细节暗示着那个张闹更有可能就是曾广贤多年前失散的妹妹。当然，东西依然不可能点明，依然是在犹豫不决中让人产生联想。但恰恰是这样的有限的可能性预示着无限可能性。曾广贤在所有的幸福希望落空的同时，在饱受张闹戏弄的同时，他可能逃脱一个更为原罪式的悲剧，那就是兄妹乱伦。这是命运对历史开的玩笑，历史的非理性的强权对个人的迫害，可能却使人意外逃脱了更为悲惨的结局。东西在这里试图对历史进行彻底的解构，历史不如神秘的命运更有力量。历史之恶被神佑的善所消解，冥冥之中曾广贤就是无法与张闹成婚，也无法与之发生肉体关系。东西的小说在这里玩一着险棋，这个悬念一直在庸俗的套路边徘徊，如果被揭穿，那就落入到从《雷雨》以来的那个乱伦的谱系学中，那小说的独特性就要大打折扣。东西当然不会如此简单，在他的叙述中，始终把握住反讽的视点，后悔越是深切，越是显得荒诞。这个埋伏的可能而有限的悬念具有彻底的解构性功能，它解构了"后悔"，使曾广贤深深陷入的"后悔"变得毫无意义，使后悔变成侥幸。这部名之为"后悔录"的小说，恰恰颠倒了后悔，使后悔根本不能成立，没有后悔。但历史并不能被全部消除，那些历史悲剧依然存在。这些人的身体遭遇是不折不扣的悲剧，只是说，最坏的（也许是同样的坏）的悲剧没有出现，假定张闹就是曾芳，那就是兄妹没有成婚。除此之外，同样坏的都发生了。在这里，这样的后果也依然是历史在起作用，曾家搞得家破人亡那就是历史非理性的产物。激进革命制造的阶级斗争，曾家不可能出现如此糟糕的局面。东西试图嘲弄历史，嘲弄曾广贤，这种嘲弄是他留给曾广贤最后的一点礼物，他总算逃脱了最坏的悲剧，为此他付出了坐牢的代价。也许是值得的，在这样的历史情境中，在给定的命运中，这可能是曾广贤最好的结局了。即使在这样的叙事中，也依然突显出历史的不可抗拒性，历史无处不在，如此强大的历史，终究是它制造了一切。

总之，东西的这部小说写出了一个人的一生的屈辱，并且显得如此可笑，他是被历史强权损害的，他的创伤是中国人在特殊年代的留下的创伤，是中国式的创伤，是"我们"独特的身体纹章，是我们这样的"小写的人"的创伤。这就是东西的小说，让人们在荒诞的快感中，看到人的身体最真切的创伤，那是人性最深重的创伤，而且再次被命运嘲弄，连创伤也被嘲弄，连后悔都变得可笑，在这里体验到生活最本质的绝望。东西是有勇气的，很多人已经回避了历史的本质，已经穿过了虚无化的历史空场，降临到当代繁华盛景，但东西还是提醒我们记住历史，因为历史的创伤依然铭刻在我们的身体上，我们披上嘉许的外衣就能成为当代英雄吗？

（原载《南方文坛》2005. 7. 15）

绝望的反抗

——评东西长篇新作《篡改的命》

吴义勤

在中国当代新生代作家中,东西一直是能不断带给读者惊喜与期待的一位。他的小说既有着先锋小说的理念与意识,有着现代小说的技法与形式,又有着极其坚实的生活经验的支撑。近年来,他的小说将目光聚焦社会最底层,关注农民、进城务工者和边缘化的小人物,努力走进他们的生活世界,并以独特的观察视角有效拓展对生活思考的深度,把对社会现实的批判和对人性的拷问紧紧结合在一起,以平易顺畅的叙事风格讲述一个个给人心灵与情感以巨大震撼、感染的故事,塑造一个个性格坚硬、倔强如雕塑般矗立在小说中的人物,体现了越来越丰厚的思想品质和艺术可能性。长篇新作《篡改的命》[1]又是一部呈现了这种艺术探索品质的优秀长篇小说。读《篡改的命》的感觉,就如同聆听柴可夫斯基的《悲怆交响曲》,主人公悲怆而绝望的命运,构成了小说跌宕起伏、循环返复

---

[1] 东西:《篡改的命》,《花城》,2015年第4期。

的旋律，令人久久不能释怀。与同类小说不同的是，东西没有止步于对底层生存状态的一般呈现与渲染，而是向前推进一步，开始关注和思考反抗与改变底层命运的可能与方式。作为被侮辱与被损害者，像主人公汪长尺这样的底层人物，他们被生活强加了种种悲惨的命运，把亲生儿子送到权贵的家中，让自己的孩子成为权贵的子嗣，以身份和"血统"的篡改来实施命运的拯救，这样自残和自戕式的以尊严和生命为代价的血淋淋的反抗是极端的、绝望的、荒诞的，他们既是不公平的社会秩序的受害者和牺牲者，又是他们自身命运的帮凶和催化剂，他们的焦虑、愤怒和绝望是生活的黑暗和他们内心的黑暗共同制造的，他们的反抗与呐喊既让人痛彻心扉，又让人五味杂陈。

一

从故事层面上，《篡改的命》的叙事主要围绕汪长尺展开，以汪长尺"篡改"儿子的命运为线索，讲述汪家三代人的生命际遇，在艰辛、无奈和悲苦的叙事氛围中呈现主人公的生命历程。在这一过程中，小说叙事更多地滑向对人物生存心态的表现，在合乎情理而又出其不意的故事进展中，让"篡改"的主题话语其出有自。故事的展开从汪长尺高考落榜开始。汪长尺高考上线却意外落榜，对于父亲汪槐来说是天大的事。与许多中国农民一样，汪槐指望儿子考上大学来改变汪家的命运："谷子算什么？命运才是第一。"二十多年前，汪槐曾参加水泥厂招工，分数上线却被副乡长的侄子顶替，一辈子在家务农。汪槐不甘心儿子重复自己的命运，带儿子去教育局招生办公室理论。结果，事情变得更糟——汪槐以跳楼的方式抗议和争取，结果却白白摔成了残疾，使这个本已穷困的家庭雪上加霜。固执的父亲坚持让儿子复读，压力之下的汪长尺复读成绩下滑，高考失利，于是决定进城打工来寻找出路。作为农民工的汪长尺，其打工的遭遇与我们能够想象的大致相同：包工头拖欠工资、讨薪无门、状告无果、被黑社会暴打……最多的一次收入是替别人坐牢。至此，小说才开始进入叙事的重心。面对自己的失败，汪长尺的想法与父亲一样，把家庭命运的改变寄托在儿子身上——把儿子养成一个"城里人"，正如汪槐所说："你爷爷在这里播下我，我在这里种下你，结果我们都失败了。我们失败了也就失败了，但再也不能让我的孙子失败。我希望他能在城里上学，在城里工作，不受苦，不受欺，没有这里的胎记。"于是，我们看到，汪槐、汪长尺父子两代为改变第三代的命运开始了一场破釜沉舟式的悲壮努力。然而，即使是汪槐老夫妇的沿街乞讨，汪长尺的苦力甚至再加上妻子的卖淫，却也无力改变这个农民子孙的命运。面对残酷的现实，绝望的汪长尺决定"篡改"儿子的"命"——把他送给有钱人："要说舍得，我比谁都不舍得大志。我恨不得把他含在嘴里，恨不得帮他去摘星星，但你有这个想法，还得有这个实力。账你算过了，我们的实力远远不够，要是再算上生老病死、讨媳妇、买房子，那我们的实力还能叫实力吗？"而最耐人寻味的是，汪长尺为儿子找的"父亲"正是欠他工资又险些致其残疾的房地产开发商林家柏。

至此，汪长尺的意愿似乎实现了，但是，小说的叙事没有结束，而是朝向了新的方向。小说的最后部分叙述了两个令人心酸的情节：一是汪长尺的自杀。汪长尺发现儿子现在的"父亲"林家柏有外遇，担心其家庭破裂影响儿子的成长，便找林家柏谈判。林家柏答应回归家庭，条件是汪长尺必须永远消失，以绝后患。在拿到林家柏的补偿金（用以供养汪槐夫妇）后，汪长尺在林家柏的监视下跳江自杀，完成了为改变儿子命运的舍命一搏。二是汪长尺儿子（林方生）对自己身世的"篡改"。林方生大学毕业后做了警察，偶然的机会翻阅了汪长尺自杀的旧案，调查出当年顶替汪长尺上大学的人现在做了某单位的副局长。林方生在汪长尺的老家见到了年迈的汪槐夫妇，并发现了自己儿时的照片，明白了自己的身世。但是，林方生对自己的身世进行了最为彻底的"篡改"："他站在汪长尺当年跳下去的地方，久久地站着，一直站到双腿发麻。然后，他从包里掏出一份卷宗，又掏出一沓照片，往江里用力一扔。卷宗和照片像树叶那样飘零。林方生的秘密从此被埋，只要他不自我出卖，谁都不会知道他的原产地。"顺着时间的推移，失去照片印证记忆的汪槐老夫妇也已模糊了孙子的模样，于是所有的一切都归于现在的秩序。到这里，东西完成了由"篡改"所形成的一幅现实图像。显然，"篡改"所指涉的意义是叠加的，小说至少呈现了四次或被动或主动的命运"篡改"事件：一是若干年前父亲汪槐招工被人顶替，二是汪长尺高考上线被人顶替，三是汪长尺将儿子送给开发商，四是汪长尺的儿子长大后隐匿身份。同时，小说还涉及诸如同村村民、同学、工友等一些人物的生活遭遇和命运变故，呈现了时代躁动和个体异变的复杂社会景观。

　　对于当代文学中表现农民工题材的小说，乡土经验的呈现以及在此基础上形成的思想能力一直为评论界所关注，诚如丁帆所指出的："更多的作品虽然对农民充满同情和怜悯，却对社会现实的认识不够深刻、批判并不尖锐，在我们看来，这是一种比较客观中庸的现实主义，而它已经成为乡土现实主义的主流。就新写实而言，一些作家仍然延续着盛行于上世纪80年代末90年代初的新写实乡土小说的创作方法和理念，过度迷恋琐碎的日常生活描写，放弃了应有的叙事伦理责任,这样的现实主义已失却其作为现实主义的应有意义,成为一种'旧'乡土经验主义。总体上看,世纪之交的乡土现实主义叙写,对现实的'去蔽'或'祛魅'是有限度的,尚未达到时代所要求的丰富性和深刻性,这根源于当代作家与当代中国共同罹患的'思想贫弱症'与'历史迷茫症'。"[1]应该说,《篡改的命》对当下社会现实的批判是深刻而有力的,其在处理城市与乡村、现实与历史、个体与群体、欲望与人性、善与恶等充满矛盾张力的题材和主题时的艺术经验值得高度肯定。

二

在《篡改的命》中,东西没有细密描写乡村世界的生活场景,也没有渲染城市生活的声色犬马,他似乎没有兴趣从文化学和社会学的相关概念上对农村和农民的状况进行某种判断和隐喻式的叙事,只是率直和诚恳地带我们走进一个普通的农民家庭,用这个家庭的故事回应当下有关农民(或社会底层)的问题。在我看来,理解这一点是走进这部小说艺术世界的关键。不难看出,东西在小说中试图表达对乡村世界的一种独特的理解和真实的把握。东西并不想以某种乡土情结去抚摸农民、农民工的心酸和苦难,或许在他看来,这些还算不上他们的主要关切。因而,东西只是想急切地撕下关于乡村想象的某种温情面纱,力图真正地理解社会变迁中农民、农民工的焦虑,从而更清晰地表达社会底层真实的生存状况。汪长尺的家庭不过是乡村中一个极其普通的家庭,这个家庭的遭遇与故事在这个时代既具有普遍性又具有特殊性。而正是在这样一个

---

[1] 丁帆等:《中国乡土小说的世纪转型研究》,人民文学出版社2013年版,第8—9页。

普遍性的情境中，小说衍生了一个陌生的故事，一个"极端"的汪长尺的突然出现让我们惊讶。其实，如果按照现在媒体的叙述方式，我们很容易把汪长尺的故事简化成一则"把亲生儿子送人"的社会新闻，这样的社会事件如今已算不上多么离奇。而小说家的任务在于，能把更为斑驳复杂的社会现实弥散在故事的讲述中，开辟出对世界、对人更多的、更有意味的想象可能，让新闻变成小说，让事件变成文学，让读者建立起对世界、对自己的某种对话关系。在这部小说中，东西出色地完成了这个任务。汪长尺的故事再次让我们进入公平和正义的话题，想到贫富、权力、义务、正义等这些人类永恒的主题话语，想到亚里士多德、柏拉图、西塞罗、阿奎那、卢梭、康德、罗尔斯等哲人对于公平和正义的知识探索。卢梭认为人类存在两种不平等，一种是由自然造成的诸如年龄、身体、体力、智力等方面的生理上的不平等；另一种是由少数人享有的各种特权而造成的精神的或政治的不平等。[1]汪长尺所遭遇的不公平显然属于后者。值得注意的是，东西在这部小说中的叙事并没有止步于这个层面，没有停留在对现实不公平和非正义的简单指控上，而是凝视和表现人物在这一时代处境中的精神貌相。在我们既往的阅读经验中，像汪槐和汪长尺这样的城市漂泊者，挣扎在变迁中的城乡之间，往往对城市充满了既恨又爱的复杂情感。而东西笔下的汪槐和汪长尺没有表现出对城市的厌恨；相反，在他们的眼中城市就是梦想，来生"投胎"也要往城里去。因此，他们厌弃自己的农民身份，渴望成为城里人来改变命运则是他们全部的价值生活。从这里可以看出，汪槐、汪

---

[1][法]让-雅克·卢梭：《论人类不平等的起源和基础》，邓冰艳译，浙江文艺出版社2015年版，第27—28页。

长尺在生活中并没有获得现实的存在感,对自己身份的厌憎以及对权贵(比如开发商)的依附也表明他们更没有现代意义上的主体意识。而这,或许比不公平的现实本身更应引起人们的关注与反思,正如罗尔斯所说:"严重的经济不平等和社会不平等通常与社会地位的不平等是联结在一起的,而这种社会地位的不平等鼓励地位更低的人们将自己看作是下等人,也鼓励别人将他们看作是下等人。一方面,这可能产生出范围广泛的逆来顺受和奴颜婢膝的态度,另一方面,也会引起统治欲望和狂妄自大的态度。经济不平等和社会不平等的这些后果可以是严重的罪恶,而且它们造成的这些态度则可以是更大的邪恶。"[1]东西在小说中所表现的这一普遍性的时代情境,也呈现出了鲁迅对国民性书写的某种同构性,从而使文本携带了更多的历史信息。与其说,小说表达的是对社会现实的某种抽象的批判与挞伐,不如说作家更关注的是国民性的改造、人性的健康和主体的成长这种未完成的启蒙命题。小说对国民性的反思也不仅限于汪长尺等几个主人公,而是辐射到了城乡之间更广大的人群,只不过不同的人其人性的局限各有不同而已,比如,小说中两个警察被赶走后全村人表现出的基于对权力和警察恐惧而来的种种表现,就是具有黑色幽默色彩的象征性情节,它传达的是作家对国民性的整体性判断和普遍性反思。

更值得注意的是,《篡改的命》对社会底层改变命运的方式进行了直观的呈现与剖析。小说以一种具有荒诞意味的笔调来表现汪长尺的生活焦虑,展现他一步步挣扎和最终通过"篡改"来拯

---

[1] [美]约翰·罗尔斯:《作为公平的正义》,姚大志译,中国社会科学出版社2011年版,第159页。

救命运的过程。在经过社会变迁的冲击和碰撞之后，处在社会底层和边缘的汪槐、汪长尺已经无暇自怜和哀叹，只有决绝的自我厌弃，改变目前的命运是他们生活的唯一希望。汪长尺试图通过读书、打工来改变命运，甚至不惜自残和以生命为代价，结果都是失败的。小说就这样一步步把汪长尺推到了生活的绝境。最终，汪长尺不得不采取了简单有效的"最后一招"——把孩子送人，以身份的直接篡改来改变命运的走向。当然，这一篡改行为改变的是儿子的命运，是家族的命运，对于汪长尺来说，他的代价却是对传统家庭观念和道德观念的负罪背离，是痛苦和死亡的选择，他试图以生命为代价实现自我命运的终极拯救。汪长尺的篡改与拯救是个人极为悲壮的挣扎和反抗，是绝望的救赎，在强大和残酷的现实面前，他只能抛弃父母、选择死亡去对抗一套压制和束缚命运的机制，以"认贼作父"般的篡改行为去换取改变儿子命运的希望。在这里，一切关于公平和正义的言说变得如此孱弱，这是一个多么使人惊悚的社会景观。从这个意义上说，东西没有把汪长尺的农民工形象风格化和修辞化，而是赋予了汪长尺一个被鲍桑葵称之为"适应性变异"[1]的灵魂，使其成为一个丰满、复杂的独特形象。同时，小说突显了汪长尺处理个体与社会、城市与乡村这些复杂矛盾的极端方式，从而把关于历史与现实的更多辩诘留给了读者，在此基础上形成的叙事张力也极大地强化了对现实的嘲讽和批判。

可以看出，在汪长尺的生存伦理中，他相信只有城市可以改变他们卑微低下的命运，只有城市可以改变乡村。那么，汪长尺的

---

[1]［英］鲍桑葵：《个体的价值与命运》，李超杰等译，商务印书馆2012年版，第6页。

"篡改"是否完成了命运的拯救呢？在我看来，小说给出的答案是否定的。在汪槐于乡村超度汪长尺灵魂升天的仪式上，伴随着声声"往城里"投胎的祈祷，远在城里的林家柏与"小三"的儿子出生了。再者，若干年后汪长尺的儿子手握自己身份的证据，却选择了彻底的销毁，切断了与汪家任何蛛丝马迹的联系。因此，无论从何种意义上说，汪长尺的篡改都是徒劳和一厢情愿的，它注定了只是一个充满悲壮色彩的虚幻仪式，根本无法拯救他的家族和乡村，或许正如雷蒙·威廉斯在《乡村与城市》中指出的那样："一无所有的劳工和城市工人在抗议和绝望之中产生的那种不同的社会意识必须通过新的方式变成一个集体负责的社会。城市无法拯救乡村，乡村也拯救不了城市。两者内部一直存在的斗争将会变成一场普遍的斗争——从某种意义上来说，它一直是一场普遍的斗争。……我们可以看到，这也是一场非常复杂的斗争，它触及我们生命的每一部分。"[1]从这个意义上说，关注城乡社会的隐形结构，反思时代背景中城乡的对立与矛盾，寻求社会底层命运改变的可能与方式，也是小说重要的内在主题。

三

从技术层面上看，东西在《篡改的命》的创作上选择了情节完整的故事，叙事没有形成太多的延宕曲折，也没有作太多的场景铺陈。这看起来有些冒险。这种风险一方面在于这个时代的现实有时比小说更离奇，更复杂；另一方面，一个并不追求多元叙事和篇幅不长的故事，对小说家的思想能力和艺术能力也是一个极大的考验。

---

[1][英]雷蒙·威廉斯：《乡村与城市》，韩子满等译，商务印书馆2013年版，第407页。

那么东西是如何在小说中维系其艺术世界的内在平衡的呢？在我看来，这一切来自于东西与众不同的生活经验以及对于现实和历史的深刻思考，来自于他对能够引起读者心灵震撼的生活"原点"的成功发现。正如他自己所说："对我来说，写作绝对有一种不变的标准，那就是'身上响了一下'。这是爱因斯坦的理论，当他看到他的计算和未经解释的天文观测一致时，他就感到身上有什么东西响了一下。借用到写作上，'响了一下'可能是发现，也可能是感动，也可能是愤怒。……如果写作者的身体不先响了一下，那读者的脊背就绝对不会震颤。所以，每一次写作之前，我都得找到让自己身体响起来的人物或者故事，我愿意花更多的时间来寻找和发现。不管写作的标准有千条万条，我相信只有发现秘密、温暖人心、触动人心的文学，才会在低门槛前高高地跃起，才有可能拉住转身而去的读者。"[1]在这部小说中，"篡改的命"就是能让作家"身上响了一下"的生活"原点"。东西相信它也能触动读者，于是便以此为基点，采取单刀直入式而不是故弄玄虚的迂回叙事来延伸故事的脉络，以期形成对小说艺术主题的有力开掘。当然，东西在叙事结构上也作了精心的安排，叙事节奏拿捏得十分得当，比如，在汪长尺自杀后，小说的叙事节奏瞬间变得非常低缓，以简洁的方式叙述了汪长尺儿子的"篡改"行动，然而，此时的叙事内蕴却显得十分丰富，东西非常注重对叙事中历史意识的营造，并以历史与主体对峙关系的建立来强化小说主题的表达。

也许有读者会问：汪长尺的故事和"一根筋"般的一条道走到黑的性格是否太极端了？他大可不必在城里如此走投无路地折腾，

---

[1]东西：《耳光响亮·序》，江苏文艺出版社2011年版，第2—3页。

他可以选择与父母在家种田，过一种平静的乡村生活，也不至于把孩子送到仇人身边。东西的讲述是否有刻意为之之嫌？在我看来，东西当然可以在汪长尺的篡改和退守的纠结中拓展叙事空间，甚至赋予他更多的情感和道德因素。但东西没有这样做，而是毫不犹疑地站在汪长尺的生活立场，与他一起为改变命运而焦虑和挣扎。或许在东西看来，我们的立场与汪长尺的立场是不同的，站在我们的立场实施对汪长尺的讲述也许是对其真实生活的某种"篡改"。因此，东西没有让故事的线索任意地穿梭以拓展更多的叙事空间，而是尽可能地把叙事进程放在汪长尺自己的意义世界中展开，读者由此而获得的对乡村世界和农民工生活的感知都源于汪长尺自我意识的传递。理解这一点，对于理解东西在这部小说中的创作追求和写作立场非常重要。在许多的乡土小说创作中，作家往往以怀旧和感伤的语调讲述乡村的生活和历史，或者以写实的手法揭示底层苦难、问责公平和正义。这种表达当然有其重要的思想价值和艺术价值，但是这里的问题是：这种表达在多大程度上抵达了人物的内心世界？也就是说，这些小说是否如作家所愿真实而深刻地表现了当下变迁中的乡土世界或底层世界？正如李敬泽所说："我们是在一个意义与意识高度分裂和隔绝的背景下写作，也许这本身就构成了写作的必要性，但是，我依然感到疑虑，当我们书写底层时，比如书写农民工时，被书写者是否真的生活在我们为他们建立的意义世界里？或者说，书写者对他们的意识与他们的自我意识是否相关、相通？……能不能从人物的内部，比如一个农民或一个小城市民，能不能从他自身的表意系统、他自身的内在性上去说明他、表现他。作者的确有阐释的权利，更可以向人物提出他从未想过的问题，引导他尝试扩展他的内在性，但同时，阐释的限度在哪里？人物如何自知和如何'被知'。"[1]在这部小说中，东西的叙述显然注重从汪槐、汪长尺的生活欲念出发，叙事动力来自于他们或狭隘或固执或偏激或自私的价值取向。汪槐一心希望儿子考上大学以改变家庭命运，汪长尺拼命打工以使儿子能享受到城里的教育，哪怕拼上性命也要让子孙做个城里人，至于其他的事与他们无关紧要，这就是农民和农民工最现实的生存伦理。小说故事的展开和推进的节点都以此为基点，靠人物自己的内心和自我意识去牵引，尽量避免以作家的观念和想象来设定叙事的走向。因此，我们看到的汪长尺的故事不同于《耳光响亮》中牛红梅的心灵史，也有别于《后悔录》中曾广贤的后悔记忆。这种表面上颇类似传统现实主义的写作实际上对作家构成了很大的挑战，它必须建立在直接有效的生活经验之上，而不是作家对乡村和底层生活的某种乌托邦想象，而这或许正是当下许多乡土小说家的"软肋"。当然，尽管东西在提供一个鲜活具体的故事，但他的讲述方式显然不是传统现实主义小说的叙事方式，其中混杂着东西一贯的反讽和荒诞风格，极大地延展了小说复杂和宽阔的意义空间。

当代中国急剧和复杂的城乡变化无疑给作家带来了丰富的创作资源，但同时也给作家把握和表现时代的能力带来了巨大的挑战。如何建立有效的路径抵达所要书写的世界——比如一座村庄的历史，或一个农民、一个农民工的精神世界，在时代处境中真正形成穿过表象和辨析现实的能力，而不是靠某种虚假的想象作为经验缺失的掩体，可能是许多小说家需要长期面对的问题。或许可以如东西这部小说的创作这样，没有宏大的叙事野心，只是诚恳地讲好一个中

---

[1] 李敬泽：《致理想读者》，中国人民大学出版社2014年版，第40—41页。

国故事,力图真实地呈现——而不是"篡改"——所要表达的世界,才能拯救我们内心深处对于乡土的某种久远的承诺。而这,也许是这部小说留给我们的另一个启示吧。

(原载《南方文坛》2015.11.15)

在命运的万壑千沟之间

——论东西，以长篇小说《篡改的命》为切入点

张清华

> 不管你怎么去想，当末日审判的号角吹响时；我将手拿此书，站在至高无上的审判者面前。
> ——《忏悔录》

> 莫之为而为者，天也；莫之致而至者，命也。
> ——《孟子·万章上》

假如说在世界上存在着一种以"忏悔"为模式的思维和叙述的话，那么在没有或较少基督教文化遗传与影响的东方人的思维中，会存在着另一种对人性与罪的思考，这同样也是一种哲学性的审视，但不会是从主体自身的"原罪"角度的认识，而是对于"命运"——某种来自客体异己力量的痛苦和惧怕的解释。

在我看来，能够将人世的不公和苦难，以哲学的发问和道义的审判合而为一的作家并不多，而东西是一个。眼下，书写底层苦难与社会问题的作品比比皆是，我相信这些描写是出自作家的正义感

与责任心，但是有正义感和责任心未必就能成为真正的小说家，在更多的作品中我们读到的，还只能是某些表层的社会问题，能够将之上升到一种哲学性的思考，将之放置于历史、人性、伦理与法则的多维尺度中来审视与拷问的作家，还显得凤毛麟角。而在笔者观之，能够将这样的命题置于上述维度思考的，也未见得就一定是成功的文学作品，真正成功的作品，应该是可以同时使之获得一个"恰当的形式"——用英国批评家克莱夫·贝尔的话说即是"有意味的形式"[1]，用更早的康德的话说是"对象的合目的的形式"[2]——给予其符合美学规制的表达，方能认为是成功之作。

显然，《篡改的命》是这样的作品，它可以证明东西是作家当中的艺术家。这样说并非夸张，因为他的手艺好到可以把别人一般性地予以处置的题材，升华为一种历史的、人性的、哲学的甚至宗教的寓言，他还将故事的枝蔓修剪到了一个丝纹不乱的程度——从故事的逻辑中抽取出一种与之相匹配的人性逻辑或性格逻辑，一种合成为叫做"命运"的东西，并使故事与形式、内容与逻辑最终达成了完美的结合。从世纪初的《后悔录》，到眼下的《篡改的命》，我认为东西的小说已臻于这样的境界。

与余华等早期的先锋小说家一样，东西是懂得"叙述的减法"的，当然，与其说是"减法"，不如说是"点金术"，或说是"故事的炼金术"。即他可以在"故事的逻辑"、人物的"性格逻辑"与"命运逻辑"同历史或现实的材料之间，找到一个准确无误的、不可替代的、经典的或与经典对称的形式——比如与《忏悔录》对称的《后悔录》。而这是小说家能够成为艺术家的关键，对许多人来说，

---

[1] 克莱夫·贝尔：《艺术》，薛华译，江苏教育出版社2005年版，第4页。
[2] 康德：《判断力批判》，邓晓芒译，人民出版社2002年版，第72页。

流水账式的或者无可救药的任性而自我化的叙述，则是常态。严格地说，那样的作品还不是真正的小说，而只是未经冶炼的矿石，或者未经处置的材料而已。

一、寓意与及物，作为先锋叙事的延续与变种

假如从当代文学史的角度看，东西这一代作家在 1990 年代的崛起，恰好处于先锋文学所向披靡的时期，所以无法不受其影响。而作为年纪略小、出道稍晚的"新生代"的代表，他们又有其明显的标记：即更具有当下的现实感与世俗性。在他们那里，早期先锋小说的哲学化和纯形式的写法，为更"接地气"的现实意味所取代或中和，或者说，先锋写作热衷于哲学与寓意的形而上趣味，更多地为及物性的现实关怀所取代。这当然是一个不可避免的转向。因为在进入1990年代之后，即使是作为先锋小说三剑客的余华、苏童、格非，也表现出了同样的转向，比如《活着》、《许三观卖血记》、《欲望的旗帜》等作品的问世，便表现出了"对于叙述难度的搁置"，和对于近距离现实中人之命运的痴迷。但在笔者观之，先锋小说留给当代文学的最重要的遗产，即是哲学寓意的熟练生成，以及叙事形式的自觉彰显。没有这些就没有当代文学的进步。假如说以莫言、马原、扎西达娃、残雪、王安忆、韩少功等开创和推动的 1985 年的"新潮小说"开辟了"寓言化"的写作的道路，那么稍后于 1988 年鹊起的"先锋小说"的主要贡献，便是"形式感"的真正彰显。限于篇幅，本文不拟在这里展开讨论这一文学史问题，但我愿意强调的是，寓意与形式的自觉正是打开文学通向哲学天地的门径，也是其渡向现代艺术的真正通途。

东西显然深受这两份遗产的影响。他早在 1990 年代的作品，显

示了他对先锋小说写法的迷恋，或者也可以说，1990年代东西的作品，其实即可纳入先锋小说潮流的范畴。他的短篇小说《反义词大楼》，便是用了寓言的手法，隐喻了黑白颠倒和是非不分的现实逻辑。在一座充满了权力的强制、关禁、暴力甚至色情意味的"十八层大楼"——不免让人联想"十八层地狱"——之中，一位叫做李果的教师，在用了洗脑的方式，训练数十位年轻人如何将"不爱"说成"爱"，将不喜欢和不同意说成喜欢和同意，将痛苦、丑陋、失败分别说成是愉快、英俊和成功……当一位名叫麦艳民的女学员不愿意将"接吻"说成是"握手"的时候，便被强行拖了出去，并遭到了保安的强奸。小说中被强奸的女学员在某一刻与"我"在大楼中的被强迫的境遇与反抗的动作还是重叠的……也就是说，它也隐约意味着作为旁观者的叙事人，同样遭到了强暴。

如果说这样的作品表达的是一种相对确定的寓意，即对历史和现实中一种持久的制度性力量的批判；而类似《溺》一类作品，则表现了先锋小说中另一种常见的寓意，即对历史或存在的某种无解的疑惑，来自偶然与荒诞逻辑的求索。乡村少年关连淹死于村头的水库之中，原因起自与伙伴的较劲，关连之死自然引发了父亲和一家人的悲伤与愤怒，但他父亲要迁怒的对象是倡导修水库的人陈兴国。就在他磨快斧头显示报仇决心的时候，他又想起了关连降生时的情形，孩子落地时突然撒出了一泡尿，照习俗说法，这样的孩子必命克父母，父亲须用手掌在尿中连切三次，且刚好婴孩尿停，方能避过不祥之兆。但陈兴国的三掌并未止住孩子的尿液，他只好用手捏住婴孩的小东西将其憋了回去，而尿液流在婴孩身上，又意味着将来他会有意外之死。这样看来，杀死关连的人居然又是他的父亲自己了。这篇小说表明，在死亡和突如其来的灾祸面前，任何解释都是荒诞和无妄的。

还有无意识深度的表达。前者中的关连之死引发的官司，也可以看做是一种无意识的作怪，乡村习俗中的集体无意识与个体的无意识活动构成了一种复杂的纠结，它会暗示人的命运，也会解释出无法解释的逻辑。在另一个短篇《你不知道她有多美》中，东西书写了一种类似"牛犊恋"的纯洁而深入骨髓的情结。作为街坊的念哥娶了公认的美人青葵姐，但作为少年的"我"，也就是春雷，却在陪同娶亲的这天早上，在三轮车中近距离地审视这位美人时也深深地爱上了她。在此后的交往中，少年的"我"都在无意识中坚信她与自己有某种特殊的关联，常常涌起爱、依恋和保护她的冲动。但不幸的是，她居然死于那场人所共知的大地震。在余震中满身伤痕的"我"，因为对她的爱的激励，才随着人群艰难地走出了废墟。这篇小说显然是对自己童年某个记忆的祭奠。

细心的读者完全可以从中读出余华、苏童甚至莫言小说的影子，余华小说中对于暴力与规训、阉割与欺瞒的历史的锋利揭露，苏童小说中对于人性弱点与命运无常的温婉悲悯，格非小说中对于个体无意识和存在之虚无的敏感而微妙的书写，都隐约可以在东西的作品中看到影子。尤其《你不知道她有多美》中，我们甚至还可以看出与莫言的《透明的红萝卜》之间的异曲同工，其中对"未成年人的爱情悲剧"的描写，简直可以说写到了骨子里，读之令人难以释怀。当然，在更深远的意义上说，我们也还可以从中看出更多外国作家的影子，如卡夫卡、萨特、加缪、福克纳……但很显然，从作家的趣味与写法上看，无疑都是属于先锋小说这一脉系，看出他与稍早前出道的作家之间的呼应与联系。这表明，东西的小说从一开始就显示了"纯正的血统"，以及很高的起点。

但另一方面，与先锋小说的叙事相比，东西与大部分"新生代"作家一样，其作品在充满寓言意味的同时，也有着强烈的及物性与现实批判的意味。比如发表于 1996 年的另一个短篇《我们的父亲》，便是非常典型的例子。如同戏曲《墙头记》里被儿女遗弃的父亲一样，这似乎是一个司空见惯的老故事。"我们的父亲"从乡下来到城里，依次到了"我"家、姐姐和哥哥家，但出于各种理由，没有一个儿女是认真对待他的，局促而窘迫的父亲转了一圈，最后一个人流落到街头。过了许久，"我"通过一个乡人得知，失踪已久的父亲可能已死且被埋葬了。在公安局，"我们"查到了父亲的遗物，一只上个年代的军用挎包，里面装着父亲的烟斗，还有两件买给"我"即将出生的女儿的衣服。但他们互相怀着恼怒一起去寻找父亲的尸骨时，仍然是什么也没有找到。小说以"减法"的形式，几乎将叙事"简化"为了一个典型的哲学寓言，因为意识中是"我们的父亲"，所以这个"复数的父亲"便成了事实上无人善待和关心的父亲。但是，它强烈的道德讽喻意味，对人性弱点的鞭辟入里的揭示，又十分具有现实感。

寓意是东西基本的写法，这使他从不轻易模拟和抄袭现实，而是都要经过精细的深思熟虑，以寓言方式赋予其构思与题旨以深层的含义。发表于 1997 年的《耳光响亮》是东西长篇小说的处女作，这部作品虽然没有引起批评界太多的关注，但在笔者看，却是一部不可多得的 1960 年代出生者的成长记忆之书。它的起笔即从 1976 年毛泽东的逝世开始，"失父"成为一代人标记性的精神烙印。"精神之父"的死亡，与牛家父亲牛正国的出走与生死不明，成为其孩子们不得不面对的残酷现实。随后，母亲何碧雪也改嫁他人，在失序与颠倒的混乱，以及贫穷而惨淡的物质生存中，一代人无法不在施暴与伤害、压抑与放纵中经历创伤与成长。所谓"耳光"可以理解为一记精神的耳光,同时又是成长中现实的耳光,是巨大的时代转换与价值翻覆中最具体而深刻的创伤性记忆。小说的最后,失却"父法"(陈晓明语)与母爱的牛家的孩子们,在姑姑的率领下,历经磨难终于找到了流落到越南(——注意,是有着相似的历史与意识形态的越南!)的父亲,但他已经失去了记忆,变成了别人的父亲。他们只是从父亲的一个笔记本上隐约找到了他"出走"后的履历:偷东西,误伤人命,逃亡,迫于生计的贩毒,嫖,媾和,生养下另一群孩子……最终忘记了来路。

  我不能不说这是一个绝妙的寓意!它甚至已经将"后革命时代"的许多荒诞的历史理解悄无声息地彰显出来,并以此作为"革命时代的成长记忆"的一种结果,一种始料未及和啼笑皆非的后果,使历史呈现出一种巨大的消解逻辑,一种湮灭或反转的荒谬的百感交集。它不是引导读者最终去为某一个人或家庭的悲欢离合而感慨,而是会引向对一种集体记忆的隐喻与整合,对个人记忆与宏大历史的一种"诗意的捏合"——这才是写作的正途,将历史与个人成长烩于一炉的成功处理。

  很显然,如果从当代文学史演变的角度看,《耳光响亮》的评价还可以再高一点,因为在1990年代大量的成长小说中,像这样自觉而准确地写出"60年代人"的集体记忆的作品,能够在人物的性格与经历中清晰地表明其文化印记的作品,显然不多。这样的小说对于构建当代中国真实的历史记忆,其意义是不可低估的。正如法国人刘易斯·科瑟在对社会学家莫里斯·哈布瓦赫的评论中所说的,"对重要政治和社会事件的记忆是按照年龄,特别是年轻时的年龄而建构起来的。""因为青春期的记忆和成长早期的记忆比起人们后来的经历中的记忆来说,具有更强烈、更普遍深入的影响。"[1] 东西通过一代人的"耳光中成长的记忆"的叙述,通过个体时间(牛家的孩子们的个人成长史)和更大的历史时间("文革"即"文革"后的社会历史)的双重设置,使得这一叙述在保持了其真实而鲜活的个体性的同时,又得以越出单纯个人创伤的讲述,而能够以更长远的时间坐标,彰显出其历史的戏剧性与荒诞感,并且能够呈现出"后现代"式的"黑色幽默"的意味,这不能不说是一个了不起的高度。而且,东西的作品从一开始就不止显现了高超的手艺,而且还显现出鲜明而独立不倚的叙述风格与美学品质,无论如何这都是应该肯定和必须予以重视的。

二、形式与逻辑:通向戏剧性与艺术之途

在讨论语言艺术的内容、材料和形式的关系问题的时候,与克莱夫·贝尔的立场相似,巴赫金也曾提醒我们,"艺术形式是内容的形式","也是整个依靠材料实现,仿佛固着于材料的",但"无论如何不能把形式解释为材料的形式"。[2] 一直深入探究小说文体规律的巴赫金之所以这样强调形式与内容不可分割的关系,其实是告诉我们,不要在排除叙事主题的情况下来谈论形式的问题,形式其实即是内容。或者变换一下,某种意义上也可以说,主题即是叙事,这给了我们讨论东西小说的另一个基本依据。或者反过来也可以说,东西创造出了内容与形式紧紧生长于一起的叙事典范——这便是他

---

[1] 刘易斯·科瑟:《导论:莫里斯·哈布瓦赫》,见莫里斯·哈布瓦赫:《论集体记忆》,毕然、郭金华译,上海人民出版社2002年版,第51页。
[2] 巴赫金:《巴赫金文论选》,佟景韩译,中国社会科学出版社1996年版,第301页。

写于新世纪初的另一部长篇《后悔录》。在笔者看来，即便是置于整个当代文学史来看，这也称得上是一个杰作。它用了细小然而也是巨大的寓言，用了一个内容与形式紧紧生长于一体的叙事，构造了一个"关于命运的故事"，隐喻了当代中国大历史与个人成长之间的脱节与错位的状态。

或许东西在小说的后记中所说的话，对我们理解它是有帮助的，他说，他所试图打开的是一个"记忆的仓库"，要表达的是当代中国人"情感生活的变化"。然而，要书写这一切，最关键的是要寻找到一个有意思的形式：

> 这个小说耗去我最多的时间是构思，我越来越舍得花时间在构思上，那是因为我见过或体会过太多的失败，就像某城市的一座高楼，刚刚建成就要拆除，就像我们只用一天的时间来设计人生，却要为此付出一生的代价，这都是没有构思的惨痛。所以我宁可慢，也要对小说进行各项评估，试着更准确、更细腻地表达我的感受。[1]

此言不虚，东西找到或创造了一个充满哲学情境与宗教寓意的故事架构，一个与"忏悔录"叙事相对称的叙事，这是至关重要的。从古罗马时代的圣奥古斯汀，到启蒙主义运动时期的卢梭，西方人已创建了一种深入人心的形式——"忏悔录"的叙事。这种叙事在基督教背景下的文化与文学中，早已成为人所共识的经典，即关于个人成长经历的叙述，但同时，它又是按照反省和忏悔的宗教情感

---

[1] 东西：《三年一觉后悔梦》，《后悔录》，人民文学出版社2005年版，第293页。

与神性价值来处理的个体记忆；而东西所提供给我们的，恰好是一种对应物，一种"反转思维"的叙事——不是检点个人在历史中的罪错与妄念，而是记述个人与历史之间的错过，或是历史对于个人的玩弄，并由此生成了一种类似"命运"的东西，一种荒诞而戏剧性的逻辑。很显然，如果是置于原罪论的基督教文明中，这样的叙事也许是不合时宜的，因为其思维的起点不是个人之罪，而是个体所蒙受的不公，以及对于这种不公的质疑与追问。然而，如果是置于中国当代历史的语境之中，"后悔录"模式却是合理的和合逻辑的，因为它既是对于"命运"的最佳书写模式，同时也是对个人精神世界予以解剖的别样通道。

在笔者观之，艺术逻辑是一个艺术作品的生命，它显然同生活逻辑与现实逻辑之间有一种必然的升华关系。现实中，狼吃小羊时是无需理由的，它想吃便吃了，弱肉强食是动物界的普遍法则，但在《伊索寓言》中，狼吃羊时却要进行一番语言的较量，由此便产生了狼与小羊之间的"对话"。从现实逻辑看，这当然是"不真实"的，但按照艺术逻辑，如果没有这番看起来不真实的对话，便不可能使"狼性"的本质获得真实的彰显。因此，艺术逻辑是文学创作的根本之途。它在具体的情形下可以表现为故事的"戏剧逻辑"，人物的"性格逻辑"与"命运逻辑"，也可以显现为一种作家必须遵从的"叙述逻辑"，总之它具有巴赫金所说的"固着于材料"的客观性。如同哈姆雷特在"装疯"之后陷入了一种混乱的性格逻辑与戏剧逻辑一样，这一逻辑的不断延续也反过来成为了哈姆雷特的命运，以及戏剧家不得不遵从的叙事逻辑与戏剧逻辑。哈姆雷特无法规避地先后用言语伤害了他最爱的人奥菲利亚，用剑误杀了他未来的岳丈波洛涅斯，无可挽回地陷入与奥菲利亚的哥哥雷欧提斯决斗的悲剧……他从一开始就错了，尽管是出于不得已，但佯疯导致了他逻辑的错乱，铸就了现实中的一错再错，这就是他的命运。而唯有命运的最感动人的，只有写出了命运的作品才是伟大的艺术。这便是老莎士比亚的哲学，也是一切艺术的通理。深谙这一点的东西，也用了类似的逻辑，写出了一个堪称与之异曲同工的人的命运。

资本家的孙子曾广贤，在无知和压抑中来到了他苦闷而慌乱的16岁的青春期。他的性知识居然是由观赏和虐待一双交配的狗开始的。而这时刚好时值"文革"，在一间他们祖上留下来的仓库中，混居着三个拥挤不堪的家庭。处于性苦闷中的父亲因为与邻居赵老实的女儿赵山河偷情，这事被无知的"我"——也就是幼稚的曾广贤无意间说了出去，由此导致了赵山河的匆忙出嫁，也让父亲蒙受了一顿暴打。由此"我"一生的毛病就种下了。继而是母亲遭动物园的何园长猥亵，恰好被"我"撞见，母亲也因此羞愤而死，妹妹随之失踪，父亲因为"耍流氓"而被到处揪斗。当父亲知道"我"这个儿子竟是告密者时，痛恨至极而再不相认。离开了家庭呵护的曾广贤，开始了独自的人生之旅。但之前所受的刺激以及所形成的性格逻辑，仍在不可思议地支配着"我"一错再错的行为，当同学小池示爱，"我"竟然失口喊出了"流氓"，当"我"随后无数次写信给受伤害的她试图重归于好，所有的信如石沉大海，即便贴了两张邮票也没有用。等到"我"鼓起勇气扒火车去见她时，她却早已是于百家的人了。美好的初恋就这样白白被自己的胆小和愚蠢给葬送了。之后，"我"侥幸以接班的名义做了动物园的饲养员，但孤独中最为依恋的一只小狗也背叛了自己，它引出了一连串爱的错讹与混乱的恩怨纠结，"我"先后被诬为赵敬东之死的祸首，失去了本有意于"我"的张闹，并因鬼使神差地钻进张闹的卧室而被判为强奸犯，并获刑八年。

在监狱中,"我"给所有亲朋写信,试图洗刷自己的不白之冤,但所有的信都被扣押了。唯有一个在动物园的同事陆小燕,因为一直喜欢"我"而不断来看望和鼓励。但"我"还是干了许多傻事,如试图越狱而获罪被加刑三年。直到监狱生活还剩一年的时候,才明白必须要翻案,这时张闹也表示愿意翻供为"我"洗冤,可她的信竟然被"我"的眼泪打湿而模糊了字迹。直到刑期将满,"我"才突然被宣布无罪释放。这时来接"我"的竟是曾诬陷我强奸的张闹,我到河里洗除身上的污垢,却致使我在这个过程中丢失了"平反"的文件。鬼使神差,"我"没有与一直一心一意待我的陆小燕结合,而是偏偏娶了脚踩两只船的张闹。结婚之日"我"发现张闹还一直与于百家私通,而这时再想离婚可就难了。"我"只好去找早已嫁给于百家的小池,却又致使她发了疯。之后,曾家被没收的房产获得巨额赔偿,可是这消息却又让父亲情绪激动而中风,并使"我"离婚的官司一拖再拖。房产被于百家侵吞,在改装为色情场所之后,"我"终于拿到了二十万元的补偿,在赔给张闹十万元之后方才知道,与她之间的结婚证居然也是假的。最后,于百家被抓,"我"仅剩的一点财产也随之被罚没。

在小说的结尾处,"我"对着将死的父亲,说出了一连串"如果……就……"但一切都已晚矣,父亲已永远无法回答"我"。这半生之中竟没有一件事情做对,最终也还是碌碌无为一事无成,不要说恋爱,连一次真正的肉体接触也不曾有过,有的只是让家人和朋友一个个倒霉。

某种意义上这已是"命运的万壑千沟"了。假如从现实的逻辑看,一个人再倒霉,一生再"点背",也不至于如此下场凄惨;但从小说看，这样的逻辑却是合理的，合乎大历史的内在逻辑，也合乎小说中人物的性格逻辑。作品中所刻画的这个"我"，这个由禁欲、暴力、物质的贫瘠而产生的畸形儿，形象而戏剧性地寓意了成长于"文革"一代的命运，寓意了他们从精神到肉体充满欠缺、挫折、创伤与磨难的成长历程；寓意了他们在争斗与伤害中人性的分裂与异化，以及那些"诚实者的悲剧"，以及祸从口出、冤狱遍地、无处哭告、无法申诉的莫须有的罪错……作家用了错乱与荒诞的叙述逻辑呈现了这个悲剧——因为诚实而获罪，因为"生错了时代"而注定受苦的人的命运。

很显然，"寓意即形式"这一法则在《后悔录》中获得了淋漓尽致的体现。一个注定会与历史冲突、与人生错过的弃儿，百转千回地走过一切人世的苦难，盖因为他的诚实与懦弱。犹如老博尔赫斯笔下的"迷宫"，看似千重遮障，其实是一线相牵，两个博尔赫斯在命运的两端互相等待和寻找，冥冥之中最终会在尽头汇合。而这时，戏剧终了，命运彰显，一个"迷宫的图形"也终将显现。这就是形式——或者说叙事的轨迹与逻辑，它与寓意完美地生长和生成于一体。

某种意义上这个主人公也是一个西西弗斯，一个被命运惩罚的劳而无功的推石头者，荒诞是这部作品的主调，也是它的美学。

而美学也是叙事的重要参与者。在《后悔录》中，悲剧的内质被外在的荒诞逻辑喜剧化了，使之成为另一种黑色幽默，这种格调反过来控制了作家的叙事。这是艺术创作中难得的佳境，所谓"上帝之手"或神灵附体，所谓"自动写作"，诸种说法其实都是艺术逻辑与人物的性格与命运逻辑自动显现的结果。"作者知道的并不比别人多"[1]，"叙述控制了我的写作"[2]，余华曾不止一次地表达过类似的说法，便是表明对于这种叙述逻辑的遵从；换成东西的话来说，就是"在写作的时候不要折磨我们的主人公，好作品要'折磨'读者，但要做到这点，必须要考验作家的想像力。"[3]所谓折磨读者当然不是一种故意的延宕，而是按照作品的戏剧逻辑和人物的性格与命运所生成的叙事动力而前进，这需要一种卓越的提炼和发现能力，驾驭与掌控能力。某种意义上它比"内心的召唤"更有值得服从之处——假如召唤不是出于对叙述逻辑的服膺，而是一种主观的自作主张的话。我之所以说东西是作家中的艺术家，理由应是在这里。

三、由现实通向哪里，或如何处理乡村和底层现实？

由"现实"通向哪里？这是我要提给当代作家的问题。当然有人会回答，现实就是现实，现实即是终极。但我所理解的现实绝非是表象意义上的部分，而应包含了之上和之下的部分，包括了文化的、人性的、形而上的和哲学的现实。这点在东西早期的《没有语言的生活》一类作品中早有充分的表现。在这个底层家庭中，苦难既是现实，更是象征与命运。东西在繁复和琐细的人物故事之中所精心搭建和呈现的，是这个由哑巴、聋子和瞎子组成的没有语言的、无法表达一切也无法保护自身的家庭，他们备受欺凌、操弄和永远无法改变的命运。他们唯一能够选择的就是承受。看起来这似乎是

---

[1]余华：《许三观卖血记》中文版自序，南海出版公司1998年版。
[2]余华：《兄弟》后记，上海文艺出版社2005年版。
[3]见《晶报》记者：《作家东西：生活其实是在模仿文学》，搜狐网文化频道，2007年09月18日。

一个特殊群体的遭际，但东西喻示给我们的，是整个底层乡村世界的生活——没有文化就没有语言，没有语言就没有表达，没有表达就没有权利和尊严，也无法有正常的情感与生活。这种悲悯与余华的《活着》非常相似，它不是居高临下的批判，而是匍匐于同样高度的生命体察与悲怆的感同身受；甚至也不止是书写一群人和一类人的生活，而是书写和隐喻一切人共同的遭际和可能的命运。

这使我们无法不钦敬：好的作家不会因为人物身份的低下与卑贱而远离他们，甚至他们的灵魂就附着在人物身上，变成了人物的一部分。惟其如此，他们才能真切地写出人物的命运，不但写出高于或深于现实的人性与善恶，揭示出其背后的历史与文化因由，而且会使之变得感人。《篡改的命》便是这样的作品，它让我们震撼于习焉不察的城乡两种生存之间的巨大沟壑与冲突，不止是看到物质的差异与表象，更看到物质背后强烈而畸形的情感与心理，看出一种历史性的逼近和严峻。这种近乎无法填平的物质与精神的沟壑，或许可以从路遥的《人生》《平凡的世界》等作品中看到依稀的来路，但在近二十年乡村解体生存塌陷的现实中，变得更加血腥和急骤。物质的倾覆与伦理的断裂压垮了无数个汪长尺，变成他们旷世的惨烈与奇异的命运，在由乡村通向城市的道路中，他们展开了史诗般的"出埃及记"一样的跋涉，以血以泪、以死以命——

这是他想得最多的一天……把林家柏跟他的交集过了无数遍。第一遍：我替他坐过牢。他欠过我工钱。他叫人用刀捅我，我差点失血而死。他谋害黄葵，嫁祸于我，让警察到谷里抓人，害得全村人人自危，集体失眠。我在他的工地摔成阳痿，他竟然不赔我精神损失费，拦车他不赔，打官司他不赔，爬脚手架他也不赔，还跟我玩消失，什么东西？什么货色？毫不夸张地讲，是他毁了我的心情，坏了我的人生……

　　这是《篡改的命》中汪长尺的控诉,他与林家柏之间恩怨纠结的部分总结。而事实上林家柏直接和间接地、真实和象征地毁掉汪长尺的,远不止这些,还有他的青春、希望、情感和生命。犹如一个血本无归的赌徒,汪长尺在这场命运的赌博中无法不陷于失败,最终只能寄希望于将自己唯一的儿子送与林家柏,并且自尽于浊浪滚滚的河水中,以毁掉证明儿子出身的证据。以这样彻底毁灭的方式,来结束这场旷日持久、在下一代身上还有可能延续的恩怨官司,并将之理解为是"对命运的篡改"——偷换了儿子的出身和血缘,一劳永逸地使之由乡村人变成城里人,由穷人变成有钱人,由底层屌丝的矮穷挫,变成出身高贵的白富美……这两个人物之间所形成的"象征性的关系",构成了小说的戏剧逻辑,使之生成了一个形式的骨架,并且得以与作品的主旨生长扭结在一起。

　　这是怎样的一场绝地的抗争与搏杀?从父亲汪槐的跳楼致残,到汪长尺的代人追债与替人坐牢,从媳妇小文被迫出卖身体从事皮肉生意,到汪长尺因工伤而断送了生育能力,到最后不得不将唯一的骨血送与有钱人,这个家庭唯一的希望就是摆脱乡村的苦海,让后代永远改变自己的出身。如果说前一代人还只是付出了辛劳和健康,还可以生于此也死于此,希望于此也幻灭于此的话;那么汪长尺这一代,则付出了贞洁、爱情、生命和身体,输到一无所有,最终还要失去祖宗血脉和生命记忆,失去那个带给他耻辱和命运的身份……这是比死还要惨烈的变更,不止是肉体的死,还是身份与记忆的死,血缘与根脉的死,彻底消失且埋葬祖先历史的死。

　　话题至此,我有些犹疑了,我反问自己,东西是不是有些过分?这个过于戏剧化的人物命运是否过于巧合?我是认同、肯定呢还是应该有所保留？

　　这个疑问其实还是一开始的问题——如何处理小说中的现实？如何将乡村与城市这个由来已久的二元对立的现代性命题，在当代展开的悲剧性冲突中再次集中而历史地、艺术而形神兼备地书写出来？或许有人会说，东西的处理有过于巧合和夸诞之嫌，确实，如果从"反映社会问题"的角度看，从眼下千差万别的城乡具体矛盾看，东西的故事可能有虚构之嫌，但从中国正面临的数亿人的城镇化进程，从乡村世界的崩毁，从一场"几千年未有之大变局"的巨大历史变迁，从上世纪80年代以来中国暴风骤雨般的工业化背后的数亿农民工所付出的代价与牺牲……来看，他站在底层人群立场上的这一书写，就不但显得真实，而且还切中要害和恰如其分。

　　如何书写乡村？这需要我们稍稍回溯一下历史，一个有意思的问题是：作为典范的农业社会，中国传统文学中竟然没有"乡土文学"。繁多的传统文学类型中有"归隐"和"田园诗"的主题，却鲜有"乡土"的观念与形象。这表明，所谓的乡土其实是现代性的产物，当城市、工业和现代文化作为一个异己的"先进的他者"出现之后，"乡土的自在体"才获得了一个镜像：原来它是如此的愚昧、贫穷和落后。新文学的确立，某种意义上就是从这种现代性的乡村叙事——鲁迅的笔下的鲁镇与故乡——开始的。启蒙主义的立场赋予了这种乡村以与"现代"相对立的"传统"含义，赋予了其作为"国民性"之温床或者封建愚昧之所在的意义。现代中国的作家们基本上是传承和秉持了鲁迅的立场来理解和书写的，直到沈从文写出了另一意义上的乡村——作为精神乡愁之寄托的"湘西"，乡村才具备了另一含义，具备了浪漫主义文学视域中原始而单纯的美，成为可与"希腊小庙"相提并论的"世外桃源"的承载地，或者可以与现代文明相对峙的道德优越感，与文化的合法性。

上述两种"现代的"和"反现代的"乡村叙事，作为新文学的两种传统，在当代作家笔下演变成了一种混合和暧昧的状态。一方面是类似启蒙主义的对乡土的穷困与落后的叙述占据了主导，另一方面是在某些情况下又将乡村世界描写为原始的精神故乡或者生命乐园。从贾平凹、路遥、莫言、张炜、陈忠实、张承志、阎连科、韩少功、郑义、李锐……到更年轻一代的苏童、格非、毕飞宇，他们的趣味多数是兼而有之，区别仅仅是成分的比重不同而已。但在最近的十余年中，我们不得不说，关于乡村故事的讲述，正面临着另一个合法危机和巨大的变动，那就是它的再度严峻的毁灭，与随之而出现的我们社会的道德破产。对于中国在快速工业化和城市化进程中乡村所承受的创伤，农民的相对贫困化，以及在进入城市之后所承受的压力与苦难而言，严峻而非"诗意"的叙事，已变成了唯一得体合适的模式。

而这就是《篡改的命》出现的背景。在我看来，东西对于现实的处理不但是合适的，而且获得了真实性与寓言性的统一。在汪长尺身上，我们可以读出阿Q、骆驼祥子、多多头、高加林、福贵……这些农民形象和人物的来迹，但又可以看出一个最新的化身：他是千千万万个历经了近二三十年城市化和工业化进程，为之付出了一切的农民青年的一个代表，他短暂的、诚实但并不弱智的一生可能只有三十几年或者四十年，但已足以称得上是"命运的万沟千壑"，经过了无数的沟坎与磨难。他的命运其实就是无论怎样努力也赶不上时间赋予他的差距，贫穷使他无法正常地获得任何机会，而一切努力的结果都只是拉大这先天的距离，同时还要付出更多，鲜血、身体、用命挣来的钱，总永远难以应付的各种意外伤病与风险，最终还要付出所有的尊严。这个命运一方面是汪长尺个人的，同时也是历史的；是属于一个农民的，但更是整个乡村世界的。城市吸引和召唤着他们，同时也诱惑和改变着他们，最终销蚀和毁灭着他们。在汪长尺的身后和周围，东西也描绘了这个正日益分裂的世界，它的一部分消失于同城市的赌博之中——成功者以各种方式"融入"城市，失败者则成为他们必然的代价或者分母；它的另一部分则自生自灭于日益荒芜和废弃的乡村，不止土地上产出的一切已经无法养活他们，原有的淳朴乡情也已渐渐茫之不存。小说不断地以"返乡"的方式，描写着这个日益破败的村庄：

> 回到家，堂屋已坐满乡亲。王东的手指断了两根，说是到深圳打工时被机器切的。刘白条又赌输了，要跟汪长尺借钱。张鲜花因为超生，不仅挨了罚款，老公还结扎了。代军说张五患了一种怪病。二叔说什么狗屁怪病？就是梅毒。汪长尺想张惠靠卖身挣钱，挣到钱后寄给张五，张五又拿钱去嫖，这不就是一个循环吗？……

在这两者之间，汪长尺仿佛是一个奇异的杂糅与混合，他失败了，最终毁灭于城市这个无情的庞然大物；但他又"成功"了，他的儿子终于"变成"出身高贵、物质优越、有车有房、生活富足的城里人，他历尽磨难终于以自己的死终结了这一苦难的链条，一举"篡改"了世世代代从未改变过的命运。

这个结果当然就是东西的主题：他要为千千万万个汪长尺，为最终融入城市而消失了自己的乡村人，为正在一天天消失的乡村本身，它的土地上的一切，包括生活方式、伦理情感、风物民俗，一切美好的和原始的、穷困的和干净的、愚昧的和坚忍的……为这个世界唱一曲无边的挽歌，为汪长尺们曾经的血肉之躯竖一座纪念碑。汪长尺或许就是"我们时代的最后乡村"的一个化身，一个将乡村扛于自己的肩头、存于自己的血液与内心的人，他的死不止是个体肉身的毁灭，更是整个他身后的历史、传统、身份和文化的毁灭。这是城市和资本的胜利，从"大历史"的宏观逻辑看，这似乎是波澜壮阔的进步和风云际会的前进；可是从"人"和文化乃至文明的角度看，这波澜壮阔与风云际会中又充满了血色的惨淡与命运的荒谬，充满着生的艰难与死的悲怆。这一切最终会消失于历史之中，湮灭于城市的高楼大厦与万家灯火之中，但会长存于东西的悲歌与寓言之中，存在于《篡改的命》的一唱三叹之中。

四、节奏与旋律，或作为艺术的小说叙事

《篡改的命》一直让我想起现代以来最好的一个小说谱系，《骆驼祥子》、《活着》、《许三观卖血记》，因为他们都属于有节奏和旋律的小说，如前文所谈及的，是有戏剧性的结构和叙述的波澜起伏的小说。《骆驼祥子》中三起三落扣人心弦的买车过程，《许三观卖血记》中主人公十二次卖血让人刻骨铭心的经历，《活着》中福贵一步步下地狱（现世意义上）同时又一步步上天堂（德行意义上）的让人惊心动魄的交叉曲线，《篡改的命》中汪长尺的一步步跌入命运的环套又一步步走上绝境的悲怆历程，都是如此丝丝入扣。就像余华在《许三观卖血记》的中文版序言中自谓的，"这本书其实是一首很长的民歌，它的节奏是回忆的速度，旋律温和地跳跃着，休止符被

韵脚隐藏了起来……"[1]的确,叙述的节奏让他的小说变成音乐,在多数篇幅中是从容的慢板,如歌的行板,在某些地方则变成了激越而悲伤的快板。无独有偶,东西的《后悔录》与《篡改的命》也非常接近于音乐作品的节奏,前者像是一首无边际的变奏曲,常伴随着幽默、跳脱与荒诞的不和谐音,而后者则是一首降调的悲怆而离奇的叙事曲,中间穿插着小号和钹镲的怪异碎响,细部跳荡着偶尔温暖的乐句,但它的整体,则汇合为一曲钢琴与大提琴的交响——钢琴是男主人公命运的足迹,大提琴则是作者隐含的怨愤与悲伤。总之我感到主人公最后命运的显现是一种必然,这既可以理解为是前文所说的"叙述逻辑",当然也可以理解为是音乐的旋律本身使然。

其实,无论是叙述逻辑或是音乐旋律,归根结底它们都是命运的派生之物,而命运是唯一能够感动人的因素,这是《篡改的命》能使我们感到震撼和悲伤、"怜悯和恐惧"的真正原因。关于这一点,我们不难在小说的后记中找到答案,东西说:"我依然坚持'跟着人物走'的写法,让自己与作品中的人物同呼吸共命运,写到汪长尺我就是汪长尺,写到贺小文我就是贺小文。以前,我只跟着主要人物走,但这一次连过路人我也紧跟,争取让每一个出场的人物都准确,尽量设法让读者能够把他们记住。一路跟下来,跟到最后,我竟失声痛哭……"[2]我相信东西这样说绝不是夸张,他找到了他每个人物的命运与角色,并且完全进入到了他们身体与情感的内部,顺从于他们的独立意志,因此才能够写出属于他们内心的声音,属于他们角色的语言。在传统的写作理论中,这叫做"塑造人物",

---

[1] 余华:《许三观卖血记》中文版自序,南海出版公司1998年版,第2页。
[2] 东西:《篡改的命·后记》,上海文艺出版社2015年版,第310—311页。

在东西的叙事学中，这就叫"跟着每一个人物走"。我想这就是叙述的佳境了，当他叙述上一代农民父亲汪槐和母亲刘双菊的时候，包括讲述"谷里"的每一个村民，他的表达语气都是如此的贴切，他们的质朴与狡黠，自私与善良，他们"小农经济学"的精打细算和愚昧透顶，他们用一生的代价来换取一个不同命运的决绝，用土里刨食和嘴里省饭的方式来支撑"小农经济的方程式"的意志……都可谓跃然纸上；当他叙述汪长尺、贺晓文、张惠这些年轻一代的农民，他们的困境与诉求、欲望与灵魂的时候，也是这样地传神和生动，汪长尺由一个怀抱志向的读书青年一步步变成一个身体残损自尊全无的打工者，一个"弱爆"的"屌丝"的过程，贺小文由一个淳朴善良的乡下姑娘一步步变成一个为钱奔忙的卖淫女的过程，都是这样地自然而然和环环相扣；甚至，他描写黄葵与林家柏这种坏人，写他们作为坏人的行为逻辑，以及常振振有词地为他们的厚黑和蛮霸辩护的时候，也是这样的立竿见影、入木三分。可以说，东西完全"入戏"了，只有完全进入小说的戏剧逻辑，他才会写得如此充满对称性的角色感——

> 最让林家柏难以接受的是，汪长尺的眼睛竟然还大还双眼皮，五官竟然端正，眉毛竟然还浓，牙齿竟然还整齐……林家柏想狗日的要不生错地方，那也算个型男。汪长尺想原来骗子杀人犯也长得这么秀气。林家柏想不管他们长得美丑，其诈骗的用心和手段几乎都一样。汪长尺想人不可貌相，海不可斗量，肉食者毒，塘边洗手鱼也死，路过青山草也枯。林家柏想动不动跳楼，动不动撞车，社会都被你们搞乱了。汪长尺想信誉都被你这样的人破坏了。林家柏想是你们拉低了中国人的平均素质。汪

长尺想是你们榨干了我们的力气和油水。林家柏想你们随地吐痰,到处大小便。汪长尺想你们行贿受贿,包二奶养小三官商勾结。林家柏想你是人渣。汪长尺想你是蛇蝎。林家柏想真臭呀,你的鞋子。汪长尺想你撒了什么香水,臭得我都想吐……

这是在因工伤索赔的一次对峙中,汪长尺与有钱人林家柏仇人相见时分外眼红的心理活动。东西用了"内心演出的戏剧"的笔法,来饱和式地叙述这个充满角色对峙意味的场景与过程,将人物完全置于其心理的支配中,从而展现了巴赫金所说的"复调的叙述"——两种声音都不是作者能够支配和控制的声音,相反,它让人觉得连作者也被人物的"速度与激情"裹挟了,作者完全听从了人物的召唤与安排。

还有小文的渐变。一个几乎从不为利益和俗物所动的乡村少女,一个本完全死心塌地喜欢着汪长尺的纯情女孩,在城市的逻辑与欲望的熏染下,竟一步步走上了卖身之路。东西将这个过程写得如此平滑自然,在回乡过年的卖淫女张惠的引领与怂恿下,她重复了无数乡村女孩进军城市的相似道路。东西用了近乎寓言的笔致,将这个"渐变"的过程,一笔便勾勒了出来:

为了证明小文真是一朵鲜花,张惠一有空就教小文化妆,还把她的长发剪成短发,还把自己的衣服穿到小文的身上。小文一天一变,开始像个民办教师,慢慢地像个公办教师,像乡里的干部,县文工团的演员,电影里的女特务,最后被打扮得像个城市的白领。……

仿佛一个进化与变异的演示图，这个逻辑使得小文在随着汪长尺进入省城的那一天起，其命运的方向就已经注定了。某种意义上这也是乐句式的叙事，它将复杂的故事和漫长的时间流程变成了简约的旋律。如同余华在《许三观卖血记》所描写的主人公的十二次卖血经历一样，它可以是展开的变奏，但又是一个原始主题构成的主导旋律。汪长尺一次次考学复读的尝试，一次次打工挣钱的经历，一次次进入城市的努力，一次次受伤破产的遭际，到一次次容忍自己的妻子去洗脚城卖身，一次次在林家柏们的特权和金钱之下败退，到最后的孤注一掷……可以说与许三观卖血的壮举构成了异曲同工的旋律。

在这个过程中，"细节的重复"起到了至关重要的作用。或许与鲁迅、余华小说修辞的影响有关系，至少也可以说受到了某些启示——东西在《篡改的命》中使用了大量类似"重复"的修辞，"汪长尺不想重复他的父亲汪槐，就连讨薪的方式方法他也不想重复，结果他不仅方法重复，命运也重复了。""我在写字的时候，力争不重复，不重复情节和信息"[1]，但事实上这种不得已的重复，细节、场景和人物命运本身的重复，反而帮了东西，使他的叙事具有了旋律感和戏剧性，以及强烈的寓言意味。这很像耶鲁学派的批评家希利斯·米勒所讨论的，"一个人物可能在重复他的前辈，或重复历史和神话传说中的人物"，而批评家对于重复现象的关注，便是落脚于"分析修辞形式与意义的关系"[2]。有意味的重复不只成就了鲁迅、余华，成就了他们小说中浓郁的寓言意味、戏剧性和形式感，

---

[1] 东西：《篡改命运·后记》，上海文艺出版社2015年版，第311页。
[2] 希利斯·米勒：《小说与重复》，王宏图译，天津人民出版社2008年版，第2页，第4页。

也成就了东西，成就了《篡改的命》中叙述的节奏性与旋律感，彰显了人物血缘与命运的前赴后继，以及西西弗斯般的徒劳与困厄的努力。

还有饱蘸的感情。在许多片段中我意识到，东西所说的"失声痛哭"绝不是夸饰。他因为做到了与人物的同呼吸与共命运，所以人物本身的遭际与悲欢便成为了他自己的遭际与悲欢，叙述的节奏由此紧紧扼住了他的笔端，使之无法不频频出现激越或华彩的段落，出现不是抒情但又胜似抒情的笔墨。比如当汪长尺看到年迈且残疾的父亲与母亲来到城市，沦为乞讨者和拾荒者的时候，作者也无法抑制他泪如泉涌的笔致：

> 因为人流量大，汪长尺没有勇气靠近。他躲在一棵树下远远地看着，咬牙强忍，但眼泪却不争气，哗哗地流，流一点，抹一点，恨不得把眼前这幅画面一同抹去。仿佛是有了感应，汪槐抬头朝汪长尺的方向看过来。汪长尺发现他的脸又黑又瘦，眼睛变小，眼窝变深，连胡须也没刮。汪长尺把头磕到树干上，一下，两下，三下，磕得老树皮都掉了。汪槐看了一会，没发现异常，又把头低下。校园里传来上课铃声，马路上的人流量减少。汪长尺抹干眼泪，从树后闪出，走到汪槐面前，把带回来的两万块钱丢进口盅。口盅仿佛不能承受，一歪，滚到汪槐手边。汪槐的手一颤，像被针戳似的。他慢慢抬起头，木然地看着，仿佛眼前是一道强逆光。但很快，他深陷的眼窝挤出一串泪水，整个脸部瞬间扭曲，似哭非哭，似笑非笑。当他脸部的扭曲波一过，泪水便滑出眼眶，但只滑到半脸就凝固，仿佛久旱的大地没收雨滴。看着眼前这张干瘦缺水开裂的脸，汪长

尺刚刚抹干的眼眶重又噙满泪水。他蹲下来，抱住汪槐，叫了一声爹……汪槐的泪腺好像被这声叫唤打通，眼泪"唰唰"，流过高山流过平畴。汪长尺问妈呢？汪槐指了一下对面小巷。汪长尺抱起汪槐朝小巷走去。他没料到汪槐这么轻，轻得就像一个孩子。他没料到汪槐会这么小，小得就像一个婴儿。汪槐越轻他就越难受，汪槐越小他就越悲伤。

这样的段落与许三观最后一次卖血被拒时的痛哭流涕沿街哭诉，真可谓异曲同工之妙。作者已经无法按捺住其努力的超然，不得不与"复调"的人物意志与声音再度构成了交响或者和声，甚至合二为一，成为了一个人的内与外，里与表。由此我可以确信，东西不止是写出了文化和道德意义上的挽歌，也写出了生命与情感意义上的悲歌，写出了作为精神记忆上的哀歌。他遵循着自己的内心情感，不由自主地泼洒下这些真挚而感人的笔墨。

五、荒诞、哲学，或者结语

在《西西弗斯神话》中，阿尔贝·加缪开宗明义说："只有一个真正的哲学问题，那就是自杀。"如果这话是对的，那么也意味着我们的主人公汪长尺同样具有了哲学处境，或者说也几乎思考了哲学问题。因为他最后终于跨越了命运的万壑千沟，完成了奋力而悲壮的一跳，向着那浊浪滚滚的河流中。虽然他的死更多的不是缘于哲学的虚妄与无所事事，而是死于穷困潦倒和对世俗之"命"的抗争，但也正像加缪所说，"人们从来只是把自杀当作一种社会现象来处理"，可"正相反，问题首先在于个人的思想和自杀之间的关系。这样的一个行动如同一件伟大的作品"。[1]汪长尺的死某种意义上也是一件伟大的作品,他结束了自己无法颠覆的人生与命,终结了世世代代无法替换的卑微与贫穷,完成了父亲不能完成的愿望——用了他比父亲更多的知识和见识,处心积虑将儿子实实在在地送入了富人之家。毫无疑问这是一个杰作,一个由灵感和奇思妙想构成的杰作。但也正因为如此,它也将小说的美学升华至了加缪所推崇的荒诞之境。"一个突然被剥夺了幻觉和光明的宇宙中,人感到自己是个局外人。这种放逐无可救药,""这种人和生活的分离,演员和布景的分离,正是荒诞感。"[2]加缪的推理仿佛是为东西所设,为汪长尺所设,他提醒我们不能只从"现实"的层面来看待这部小说,它确实以异常尖锐和深远的方式,叙述了一种生存历史的终结,一个族类或者群落的消亡,一个时代的悲剧。但更重要的是,这部小说也为我们展示了加缪式的世界观,即"一个人永远是他的真相的牺牲品"。[3]汪长尺正是这样,他并不知道,他的奋力一搏也许并没有改变任何现实,正如他与林家柏对簿公堂时验证自己儿子的DNA,得出的结论居然不是他的亲生一样。儿子最终也变成了别人的,这一切的努力到头来对于他自己和人类来说,都是一个旷古未有的笑话。

东西不愧是加缪的追随者,这个角度也使我看到更远处的东西,使我对小说的某些直观的问题,某些叙述的不和谐或者不匹配有了合理的解释——比如说,从整个故事结构与人物经历看,汪长尺之

---

[1] 阿尔贝·加缪:《加缪文集》,郭宏安等译,译林出版社1999年版,第624—625页。
[2]《加缪文集》,第626页。
[3] 同上,第643页。

死应该是在 2005 年左右,因为最后其儿子"汪大志"变成了"林方生"并长大成为了一名毕业自警察大学的刑侦员,是他偶然"发现了"自己身世的疑点及身份线索。这表明他的出生时间最晚也应该是在 1990 年前后,而汪长尺是在其儿子大志出生后上初中的年龄自沉而死的。这便有了一个问题:东西使用了近年的某些流行文化符号,来描写了他的身份与 90 年代的故事,用"死磕"、"弱爆"、"屌丝"、"抓狂"等眼下的流行"热词",构成小说前几章的题目,甚至还给主人公起了一个隐含着"屌丝"之意的名字"长尺",这当然不是十足恰切的,它使故事本身的情境与叙事的话语之间构成了一种游离或不统一。但假如是以刻意的荒诞美学来看,这却不能算是问题,而且还是其荒诞逻辑的一部分了,作家用了荒诞的风格与手法,用了眼下的修辞去处理十几年前的事情,反而显示出他的一种鲜明的态度。

至此,我想我可以收尾了,但我还是要借用加缪的话来作结,他说:

> 如果人们承认荒诞是希望的反面,人们就看到,……存在的思想必须以荒诞为前提,但是他论证荒诞只是为了消除荒诞。这种思想的微妙是要把戏者一个动人的花招。

加缪分析说,当一位作家"经过充满激情的分析发现全部存在的根本的荒诞性时,他不说:'这就是荒诞,'而说:'这就是上帝:还是以信赖他为好,即便他不符合我们的任何理性范畴。'"[1] 显

---

[1]《加缪文集》,第 644—645 页。

然，加缪的意思是想说，荒诞才是这世界的真相或者本质。如果这样的话是可以成立的，那么东西的小说也不止是叙述了现实中的离奇故事，而更是以哲学的面目和骇人的深广，向我们揭示了这个世界的荒诞，人性的，人心的，社会的，历史的，时代的和价值的荒诞。

这也是我肯定东西的理由。

2015 年 10 月 3 日凌晨，北京清河居

（原载《当代作家评论》2016.1.25）

有喜剧精神的悲剧

——读东西的《篡改的命》

谢有顺

一

说到对底层及小人物的书写,小说家们往往有两副截然不同的笔墨:一是沉重的悲剧氛围,黑暗时局及枷锁制度,不可知或无法抗争的命运,主人公做着各样的努力及挣扎,仍然逃不出宿命的结局,作者试图通过揭示和批判不合理的现状,来建构理想的生活及精神;二是谐谑的喜剧色彩,主人公既有可能是对自身的处境并不自知的蒙昧者,也有可能是看清时世的游戏者,一切的价值及理念都有着被拆解、嘲讽的可能,重建的无望,传达出来的也就是一种无奈、绝望。悲剧与底层书写有着天然的联系,喜剧模式在底层书写中也不少见。从《阿 Q 正传》,到张天翼、沙汀、艾芜的写作,再到当代王朔、王小波、刘震云等人的写作,特别是刘震云的底层书写,像《我不是潘金莲》《我叫刘跃进》等,借助这样一些写作,可以感受到同样彰显悲剧力量的喜剧精神。

东西新近出版的长篇小说《篡改的命》,就表现出了这样一种精神特质。

　　小说延续的是并不陌生的"乡下人进城"的故事。城市是乡土中国对"现代"的想象来源，甚至承载着关于"现代"的全部认知，传统到现代社会的转换，在多数国人的意识里被简化成了从乡村到城市的路程。而中国式的城乡分割状态及其制度，两种文化的冲突，让进城的乡下人背负了太多的使命，既有个人生活及命运之变，也有家庭及家族兴衰之变，他们以卑微的，甚至是出卖灵魂的方式，艰难而又倔强地丈量着从乡村到城市的距离。从《骆驼祥子》，到1980年代的《人生》《平凡的世界》，再到1990年代大量出现的"打工文学"，都是在重复这样一种叙事。

　　东西要讲的就是三代人关于"城市梦"的追逐和实现。父亲汪槐年轻时招工名额被人顶替，只好继续务农为生，从而把所有的进城希望放在儿子汪长尺身上。汪长尺高考过线未被录取，汪槐前去抗议未果，还把自己摔成残疾。面对每况愈下的家境，汪长尺无心复读，选择放弃，进城打工。在城市的生活一难接着一难，他遭遇欠薪，不得不去替人坐牢换取生活费，又被人打击报复；后来经历工伤，妻子小文在洗脚城给人按摩，也顺带"接客"，渐渐从身体和精神上疏远了他。建筑工人的微薄薪水，自然无从支付孩子汪大志在城市生活的费用，更重要的是，无从改变他乡下人的内在"基因"。江长尺最后选择将大志送给不能生育的有钱人家，让孩子过上城里人的幸福生活，小说以这种奇异、悲怆的方式，完成了三代人成为城里人的"使命"!

　　在有关这部小说的一次对话中，东西说，每写一部小说，都是对内心淤积的释放，在《篡改的命》中，倾吐的是一种绝望，是那些还站在村口回望自己命运，但终究难以改变命运的人们触及了他写作的冲动。汪长尺是作者关注的沉默的大多数，是期望改变命运的、微不足道的小人物。倘若要将他放置在文学史的脉络里，拿1980年代的青年形象来作比照，在路遥、贾平凹、张炜所塑造的乡村青年高加林、孙少平、孙少安、金狗、李芒等人物身上，我们能够看到青年的朝气，他们果敢奋斗，敢作敢为，对于乡村的邪恶势力也勇于抗争。但是，在汪长尺身上，我感受到的更多是小人物的卑屈、隐忍，他身上的血性慢慢冷却、消失，他很早就看清现实，不再争辩，进而"投降"，成为现实的奴隶。他身上的"奴性"是对现实的绝望，是长期生活于底层拒绝抵抗所形成的"惰性"，也是逼仄的生存空间里理想、尊严的一点点失落——他的城市经历，就是理想、尊严、自信如何被剥落干净的过程。刚开始高考上线未被录取时，他不愿跟父亲一起去争取名额，保留着那份不愿低声下气求人的自尊；看到父母在县城乞讨，他以为这是有损尊严的事，力劝父母回家。渐渐地，当现实不断裸露出狰狞的面相，他接受了小文"接客"的事实，接受了父母乞讨养家的事实。最后，他说服自己，把孩子送给林家柏——也就是拖欠他工资、他为其坐牢的那个人。他看不到可以用抗争和奋斗带来改变的希望。

尽管东西在汪长尺身上堆加苦难，却无意以一种极为悲苦的形象示之，他对现实有自己的认知，虽也有懦弱、胆怯的一面，但他的精神格局并非那么狭小。他还保留着读书人的那份气质，感情丰富，内心的向善情怀仍然清晰可见，他想要做到的是凭着自己的努力过上城市的生活。刘建平怂恿他找工地开发商索赔工伤，他始终犹豫不决，这其中固然有对正义、对权力的质疑，更重要的是他对情、理、法还保留着最基本的认识界限，他内心的道德感及自尊并没有全盘泯灭——无论现实是否将他逼向暗黑的角落。在送走孩子之后，小文想要离开他，而他担心小文不识字，在城市生活会遭遇困难，没有人会待她好，即使小文不顾他的反对做着肉体交易，他始终念及的也是她的良善与朴实。在平常的生活中，仍然可见一种苦中作乐的乐观精神，他也并不缺乏应对枯燥生活的智慧，他自己唱歌给孩子做胎教，面对小文在怀孕期的头晕，每天从外面带点有用无用的东西回家……

这个人物，总会让人联想到鲁迅笔下那些被哄笑、奚落的弱者，如阿Q、孔乙己，汪长尺身上也有着他们一样的"被看"的喜剧色彩。他也会自我解嘲，甚至自轻自贱。填高考志愿时，他填的是清华、北大，想要幽权贵者一默；他将被人撞伤的大志送到医院后，反被他诬陷为是肇事者，他这样自我安慰："他好像已经不是我的儿子。多少年啦，我一直盼望着他变成他们，现在他终于脱胎换骨，基因变异，从汪大志变成了林方生。他变成了他们，只有彻底地变成了他们，他才不会吃亏，才不会输给任何人。他的心肠越硬，我就越高兴，爸，我们成功了，我们终于在城里种下一棵大树。"[1] 阿Q以自轻自贱的方式来换取廉价的自我安慰，汪长尺则是在这样一种自嘲与他嘲中表达底层的无奈。这种轻喜剧的色彩，掩盖了他内心那种巨大的悲哀和绝望，黑色幽默的背后是他更为立体和丰富的精神世界。当我们感受到这样一个内心还有着感念、坚持，还有着一份狡黠的生存智慧，也还有着道德罪孽感的小人物也在选择放弃和退守的时候，就足以让我们感受到喜剧背后的五味杂陈，那些苦难，其实并非那么轻易就能在他们的内心被过滤掉。

---

[1] 东西：《篡改的命》，上海文艺出版社2015年版，第289页。

二

苦难一直是底层叙事的重要推动力，只是，在当下的不少作品中，作家笔下的苦难常常沦为感官消费的噱头。陈晓明在《无根的苦难》一文中对苦难叙事有过这样的省察，在叙事苦难时，大量的欲望化场景逐渐让苦难的本质难以被确认，从而偏离了苦难的主题。东西以往的小说也涉及到苦难，生存生活之苦，精神存在之苦，但并非要以书写苦难来刻意展现底层的生存状态，以苦难来增加故事的感染力和文本的批判性，并制造极致叙事，彰显作家自身的道德关怀。其实，我更愿意将东西对苦难的叙写看作是对一种存在之境的考辩，也正如昆德拉所说："小说审视的不是现实，而是存在。"[1] 我想，这既包括社会境遇的存在，更是一种哲学意义上人之存在的探讨，也就是说，最后回到的还是人类恒久而本质的问题，关于人之为人的命运、人的精神及信仰、人的灵魂与理想。换句话说，是作为社会及制度，精神及思想层面上人之为人处境的拷问——如果苦难难以成为一种境遇式的感知，那么，苦难就会成为一种表象；如果苦难只是停留于现实的表层，也就难以生发更为深层的叩问。

东西是如何透过这样一个有点滑稽和尴尬的人物来撕开悲剧的面目的？《篡改的命》对存在之境的考辩，就是去察看从乡村到城市所经历的制度及文化的碰撞，乡村人必然所经历的一种思想及行为、人性及意识的蜕变，简单地说，就是在这一种境遇中他们是如何应对的，是怎样一种在世的方式。

---

[1][捷克]米兰·昆德拉：《小说的艺术》，董强译，上海译文出版社 2004 年版，第 54 页。

小说中汪槐、刘双菊从要过一种有尊严的日子，一心一意供孩子上学，清清白白做人以期留下好名声，到他们放下所谓的尊严、面子，适应蜗居城市的贫民窟，以乞讨、捡垃圾为生，惟恐老弱病残成为没用的人，必须创造一些经济价值才算心安。小文也是如此，初到城市思乡情切，道德意识还那么清晰。她在张惠的诱导之下，对钱的感知越来越强烈，终以出卖身体来换取更多的"安全感"和"存在感"。"钱"、"经济价值"渐渐成为这个家庭的驱动力，改变着人的地位、言行，甚至也渐渐改变了汪长尺与小文之间的情感。小说中有两段关于小文言行的对照，一是汪长尺受伤，汪槐、刘双菊出去乞讨补贴家用，小文上完班回来是轻手轻脚，细声细气，体贴入微；一是汪槐、刘双菊从乡下把生病的大志送回来，汪长尺没有出工赚钱，索赔工伤之事也毫无希望，小文回来之后则是粗声粗气，以手中的一切物品表达着不满。还有刘建平，刚开始是跟在汪长尺后面同样懦弱胆小的人，同样遭遇欠薪、工伤，他于城市而言也是一个弱者，并以弱者的姿态自居，而一旦他认识到弱者的效应与强者的软肋，也就开始了更多的报复、伤害。他帮助更多同样无助的工友讨薪，理赔工伤，看似伸张正义，而曝光出来的也是来自人性私欲的咬噬。乡村与城市，乡下人与城里人，弱者与强者，也就这样开合张弛，行进着一轮又一轮恶性循环。

然而，苦难、悲剧的本质到底是什么？我们看看汪长尺身上的多重苦难和悲剧：想要好好读书，名额被人顶替；想要打工养家，遭遇欠薪、工伤；想要踏实过日子，小文却开始了有更多"不安分"的想法；狠下心来把孩子送给有钱人家，承受的更是骨肉分离、永失亲情的痛苦。如果依照王国维对悲剧发生的理解：由极恶之人造成；由盲目的命运造成；由普通之人物，普通之境遇造成。汪长尺的悲剧大概更接近于前面两种,细想之,他所遭遇的悲剧其实称为困难可能更为合适,这些困难是在中国式的城乡制度之下,想成为一个城里人,拥有城里人的尊严和待遇的重重困难;是想通过自己的个人奋斗,但终归也无法得到富足的物质和高人一等的生活的种种困难。而这困难背后,却是一种更为深广的制度及价值观的悲剧。我们是否可以将之理解为一种狭义的盲目命运?

再回到汪长尺这个人物。我觉得,他其实就是对1980年代那些乡村青年形象命运和人生的续写。在谈到路遥的《人生》《平凡的世界》中高加林、孙少平、孙少安这些人物时,有研究者表示过这样的猜测,以为他们终将会回到或者走向城市,而在新的社会转型中,乡村青年曾经所耐心凭借的劳动力,还有个人奋斗、吃苦耐劳的精神都会在市场经济形势下面临贬值。这不光是劳动力本身的价值危机,更是一代人信仰的精神价值危机。相较之1980年代进城的多重阻力,1990年代开始,乡镇企业逐渐萧条,城市及其各项经济兴起,带来大量就业机会,于是大批农民顺势进城谋生。但是,城市与乡村所扮演的角色及地位并没有根本改变。一方面,城乡制度所带来的社会福利、教育、文化、就业机会等等的差别,还有其象征意味根深蒂固;另一方面,城市依旧像一只看得见的手,调配着农村的福祉、方向和命运。即使农民进入城市,他们的身份未变,"农民"亦如烙在额头上的"红字",城市并没有因为他们的到来而满心欢喜地接纳他们,他们的境遇也就无从发生本质上的变更。与此同时,新的意识形态,也就是以经济为核心的价值观念逐渐侵蚀人心,冲击着传统观念,也进一步加剧了乡下人在城里的处境。这也正是"汪长尺们"所面对的比制度、比城乡二元结构更为严酷且艰难的时世局面。

从汪长尺周围进城的乡下人身上，我们看到对城市、对现代价值理念的理解依然停留在最为基本的层面。"去城里"成为惟一的理想追求和人生方向。诚然，自有"现代"时间观念、有城市与乡村之分开始，乡下人就从未停止过这一想法及努力："城市成了农民向往的地方，因为那儿有不尽的财富和诱人的享受和娱乐。同时还是个使人有出息的地方，农村的优秀人才都到了那里，那里有学问，更有权势。就某种意义而言，农村的正式领袖已经部分地流入城市，化为新市民。"[1]金钱、权利、地位（身份）构成了对城市的全部认知，亦构成了人生价值观念的核心。小说里，汪槐将自己未完的进城志向不由分说地强加于汪长尺身上，在城里从事服务业的张慧向汪长尺炫耀的是她的城市身份，而不管这些身份、金钱的获得是以何种方式。汪长尺最后与林家柏达成的协议是，给大志存上一千万，他就选择永远消失。而金钱是否真能保证大志的幸福呢？小说最后还写到汪长尺死后投胎，所有的呼声都是："往城里，往城里！"汪长尺的死，结束了自己一生奔波劳顿的生活，也就此完成了三代人进城的梦想，但是，从乡村到城市的距离就此缩短、完结了吗？很多时候，我们完成的是器物层面的城乡转换，却无法从制度、文化层面实现现代对接。如果说，汪长尺身上的悲剧感具有一种普遍性，我想，原因也就在这里。

故事讲到这，还没有结束。早已改名林方生的汪大志，最后发现了自己的身世，但他果断地销毁一切证据，这意味着他在自觉地切断与乡村、亲情的血脉关联，享受着既有的名利，并且从内心深处认同了这个现实。汪大志的乡村之命看似被改写，更深沉的命运

---

[1] 张鸣：《乡土心路八十年——中国近现代过程中农民意识的变迁》，上海三联书店1997年版，第129—130页。

悲剧恰恰是从他的身份得以改变开始——这种改变的悲剧更加意味深长。这是一个颇有意味的结局，城市远远地甩开乡村，而现时代的人在无所顾忌地模糊生命的来路，我们看不到这其中有任何的警醒、省思。

由此也可发现，如若按照传统悲剧的特征，是弘扬英雄人物的气概，以英雄人物的死亡或抗争来获得一种正义凛然的气势，而在今天消解英雄人物的现代悲剧中，则通过拷问生存的境遇、价值信仰的存在来逼视现代生活，这样一种悲剧力量，在《篡改的命》中，是以喜剧的方式来达致的。也就是说，以喜剧来讲述故事的作家，其实也不缺乏悲剧精神，更不缺乏洞察生存真相的悲剧体验，他们并没有放弃对社会及精神危机的追问。

三

大多数的底层叙事都习惯传统现实主义的写作路数，以批判现实的严肃面孔出现，这样一种书写，其实极容易流俗：一是将主人公完全塑造为悲苦之人，看不到生命的光亮，感受不到内心欲念的幻灭，也就感知不到更为真切的生命个体；二是将人的苦难和悲剧归结为社会和制度之罪，而无意向更深处探寻。事实上，中国现代小说发展到今天，已几经"变异"，特别是经过1985年前后的先锋思潮，即使外在的写作手法仍趋向现实主义，但内里还是有几分现代主义的色彩，或者说现代主义已经作为一种血液融入到了现实主义的日常表现中。当代作家手里似乎都有几种先锋的技法，甚至在一些作家那里，现代主义的技法已经玩得相当娴熟。早有研究者说过，东西是"东拉西扯的先锋"——无论现实还是现代，都能惟他所用，在这一背景下成长的作家，东西对现代主义的一切并不陌生。

罗伯-格里耶曾说:"我们之所以采取不同于十九世纪小说家的形式写作,并不是我们凭空想象出了这一形式,首先是我们要描写和表现的人的现实和十九世纪作家面临的现实迥然不同。"[1]反过来说,作家面对的现实已经难以再作单一的理解,并以现实主义的手法单一呈现,他们所采用的技法与他理解世界的方式密切相联——有一点是相同的,无论先锋或传统,都是在力图表现自己内心的现实。

那么,东西是如何表现自己内心的现实,又是如何来呈现他所理解、体验的这个时代的?他依然选择了荒诞。荒诞是《篡改的命》中最为明显的"现代"特质,荒诞的意象、事件贯穿始终,有着现实的底色,也有着潜意识作祟及夸张。从小文去医院打胎,汪长尺在工地上得到的强烈感应并跌落受伤;从小文在孕期没有活干没有挣钱就会头晕,到出生城市的大志无法适应乡村的生活;从汪长尺把大志送走,小文离家出走,汪槐在家里所感应到的,他在"做法"的时候应验到一家人的结局;最后到汪长尺与林家柏达成协议,汪长尺投胎,都无不透露着荒谬。正是通过这些意象及事件,东西勾勒出这个时代如此纠结又如此真实的精神意绪,也就是出卖亲情和灵魂、出卖肉体和精神的时代病症。荒诞的外在形式,与时代内在精神肌理的相通,是东西在这部小说里想要传达的,但这部小说并非整体都是荒诞的,或者说他要以荒诞来命名这个现实世界。我觉得,他更在意的是,精神世界里价值观的荒诞、信仰的荒诞;荒诞只是现实中的一部分,却暗含着对现实的解释方法。

如果说,荒诞是个体或者说叙事主体在时代中的体验,那么,

---

[1]转引自格非:《小说叙事研究》,清华大学出版社2002年版,第9页。

反讽则是与其相应的叙事策略。小说中的反讽，很大程度上是由语言来体现的，即一种修辞反讽。东西运用了大量的流行语，包括网络语言，只要看每章的标题就能所知一二："死磕"、"弱爆"、"屌丝"、"抓狂"，这些语言所产生的黑色幽默效应，大大增加了文本的可读性和叙事效果。而且，人物的语言有一种跟本然身份的反差性，也就是让人物说出另一个阶层或相异时代的话，比方，汪槐所说的"GDP"，汪长尺所说的"拉动内需"，小文在与汪长尺争吵时，竟将海子的那首《面朝大海　春暖花开》运用得异常熟练……

正像克尔凯郭尔说的，"根本意义上的反讽矛头不是指向这个或那个单个的存在物，而是指向时代或某种状况下的整个现实"。[1]反讽所带来的谐谑的叙事语调及喜剧感契合着当下社会的精神状态，东西正是通过这些人物语言背后的逻辑思维来透视时代本质——铺天盖地、接二连三的社会新闻和娱乐新闻，每一件事情我们都有着多重解读，再严肃的事件我们都可用娱乐的姿势来调侃、消解，再悲剧的事件也可以被新的新闻所掩盖。波兹曼在《娱乐至死》中提到，我们这个时代娱乐业和非娱乐业的界线已经变得模糊，而让文化精神枯萎的方式之一便是："文化成为一场滑稽戏。"[2]质而言之，我们置身其中的时代缺乏一种真正的悲剧精神，我们来不及深度反思，就坠入了遗忘，犹如主人公汪长尺的最后一跳，我们匆匆一瞥，他已沉入河底，随后，我们转身离去。

很显然，这个时代已无法再提供一种悲剧氛围，反讽就成了表达生存体验最贴切的方式之一。正是在这个意义上，先锋气质与喜

---

[1]〔丹麦〕克尔凯郭尔：《论反讽的概念》，汤景溪译，中国社会科学出版社2005年版，第218页。
[2]〔美〕尼尔·波兹曼：《娱乐至死》，章艳译，中信出版社2015年版，第185页。

剧精神的结合，就有了相得益彰的艺术效果。

荒诞、反讽的内面，《篡改的命》里对应的更多是内在于这个时代的实感经验，还有现实主义的写实笔法。所谓实感经验，就是"实际生活中的经验与感受"，写作或研究都应从最为触动自己的现实感受开始。"思想可以越来越深入，艺术也可以用手段进行虚构和发挥，然而各种宏大的构造，追溯到基础，仍然是实际的经验、体会和洞见，核心的悟解，追溯到源头，也经常只有少数的几点。"[1]从写作者的角度来讲，他们不是再用一个既成的观念解释和构造世界，落实到文本中则体现会丰富细腻的感知、细节，这也就是我所说的小说所应当具备的坚实的物质外壳："有合身的材料，有细节的考据，有对生活本身的精深研究。"[2]

小说对实感经验的呈现，集中表现在对日常生活的描写上。描写日常生活并不难，最难书写的恐怕是如何探寻精神的深渊，表现出一种丰富而非单一的精神面貌——日常生活有寻常的悲欢，也有人性中的温暖和良善。比如，在刘震云的《一句顶一万句》中，可以感受到底层人的精神饥渴，他们不断地出走与回归，只为寻找一个能说得着话的人。东西的写作，一面还原日常生活的常态，也就是人性的常态，如汪长尺与小文新婚后第一次去镇上赶集、去县城逛街的情形，他们在省城打工两个人开始过日子的场景；另一面是还原日常生活中一个人的所思所想，内心的纷争与跳腾，通过心灵的真实来强化世界的真实。比如，高考过线未被录取，汪长尺在考虑要不要与父亲一起去教育局抗议；受伤后在刘建平的鼓动下，要不要去找地产商理赔。再如，村民们集体阻止警察带走汪长尺，没

---

[1] 刘志荣：《从"实感经验"出发》，广东人民出版社2014年版，第2页。
[2] 谢有顺：《小说所共享的生命世界》，《小说评论》，2012年第3期。

几天大家就惶恐不安,担忧失眠,一个个又来劝汪长尺去自首。汪长尺最后真的去自首,又被告知没事了以后,包括汪长尺自己在内,大多不大相信,这个结果,最后是通过村里人辨别汪长尺夜晚鼾声的真假来确认。"汪槐说这孩子心里装不得半点假,如果心里有鬼,那他就不会睡得这么踏实。他们继续听着,久久不愿离去,汪长尺的鼾声仿佛能减压,专治他们的紧张、焦虑和胆怯。"[1]这一细节,将人对权力之恐惧的集体无意识淋漓尽致地表现了出来。《篡改的命》中,这种精到的描写非常多,背后呈现的是一个充满生活实感和人性情怀的世界。

东西有扎实的写实功底,能以风俗、人性、人情作底,由日常生活来沟通人心,进而还原一种有温度、有深度的底层生活。

这令我想起迪克斯坦的一段话:"现代主义者如卡夫卡和贝克特精心构造极端的寓言,用来探索人类忍耐力和心灵迷失的极限,由于他们的黑色喜剧和精确的环境细节描写,超现实的情境显得同样可信。他们做的正是所有艺术家做的,不是背叛现实,而是通过强化效果来产生意义。"[2]这话非常适用于东西的写作追求,他的笔正是穿行于现代与写实之间,通过讲述一个貌似俗套的底层故事,以苦难叠加、让冲突戏剧化等方式,创造一种"超现实的情境",目的是为了探求生存苦难的根源与本质,以及它变形之后的荒诞面貌。东西没有偏离现实的视界,"而是通过强化效果来产生意义",所以,他笔下许多"超现实的情境"依然真实可信。我读《篡改的命》的时候,也曾不断地跳出对小说逻辑的怀疑,又不断地被作者的叙事

---

[1] 东西:《篡改的命》,上海文艺出版社 2015 年版,第 102 页。
[2] [美] 莫里斯·迪克斯坦:《途中的镜子——文学与现实》,刘玉宇译,上海三联书店 2008 年版,第 8 页。

说服，这个阅读过程是有意思的。有时候我们只看到巧合，却不追问巧合是为什么？有时候我们只看到重复，却不想为什么会重复？比如汪槐招工的时候被人顶替，到了汪长尺高考又被人顶替，这种巧合和重复是有力量的，它至少告诉我们改变的艰难，以及生活不断重复之后的悲哀。所以，关于三代人进城的故事，看似悲悯，亦含批判，表面嘻哈，内里沉重。东西写出了一个具有喜剧精神的悲剧，并用这个悲剧有力地祭奠了一个荒谬的时代。

2015 年 10 月 13 日，广州

（原载《当代作家评论》2016. 1. 25）

走向寓幻现实主义：东西小说叙事考略

张柱林

在1990年代中期发表《没有语言的生活》之前，东西作为一个先锋派作家为人所知。那时，他在模仿、学习和借鉴中外先锋作家特别是1980年代的中国先锋作家，那种略带感伤和忧郁意味的语言，对历史创伤和所谓人性褶皱的书写，对曲里拐弯的叙事技巧的迷恋，里里外外散发出一股先锋气息。对于一个艺术学徒来说，东西难能可贵，他在这些篇幅不长的习作里仍然展示了自己的才华和思考，如《商品》在具有浓厚的"后现代"意味的戏仿中对社会转型的再现，《跟踪高动》里对全民全方位造假的揭露，《经过》和《飘飞如烟》里的生命意义的哲理，《一个不劳动的下午》里的黑色幽默，都具有东西小说成熟期所包含的特质。但必须承认，只有到了《没有语言的生活》，作家东西的标志才算成型，他的风格和地位也就此奠定。普遍认为，这和先锋小说家的转型一样，是东西走向现实主义的标志，不过，我们必须指出，这种现实主义和传统的现实主义不一样，这并不是所谓描写"典型环境"和"典型人物"的作品，而是将环境和人物置于极端状况的作品，用王蒙所作的《没有语言的生活》获得鲁迅文学奖时的评语来说，就是构思、情节、人物都很"绝"。

今天用来标示这种类型的作品的合适概念也许是"寓幻现实主义"。它既与传统的现实主义文学理念有区别，但又共享着一些相同的叙事成规。如果一定要给它找到一个起源或原型作品，或许卡夫卡的《变形记》可以算最近或最直接的一个，给了当代中国小说家以最深刻影响的加西亚·马尔克斯曾谈起自己第一次读到《变形记》时的情景，他非常震惊小说还可以那样写。卡夫卡区别于经典现实主义的叙事特征，是他的小说虚拟出一个现实生活中不可能出现的开端后，一切都按照现实生活实际存在的可能性与逻辑展开，甚至细节都非常真实，高度可信。当格里高尔变成甲虫后，后面所有的一切都是真实可信的，他想着这样不能按时上班怎么办，无法见人怎么办，而他的家人的反应也都是按现实的逻辑设计的。所以，人变成甲虫虽然纯属虚构，可其创作方法完全经得起最挑剔的现实主义逻辑的检验。《没有语言的生活》也正是将主人公置于一个极端的情境中，让瞎子、聋子、哑巴一起生活，然后一切情节都由此引发，失聪、失明和失语的人如何交流，健康人如何欺负残疾人，完全是现实生活的反映。东西其后创作的长篇小说《耳光响亮》，则是以更大的容量和力量，以寓幻的形式观照现实，从而正式宣告其寓幻现实主义的登场。

那么，所谓寓幻现实主义具有什么样的形式特征，从而能成为一个有效的概念呢？我们知道，学术界自1980年代开始，从国外，主要是从学术发达的欧美泊来了几个类似概念，用来讨论当代中国文学中的这类作品。其中最重要的是魔幻现实主义（magic realism），特指拉美作家那种将奇幻事件纳入现实的写作类型。显然《耳光响亮》这样的作品并无多少魔幻色彩，虽然锈死的自行车会响应主人、河水里随波逐流的尸体见到亲人会停下来这样的情节确实有些不可思议，但并不像大热天有冰块、大活人站在床单上升空这样明显不是自然现象。同时又必须承认，这些离奇事件在现实中很少有可能发生，从而具有了虚拟、幻想的特性，但这并不构成《耳光响亮》叙事的主要特征，小说最重要的一点是，它虽然描写细致、情节曲折而内容丰富，人物的命运也具有相当的特殊性，但笼罩在一种寓言式的氛围之中，在一种讽喻性、象征性的意义上，让作品获得了总体性、普遍性和典型性，从而仍然可以视为一种现实主义写作。《耳光响亮》的真正寓意，并不能只从牛家家庭解体这个角度来理解，而要从1970年代末的巨变，也即从近代以来试图重建社会秩序的另类现代性归于崩解的角度来理解，这可以说是一种更高的现实主义。牛正国（想一想这个名字吧）的远遁与人造神的归阴同时发生绝非巧合，牛家姐弟（名为红梅、青松、翠柏，深具象征意味）的生活分崩离析，只是大时代的缩影。而金大印貌似继父，行为却又不类继父，名实分离，也是时代尴尬的再现。东西其后的两部长篇——《后悔录》和《篡改的命》，与《耳光响亮》可以合称"父亲三部曲"，其核心都是伦理和秩序的崩塌与重建，但其侧重点各有不同。

《后悔录》建立在一个虚拟的逻辑基础上，即一个男人一辈子没有过过真正的性生活。在一个满足个人欲望成为个人追求乃是全民目标的时代，要想象这样的人物需要极为敏锐的观察和极为坚强的自信，否则就会被作家自己轻易否定掉。正是在这个承载着时代负面信息的人物身上，作品为读者提供了一种对社会现实的深入思考。小说与其说在描述男女关系，不如说在表征父子关系。曾广贤的所作所为，其根源都在其父亲曾长风。毫无疑问，没有曾长风在个人欲望的表达没有合法性的时代的遭遇，也就没有曾广贤在所谓放浪时代的自我约束，其个人际遇的特殊性却反向折射了时代的症候，从而使其命运具有了相当的寓言性。作品最后父子对话当然也就具有了高度的象征意味，植物人落泪预示了某种断裂的秩序的复原。对于理解《篡改的命》来说，核心情节自然是汪长尺为了儿子绝然放弃自己的生命，这种不顾一切的自我否定，最后却落实到自己也投胎到林家，这个全然虚幻的情节反映的确实是当今中国最真实的命运，那就是作为穷人的汪家，必须得通过想象的途径，才能变成富人。通过对所谓"仇富"情结的反转，《篡改的命》将"怨恨"变成了一种积极的动力学，只是那背后蕴涵的现实，也必须通过读者的想象才能获得。寓幻现实主义，正是通过一种寓言式的、幻想式的、象征式的、虚拟式的写作和想象，将真正的现实再现出来。

从上世纪末到《后悔录》发表，有将近十年的时间，东西写作了一系列中短篇小说，题材丰富，重要的作品均带着明显的寓幻现实主义特色。《痛苦比赛》中人们将自己所经历的或虚拟的痛苦当作一种资源，既充满反讽意味又反映了某种极其真实的生活处境；《不要问我》则将丢失身份证这一偶然事件，上升为现代社会人际关系奠基于一种抽象系统的现实，加以令人战栗的描述；《送我到仇人身边》里发生一连串稀奇古怪的事情，仿佛整个自然都在与主人公作对。对当代人精神境况的深入探测是东西小说的一个重点，这一时期他主要侧重于人与人之间的信任关系，而《猜到尽头》就是其中最有代表性的作品。当然作者故弄狡狯之笔，使作品具有两种解释，但不影响其主题所具有的寓/预言性。有些作品与《没有语言的生活》相比，进一步强化了幻觉和虚拟的成分，如《肚子的记忆》里死人从阴间发声，打破生死界限；《把嘴角挂在耳边》叙述的是未来世界里人的感知和情感能力的丧失与恢复，貌似一个科幻小说的外壳；《目光愈拉愈长》、《好像要出事了》、《秘密地带》、《你不知道她有多美》和《我为什么没有小蜜》等，用想象来延伸人的知觉，用虚构来补充事实，展现了文学创造自己的世界的追求，但其立足点均在现实大地上，如《你不知道她有多美》中一群赤身裸体的人夺路逃命，这其实出自想象，不过小说回头告诉读者，那些穿好衣服再出门的人都死于地震了。显然，那个想象的世界正奠基于历史真实上。

在《篡改的命》写作和发表前后，东西也发表了一系列作品，同样具有寓幻现实主义的叙事特征，将某种幻想、幻象当成现实的组成部分来描述，运用高超的技巧将这两者之间的衔接过渡得非常自然，了无痕迹。在《请勿谈论庄天海》里，所有的一切场景、情节都与现实生活没有区别，人物心理和行为也与常人无异，事情的发生仿佛就是日常生活的原原本本的呈现，但这一切之上，仿佛有一个看不见摸不着的神秘力量在操控着。且慢，这个故事应该这样讲，我们都知道事情的真相，也知道掌握着世界的权力是什么，但我们不能谈论它。这是一出颠倒了的"皇帝的新衣"。问题在于，这种神秘的力量就像马克思所揭示的资本的秘密一样，其实一点都不神秘。庄天海所具有的强烈的幻想性和寓言性并没有损害小说的现实性，反而将现实的秘密巧妙地揭穿了。在其创作的剧本《瘟疫来了》里，因为茶馆老板老周的意外晕倒，引出了一系列荒唐离奇的连锁反应，因为他们相信老周掌握着一个稀世秘方，虽然大家对秘方的内容有不同的意见，但对老周的受伤昏迷与秘方有关深信不疑。

而与当事人关系密切的人都可能觊觎秘方，因为大家相信秘方可以解决自己的问题，也就成了嫌疑人。当然，老周最后醒了过来，并拿出了那张写着所谓秘方的白纸展示给大家，上面一个字都没有。这里的关键并不是老周有无秘方，而是大家对传言的依赖。人类对真话没有兴趣，却对假话趋之若鹜。这才是真正的瘟疫。那并不存在的瘟疫，深刻地影响着人们的行为。构成同样机锋的是短篇新作《私了》，因为一个假话，必须虚构更多的假话来圆谎。但"私了"本身，构成了当今现实的一种绝佳写照，如果你实在要给其命名，不妨说这是官方的"潜规则"。

有几篇作品，则完全是按照现实主义的成规进行叙事的，并无东西小说中时隐时现的荒诞、幻觉与虚拟细节，但并不妨碍我们按照寓幻现实主义的原则来加以阅读和理解。如《救命》，主人公所身处的新旧婚姻夹缝的尴尬，或者《双份老赵》里每一件东西都备份的强迫症，我们都不能仅仅当作主人公个人的性格使然，也不能当成他们自身命运的偶然性，这里面同样包含着时代的难题，那就是现实境遇带给人的不安与焦虑，这种不安与焦虑其实是东西一直在书写的主题，从《耳光响亮》里牛青松的苦苦寻找父亲，到《不要问我》里卫国丢失身份证后在新环境里的无所适从，或是《猜到尽头》里的互不信任，到《后悔录》里曾广贤无时不刻受困于过去的经验不能自拔，终于发展到老赵将不安全感变成了一种本能。在这个意义上，《救命》和《双份老赵》也是寓言性的。即使是《蹲下时看见什么》，写的是遥远的乡村生活，我们也能从中发现一个普遍性的命题，即人们总是遵从习惯的指引，所以走老路是容易的。《篡改的命》当然在一个貌似极端的故事中，包含着一个总体性的国族寓言，即不改变结构，就不可能改变命运。寓幻现实主义，就是这样一种叙事，它把情境和结构统一起来，把具体和普遍统一起来，把现实和幻想、寓言杂糅成一个统一体。

(原载《名作欣赏》2016. 10. 1)

中间写作
——我观凡一平小说

石一宁

一

将凡一平至今为止的小说创作视为一种中间写作，我以为是相宜的。所谓中间写作，是指凡一平为读者展现的是这样一个写作空间：在感性与理性之间，在现代与传统之间，在通俗与高雅之间，在"另类"与规范之间……等。

中间写作，意味着作者是在一个存在不同方向之力的力场中打造他的虚拟世界。没有踞守一方阵地而放纵手笔的相对稳定和安全感，既兼具两极的优长又呈现一种与众不同的风格的诱惑，使得创作是在一种外驰内张的状态下进行的，因而凡一平小说中的灵感、激情、机智、敏捷是才华的流露，也是作者所选择的小说路数的应有内涵。然而，另一方面，中间写作又不可避免地带有中庸的色彩，因为它走的是一种"中间路线"，追求的是不同品格的调和，不能放马平川任意驰骋，将一种艺术品格推向极致，推到峰巅，因而也就难以领略极地和险峰的令人惊骇的风光。

两部长篇小说,一本中短篇小说集,囊括了凡一平迄今的大部分创作。读完这些作品,我的感受是,它们的形式比其内容给人的印象更强烈,更鲜明,更具冲击力。但这并不是说,它们的内容完全无足轻重。在揭示某些不大为人们注意和了解的生活面的同时,一部分作品还表现了一些有意义的思考,显示了一定的思想深度。

　　中篇《随风咏叹》为凡一平较早期的作品,叙述的是一个颇具黑色幽默意味的故事:主人公童贯是电影院的工作人员,业余爱好书法创作。在为电影《周恩来》写海报时,其草书"来"字被电影院经理及周围的人认为是"米"字,他拒不承认是写错了字,因此被停止工作。他谋了一份公厕收费员的工作。他举行个人书法展,书法家协会不肯出面主办,也没有一个书法界名人和记者应邀观展。歌星黑米愿意资助他十万元到北京再办书展,条件是要他说服与黑米同居的模特耐安去医院打胎。小说最后是童贯陪同他其实也在爱着的耐安到乡下医院堕胎,医生让童贯将从耐安身上打下的死胎找地方埋葬。作品具有现代派小说的辛辣、诙谐、反讽、荒诞等特点,童贯的令人啼笑皆非的窘境像一面镜子照出了现代人生活的某些侧面,读者从中可以悟出某种人生哲学的命题。《浑身是戏》这一中篇写"我"和女友巩俐前往云南寻找巩俐失踪的弟弟,卷入一个以拍电影作掩护的贩毒集团。小说隐含的"人生是戏"的观念虽属老生常谈,但本来清白的"我"很快就沉溺于"做戏"的状态读来却令人心惊,引人长思。短篇《回忆过去的生活》中,触及了诸如记忆与幸福、记忆与自由的关系这样重大的人生问题。某些记忆使人痛苦,使人自卑,使人只能在局限中选择生活;某些记忆的空白则能使人纯洁、自由,使人憧憬更高的理想;记忆在很大的程度上决定人生。《一千零一夜》《同名俱乐部》两个短篇也寓含一定的哲理,前者表现了偶然性对人的命运的主宰，后者揭示了"名"（人、事、物的称谓）对"实"（行为本身）的反作用力。

在凡一平的创作中，长篇《变性人手记》并不很被他看重，可能是因为其题材的荒诞性，使作者自己都认为有闭门造车之嫌。然而，我认为它不仅不荒谬，它甚至是作者最具有思想意义的一部小说。漂亮的歌舞团女演员夏妆有感于"这个世界是男人的"，从而讨厌自己的女性性别并做了变性手术。手术后的夏妆变成男人童汉，回到自己所在的城市寻找到歌舞团的女友宋小媛。童汉把自己作为男人的童贞献给已经发迹了的宋小媛，宋小媛爱上了童汉，送他到美国上大学。十年后童汉成为亿万富翁，并由宋小媛做媒与另一个女人组成了家庭。宋小媛无法抑制对童汉的爱，而又自觉年老色衰，遂将豪宅巨产弃之不顾，驾车出走。童汉发现自己不能失去宋小媛，也将巨额财富转赠他人，决心天涯海角追寻宋小媛……故事浪漫诗意，变性手术这一科学成就构成了小说的现实背景，因而题材虽显荒诞却也并非天外奇想。《变性人手记》的娱乐性是毫无疑问的。但是，如果把它当作一部寓意性的小说来审视，它便显示出可从多个向度探察、诠述和阐释的开放性。夏妆对性别压迫的意识和切肤之痛，使女权主义者又找到了一个文学范例；夏妆通过变性手术对性别重新作出选择，使存在主义者看到对自由的肯定；夏妆不屈服于两性的不平等状况，使现代主义者看到对既定社会和文化体制的反抗；变性本身，亦可使后现代主义者看到秩序的崩溃和消解；而变性后的童汉，金海银山、豪宅美女最终也没能安排妥帖他的灵魂，为了宋小媛，他放弃来之不易的一切，这又使爱情至上的信徒看到了古典爱情的辉煌……

在指出凡一平部分小说的思想性的同时，我们也应该注意到，作为一种写作策略，或者一种由个人素质、兴趣所决定的创作定位，中间写作使凡一平没有将其小说中的思想因素推到哲学的高度，小说中的思想的光辉不是普照天地的，而是时隐时现的闪烁、跳跃，它们零碎、不完整，有如蜻蜓点水，颇让人无法把握。如果说感性与理性是小说的两面，那么凡一平的小说更偏向于感性；如果说某些小说体现了一定的思想深度，这多半是出于作者的不自觉。读凡一平的小说不累且相当有趣，然而这种创作趋向任意发展，也会损害作品的价值。像《请你来爱我》《枪杀·刀杀》《禁欲》《我知道这年夏天你们都干了些什么》等短篇，思想是苍白肤浅的。

二

从把小说作为一种艺术的理解和实践方面来评价，凡一平是一位好的小说家。他在创造性格复杂的人物形象上倾注的心血是显而易见的。他喜欢以第一人称作为小说的主人公。也许这是由于作品中的"我"与正在写作中的"我"更具血缘的联系，更心心相印，也更能表达微妙的心理、情感、思绪。作品中的"我"往往不是正人君子，但也不是卑鄙小人；有点灰色，但不是反面角色；有点叛逆，但没有走得太远，还算不上另类；有点狡猾和玩世不恭，但良知未泯，尚属良善之辈……此外，还有一个特点："我"即使沉沦底层，也是高智商者，具有心理上的优势，足以对生活作出居高临下的评判。《随风咏叹》《浑身是戏》《真实的谎言》等中短篇和《跪下》《变性人手记》两部长篇中的"我"莫不如是。

《跪下》将现代人诸多痛苦与不幸的根由——欲望的恶性膨胀作了淋漓尽致的暴露，它对当代生活的传神刻画，正是通过对主要人物形象的精心塑造而达到的。警察宋扬（"我"）屈服于马禾的权势背景放过了走私汽车的马禾；做厅长夫人刘玉婉的面首；在几个小时之间以"海外归来成功画家"的虚假面目将高傲漂亮的电视台主持人朱楠骗上了床；由于受到罪犯的集体诬陷，他辞去警察的工作，自创广告公司失败后，投靠马禾，既做正常生意，也少不了为非作歹；他爱过彤彤，但又把她推入马禾的怀抱。为了金钱财富，为了出人头地，正义、良知与真情在宋扬的心中被暂时悬置。小说的结局，马禾出于对过彤彤与宋扬之间感情的嫉妒，指使手下纵火焚烧了即将举行过彤彤画展的美术馆展厅。过彤彤葬身火海，宋扬彻底认清了马禾的狰狞嘴脸，决心向警方告发，并萌发了重当警察的意愿。这是巨痛之后的悔思，美梦之后的觉醒。然而，人为何总是在失去之后才会珍惜，在沉沦之后才能浮起？宋扬这一形象给读者留下了不尽的思索。我无意宣称凡一平创造了什么典型形象，但宋扬作为小说人物的独特价值是无可否认的。宋扬这一形象折射了当代生活的迷乱和人性的困惑。

中间写作的选择，还使得凡一平注意寻找其小说与大众读者阅读兴趣以及流行时尚、市场走向的契合点。他颇善于编造故事。他选择的往往是容易"出戏"的题材、人物和"道具"。除了上述提及的作品，中篇《寻枪记》也是体现凡一平故事特点的一个明显例子。《寻枪记》仅从标题上看就颇能吸引读者，由于警察工作的神秘性，由于枪作为工具的实际功用和作为"道具"的文化涵义，读者的好奇心和阅读兴奋点很容易被点燃。读者被作者用"枪"牵引着经历一个个场面，见识一个个人物，始终兴味盎然。掩卷之后，读者也许会发现这故事其实没多大意思，甚至有点无聊，但这时他已经读完了小说，也就是说已经被作者的叙述技巧所征服。

三

再来谈谈凡一平小说的语言。

语言方式与语言能力一样具有某种先天的成分，但更多的是一种选择的结果。凡一平的小说的语言选择与他的中间写作策略同样是分不开的。在以《跪下》为代表的较早期作品中，凡一平多用省叙的手法，常常省略了人物外表、环境风景等方面的描写，因为这种传统的写法虽然看起来已俨然成为一种艺术成规，还可以显示作者的渊博学养和增加小说的美学含量，然而，在生活节奏加快的当代社会，这种小说传统已露出了其不适应的一面，对人物外表、服饰和环境风景的精细描绘已变成一种赘叙而被越来越多的年轻作家所放弃。凡一平宁愿把心血和笔墨更多地用来锤炼人物的对话。对话不仅表现人物、营造气氛，还被他用来获取娱乐性效果以吸引读者，因此小说安排了大量对话，有的小说的对话篇幅甚至超过了描述的部分，如《随风咏叹》《请你来爱我》《浑身是戏》等，《跪下》的对话至少要占了一半。同时，这些对话往往是调侃性的，风趣、俏皮，也颇机警、聪敏。

小说中句式简短的对话的大规模运用，美国的海明威或可算是第一人。在中国当代文学中，王朔首先给对话注入了大剂量的调侃和幽默成分。从凡一平的小说中可以看出这种历史的承传和同时代的影响。和王朔小说一样，凡一平的小说观念包括语言也存在着一种玩世不恭的后现代情绪，但他的语言同时又是有自己的鲜明个性的。它是一种南方的语言，或者说是一种经过提炼之后的南方普通话。在具体的作品里，它更多地体现为受过中等以上教育程度的人物的语言。它不是口语，也很难说是日常说话不时要用的书面语，它是一种"设计"出来的语言。它当然带有某种做作和斧凿痕。但它不是死的语言，不是冰冷的语言；它是从生活中提炼的，所以它也是生动的，活泛的，泼皮的，快意的；它不是生活中的语言的直接搬运，所以它还是独特的。这些语言，也能给人一种情绪的宣泄和满足感，也能给人一种审美的享受。由于人物的对话往往是含藏机锋的语言，所以它们总是在一种饱满的张力下展开的，使得读者在阅读过程中从头至尾保持情绪的高昂。

凡一平努力做语言"功课"，还体现在他善用比喻。对话与比喻，是其小说语言的两维。也许是凡一平察觉到了依靠大量的对话来充实的小说结构也有其局限，他近期的创作有向传统回归的趋势，对话所占的显要位置似乎已让给了人物的心理活动，句式和段落已被拉长了，而别出心裁的比喻则仍有增无减，《变性人手记》是这种转折的标志。

凡一平的中间写作路线是否能维持下去，目前尚难断定。但凡一平小说的鲜明个性及其对读者的吸引，最大得益于语言的魅力，却是一个显而易见的事实。

（原载《南方文坛》2000. 12. 15）

论凡一平的新乡土小说

黄伟林

新乡土小说这个概念1990年代已经出现，但至今没有产生很大的影响。造成这种局面的根本原因不是理论阐述是否完备，而是缺乏代表作家和代表作品的支撑。

2005年以来，凡一平在写作了大量城市题材小说之后，开始了创作题材的乡土回归。迄今为止，凡一平为我们奉献了三部乡村题材的小说力作，分别是中篇小说《撒谎的村庄》、《扑克》和《上岭村的谋杀》。这三部小说实现了凡一平个人小说创作的重大突破，在当下乡村题材小说创作中独树一帜，充分显示了新乡土小说的审美力量。

对于凡一平来说，他生命中有三个地方是非常重要的。一个是他的故乡广西河池市，第二个是他文学创作初出茅庐之后求学深造的中国大都市上海，第三个则是他1991年以后定居的广西首府南宁。

这三个地方，凡一平在河池生活了25年，在上海求学两年，在南宁定居至今已经22年。

河池位于广西西北部，与贵州相邻。1964 年，凡一平出生于河池南部的都安县箐盛乡上岭村，他曾经专门写过一篇题名《上岭》的文章，文章开头就写道："从桂北都安瑶族自治县往东十三公里，再沿红水河顺流而下四十公里，在三级公路的对岸，有一个被竹林和青山拥抱的村庄，就是上岭。我十六岁以前的全部生活和记忆，就在这里。"[1]

在 25 岁以前，凡一平基本生活在河池。这 25 年时光，前面 16 年完全属于上岭村；1980 年至 1983 年，凡一平 16 岁到 19 岁的时候，在宜州的河池师专求学 3 年；1983 年至 1989 年，凡一平 19 岁到 25 岁这段光阴，他大学专科毕业后回到都安工作了 6 年。

1982 年，还在河池师专求学的凡一平，在《诗刊》发表了他的诗歌处女作《一个小学教师之死》，考虑到 1980 年代初文学特别是诗歌的影响，可以想见这首诗给凡一平带来了巨大的荣耀。当然，我们也可视之为凡一平文学职业生涯的开端。

凡一平早期的创作大多取材于他的乡土和乡亲。温存超的《追飞机的玉米人——凡一平的生活和创作》一书中，为我们披露了凡一平当年创作《一个小学教师之死》这首诗歌的过程。最初，凡一平想写一首诗表达他对自己做乡村教师的父母的感情，但找不到合适的角度。在与师兄兼文友田湘、闻程交谈的时候，听闻程讲述了一位女教师不甘凌辱决绝而死，其学生为之送葬，每逢清明还到其坟墓献花的故事。"死"和"送葬"，让凡一平蕴藉在心中的情感找到了合适的形象，原来左冲右突找不到出口的构思，终于豁然

---

[1] 凡一平：《上岭》，收入覃瑞强主编《重返故乡》，广西人民出版社 2011 年版。

开朗。[1]

　　1988年，凡一平在《青春》发表了纪实小说《官场沉浮录》。许多人都注意到这篇小说因为某些人的"对号入座"，给凡一平的现实生活带来了一些麻烦。然而，这篇小说毁誉的巨大反差，或许对凡一平的文学创作有着更深层的影响。不过，很快地，对于凡一平来说，一个更重要的机会降临了，他得到广西作家协会的推荐，到复旦大学作家班学习深造。

　　上海自1843年正式开埠，仅仅用了20来年的时间，其外贸出口就超过了中国最早的通商口岸广州。从此，上海将这一荣誉保持了120多年。"在新文化运动的第二个十年，中国的文化中心历史性地转移到了上海。这个自晚清始新兴市民文化的大本营，风云际会，诞生了不同凡响的海派文化。"[2]不过，凡一平在上海求学的1989年至1991年，对于上海来说，是很特殊的两年。因为，1978年以后，中国南方的深圳，因为邓小平的设计，成为改革开放的桥头堡。1986年，广东的外贸出口，重新超过上海，居全国第一。然后，1992年，上海又迎来了一个历史性的机遇，创造了海派文化的复兴。这种既具历史性又具戏剧性的变化，不知是否为1989年至1991年在上海求学的凡一平感受到？不过，从凡一平上海求学以后小说创作的变化，我们可以感受到上海这座城市对凡一平的深刻影响。

　　在《"身份焦虑"与"浑身是戏"——壮族小说家凡一平小说论》（刊于《民族文学研究》2007年第1期）这篇文章中，我曾经

----

[1] 温存超：《追飞机的玉米人——凡一平的生活和创作》，广西师范大学出版社2011年版，第49页。
[2] 杨东平：《城市季风——北京和上海的文化精神》，东方出版社1994年版，第4页。

谈到1992年是凡一平文学创作的一个重要的分水岭。因为在这一年，凡一平的身份发生了重要变化，终于从广西的贫困地区都安落籍广西首府南宁。于是，就在这一年，凡一平的文学创作出现了诸多变化，其中一个重要的变化就是创作题材从乡村转移到城市。

6年之后，当我再一次回望凡一平的创作历程时，我愿意修改当年的结论：凡一平小说创作的变化，在他的上海求学阶段业已发生。

在上海求学以前，凡一平虽然在上岭村、宜州县城、菁盛乡、都安县城等地生活、学习和工作，这些地方虽然有所差异，但总体来说，它们都是广西的贫困地区，他们共享的都是广西山区的乡村文化。而上海，作为中国第一大都市，虽然在凡一平求学期间处于衰落状态，但海派文化海纳百川、有容乃大的气势，显然是长期被山峦遮蔽局限的凡一平未曾体验过的。因此，对于凡一平来说，上海求学，知识的增长、技巧的增进，固然明显；但更深层的，不易为人察觉的，应该是价值观的变化。而这一点，在凡一平上海求学以后的作品中，表现得非常明显。

如果把中国人分成四种类型：农民、士民、官民和市民，那么，市民文化是中国最薄弱的文化。广西是中国欠发达地区，其最大特点之一就是市民文化不发达。作为中国市民文化的大本营，海派文化与整个广西文化完全不同。因此，当凡一平从一个农民文化地区进入中国的市民文化大本营，他内心必然遭遇强劲的文化冲击。

在《"身份焦虑"与"浑身是戏"——壮族小说家凡一平小说论》这篇文章中，我认为："凡一平小说的人物具有两种特别令人关注的内涵特质，一是身份焦虑，二是角色多元。"这是凡一平小说特别令人着迷也特别令人不解的地方。经过这几年的阅读和思考，我以为，凡一平小说人物的身份焦虑不仅来自他从乡村到城市的身份改变，而且来自他从单一的农民文化圈到多元的市民文化圈所遭遇的文化冲击。市民文化的价值观对凡一平的创作产生了根本性的颠覆，在上海求学之前，凡一平"小说的价值倾向基本称得上是非分明、善恶对立"。上海求学之后，"凡一平小说中的人物在善与恶、是与非、正义与邪恶、贞洁与淫荡的道德边界游走，价值判断遭遇悬隔抑或莫衷一是"。

这种变化使凡一平的小说脱胎换骨。1995年，凡一平的中篇小说《女人漂亮男人聪明》在《上海文学》第2期被列入"新市民小说"栏目发表。"新市民小说"是《上海文学》着力打造的一个文学概念，凡一平的小说被纳入"新市民小说"体系，由此可以看出凡一平小说所具有的与其与生俱来的本土文化气质相异的文化气质。

《"身份焦虑"与"浑身是戏"——壮族小说家凡一平小说论》对这种文化气质做了较深入的分析，本文试图通过对《撒谎的村庄》、《扑克》和《上岭村的谋杀》三部小说的解读，从乡土、乡情和乡思三个层面，对凡一平的故乡文化心理进行阐释。

故乡对一个作家的重要性是不言而喻的，许多文学史事实都证明了故乡是作家最重要的写作资源。对于凡一平来说，这一点也不例外。然而，故乡作为写作资源得以激活，需要某些契机。上海求学之前，凡一平写乡土乡亲，那是一种自发行为。上海求学之后，凡一平有相当长一段时间，写作与乡土渐行渐远，写了大量以市民文化为底蕴的城市小说。

直到2005年，凡一平写出了中篇小说《撒谎的村庄》，用他的话说，这是他对他敬畏的乡村、故土奉献的试探之作。[1]仔细琢

---

[1] 温存超：《追飞机的玉米人——凡一平的生活和创作》，第294页。

磨这句话的意思，可以感觉到，这时候的凡一平重写乡土、乡情、乡思，已经上升为一种自觉行为。

乡土，顾名思义，即故乡的土地，是作者关于故乡自然形貌、自然地理的文化记忆。

在《上岭》那篇散文中，凡一平告诉我们，他的祖籍地上岭这个地名，第一次出现在书里，是在他写的长篇小说《顺口溜》里。有意思的是，《顺口溜》也是出版于2005年。那么，可以肯定的是，2005年，在离开故乡16年后，凡一平开始比较有意识地将他的故乡记忆纳入小说创作。

《撒谎的村庄》的故事发生在菁盛公社（乡）的火卖村。故事的主人公蓝宝贵是菁盛公社的放映员，1978年，他与火卖村女孩韦美秀发生了一夜情而被迫成为韦家的上门女婿。半年后蓝宝贵考上了北京大学，然而，一个月后，韦美秀生下了一对龙凤胎后身亡，蓝宝贵被迫放弃学业，留在火卖村当了小学教师。尽管数年后蓝宝贵证实了韦美秀生下的并不是他的亲生儿女，真正的父亲是当时菁盛公社放映员苏放。但是，善良而懦弱的蓝宝贵因为不忍心乡村的孩子们没有老师而继续留在了火卖村，并因为不忍心韦龙和韦凤两个孩子成为孤儿，而与火卖村全体村民保护着韦龙与韦凤是他的孩子这个谎言。火卖村因此成为一个撒谎的村庄。

《撒谎的村庄》是一个充满悬念的故事，而不是一个具有深度的小说。小说中的人物性格都比较简单。韦秀美单纯而向往山外的世界，苏放轻佻而不负责任，蓝宝贵善良懦弱而忍辱负重。此外，整个火卖村的村民仿佛沉默的大多数，为了村庄的名誉，他们明知真情，却仍然制造了韦美秀早产身亡的谎言，使无辜的蓝宝贵成为谎言的牺牲品。这些村民面目不清、性格不明，他们有善意，也有私心,但无论善意还是私心,这些人物形象因为缺乏内心的深度和情感的强度而无法给读者留下深刻或者鲜明的印象。

"撒谎的村庄",无论如何,这是一个绝妙的标题,是可能成为杰作的标题,因为这个标题透露了某种乡村集体无意识的信息。它提醒我们,韦美秀、苏放、蓝宝贵其实都不是这个题目所概括的主角,真正的主角应该是村庄的全体村民,是村民的集体无意识。但是,或许是因为初次回归乡土,凡一平没有像他写《跪下》《顺口溜》《寻枪记》《理发师》那样洒脱不羁,他更多地在故事上做文章,将故事写得一波三折,巧合多多,但是,在开掘人物内心世界上,他顾虑重重,欲言又止。他为火卖村进行了撒谎的定性,但他自己似乎也坠入了编织谎言的圈套。虽然他的编织动机也是出于善意,但是,对于透视人性真相的小说,他似乎有点背道而驰。

凡一平自己很清楚,《撒谎的村庄》是他对他敬畏的乡村、故土奉献的试探之作。因为有敬畏,因此缩手缩脚;既然是奉献,就不敢揭露真相;由于是试探,所以不可能鞭辟入里。可以说,凡一平已经敏感到了乡土、乡村、乡亲所包含的丰富深刻的信息,但他或许是无力,或许是因为有情,终于不敢揭开乡土、乡村、乡亲那潘多拉的瓶盖。

不过,《撒谎的村庄》的写作,仍然激活了凡一平的故乡记忆,这个记忆,在《撒谎的村庄》中,主要是关于乡土的记忆。

除了故事的起承转合,《撒谎的村庄》最引人注意的是景物描写。有相当长一段时间,凡一平的小说久违了乡土的自然景物描写。《撒谎的村庄》最成功的地方,恰恰是乡村景物的回归。小说开头不久后就写道:

火卖村不通公路，惟一一条通外面的路是祖祖辈辈脚踏出来的，因为都想走捷径，所以路就特别直，也特别陡。从山上往下望，路就像一根垂直的绳子，而照相师傅就像绳子那端的一只瓶子，慢慢地被吊上来。[1]

山路犹如一根垂直的绳子，这肯定是凡一平最鲜明的故乡记忆之一。因为，几年后凡一平另外一个中篇小说《扑克》又一次使用了这个比喻："山路狭小而陡峭，就像是从山顶垂直扔下来的绳子，王新云和警察则像两个拖油瓶，慢慢地往上吊。"显然，凡一平的故乡记忆，最初是从山路这种自然地貌开始复活的。如果读者细心就可以发现，恰恰是从《撒谎的村庄》开始，景物描写越来越多地出现在凡一平的小说里。

青山如黛，草木如同锦绣，包裹着如婴儿一般娇小的村子。村子的房前屋后，是碧绿的菜园。土生土长的鸡鸭，就在菜园外走动，觅食它们最喜欢的东西。更远处的梯田边，是一排排挺拔的树木，一团团火焰燃烧在梯田的上空，那是木棉树盛开的花朵。[2]

值得注意的是，当熟悉了城市文明的凡一平重新观察乡村自然景物的时候，他获得了一种糅合了农业文明与工业文明的想象力。在《最后一颗子弹》中有一段非常绝妙的景物描写文字：

重峦叠嶂的山像一架机器，尖硬繁杂的石块像无数的齿轮，蜿蜒崎岖的路像丈量不尽的链条，而活动在它们之上的一行人，就像是制造或输送出去的产品，并且大都非常贵重。[3]

---

[1] 凡一平、章明：《撒谎的村庄》，上海译文出版社2006年版，第52—53页。
[2] 同上，第53页。
[3] 同上，第44页。

这样的景物描写可圈可点，可以作为写作的经典案例。

然而，促使凡一平乡土记忆复活的原因是什么呢？在我看来，或许是乡村自然形貌产生了巨大变化，原生态乡村消失的可能性促使凡一平用文字来实现他对乡土记忆的缅怀。

这个猜测并非空穴来风。当凡一平为《撒谎的村庄》想象外景地的时候，他想象故事发生在一个封闭而盛开着木棉花的村庄。在他童年和少年的记忆中，到处是这样的村庄：

> 四面环山，山坡匍匐着松落的石头，石头缝和石头上长着青草和苔藓，像是粗粝的、结着菜垢的锅面。山底是松散的房屋和肤浅的土地。房屋冒出炊烟，像是锅底还在温热的玉米窝头。土地长着庄稼，主要是玉米，其次是红薯、木薯和黄豆，它们露在浅土上，像是铺在一个巨大囤仓底部的粮食。事实上它们都是粮食。在每一块地的地头，都长有树。最多也是最高的是木棉树，它有着粗糙乃至丑陋的躯干，却能绽放着最鲜红、硕大、美丽的花朵。最少和最矮的是草芒，但这就不是树了，是拿来烧火的柴禾。还有，在村庄里找不到水。水是山民最珍贵的东西，比油还珍贵。还有，上下山看不到路。但路肯定是有的，只是因为太小、太陡峭和弯曲，而且没有开凿过的痕迹，只有人和牛羊的脚踩踏过的印痕，让没有走过的人不相信这就是路。[1]

---

[1] 凡一平：《卡雅》，《作家》，2008年第3期。

然而，当他跟着摄制组坐着车在崎岖、蜿蜒、陡峭、刺激和危险的村级公路上爬行为《撒谎的村庄》寻找外景地的时候，才发现要找到与他记忆吻合的场景或环境已经很难。

显然，快速扩张的现代化已经改变了乡村："摄制组所经过和看过的村庄，不是地头或屋后建起了水柜，架接了电杆和电线，就是通了机耕路。"[1]

消失的总是珍贵的，仔细阅读凡一平的小说，可以发现，自《撒谎的村庄》之后，乡土记忆中的景物描写越来越多地出现在凡一平作品中。

如果说《撒谎的村庄》更多局限于关于乡土的书写，从自然地理的层面复苏了凡一平的故乡记忆，那么，发表于《花城》2008年第1期的中篇小说《扑克》，则深入到了乡情的层面。

乡情，可以理解为对故乡的感情，但这里的故乡不仅是自然地理意义上的故乡，而且包含了人物对故乡及其生命本原的情感记忆。

5岁时被拐卖的王新云19年以后从一则印刷在扑克上的寻子启事中发现了自己的来历。这时的王新云已经25岁，父亲是浙江王牌服装集团的总裁，一个身家过亿的企业家。他本人毕业于北京广播电视学院，是浙东电视台文艺部助理编导、记者，得到他的直接上司，文艺部主任、有夫之妇宋海燕的悉心栽培和宠护。两人间正进行着如火如荼的婚外情。

王新云按图索骥找到了自己的故乡——广西都安县菁盛乡内曹村乜鸡屯。"站在菁盛的集市上，王新云已经看不到和记忆里相对应或吻合的房子、店铺和路面。这里的一切都已经翻新。但是王新云

---

[1] 凡一平:《卡雅》,《作家》,2008年第3期。

能感觉到,他现在站着的地方,就是当年父亲卖猪的地方,也是他被拐卖的起点。"王新云找到了他被拐卖的起点,同时也就意味着找到了他血脉的来源、生命的起点,他作为人的七情六欲、喜怒哀乐的情感的最初来源。

他终于走进了他生于斯长于斯的家。小说的描写触目惊心:

> 这个作别了十九年的家现在已经变得破败不堪,墙壁大开裂缝,东歪西斜,屋瓦漏洞百出,堂屋空空如也。黄警官走到没有门的内屋入口,站住。王新云的视线越过黄警官的肩膀,看见一根横着的绳索,联系着两张床。黄警官走近两步,王新云跟进两步。黄警官轻轻掀开一张床的蚊帐,一个白发如雪的老婆子兀立床上!像个女魔。她的眼眶凹陷,却眼球凸出,而眼神呆滞。或许因为在黄警官的身后,也或许断定是自己的生母,王新云并没有受太多的惊吓。他所惊讶的是生母苍老的容颜超过了他的预想,还有,生母瘦小的身骨令他心颤。绳索的一端并不系着床,而是栓在生母的腰上!另一端呢?王新云移步上前,抓着绳索,拉了拉绳索的另一端。另一张床上有了动静,像人在翻身。王新云掀开另一张床的蚊帐,只见一个男子在睡觉,绳索的另一端也系在腰上。这应该就是自己的哥哥了。王新云想,那究竟是大哥呢还是二哥?生母和哥哥为什么要用绳子相互栓着?是谁怕谁跑丢?黄警官这时朝睡觉的哥哥喊道,阿大,起来咯!王新云终于知晓睡觉的哥哥是大哥。[1]

---

[1] 凡一平:《扑克》,《花城》,2008年第1期。

王新云面对的这个维系着他的血脉的家，父亲是劳改释放犯、母亲是疯子，大哥是傻子，二哥，根据小说后面的叙述，我们得知，虽然考上了大学，但因为家庭变故，放弃了上大学的机会，在广州从事男妓的职业。

小说正面描写了王新云生父韦元恩寻子的执著，并在与韦元恩的执著的对比中，尽可能表现不敢认家、不敢认父的王新云的内心冲突和内心挣扎。

《扑克》发表后，引起了较多的关注。我也曾以课程作业的形式，让中文专业的学生评论这个作品。大多数人都在"富爸爸"与"穷爸爸"的对立中讨论王新云形象，对王新云进行道德评判。然而，在我看来，凡一平写《扑克》这个小说，显然不仅是为了宣示某种道德教义，应该有更深层的内心冲动。那么，这种内心冲动来自何处呢？

有必要从一个更宽广的范围去理解这个小说。凡一平讲述这个故事的深层动机应该是基于他内心深处对故乡、对乡村的情感。众所周知的是，我们对故乡、对乡村忽略太久了，我们对我们生命的根源、对我们血液的根脉忽略得太久了。就像王新云，因为某种缘故，离开了故乡、离开了乡村。或许最初的离开是一种痛苦，然而，在现代化的进程中，离开者最终或许会感到幸运。面对极端贫穷、极端封闭的乡村，有几个人能够像《撒谎的村庄》的主人公蓝宝贵那样选择留下呢？

然而，无论怎么样，《扑克》中的王新云终于因为某种机缘找到了他的故乡、他的家、他的根。虽然他没有在现实层面上认祖归宗，但在内心深处，他无疑拥有对这个根、对这个家的认同。生活在现实中的王新云，他有他的利害考虑；处于内心挣扎的王新云，却有着难能可贵的忏悔。小说中有这样一段王新云的心理描写：

> 现在，王新云觉得，他必须向另一个人下跪，那就是自己的亲生父亲。他来到隔壁的卧室，那是安置亲生父亲的房间。他跪在亲生父亲跟前，涕泗滂沱地说阿爸，对不起，阿爸，我明明已经知道你就是我的亲生父亲，却没有认你。因为我不知道该怎么办？我现在生活得很幸福，真的很幸福。这幸福是养父给我的，我怕我认了你，我的幸福就会失去。阿爸，原谅我。原谅我，阿爸！

比较一下《跪下》中的宋杨、《顺口溜》中的彰文联，就可以知道，与这两个同样有内心矛盾的人物相比，王新云的内心冲突何等激烈和深刻，从而上升到忏悔的层面。而这种激烈和深刻，这种忏悔，正是因为对故乡、对家、对生命之根的发现。

因此，乡情可以理解为对生命之根的感情。这是人性中极其深层的感情。而它一旦唤醒，当会产生难以想象的震撼力。

为什么王新云面对失而复得的故乡会选择离开，为什么王新云面对失而复得的亲情会选择放弃？仅仅指责王新云的背叛是不够的。我们应该正视王新云这种选择的现实合理性。否则，我们只能堕入肤浅的道德理想主义，而无法体会人性深层的矛盾和挣扎。

在我看来，正是因为有了《撒谎的村庄》中温情的乡土记忆的复活，有了《扑克》纠结的乡情的重新发现，才有了《上岭村的谋杀》有关故乡、有关乡村严峻的思考。

也就是说，乡思，在这里，并不意味着对故乡的思念，而意味着对故乡、对乡村、对乡亲的反思。

上岭村的青壮男人们大都在外打工，村庄里除了妇女，剩下的男人多是老弱病残。复员军人韦三得或是利诱、或是胁迫、或是强暴，与许多村妇长期私通。韦三得的流氓恶霸行为让整个上岭村的男人蒙羞忍辱，上岭成为一个混乱、悲情的村庄。

小说分成三部，采用了倒叙的手法。

第一部写的是2010年春节前的一天，韦三得突然上吊身亡。大年初一，警方得到韦三得不是自杀而是他杀的匿名举报，进入上岭村逐个对村民进行调查。数日后，村支书韦江山的儿子，转业在南宁民族学院做保卫干部的韦波承认是他谋杀了韦三得，被捕入狱。韦三得之案得以了结。

第二部回溯到2008年，南宁大学的学生黄康贤有一天无意中遇到了他的初中同学唐艳。唐艳是黄康贤的梦中情人。当年他们一起考上了重点高中。最终唐艳没有到高中报到，给黄康贤留下了不解之谜。这次相遇，两人迅速坠入爱河。根据观察，黄康贤知道唐艳在南宁从事的是色情服务。不久，唐艳对黄康贤不辞而别。黄康贤回上岭过寒假，终于得知唐艳当年不上高中的原因是遭遇了韦三得的强暴。韦三得的种种劣迹，促使黄康贤与怀疑韦三得挖了他家祖坟的韦波兄弟走到了一起，黄康贤又争取了因为妻子与韦三得通奸而对韦三得恨之入骨的韦民全、韦民先兄弟俩的合作，韦三得终于落入了他们设计的圈套。

第三部写2011年黄康贤毕业后回到大成乡派出所做见习警察，所长田殷因为不相信当年韦三得案件的调查结果，将"上岭村2.15案询问记录"全部给了黄康贤，要求黄康贤重回上岭村进行秘密调查。从这些询问记录，黄康贤知晓了上岭村许多男人和女人的秘密。一天，韦昌英的妻子苏春葵与韦茂双的妻子蓝彩妹发生冲突，黄康贤无意中介入得罪了苏春葵。苏春葵利用她掌握的信息向黄康贤父子提出各种要求，黄康贤被迫答应了苏春葵与之通奸的要求。黄宝央为了帮助儿子黄康贤摆脱困境，谋杀了苏春葵。警方调查后，结论是苏春葵偶然失足跌入粪池身亡。苏春葵的丈夫韦昌英不接受警方的死亡鉴定，苏春葵被谋杀终于证实，但无法找到凶手。后来，韦昌英发现了黄康贤与苏春葵私通的秘密并报告了警方。在真相即将大白之际，黄康贤自杀身亡。

小说虽然集中围绕谋杀案叙述，但建构了多重视角。

有集体视角。通过上岭村主流视角，我们看到的是一个道德败坏、死有余辜的韦三得，他打断了黄宝央的腿，挖了韦江山的祖坟，强破了唐艳的处女身，奸淫了众多上岭村男性的妻子。

有个体视角。如黄康贤，他的父亲被韦三得打断腿，他的梦中情人被韦三得强奸。

有男性视角。绝大多数男性眼里，韦三得奸淫妇女，引发众怒。

有女性视角。部分女性眼里，韦三得竟然是一个好男人，她们甚至为之争风吃醋。

主流视角视韦三得为恶棍流氓，罪不容赦；非主流视角则认为韦三得之所以堕落到这个地步，与当年村支书韦江山剥夺了他的参军机会有关。于是，韦三得的恶行包含了向这个不义的社会报复的因素。

多重视角的建构，是对传统乡村文化意识的超越。只有经过城市文明的洗礼，才可能建构这种多重视角，进而获得相对客观的观察事物的方法，使小说的内涵更为丰富，更具弹性。

性在中国长期以来是一个讳莫如深的话题。1980年代以后，随着张贤亮、王安忆、苏童、贾平凹、陈忠实等一批作家的书写，禁区终于冲决。世纪之交,卫慧、棉棉等"70后"作家以其作品呈现了与前辈作家完全不同的性态度。近年来,章诒和的《刘氏女》、《杨氏女》再次重拾性话题,产生了不小的影响。然而,在我看来,迄今为止,对中国乡村性现状的描写,《上岭村的谋杀》最真实、最有力,也最深刻。

通过《上岭村的谋杀》,凡一平写出了中国乡村惊心动魄的性现实。他不仅写出了中国乡村现实中性资源的匮乏,而且写出了中国乡村妇女性意识、性观念的变化,写出了被隐秘性意识牵连着的乡村价值观、道德观的深层变化。由于性本身的隐蔽性质,凡一平实际上是通过性的描写,撕开了乡村那关得严严实实的帷幕,揭露了乡村的深层真相。"上岭村谋杀案"的告破,就像小说中所写:"在这个混乱的村庄,已经没有什么可能守可以守的秘密了。把什么都说穿了说破了也好,说穿了说破了反而就简单了,清楚了。"

比较《撒谎的村庄》、《扑克》和《上岭村的谋杀》三部小说,可以发现,三部小说都试图写出乡村主人群像,写出中国农民群像,写出那沉默的大多数,然而,《撒谎的村庄》中的村民面目晦暗不清,性格暧昧不明,《扑克》的农民性格偏执愚钝、形象难以理喻,他们承载的是作者的思想、理念,依靠作者的扶助和推动;只有到了《上岭村的谋杀》,虽然人物众多,然而,每个人物都鲜活生动,合情合理,他们有真实的感情、鲜明的性格,他们受伤害、受欺辱,有痛苦、有怨恨,但也有隐忍、有希望,他们承载着自己的血肉,有着自己的灵魂,张扬着自己的生命活力,散发着自己的生命气息,这是真正活着的中国农民,他们从作者的笔下站立起来,栩栩如生,震撼人心。

如果说《撒谎的村庄》因为被作者的故乡温情引导而回避了乡

村的真相,《扑克》因为过多纠结血缘身份与社会身份的冲突而导向伦理道德评判,那么,长篇小说《上岭村的谋杀》则超越了这两个中篇小说的局限:它真实,迄今还鲜有作品如此真实地呈现当下中国乡村赤裸裸的社会现实;它深刻,在这个作品中,凡一平没有被情感或者道德所遮蔽,他直抵社会的深处,言说人性的大彻大悟;它善意,在这个作品中,凡一平寄托了他对故乡、对乡村的大爱,这种大爱既是悲悯,也是关怀,还有拯救之心;它有力,有力的观察、有力的陈述、有力的分析、有力的追问、有力的开阖以及有力的思考贯穿了整个小说;它美,构思之奇崛、叙述之简洁、描写之传神、布局之周密、悬念之引人入胜、人物形象之鲜明生动,涉及问题之复杂深入,处处显示了文学之美。

今日中国,乡村引起了外界越来越多的关注。乡村的混乱、乡村的衰败、乡村的堕落、乡村的消失……尽管写乡村的文学作品不少,但或者隔靴搔痒,或者云山雾罩,在这个气氛中,《上岭村的谋杀》单刀直入,一剑封喉,从一个刁钻的角度,将乡村的隐秘和盘托出。

毫无疑问,《上岭村的谋杀》不仅实现了凡一平小说创作的自我超越,而且堪称近年中国文坛的一部力作。因为它的出现,新乡土小说获得了有力的支撑。新乡土小说,不仅要唤起我们对乡土的体认,而且要接通我们与乡土的血脉,在这个基础之上,还必须抵达对今日乡村现实的反思。这是新乡土小说的力量所在,《上岭村的谋杀》,以其情感的深切、思想的深刻和技巧的深湛,显示了这种力量。

(原载《广西民族大学学报(哲学社会科学版)》2014.3.15)

论凡一平小说《撒谎的村庄》的寓意和艺术特征

宾恩海

凡一平的小说《撒谎的村庄》完全淡化了男女主人公蓝宝贵、韦美秀和潘毓奇老师、苏放、韦龙、韦凤以及火卖村的老村长唐国芳、韦德全等人物的外貌体征的描写，而更加注重这些壮民族形象的内心世界、人格理想的开掘，让人感悟到其中蕴含着深深的寓意。在凡一平看来，以外貌体征刻写人物的民族气质、赋予民族文化思想的性质和意义的文学创作特征已经很难展示小说作者对主人公的内心世界的体验深度和在小说艺术模式方面的新的探索，因此，人物的外貌体征不再具有独立的表现意义，小说的寓意更多指向人物的内心世界、人格理想。实际上，广西读者至今仍然强烈不安于过去各式各样的描绘中多以"矮小""颧骨突出""目小深陷"等特征来叙录壮民族形象，而外地的一些读者与作者也念念不忘地以所谓的"南蛮"之情来感受与看待广西形象。但是凡一平的小说《撒谎的村庄》干净利落地抛弃了外貌体征的描写而深入主人公的主观情感，使其含垢忍辱、克己奉献的"隐忍型"的悲剧精神特征强烈呈现出来。"在王朔的小说里，会更多倾向于暴露政治道德的虚伪和空洞，但是，凡一平既没有重复司空见惯的道德审判，也没有像王朔那样对左派政治极尽讽刺挖苦之能事——凡一平感知并触摸到了一个与传统道德诗意或左翼政治体系为主流意识形态完全不同的社会文化语境。"[1]事实上，《撒谎的村庄》与传统小说的故事情节、人物性格、环境描写的表现模式及其审美素质的确没有太大的区别，但它的社会文化语境所赋予人物的主观心理范围的情感、意志、人格方面显得更为丰富而复杂，拓展出一些不同寻常的创作寓意和艺术特征，值得我们关注。

一

读者可以通过小说的描写而间接地领悟到《撒谎的村庄》所提供的道德救助是什么，小说中明显具有对于道德秩序的破坏性力量的这一寓意的暗示。作者非常失望地将苏放这一人物形象视为拆解、破坏固有文化特质的主要力量而对他极尽讽刺与嘲弄（诸如，在拍摄现场，受惊的马冲倒灯架偏偏砸伤了苏放，实际上这也暗指对于苏放从心灵到肉体的最后的践踏；苏放拍摄的电影取名为《投降》，这恰恰有趣地表示了他最终对于蓝宝贵的尊敬），当然，小说也在表明，火卖村的年轻人韦龙还是真诚地抢救严重受伤的苏放、韦凤还是真诚地爱着躺在病床上的父亲苏放，这使人更多地联想到这是新旧文化传接时令人欣慰的一种精神状态，而不是仅仅强调"亲情暖流的交融"。我们必须记住，小说中人物身份的变化均与其人生的职业有关（诸如，蓝宝贵从照相师傅最终成为教师，由通俗趋于高雅、

---

[1] 李建平、黄伟林等：《文学桂军论——经济欠发达地区一个重要作家群的崛起及意义》，中国社会科学出版社2007年版，第139页。

神圣，苏放从电影放映员最终成为著名导演，薄负之人最终也逃离不了借尸还魂的轮回）；小说里至少有四处关于"木棉花"（这是蕴含"珍惜眼前、不褪色、不萎靡、阳刚之美、英雄主义"的品质之花，乃是壮民族文化的"强健的活力"的象征）的描写更是潜藏了小说不可摆脱的创作寓意："更远处的梯田边，是一排排挺拔的树木，一团团火焰燃烧在梯田的上空，那是木棉树盛开的花朵。——那火一样的花朵在孩子的眼睛里无疑是世界上最绚丽的色彩。这色彩让孩子们眼睛明亮，当他们从父亲的背上和怀里望见的时候——盛开的木棉成了他拍摄的对象。他东拍西拍，紧拍慢拍，就好像那锦簇的鲜花是彩色的鸟群，生怕一惊动它们就会飞走，生怕它们飞走了，就不再回来。"[1]木棉树在这里扮演了人的生命意识真正觉醒的一个角色，这些恰恰是凡一平小说《撒谎的村庄》更深寓意的一种说明：种种人生景象的根底，还是立在"爱"与"美"的生命意识的挺拔上。人生始终是以不褪色、不萎靡的生命意识的燃烧为精魂的，那些熊熊燃烧、锦团花簇的生命如同木棉树一样更是不可多得的绚丽人生的典范。

"在古往今来的小说史上，不论小说观念发生怎样的变化，也不论小说家的创作实践变幻出怎样的文体形态，人物在小说中始终都占有核心的地位。因为小说本身是对人的本质的艺术观照和审美表现——人物身上所蕴含的一切成了小说永远的内容。人物描写如何，便成为小说价值评判的最重要的尺度。"[2]从小说中最重要的人物

---

[1] 凡一平：《撒谎的村庄》，上海译文出版社 2006 年版，第 53 页，第 85 页，第 59 页，本论文所引述这一小说的文字，均出自这一版本，以下不再一一注明。
[2] 苏涵：《民族心灵的幻象：中国小说审美理想》，人民文学出版社 2000 年版，第 24 页。

形象蓝宝贵的表现行为来看，他不可遏制的生命激情与无法摆脱的种种惨伤交织在一起（诸如，在韦美秀伤心绝望之时他被迫到火卖村当上门女婿，娶她为妻，替苏放做爹；因为火卖村为了自己的安宁、名誉和未来而集体编造谎言，导致他不能完成在北京大学的学业而一辈子留在了火卖小学做老师；他在默默忍耐中失去了"聪明能干"的"很漂亮"的妻子韦美秀，也很快失去了他考入北京大学后完全可以"影响他时来运转的生活、事业和命运"的另一女主人公吴欢的爱；改变他人生、给予他最大帮助的潘毓奇老师却突然因病去世等等）。他宽容、诚挚、善良，刚健、勇于自我牺牲，含垢忍辱，对于苦难困厄的"隐忍"的力度与强度仿佛能够滋生出一种荣耀感而令人十分震动，"这名老师说，你（指蓝宝贵——引者注）老婆早产的电报是我发的。我当时是火卖小学的老师，这你知道。后来我为什么调离火卖——其实不是我教得不好，是怕我说出你老婆不是早产的真相，也为了让你留在火卖，有个事做。我调走了，你就可以接替我当老师了。蓝宝贵僵在那里，气上不来，痰粘在了喉咙。这名老师急忙给他捶背，说火卖人也是一片好心，出于善意，你不要怪他们。不知道是捶背的缘故，还是开导的话起了作用，蓝宝贵把痰咳了上来，还很多。蓝宝贵起身冲到外边去吐痰。他咯的却是血。"蓝宝贵那么深切对于妻子的爱的信仰万万没有想到会得到同样确实是"热诚之心"的印证而令人悖谬不堪，自救与救人的行为、爱与恨的情感仿佛没有一个词汇的意义是真实的。多么善良的蓝宝贵甚至都不甘心承认自己内心深处会遭受如此惨烈的创伤，多么压抑的蓝宝贵的潜意识里的悖谬情绪瞬间达到了极限。他实际上被整个火卖村人要求去牺牲个人的爱情、事业、理想以服膺于大爱（一辈子留在火卖村小学给孩子们当老师），他始终不能把握自己的命运，只能一味地忍耐、隐藏自己内心的追求和渴望。在偶然的幸运里与已被苏放抛弃的火卖村的女子韦美秀相识，最终不得不接受这一精神苦役，为拯救陷入生存困境的韦美秀而折磨自我；他在命运的捉弄中奇迹般地考入北京大学却最终被火卖村一个"热诚"的谎言诱劝休学乃至退学回家，他无法不接受村民们热烈的召唤，他最终下决心去热爱火卖人，发自内心地守住火卖人一辈子，蓝宝贵仿佛注定就是一个救助别人、只能在别人的殷殷期望中体现自我价值的英雄人物，那么天经地义，那么温良而辛酸："蓝宝贵拒绝住院治疗，在检查得知肺癌晚期之后，他回到了火卖，骗村人们说患的是肺炎，吃几副中药就好。他把中药泡在壶里，喝给别人看。其实所谓的中药，不过是他在街上买来的两包茶叶。那浑黄的药水，是茶叶水。他这么做的目的，无非是想诓过村人，不想让自作聪明的火卖人，把他的病情泄露给他在外面干大事业的儿子和女儿。他怕子女知道了，会放下出人头地的工作回家来，或寄钱来。他还继续去学校上课。幼小的学生们并没有发现，他们的老师是在用生命的最后的力气，辅导着他们，像将吐尽蚕丝的蚕一样。"蓝宝贵仿佛就是一位心灵世界无比强大的战士，具有强健旺盛的原始的生命力与烛照心底的人格理想的光芒，意志十分坚定，拥有与现代文明看似相互冲突的人生智慧，在撒谎的村庄里风吹雨打，最终在石头般的沉默而坚实的生命的播种的壮举中英雄般地死去。须知"小说中的人物总是特定时代的作家审美的对象化，融注着作家的审美感知，审美判断和审美理想。更直接地说，小说中的人物是作者'人学'的形象化。"[1]在凡一平这里，《撒谎的村庄》的蓝宝贵正是当代

---

[1] 陆志平、吴功正：《小说美学》，东方出版社1991年版，第18页。

广西壮民族文化的"人学"的形象化，他也因此成为壮民族文化一个富有深刻寓意的人物标识：蓝宝贵的含垢忍辱与克己奉献，是一种根源于壮民族群居人类的乡恋乡情的文化记忆和生命体验，它蕴含在许多壮民族文人的神奇境界的追忆和构想之中，它将当今社会环境下的人们导入改善人性、回归生命的原初真朴的形式，即使隐痛失血，但充盈、美丽似木棉一样，这就是具有强健生命活力、不退色、不萎靡的生命，是独特的壮民族文化形象的蓝宝贵的生命。

如上所述，作者显然有意忽视了"蓝宝贵"的形象价值的实现在外貌体征的任何一点的支持，以致于只津津乐道于这一悲剧形象闪闪发光的非常"宝贵"的"隐忍型"的含垢忍辱、克己奉献的内心世界与人格理想。以"宝贵"这一词语用于主人公的命名，本身就已传送出更为可贵的值得珍视的文化寓意，更隐伏着当代广西作家对于"宝贵"的壮民族文化的追崇与赞誉，"蓝宝贵"形象由此在更高层次上创造出了一个具有思想总体性特色的又葆有本土特性的社会价值内容，"宝贵"的语义也因此广泛增值，它可能就是当代社会文化语境里值得进一步崇信的风尚与景观。换句话说，"宝贵"的语义所蕴含的乃是一种道德理性的极致，一种深沉广阔的恢宏大度的勇于自我牺牲的最为绮丽的精神品质，一种将一切苦难、悲伤甚至包括自我的前程理想都能净化、淡化为静穆庄严的看似平常却也高深的人性富丽之举，唯其不可比拟的善良与坚贞，"宝贵"的灵魂与价值也就更具悲剧的内涵与力量。亦即，"蓝宝贵"形象及其社会价值在融汇了当代社会结构的规范之时，"蓝宝贵"形象的定义、概念随即被人们确认，其丰富而广泛的创作寓意也就在当代社会之中衍生出来。

凡一平对蓝宝贵形象的描述与认识是独具特色的：一方面是民族文化传统所濡染或造化出来的在交织不断的苦难困厄面前柔顺地"隐忍"，在这种异常艰苦执着的过程中蓝宝贵展现出以他人利益为重、勇于牺牲自我的忧患、坚定、忠贞、克制、包容、仁爱、真朴、善良、哀静与深沉之人格；即便在那么艰难困苦的岁月他也能积极进取，骄傲地步入"阔绰、美丽、神圣"的"天之骄子"的崭新人生并在教师的岗位上遭受磨难、坚忍不屈而最终"毁灭"了自我；他比当年考入北京电影学院的那个男人、公社放映员苏放显然更具有深刻的美感（勇于担当、克己奉献、为他人耗尽自我、上善若水、大爱无痕）；另一方面是蓝宝贵的"隐忍"所导致的柔弱无力的气质面貌，他虽然并非单一地忍耐，但也从未主动地进攻，"他像被鬼怪唬怵的凡人，蹀躞内外，进退维谷"，他对于命运的捉弄（火卖村的村民逼迫他娶韦美秀为妻、从北京大学休学回到农村并被强行留在火卖小学任教等）总是被动地抗争（而不是积极主动地反抗），此明显带有六十年代出生作家的文化与价值参照的逻辑性与历史性，凡一平借助于蓝宝贵这一形象塑造建构了属于六十年代出生作家所认同的具有深厚民族文化依托的社会价值内容。

二

六十年代出生的作家"虽然他们不愿意公开表明自己的某些顾虑，更不屑于表达自己对消费时代的迎合意图，但内心之中，仍会出现这样或那样的冲突和焦虑"[1]。"从人的存在境域中，大量地演绎了命运的错位与尴尬，揭示了现实伦理的种种分裂与悖谬。如

---

[1] 洪治纲：《中国六十年代出生作家群研究》，凤凰出版传媒集团，江苏文艺出版社2006年版，第251页。

果撇开简单的题材归类，我们发现，他们的创作既饱含了种种现实的生存之痛，又浸润着灵魂难以安顿的心灵之痛。"[1]细加考察，凡一平小说《撒谎的村庄》所揭示的正是中国恢复高考制度之初的农村大学生的"生存之痛"与"心灵之痛"，更是六十年代出生的作家面对社会历史、民族文化传统及其人生现实的某一种共同的"冲突和焦虑"的体验与确认。小说之所以回荡那么悲怆的音响，是为了说明六十年代出生的作家群之一员的凡一平对于自身命运同构的历史性的洞悉，对于"隐忍型"的含垢忍辱、克己奉献的时代精神价值的一种肯定，最终还是为了救正和补充壮民族文明与文化所缺失的价值内容，更是糅合了六十年代出生的作家的共有品质，那么作者的审美感知、审美判断和审美理想的依据与根源必然与众不同。"六十年代出生的作家群——从一开始就自觉地撇开了对宏大历史或现实场景的正面书写，自觉地规避了某些重大的社会历史使命感，而代之以明确的个人化视角，着力表现社会历史内部的人性景观，以及个体生命的存在际遇。也就是说，在历史与个人之间，他们并不像上一代作家那样怀抱某种'大历史意识'，而是更注重个体生命的精神面貌，更强调人性内部各种隐秘复杂的存在状态"[2]，凡一平也没有从正面书写的宏大历史的高度而是从人的个体生命与生存的主题来表达《撒谎的村庄》的重大意义，体现着凡一平对于生命价值、人性道德和人生境界的个人性因素的阐释，在他看来，蓝宝贵具有"把生命引导向一个更崇高的理想上去发展"的"向善的"力量，"读者能从作品中接触了另外一种人生，从这人生景象中有所

---

[1] 洪治纲：《中国六十年代出生作家群研究》，凤凰出版传媒集团，江苏文艺出版社2006年版，第138页。
[2] 同上，第5页。

启示，对人生或生命能作更深一层的理解。"[1] 他内聚为一体的古老壮民族的以他人利益为重、勇于牺牲自我的"隐忍型"的崇高精神特征及其克制、包容、仁爱、真朴、善良的人性品格与现代文明亦能相呼应。"换句话说，'崇高性'作为一种精神的效能，一种情感的激动要高于一切。唯有如此，作者的灵魂才能与读者的灵魂结合起来。——将文学对象化和心理学化了，由此崇高也就成了读者情感体验的一种标记。"[2] 凡一平以一种当代作家并不多见的惨烈笔致尽力地铺写着蓝宝贵这样一种"忍耐型"的悲剧形象，当读者真正能够体验到蓝宝贵形象"向善"的人格生成中的历史情境与现实世界的联系时，就会从自我民族文化精神的悲苦内容里寻找到自我人格的根底和情同于此的阶级意识之所在，就会再一次强化当代小说"隐忍型"悲剧主题的一次新的体贴、诠释与实现。

但也要注意，六十年代出生的凡一平"在思考与抒情中，他会一边建立，一边拆除，既保有对价值的认定对高尚的敬仰，又有对这种认定和敬仰保持距离。既肯定自己，又打趣自己，又赞美自己。——这一代却是实实在在的首鼠两端，游移不定"[3]。即，从作家个人的情感立场出发，凡一平则希望坚守壮民族历史文化的迭变中隐忍、善良、包容、仁爱、忠贞、忧患、勇于牺牲自我这些他所敬仰的精神向度；而在文化的多源性与开放性交融的新背景下，

---

[1] 沈从文：《小说作者和读者》，见于《沈从文选集》第 5 卷，四川人民出版社 1983 年版，第 118 页，第 119 页。
[2]〔英〕彼得-威德森：《现代西方文学观念简史》，钱竞、张欣译，北京大学出版社 2006 年版，第 29 页。
[3] 李皖：《这么早就回忆了》，出自许晖主编《"六十年代"气质》，中央编译出版社 2001 年版，第 85 页。

他同时又希望剔除蓝宝贵形象所代表的民族文化中的一些神性与地域性；但是作为一种文化信仰的力量或者称为"乌托邦的爱"，凡一平则希望通过相当浓重的历史感伤主义带来道德与精神蜕变的当代化，并以悲剧意识来最大程度地构成对当下社会很少感受到的挑战与冲击；作为一种文化实践，《撒谎的村庄》则必须让一直充满危机与期待的当今读者亲切地把握住蓝宝贵的"崇高人生理想"与精神价值，"希望这理想在读者生命中保留一种势力"[1]，以补正和完善自我生命体验中有缺陷的那些内容与特点。六十年代出生的凡一平，"他认可每一个价值，同时承认每一个的局限。——在崇高的事物面前，他是非常深切和动感情的，不会像他的后辈那样浑不经事；在新的事物面前，他有探究的欲望，也不会像他的前辈那样一味地排斥。他有历史感，他有信念感，区别于最新一代之轻；他崇尚精神境界，但又不否认世俗玩味，这又跟老中一辈判然有别"[2]"他们的使命就是要以自己的写作来维护这种崇高与神圣。并且其使命感之强烈，有时会达到一种偏执的程度"[3]，凡一平虽然"认可"蓝宝贵形象所代表的壮民族文化精神价值在当代社会的选择的重要性，但是他同样对蓝宝贵的道德神话意义及其在当代社会的局限性做出了某些反思：当今社会语境下的人们是否可以迷恋蓝宝贵这一神话般的隐忍型的勇于自我牺牲的人格理想，那种强烈的自由意向何在？赋予蓝宝贵那种历史的感伤主义情绪与当今社会文化

---

[1] 沈从文：《小说作者和读者》，见于《沈从文选集》第 5 卷，四川人民出版社 1983 年版，第 118 页。
[2] 李皖：《这么早就回忆了》，出自许晖主编《"六十年代"气质》，中央编译出版社 2001 年版，第 86 页。
[3] 吴俊：《九十年代诞生的新一代作家——关于六十年代中后期出生的作家现象分析》，出自宁亦文编《多元语境中的精神图景——九十年代文学评论集》，人民文学出版社 2001 年版，第 250 页。

语境是否有些对立或已被瓦解与消失了？1960年代出生的作家的无比强烈的"历史感"、"信念感"及其"崇尚精神境界"对当今消费时代是否还需要启蒙的激动？或许，对于六十年代出生的作家而言，"这一代人的共性就在这个经历中发生了。——他们身上都有一种幻想的气质，漫游的气质，甚至梦游的气质"[1]"他们的童年也是在'文革'中度过，且也同样经历了一些革命斗争的政治风云，包括某些集体主义和理想主义的价值熏陶——所以，他们在书写'文革'内容时，大多数人都是依助童年视角，且不乏某些英雄主义的理想气息"[2]，当这一代作家有意识地将理性沉思与诗意感受融合在一起去描绘他们的人物与故事时，他们所突出强调的正是充溢着英雄主义与理想主义的"历史感"、"信念感"及其"崇尚精神境界"的诗意性，主人公相当深重的多么感伤的一切仿佛从视觉到心灵都成为了"崇高与神圣"的抒情的诗意性的一翼，共同汇入当代作家对于重建理想人格和民族灵魂的艺术氛围之中。

"一切艺术都容许作者注入一种诗的抒情，短篇小说也不例外。由于对诗的认识，——对于人性的智愚贤否、义利取舍形式之不同，也必同样具有特殊敏感，因之能从一般平凡哀乐得失景象上，触着所谓'人生'。尤其是诗人那点人生感慨，如果成为一个作者写作的动力时，作品的深刻性就必然因之而增加。"[3]凡一平也是如此，

---

[1] 李皖：《一代人的肖像》，出自许晖主编《"六十年代"气质》，中央编译出版社2001年版，第81页。
[2] 洪治纲：《中国六十年代出生作家群研究》，凤凰出版传媒集团，江苏文艺出版社2006年版，第19—20页。
[3] 沈从文：《短篇小说》，见于《沈从文全集》第16卷，北岳文艺出版社2002年版，第135页。

他"不仅重视实践理性,而且重视精神寄寓,因而,精神的诗意性是特别重要的现象"[1],"作者以诗意的心境去感受生活,或者给生活注入了诗意的理想"[2],"'文学性'创造了'诗性的现实',通过原初文本的'制作',从不成形的事物中塑造出'模式'与'主题感'"[3]。显然,凡一平能够"以诗意的心境"去细致入微地接受、理解和润化蓝宝贵形象的生命意味,其含垢忍辱、克己奉献的"隐忍型"的悲剧形象最终获得了超越时空的返归精神家园的一种"生命哲学"的"诗意的理想",这一精神的诗意性的存在与当代读者的"期待视野"相融合,小说的寓意即由现实语境向着六十年代出生的作家所沉湎的"乌托邦的爱"的境界提升。"这种既体现了人的个体存在又体现了人的社会存在的乌托邦无疑为作家揭示人的存在本质提供了一个重要的生命通道,给我们的话语沉入人的精神内质调试了一种方向——乌托邦对整个人类文化所产生的间接作用,同样也潜示了它作为精神本源中的存在物自身所具备的力量一种改变现实和创造理想的愿望和信心——它在本质上意味着对既成现实的否定和对某种终极目标的探寻。"[4]从蓝宝贵形象的强烈的道德救赎意识去亲近当代社会所隐失的重大主题内容,由此可以发现凡一平所描述的《撒谎的村庄》并不为创作潮流所牵制,而是借以蓝宝贵的思想激情去进一步拓展和引申民族文化传统的新的价值观念还有哪些,去进一步探寻人生的终极目标究竟是什么。也就是说,"乌托邦

---

[1] 苏涵:《民族心灵的幻象:中国小说审美理想》,人民文学出版社 2000 年版,第 98 页。
[2] 同上,第 97 页。
[3] [英]彼得-威德森:《现代西方文学观念简史》,钱竞、张欣译,北京大学出版社 2006 年,第 194 页。
[4] 洪治纲:《中国六十年代出生作家群研究》,凤凰出版传媒集团,江苏文艺出版社 2006 年版,第 257 页。

不仅是真实的，而且是有用的，是能改造事物的"。[1]它将作为壮民族历史文化的蓝宝贵的形象故事与人物性格熔铸为具有当代文化特征与文明情境的人格行为、人格理想，最终实现作者对于历史文化传统的价值内容的调整与伸张，并使"乌托邦的爱"成为可能。

既然道德文化传统已经深深沉潜于一个民族文化传统的血脉里而成为它不可或缺的主导性观念，那么这一民族文化传统在面对中国崭新的社会情势之下的价值追求与变化将如何应对就是一个不可回避的中心问题，凡一平的《撒谎的村庄》正是基于壮民族文化向前发展的新的语境在更深层面上来谋求文化应对、文化自律发展的出路：人的事业与理想、人的尊严与名誉、无论诚信还是救赎，无论教师还是农民，含垢忍辱、克己奉献的道德精神力量终究还是人的无限自由的内心世界和人性自然的根底。凡一平的《撒谎的村庄》并不注重读者对小说主人公蓝宝贵的言行所做出的道德评判，而是要强化一种关于民族文化发展新方向、新质素的创作寓意：它肯定了蓝宝贵的精神力量的存在价值，委婉批判的是当今社会新的情势下一种更加坚定有力、甘处淡泊、不为虚饰、务实致用的勇于牺牲自我、奉献自我的道德主题的严重缺乏，这是六十年代出生的作家内心的"冲突与焦虑"之所在。"六十年代出生的作家们是一个具有鲜明代际特征的写作群体，他们以民间化的群体思维，不断地改变了当代文学一元化的审美格局，而且作为多元文学格局的一种重要体现，他们在代际差别上的存在显然具有特殊的价值。"[2]

---

[1]洪治纲：《中国六十年代出生作家群研究》，凤凰出版传媒集团，江苏文艺出版社2006年版，第244页。
[2]同上，第255页。

三

凡一平是如此强烈地痛切于历史文化与文明演进中阐扬"隐忍型"的含垢忍辱、克己奉献的悲剧性精神特征的审美价值，这或许就是他创作小说《撒谎的村庄》的一个最基本的情感动因与出发点，他体验到了蓝宝贵形象那深厚动人的天性之大爱与浸透了善良、坚定、忠贞、包容、仁爱、真朴、忧患等情愫的德化人格，他在蓝宝贵身上找到了当代社会价值建构所需要的一种典范人格的极好的参照，凡一平因此深受感化和启迪。他似乎需要一个神话，以唤起壮民族的宗教般的情感与承诺并自救于当代社会文化的困境和悲剧之中。

在艺术特征上，凡一平此前的小说《理发师》《浑身是戏》《寻枪记》《冉婆》《圩日》《女人河》对于物欲社会的物质霸权主义之下现代知识分子的金钱与身体、利益与道德的各种实际问题的矛盾冲突的"欲望叙事"相当突出，而《撒谎的村庄》在他小说艺术表现目的认知上发生较大变化：转而大力探询主人公的人生整体的精神道德的永恒意义，表现的触角内向地伸入普通人物的主观心灵及其人格理想，更加重视现实世界个体生命的命运变化的开掘，这一小说"大量的现实表面叙事的出现，尤其是所谓的底层关怀小说的出现，作家试图以道德化的伦理姿态重新扮演社会核心价值代言人的角色"。[1]"面对消费时代里各种新型叙事文本的大量繁殖，尤其是面对信息化虚拟空间对现代生活的大面积覆盖，一些六十年代出

---

[1] 洪治纲：《中国六十年代出生作家群研究》，凤凰出版传媒集团，江苏文艺出版社2006年版，第253页。

生的作家自觉地选择了一种'反虚构'的叙事策略,以类似于'新写实'的叙事手法,使叙事话语与现实生存保持着紧密的同构姿态。"[1]《撒谎的村庄》从始至终激荡着蓝宝贵的自我牺牲精神和作家的感伤之情,蓝宝贵的个体生命与现实生存始终保持着紧密的关系,小说在写实的层面上逼真地展示了人物深刻的悲苦,虽然最终是悲剧性的,但他所反映出来的生命的本质力量是健康的、向善的,是一种和谐共振的道德精神神话般的标本,凡一平没有着意去表现人物之间深刻的差异,但是蓝宝贵这一人物的含垢忍辱、克己奉献的"隐忍型"的悲剧特质的生存状态给人留下了悠远的感伤与思虑。小说采用纪实的笔法展现主人公的悲剧性的情感品格及其抒情功能,这正是《撒谎的村庄》作为写实小说的最基本的审美特征:"小说家虽然都有着强烈的历史感、现实感,有着个人在生活中的真实体验,当他们把这一切寄寓在小说创作中的时候,一切却又都幻化了,幻化成真实的艺术形象了。而读者在解读这些小说的过程中,同样会因为那其间幻化的形象和世界,而产生审美的愉悦,产生意义的思考,产生比真实生活所给予他的要更为丰富的精神世界。"[2]

从艺术特征上说,凡一平选择悲剧意识来塑造蓝宝贵这一形象,可谓是一种文化策略。"悲剧意识是指人类对现实世界的悲剧性和自身的生存困境的一种清醒而理性的认识和把握。它是由相互补充的两个方面组成的:一方面是对现实生存困境的忧患感和痛苦感,一方面是在理性前提下对这种悲剧的抗争和超越""悲剧意识激活主体

---

[1] 洪治纲:《中国六十年代出生作家群研究》,凤凰出版传媒集团,江苏文艺出版社2006年版,第162页。
[2] 苏涵:《民族心灵的幻象:中国小说审美理想》,人民文学出版社2000年版。

思维，使创作主体获得了不同于中国古代作家的崭新的艺术思维方式，彰显人文价值理念精神——将艺术触角深入到对民族历史与文化的深刻反思，在更深的层次上，以更开阔的视野关注社会、人生，表现了浓厚的民族意识、文化悲剧意识和生命悲剧意识，中国社会和人的苦难、精神生活的被压抑成为文学表现的基本主题。——作家在着力渲染悲剧色彩的同时，也更多地表现了对生命价值、生命超越的永恒追求。"[1]贯穿蓝宝贵形象始终的精神力量正是在文化逻辑上所呈现出来的一种悲剧性审美价值："悲剧的基本成分之一就是能唤起我们的惊奇感和赞美的心情的英雄气魄。我们虽然为悲剧人物的不幸遭遇感到惋惜，却又赞美他的力量和坚毅。"[2]"希望具有怜悯特征的情境既能激起人们的审美兴趣，也能激起他们的道德兴趣，还能把主人公从私人的和仅仅属于个性的层次提高到具有楷模意义的共性的高度。"[3]其一，这是蓝宝贵个人生存的命运的悲剧。他没有自由的意志对人生做出属于自己的选择（无论是选择妻子，还是决定学习和工作），他被置于一种矛盾重重、困顿迷茫的天命难违的命运原型的位置，那些实际生活中的阴差阳错令他措手不及与不可抗拒，最终迫使他责无旁贷地担负起神圣的使命，事实上，蓝宝贵受苦受难，至死都不能表现出属于自己的一些个性，许多"现实秩序背后各种难以协调的价值取向"总是凌驾于他的世界与情感之上，蓝宝贵这一本真意义上的善与美可以超越生死与苦难，在但丁那里，这正预示了人类命运的悲剧性内涵：通过炼狱来完成

---

[1] 马晖：《民族悲剧意识与个体艺术表现——中国现代重要作家悲剧创作研究》，民族出版社2006年版，第76页。
[2] 朱光潜：《悲剧心理学》，安徽教育出版社1996年版，第113页。
[3] 〔德〕汉斯-罗伯特·耀斯：《审美经验与文学解释学》，顾建光等译，上海译文出版社1997年版，第266页。

上升运动的人们，会因此得到生活的幸福。其二，这是特定社会历史时期的人物性格类型的悲剧。蓝宝贵的生命最终成为了民族品德重造的具有典范意义的一个精神道德的神话。应该说，蓝宝贵无力把握现实，更没有力量对抗现实、改变现实，他始终没有勇气去反复诘问和唤醒自我，他一次又一次与别人柔顺地妥协和隐忍，极大地控制住自己的哀痛，保持善良、包容、忠贞不一的思想与热情，这就是那个大转折的社会历史时期所培育出来的个体生命的含垢忍辱、克己奉献的"隐忍型"性格的悲剧性内涵：虽然最终丧失了自我创造更高价值和自我拯救的主动性与能动性，但这最淳朴的人性可以超越逼促无常的人生和有限的生命通向遥远的天真的境界，其精神与灵魂不灭。从艺术特征上说，凡一平"所追寻的叙事目标，并不是那种庸常的现实经验和常识，而是各种梦想与现实不断错位的生存景象——仿佛只有它们，才是具有艺术质感的生活，才是最有'分量'的生活"。[1]

"新时期到来之后，作家们带着与生俱来的民族使命感和社会责任感，开始对过去梦魇般的生活进行反思。他们在作品中不仅将历史的苦难描摹得触目惊心，而且也将在灾祸的压迫下人的顽强生命力、高尚的情操和完美的人格力量表现得淋漓尽致。"[2]毫无疑问，凡一平对蓝宝贵梦魇般的人生给予了一种十分强烈的悲剧艺术色彩，此源于他所张扬的人的顽强生命力、高尚的情操和完美的人格力量与当代现实社会的人性表现之间的巨大反差，如何让当代现

---

[1] 洪治纲：《中国六十年代出生作家群研究》，凤凰出版传媒集团，江苏文艺出版社2006年版，第276页。
[2] 马晖：《民族悲剧意识与个体艺术表现——中国现代重要作家悲剧创作研究》，民族出版社2006年版，第213页。

实社会的人性和精神道德充满新的生命力,这是当代作家必须直面的时代课题。"努力地去发现并艺术地激活那些长期被忽视、被遮蔽的精神品性,写出一些真正意义上内涵丰饶而思想独到的作品,这既是六十年代出生的作家们所必须面对的写作目标,也是这一代人必须严格把持的精神立场。"[1]我想,凡一平也不例外。

(原载《学术评论》2015.12.15)

---

[1] 洪治纲:《中国六十年代出生作家群研究》,凤凰出版传媒集团,江苏文艺出版社2006年版,第276页。

时代图腾与边缘化书写
——论凡一平长篇小说《天等山》

杨 一

继 2013 年发表《上岭村的谋杀》后，壮族作家凡一平于 2016 年 9 月出版第六部长篇小说《天等山》，为广西当代文学画布再度添上绚烂一笔。对五十知天命，已着手构思文学回忆录的作者来说，该新作的孕育、诞生，既是紧扣时代脉搏的意外之喜，也可以称为作家三十余年来创作生涯的整理、反思与总结。

作为文学桂军的中坚力量，都安作家群领军人物，红水河、边境线、奇峰溶洞、翠屏叠嶂，百越之地的人文风物一直牵动着他的情怀。独特的地理经验催发出作者的原乡意识，进而演进成一种文学创作中的自觉。广西这片神奇红土地在凡一平文学作品中的意义，堪比迟子建的白山黑水、傲雪凌霜，抑或苏童的金陵旧梦、烟雨迷茫。《天等山》在表现主题、人物形象、环境描写等方面承袭了作者一以贯之的，立足本土、关注底层的写实风格，在寻常百姓的人事倥偬之外，对八桂大地投以深情乃至谦卑的关照。以细密的现实感怀，来追溯现代社会喧哗与骚动并存的政经形势，折射出迂阔的历史忧思。然而同为广西作家，同样"根扎原乡、心生情怀"，凡一平却又不属于张燕玲所概括的"当代广西文学一直就活跃着这脉陡峭的剑走偏锋的文风。"[1] 从叙事模式、写作技巧到审美意趣，《天等山》均呈现出一种接近"世俗技艺"的"边缘化倾向"，独特的创作寓意和艺术特征，得以将其与东西、鬼子等"广西三剑客"所代表的丰沛奇崛或先锋荒诞清晰地区分开来。

一、以"俚俗"反"现代"

尽管学术界历年来对凡一平作品的评价大体上褒贬不一，但根据读者的反馈情况，"读凡一平的小说不必太拘束，因为无论你是从后往前读，还是任意翻阅，都很容易读下去。"[2] 常为当代文学部分作品晦涩漫漶或情节与形式断裂所苦的大众读者群，尽享叙事顺畅所带来的阅读欢欣。他们对凡一平能够建构出一个清楚明白、内容生动、语言流畅又足够吸引人的精彩故事，显然是喜闻乐见的。

"我的小说，是照着畅销小说的路子写的。"在接受《广西日报》采访时，凡一平坦诚相告"作家就像房屋设计师，客户至上，但也得有自己的坚持"。[3] 他的坚持主要着力于"从心灵出发，要写得好看耐看"。[4] 以小说的可读性为第一准则苦心经营，在新作《天等山》的后记里仍不忘再次强调"愿这本书好读好卖"。[5]

---

[1] 张燕玲：《近期广西长篇小说：野气横生的南方写作》，《文艺报》，2016年3月18日。
[2] 杜宁：《广西作家凡一平、黄佩华长篇力作首发》，载广西文联网 http://www.gxwenlian. com/index/wldt/czdt/20160919/095627. asp，2016年9月19日。
[3] 李湘萍：《从〈天等山〉〈河之上〉看"凡华"》，《广西日报》，2016年9月20日。
[4] 舒晋瑜、凡一平：《书写我自己生活的土地》，《中华读书报》，2013年9月25日。
[5] 凡一平：《天等山》，上海文艺出版社2016年版，第221页。

"好读"且"好看",是凡一平有意为之的书写策略。与先锋文学或现代写作的陌生化或审美延宕,强调文学的"文学性"相对,他始终秉持以小说本身为中心,无论是文字、人物还是情节,一切手段都要为讲好一个故事服务。冲淡质朴的文风、圆融顺畅的叙事,不以形式、才气或笔法取胜。凡一平的"不隔",正是他拉近读者距离,与之对话的利器。在现实命题和沉郁思索下,有着"严肃文学作家"头衔的凡一平并未选取学院派阳春白雪式的庄敬面孔进行道德说教或故作玄虚,而是在大众和精英之间开辟了第三重选择。这种中间道路使他不以"掉书袋"为能事,而是勇于借鉴民间艺术,从流行通俗文学和电影电视中汲取养料,用这些所谓下里巴人的"世俗技艺",以"俚俗"反"现代"。

1. 用悬疑的方式展现冲突

在总结近期广西长篇小说时,《南方文坛》主编张燕玲评价:"凡一平的《上岭村的谋杀》以'中国盒子式'的框架结构,环环相套,在建构完整封闭的叙事圈套中,为读者奉献了一个悬念迭出的好故事。"[1]凡一平本人亦曾肯定"有悬念、引人入胜是我的基本原则"。[2]

悬念的设置主要通过描绘冲突激烈且结局未知的事件,加之气氛、环境的渲染,充分调动读者的热情和参与度。让他们在兴奋紧张的心理状态下积极关注小说的情节发展同人物命运,增强了作家、文本与读者间的多层次互动以及作品的可读性。

---

[1] 张燕玲:《近期广西长篇小说:野气横生的南方写作》,《文艺报》,2016年3月18日。
[2] 李湘萍:《从〈天等山〉〈河之上〉看"凡华"》,《广西日报》,2016年9月20日。

从早期《寻枪》中环环相扣的枪支盗窃与故意杀人案；到围绕上岭村村民韦三得因长期欺男霸女被人杀害，有嫌疑者层出不穷，究竟谁才是真正凶手的《上岭村的谋杀》。凡一平多部小说均不同程度地模拟了侦探文学的刑侦方法，融汇严密的逻辑推理和以悬念引人入胜的技巧。《天等山》也承袭了此种写作守则。故事的源头发生在2015年6月26日"国际禁毒日"的中越边境县靖林，著名企业家、慈善家，前来广西投资的福建富商林伟文突发心脏病，猝死在湄公河大酒店中。承担调查任务的青年警官韦军红从死者手机内几条内容暧昧的短信里发现了蹊跷的疑点，将这起表面单纯的自然死亡事件指向有预谋的故意杀人计划。所有线索都指向一位最不像杀人犯的嫌疑人——有充分不在场证明、备受当地师生民众尊敬爱戴的那良小学女校长龙茗。在案件审讯的过程中，韦军红不禁被龙茗的美丽、坚强与无私所吸引，然而他越是努力地寻找证据，希望进一步了解所爱女子，以证实她的清白，就越是如剥洋葱般层层撕开笼罩在龙茗身上的谜团，在挣扎与纠葛中逐渐靠近残忍冷酷、令人不愿面对的真相。

在《天等山》里，凡一平再次借悬疑起笔，用一场扑朔迷离的谋杀案奠定全文惊险神秘、矛盾频发的基调，最大限度地引起读者的好奇心，让他们同文中的警官一齐，拨开迷雾、找出真凶。他利用侦探小说特别擅长的倒叙、插叙等程式，打破了按照一维的故事时间进行历时性线状叙事的单一格局。不是由生写到死，而是由死引出生。在叙事主体方面，同样采取侦探小说常见的第三人称内聚焦叙事，从查案人——即承担侦探角色的韦军红警官出发，借用他的所见所闻、所思所想来传达讯息。于是，读者跟随着韦警官的行动步调，一起目睹大庭广众之下的杀人游戏；共同思索最普通却最让人费解的谜题：嫌疑人龙茗看似无懈可击的不在场证明，在一路调查龙茗的离奇身世时，于最不合理之处揭示出血泪斑驳的作案动机，最终找出匪夷所思的犯案手法后携手走向出人意料又合乎逻辑的悲情结局。我们可以看到，用侦探小说的模式架构文本，以谋杀、盗窃等刑事案件的发生和侦破过程为主要描写对象，注重情节的离奇与结局的合理，着墨于扣人心弦的悬念、有条不紊的推理和水落石出的解疑，共同构成了凡一平小说创作的"另类"特色之一。从开篇的"不可能性"到中段的"悬疑性"，直至结局的"意外性"，凭借"奇而合理，荒而不谬"满足了接受者的审美习惯和期待视野。

2. 影像化叙述策略

在中国当代作家群乃至文学桂军内部，凡一平虽不能称为声名最为卓著，得到过最多赞誉的作者。但如若从小说、剧本被改编成电影、电视剧比例和造成的社会影响之方向上考察，他则当之无愧的名列前茅。他的个人作品得到影视界的高度关注，曾被评为"2002 年中国十大文学现象"之一。凡一平的文学作品之所以能够唤起大众媒体的极大兴趣，被影视界反复选择推崇，有其内在的必然联系。

如上文所述，凡一平的上一部长篇小说《上岭村的谋杀》以"中国盒子式"的框架建构叙事圈套。《天等山》则进一步推陈出新，借鉴《公民凯恩》《罗生门》等经典影片的电影语言和表现技巧，用多人称、多视角"拼图式"手法串联起发生时间和地点不一的情节线索，以及女主角龙茗反复无常、爱恨交织的人生经历。

故事的舞台以富商林伟文的猝死拉开序幕，由警官韦军红针对惟一嫌疑人龙茗展开调查，引出五位知情人的分别陈述。通过邕州师范学院 2008 级辅导员冯祖军、大学好友蒙金妮、四川邻水中学校长黄飞跃、东莞房东黄伯、亲生弟弟雷波等人的回忆，讲述他们的主观印象中曾相处和所了解的龙茗，加之第一叙事人韦军红的总结与点评，由此聚合成龙茗完整的个人履历。

《天等山》和电影《公民凯恩》一样，有别于一部独白型单旋律小说，它抛弃了全知全能的上帝视角，而是采取新颖独到的"六个人看龙茗"多重聚焦主观叙事格局。透过情人、亲人、老师、旧友和旁观者的眼睛观察龙茗，以六种不同的声音来评价龙茗，在人物关系的变化莫测中调动情节高潮。位于文本的不同位置，每个声音从自己的视角与立场来讲述故事，平等地各抒己见，对龙茗给出独立判断。这些喧哗的众声和男女主人公一样，具有同等重要的地位和价值，并且不受限于某个统一意识。同时由于叙述者的客观身份限制，他们不能在不同的场景间自由地来回转换，不能提供自己尚未知晓的东西，也无法跳脱情节，随意进行评论或解说。加之不同角色的主观身份局限与个人情感取舍，他们提供的讯息有真相亦有谎言，坦诚又伴随着遮掩，可能并列互补、甚至彼此对立。这种叙述差异导致每个章节都如同一块拼图，只有将全文读完，方可以将不同线索串联在一起，环环相扣、前后呼应，根据读者自身的价值判断，窥得破碎完整体之全貌。龙茗本人，不仅是故事的第一叙述对象，承担着女主角的职责和功能，同时亦成为了他人主体回忆和亲身感受中的经历者、目击者或较次要的参与者。叙述对象和被叙述对象的叠加，补充了主线韦军红的视觉限制，避免了叙事的单薄，变封闭表意为自由诠释。从而多角度、多层次、全方位地展现了龙茗坎坷颠簸的人生经历和游移在自卑与自傲间的复杂性格，使其成为开放式、立体多元的人物形象。

与此同时,《天等山》的时间元素架构,可以看做向《罗生门》这类时空交错式影片的致敬。时间作为故事重要的组成部分,串联起了小说建构中最基本的人物与情节。《天等山》里男主角韦军红警官的调查活动,以在虚拟文本世界中正常发展,符合物理规律的"故事时间"为轴线。而作者运用平行蒙太奇技巧,又在"故事时间"之外,构筑了另一重"叙事时间"。《天等山》的核心情节由五段闪回片段组成,时光跨度前后长达十年之久。蒙太奇手法所造就的时间维度,把一块块发生在不同时间、不同地点的记忆碎片有技巧且合乎逻辑地剪辑起来。对时间因素加以切割、扭曲等戏剧性运用,打破了完整有序的时空结构和客观解释事件因果链的传统叙事模式。这种对时间因素进行自由剪切和拼贴的处理方法,使小说在制造悬念、渲染气氛和材料组织等方面的表现手段更加丰富,也因其强烈的即视性与画面感,更容易为普罗大众所认可接受。

二、从小说到"大说"

如果说由作家和批评家共同构筑的当代中国文学话语集以伤痕反思或现代先锋等为轴心,那么凡一平则时常游走在这幅图景的边缘地带。艺术风格与手法上,他延续着批判现实主义的春秋笔法,并且主动吸收流行文学和影视作品的表现技巧,作品的流转易读与追求"怎么写"的先锋派标新立异相疏离。与此同时,和"宏观历史"相对,《天等山》并不以雄浑视野或宏大叙事见长。他创作与寻根的据点是广西大地上"八山一水一分田"尚未完全走出贫困的山区小镇,那片亲切与隔阂、熟悉与陌生、误解与温情共存的土地。他所刻画的,是一个从过去到现在,无论经济基础或地理条件,都处于边缘位置的世界。把人物限定在社会机器中最平凡和普通的一群，诚恳还原了庸庸碌碌乃至勉力求生的当代民间日常现状。凡一平的书写表面上专注于隐蔽的原乡和庶民的喜怒哀乐、其笔下小人物碎片化、私密化与主观化的生活场景与情感世界，看似与家国、民族和政治没有过多紧密关联。然而如果我们借助微观社会学的"细胞分析"法，则可能管中窥豹，看到基本人际互动背后宏观社会结构的微观动力。个人的成长记录与当代社会的主流线索最终连结，合而为一。终要以小人物的生存之痛，来注解这一时代隐秘的疮疤和阴影。

1. 一座边陲小镇的塑像

写作对凡一平而言，既是个人兴趣和理想追求，也是为了改变命运而做出的必然选择。随着一篇篇作品的问世，最初的乡村教师成了都安县文化馆专职创作员，继而调职到省会南宁。彻底走出大山后，他用《顺口溜》《变性人手记》等四部长篇小说批判和剖析自己目睹或亲历的都市生活中，各种暗涌、虚无、纷争、欲望。但是随着创作之旅的步步深入，凡一平越发感觉到自己同都安这片曾度过最纯真岁月的洁净土地渐行渐远。在离开故土的廿载间，这里也在发生着翻天覆地的变化，经济的逐渐富足似乎并未带来内心更为充裕的生活。是什么导致了这一切，如何正视现状、找回自我？

凡一平思索四年后得出的答案是：回应原乡的呼唤。以第五部长篇小说《上岭村的谋杀》为界碑，他从都市色彩浓郁的新写实主义，重返乡土文学之传统——一种反思现代的，坚守竹篱茅舍、鸡犬桑麻的生活方式；一种纯属乡村的，原初而鲜活的写作姿态。他把这种对原乡的溯源寻根称为"心灵的救赎"，"我以往的小说总是背离我成长的土地和河流，我愧对让我无愧的农村生活。而我现在的笔触调转了方向。我回来了。所以我解放了，得救了。"[1]

《天等山》中，作者原乡情结与叙述策略的互动得到了进一步延展。尽管这是一部虚构的文学作品，但其中罪恶、死亡与爱欲情仇等议题，以及其聚焦的社会、历史和文化情境，都被作者以背井离乡后虔诚的望乡姿态，有意识地镶嵌在绝对真实的地图册与时间轴上。小说的叙事空间铺排在桂南防城港市那良镇，一座中越边境小城里。在凡一平笔下，郁郁葱葱的森林，穿过那层层叠叠的山峦，这里有八角、玉桂、甘蔗林，有淳朴善良的乡里乡亲……是中国版图边缘、为战火和岁月洗礼的侨乡，也是给曾经失足的龙茗提供庇护与皈依的桃花源。

王德威评价李锐的吕梁山书写是："将这人为的历史创痕摆在天地不仁的框架中构思，从亘古常在的苍山中领会生命的渺小无常。"[2]该论断对凡一平亦同样适用。天等山作为凡一平原乡情结里的核心意象，不仅作为全文的标题，在小说中亦曾被作者多次提及。特别在第十一章"山在等，天也在等"里，作者利用近三页的篇幅，详细描绘龙茗与韦军红攀爬天等山的整个过程。此处灵活借鉴电影拍摄的景别运用手法，通过特写、近景、中景、全景、远景和大远景镜头的不断切换，以男女主角的活动为移动线路，全方位地介绍了天等山的风土历史及各种物象，身临其境般地模拟了人物活动的典型环境和空间特色。

龙茗挚爱甚至依赖天等山："只要我上了这山，躺在这草坪上，就能睡得着觉……这草坪的任何地方，包括那悬崖边上，我都能睡

---

[1] 舒晋瑜、凡一平：《书写我自己生活的土地》，《中华读书报》，2013年9月25日。
[2] 王德威：《当代小说二十家》，北京三联书店2006年版，第181页、46页。

得着,而且净做好梦。"[1] 然而以林伟文为代表的外部势力的侵蚀,用海洛因和赤裸裸财色交易打破了这座边陲小镇原本的质朴与天真。天等山经受住了战争岁月炮火烽烟的考验,却无力抗拒所谓现代化进程带来的伪善、权谋以及罪念。美丽的山水和土地沉默地见证了龙茗短暂一生所经历的菲薄温情,最后像一只渴望安宁的蝴蝶,走向万丈深渊的结局。寄希望人生可以重新开始的乌托邦,原本也不过是一场镜花水月。

在民族情感与文化根源上,文坛桂军和都安作家群们接近于一种"想象的共同体"(imagined community),由作为集体记忆的广西文化相互连结。对红土地的原乡记忆,让他们在独立进行文学创作的同时,主动抑或被动地呈现了对家园的回望。使得他们的文本,无论彰显或隐藏,原乡情结常常透过笔端浮现出来。凡一平自然也不例外,广西文化既是《天等山》创作的切入点,也是它的终点和精神归宿。这是一个女子"被社会偏颇的铁锤砸向不幸"[2] 的故事,也是一座边陲小镇在急剧的社会变迁里,所留下的充满"苦闷与蜕变"的塑像。借用段义孚(Yi-Fu Tuan)的人本主义地理学思想,"天等山"是凡一平"经验透视中的空间与地方",作者以"地方感"(the sense of place)为脉络,一笔一触均诠释着浓郁的"地方之爱"(topophilia)。

2. 历史的呐喊及彷徨

虽然如前文论述,《天等山》在主题选择、叙事技巧、故事建构甚至文学地理的向度上,均流露出某种边缘化书写的倾向。但作者

---

[1] 凡一平:《天等山》,上海文艺出版社 2016 年版,第 154 页。
[2] 同上,第 221 页。

的创作野心不只于表达小镇里一方水土一方人的原乡情调,更蕴藉一种时代浪潮中今非昔比的写实心愿。究其极,位于国土边缘的广西小县城可谓浓缩的中国,讲的是一群人甚或一代人所经历的历史变动、人世沧桑。

在后记里,凡一平详细陈述了《天等山》明确的写作动机:"这件事是众所周知的 2014 年的东莞扫黄……我想说的是,那些被扫除的成千上万的女孩,她们去了哪里?现在在做什么……我十分同情和关心她们的命运。"[1]

《天等山》以人道主义的呐喊兼具现实主义的白描,表现在最决绝的生存困境里,这些失足妇女所历经的残酷洗礼。对贫穷、沉沦与不幸赋予真诚的关怀,为中国社会转型中被侮辱与被损害的边缘人物留下见证。

凡一平深切悲悯她们"被毁掉的贞洁、青春,以及挥洒的血和泪"。[2] 但在回答她们是否可以得到重生,回归常人平静生活的疑问时,相比鲁迅的不恤用了曲笔,"不愿将自以为苦的寂寞,再来传染给也如我那年轻时候似的正做着好梦的青年。"[3] 他以自然、平实的美学原则所经营出的聚焦当代特殊女性群体的小说,契合了美国文学批评家韦恩·布斯(Wayne Clayson Booth)所总结的"慈悲为怀",却并不"宽宏大量"。尽管"我其实不希望龙茗有那样的结局,正如福楼拜不希望他的艾玛有那样的结局一样"。[4]《天等山》并未因恻隐之心而选择执行"超越结局的书写",没有盲目的乐观或

---

[1] 凡一平:《天等山》,上海文艺出版社 2016 年版,第 220 页。
[2] 同上,第 123 页。
[3] 鲁迅:《呐喊》,北京人民文学出版社 1979 年版,第 1 页。
[4] 同〔1〕〔2〕,第 221 页。

强制的圆满，而是以明显的悲剧收束全文，清楚冷酷地回答"沦落为娼的娜拉能否回家"之问题。

除了展示中国女性多面的生存图像与被遗忘的声音，《天等山》对女性角色的运用，同时暗藏了一则有关现代消费文明中社会历史视景和意识形态依归的寓言。文中的龙茗也曾尝试过各种方法英勇地抵抗，想要寻回尊严，彻底摆脱命运车轮的无情碾压。然而在是非颠倒、甚或鲜血淋漓的兴衰递嬗时代，她追寻新生与身份认同的努力——无疑与当今社会的现实性相悖。有良知的父亲被人欠下巨款后含恨自裁，贩毒、行贿、嫖娼，无所不为的林伟文却一举成为靖林最大的"慈善家"，人性与真情始终无力对抗滚滚现代化洪流中物欲与金钱的诱惑，最终的幻灭也意味着个别角色与整个时代无望搏斗之必然结局。在拷问龙茗悲剧的根源时，浅层次上是彷徨于法制公义与私人情感，深爱龙茗又最终亲自逮捕她的韦军红警官，最终导致了龙茗不愿承认却必须承担的宿命和惩罚。深层次上，凡一平指出韦军红也不过是陷龙茗于囹圄的那个社会的代言工具，有罪的是把她推入火坑的人，肮脏的却是贪欲横行的社会。《天等山》以小寓大，将妇女问题放在现代性的平台上合而观之。正如英国社会学家安东尼·吉登斯（Anthony Giddens）的形容"现代社会有如脱缰的野马，不但变迁的速度比先前要迅猛得多，而且它变迁的广度和深度亦是如此。因此势必影响到当前社会习惯与行为模式"。[1] 从都市新市民小说回到书写自己生活过的土地。凡一平事实上已察觉到长期以来乡土中国最具延续性、稳定性的社会、家族、伦理、文化之传统秩序，当下已然受到现代化、城市化的激烈挑战。故而

---

[1] Anthony Giddens, "Modernity and Self-Identity: Self and Society in the Late Modern Age", New Jersey: John Wiley & Sons, 2013, p. 16.

选择以小说的形式，以一个女性的悲剧来折射民生，铭刻下他置身于其中的焦虑和忧思。

所以表面上，《天等山》类似于"是个体生命的叹息或想象，某一个人活过的生命印痕或经历的人生变故"。[1] 实际通过个体在时代大潮里彷徨挣扎但最终回到既定结局的不可逆性，从"小说"到"大说"，隐喻着"历史的沉重脚步夹带个人生命、叙事呢喃看起来围绕个人命运，实际让民族、国家、历史目的变得比个人命运更为重要"。[2]

综上所述，《天等山》以福尔摩斯式侦探小说为结构，以茶花女之正派青年与风尘女子的爱情故事为主线，其内核却是有关"罪与罚"的现实主义社会问题小说。虽然在不足十五万字的篇幅里，《天等山》容纳了多重命题。平心而论，就总体的广度和深度而言，既乏柯南·道尔情节辗转的离奇变换、石破天惊；又无意比附小仲马的爱恨纠葛、血泪深情；更没有超越陀思妥耶夫斯基超验的社会哲理。其所能成就的，最终融化为一种空茫、物哀的情绪，"生命不能承受之重"却仍然无法回答，"写实小说到底是社会的批判，还是同谋？"[3] 的终极命题，但我们仍然需要肯定在"小说已死"尘嚣至上的大环境下，作者始终坚守在文学创作的第一线，不断学习、总结新的"讲故事"方式。以"人本关怀"为写作良心，广西是他念兹在兹的灵感源泉。《天等山》里苦心孤诣的道德安排，一方面，固然深情地演绎着对弱者、受难者的同情，另一方面，也同时展现出

---

[1] 刘小枫：《沉重的肉身：现代伦理的叙事纬语》，香港牛津大学出版社1998年版，第151页。
[2] 同上。
[3] 王德威：《当代小说二十家》，北京三联书店2006年版，第181页、46页。

他对女性的尊重、对家园的关照，以及对现代社会的深思。悬疑、精确、昭然可信，触及到文学的深层意义。这是"献给被爱和受煎熬的人的一朵玫瑰花",[1]也是为历史血脉留下的，一枚名为"八桂大地"的时代图腾。

（原载《南方文坛》2017年第3期）

---

[1] 凡一平：《天等山》，上海文艺出版社2016年版，第221页。

平凡的生活，不平凡的想象
——凡一平的身体叙事

张柱林

凡一平走上小说创作道路后，他的文本策略非常固定，几乎都是从人物的现实处境出发，以身体及其相关行为作为切入点展开叙事，他所使用的表达方式基本上是叙述和对话，很少有描写，不管是心理描写还是环境描写都很少，这既使他的作品时间跨度很长，又由于情节的曲折有致而加强了可读性。由于他总是从身体切入，作品里的生活形态必然总是日常人生现实生活的各种情状和片断，这是很容易流入肤浅和庸俗的，可凡一平总能成功地避开这一点，赋予那些平凡的生活以不平凡的想象。而更重要的是，他的身体叙事并非一成不变，他透过身体叙事，发现各式各样的身体形态，并从中观察和思考现实生活。

一、身体姿态的政治性

任何人类关系，都会呈现在人们的身体姿态中，也就是说，人类的身体姿态反映着人们之间的权力关系，具有明确的政治含义。

作家们再现人类活动，自然少不了描绘其身体姿态，虽然有些作家试图将人的身体作一种客观化、自然化、中立化的描写，可结果反而更凸现了身体的政治性。在凡一平的身体叙事中，我们同样可以发现其中的复杂性。从许多小说的题目，读者都能敏感地意识到作品关涉到身体：《跪下》、《寻枪》、《理发师》、《卧底》、《变性人手记》、《保镖》（如果将这个词翻成英语 bodyguard，就知道它和身体的密切关系了）、《顺口溜》、《投降》等，都与一些身体部位、动作或姿势有关。其中，他的第一部长篇小说《跪下》，对1990年代中国的现实生活与中国人的精神世界，进行了深入和细致的描绘。

下跪绝不仅仅只是膝盖着地的动作而已，这一姿势在人类生活中长期表达臣服、感恩、认罪、乞求等含义，而在中国的政治生活中，更是由于其仪式性而被赋予特殊的地位，广为流传的英国马尔嘎尼使团访清事件，就是一个生动的例子。英使是否拒绝下跪，或拒绝下跪的原因是什么，其实很难弄清真相，倒是学者们对下跪这一环节如此感兴趣本身，值得深思。

有了这样的背景，才能更好地理解凡一平的《跪下》。这小说写于中国当代重要的历史转型的发轫时刻。1980年代改革那复杂的诉求已经变成单纯的经济冲动，具体到小说里，警察也通过抓小姐来创收。既然警察的工作已经变成为了赚钱，其神圣和正义的一面，主人公宋扬体会不到了，所以他干脆投靠了马禾，中国最早一批富起来的人，其父亲不能提拔小警察宋扬，却可以提拔宋扬的上司的上司——公安局长，马禾的致富缘由是今天已经公开的一个秘密。小说里写到曾经心高气傲的警察宋扬的三次下跪，其实对两位母亲的下跪只是虚写和衬托，"男儿膝下有黄金，跪天跪地跪母亲"嘛，可小说实写的是跪"黄金"，隐含在黄金背后的，当然是权力的巨大影子。"下跪"描述一种动作，而"跪下"常常用作动词，带着强迫的色彩，所以在小说中，宋扬反复申明，他下跪是不由自主的，更是自愿的。那么，他对马禾的下跪，到底有什么意义？不错，他不是为了金钱向马禾下跪的，也不是为了挽留自己的性命下跪的，而是为了救过彤彤，也就是为了爱情，为了艺术，更是为了正义。正是出于这些堂皇的理由，他同意了马禾"你给我跪下"的要求。他以这种屈服的姿态乞求马禾放过自己的爱人，也是马禾的情人，优秀的艺术家过彤彤。可是，宋扬的下跪换来的却是马禾毁灭艺术家的决心。于是出现了悲壮的一幕：宋扬想站起来，可却被两个强壮的保镖压制，只好眼睁睁地跪在地上，看着毁灭过彤彤及其画作、画室的大火燃烧。

这是作品最深刻的地方，通过跪下这种屈服的姿势，主体产生了。宋扬原先虽然是一位警察，却没有认识到警察的职责与使命。现在，当他成了商人马禾的随从和打手，当他表示听命效力于马禾并且最终下跪乞求马禾后，他才真正站了起来。面对过彤彤的焦尸，"她让我再一次走向公安局的大门，警车在夜空中响起了尖利的笛声……"，不管这是他的想象还是真实的场景，宋扬作为一个自主的人诞生了，他是在生命的废墟上行动。如果说他以前的行为都呈现出一种本能的、不由自主的、自在的色彩，那么现在他的行动才真正是自觉的。这样，他"跑着，跑着"的姿态就与跪下形成了对比，展现了一种不屈不挠的理想和精神。

《跪下》显示出一种泥沙俱下的叙事流，1990年代复杂的社会生态搀杂其中，混沌而斑斓。凡一平后来的大多数作品承续了作品对身体的关注，不过，那种躁动不安的氛围少见了，换言之，火气下降，锋芒内敛。

二、夹缝、边缘与中立化[1]

现代世界是一个理性化的时代，人们做一件事，常常不是出于激情，也不是出自父母的指令，而是为了自己的利益，经过比较和算计后再决定自己的行动。现代小说中自然少不了这样的人物形象，但也有许多作家力图塑造那些不寻常的人物，那些人物使生命显得多姿多彩，而不单是一个"经济人"的概念可以概括的。凡一平所塑造的人物，身处现代的历史洪流，常常也是身不由己地随波浮沉，进入日常生活的汪洋大海，但他们也显现出一种不甘心的姿态。

以《投降》中的马一武为例，为了劝哥哥投降共产党，他费尽各种心机。很显然，当时国民党大势已去，残留在广西大山上的国军余部的负隅顽抗显得毫无意义。可哥哥忠于旧主，死活不肯投降。对抗是死路一条，投降可以挽救许多人的性命。所以，马一武想尽各种办法让哥哥意识到共产党的好处，从而让他对国民党死心。哥哥五岁小孩的身体成了最关键的道具，叔叔故意让侄子淋了一场雨，染上了重感冒，危在旦夕，山外集结的大军不仅放弃了计划中的总攻，还将仅有的一支盘尼西林送给了狡猾残忍的敌首，使其儿子转危为安。于是，可能受到感动的哥哥下令部队投降，自己自杀取义了。不管这一情节的真实性如何，作家的叙述中最值得讨论的问题就是，马一文前面决不投降的行为并非审时度势的理性抉择，倒是弟弟处处以现实利害关系诱劝哥哥。而马一文最后改变主意，并非觉得敌人的主张更好（他自杀就是表明这一点），而显然是只有投降才能保住儿子的性命。这里，对马一武来说，侄子的身体成了自己

---

[1] 有关中立化的概念，参阅卡尔·施米特《中立化与非政治化的时代》，见施米特著《政治的概念》，刘小枫编，刘宗坤译，上海人民出版社 2004 年版。

达到劝降目的的工具，而对马一文来说，儿子的性命是自己存在的意义。两人其实都处在一种尴尬中，一边是骨肉亲情，一边是现实利益及传统道义（为党国尽忠是其现代形式）。

凡一平有多篇小说都涉及将身体或个人中立化、客体化的意图及由此产生的困境，这种困境常常缘于他们不同程度地处身于边缘或夹缝中。理发师处理的是人的头发，头发具有边缘性，它既和身体息息相关，但超出身体的部分并没有生理功能，还会妨碍人的行动或有碍观瞻，所以人必须时时梳理、剪短、剃光或美化它。理发师也同样是特殊的行业，他在别人头上动刀，不是为了杀人，他去除别人的身体器官，但不是伤害而是帮助。凡一平的《理发师》也赋予理发师陆平一种特别的中立意味："他成了一名纯粹的理发师，不管是对平民、官商、纨绔，还是对八路军、日军、中央军，他都一视同仁，来者不拒。"他杀了一个日本人，并不是为了抗日救国，而是为了不让日军士兵糟蹋师傅的女儿，他为日本人理发，是为了师傅的生命安全。历史的洪流裹挟他，让他成了叱咤风云的国民党军官，又让他成了共产党的阶下囚，但他始终是一名优秀的理发师，和顺理发店换了招牌变成"工农理发店"，理发师还是陆平，这句话反过来说也一样，什么时代什么政党都需要理发师，皇帝老子也要在理发师的刀下低头任其剪割。《保镖》里的朱万年，负责保护来自香港的有钱人，这表面上来投资的家伙当然是来赚钱兼玩乐的，当他闹出人命受胁迫想偷溜时，朱万年不愿跟他走，作为一个保镖，他不管对方是什么人，都必须保护其生命，即使牺牲自己也必须做，但逃到香港，虽然对方承诺给他许多钱、房子、汽车和女人，却违反了自己的原则。最后他还是选择护送有钱人逃走，但不是为钱，而是为了自己的尊严，对方说他胆小、窝囊、不仗义，为了证明自己并不是那样的人,他义无返顾地和香港商人一起踏上了不归路。不管是理发师还是保镖,都是和人的身体打交道,都有自己的职业道德,前者历经战争的血与火而无恙,后者在和平时期没有任何敌人的情况下却死于非命,其中的差别也许不是因为职业不同就能解释的。

  在这几篇小说中,我们都能读到一种类似"忠"与"义"的两难抉择,前者关乎法律秩序与现实利益,后者则可能是血亲、爱情、名声、友谊与信任。里面所处理的人际关系,当然都直接关涉身体,是面对面的,充满了一种责任与道德的冲突。人物内心挣扎得最激烈的,是《卧底》中的黄山永。他本是检察院的一名司机,却被检察长郭明派回家乡柳县做卧底,搜集县领导的犯罪证据。如果是司法人员单纯地面对犯罪分子,可能事情就要简单得多。可对黄山永来说,感受非常复杂。首先,他只是检察院的司机,不是检察官,搜集犯罪证据不是他的本职工作;其次,他要去的地方是自己的家乡,而自己的亲哥哥就是副县长。检察长派他去,说明上级对他非常信任,而且肯定认为自己智勇双全,有能力完成这项艰巨的任务,要知道,这并非一般的犯罪分子,而是重要的党政机关。可是他能完成这个任务,也是因为他是柳县人,而且哥哥是县领导。果然,经他哥哥推荐,他最后成了县委书记田正中的司机,书记对他非常信任,让他参与机密的事情。一边是法律和正义,一边是亲情和乡情,他在这种边缘和夹缝中受尽心理煎熬。他接受检察长的指示,是因为受到信任,感到似乎是得到提拔,而忠于县委书记,也将会得到提拔,他哥哥早就告诉了他这一点。这使他陷入两难的境地,不管他怎么做,都会陷入背叛与失信的尴尬境地。当柳县县委书记被捕的时候,黄山永无法面对他:"面对一个信任我甚至宠护我却被我倒戈反对的人，我不知道如何应付，尤其是我的假面被撕开的时候。我感至局促、赧颜、心虚，甚至感到卑鄙和无耻，因为在田正中和他那个营垒人的意识里，我没有任何理由出卖他或从背后捅他刀子。在我被郭明'清除'或落难的时候，是他接纳了我，并亲信到让我当他的司机。可到头来敲响他丧钟的竟然是我?"为了平衡自己的内心，他跟郭明要奖金，要郭明为自己恢复名誉，而这一切也有极大的风险，因为他去做卧底可能只有郭明一个人知道，而如果郭明出了意外，他就永远无法洗清自己了——郭明真的车毁人亡，幸好这发生在案子破了以后。小说暗示他可能会被提拔为检察官，可他付出的代价是失去亲人的信任，他哥哥被捕了，嫂嫂指责他害了自己的哥哥，以至他怀疑自己在柳县人眼中，"究竟是被当成为民除害的英雄？还是被当成卖主求荣的宵小？"正义和法律，永远也无法测知他的身心感知。在行动上他确实选择了于他有利的遵从法律，但他对讲究人际关系的传统伦理仍念念在兹：副检察长称赞他是深明大义的检察官，他却说自己只是一名司机，而且"谋事二主"。他常常对自己的口是心非感觉深深的内疚与自责，而哥哥的被捕不但没有让他体会到"大义灭亲"的快感，反而陷入更激烈的内心冲突与挣扎中。

在官僚机器和管理机构看来，人具有明确的身份，否则就无法管理了，而在黄山永身上，我们却看到了身份的表演性，甚至郭明也是如此：郭明是负责任的检察官，可他的死并非因为自己的工作得罪强势集团而遭谋害，而是因为要赶回家看电视直播足球比赛，所以黄山永说他"为诉讼活着，却为足球而死"。理发师、保镖、卧底，哪一个不是为了表演而存在？作家对这一点具有明确的意识。甚至在《变性人手记》里，性别这种历来被认为是本质和自然的东西,也成了表演的场所,变性手术能让一个彻头彻尾的女人变成真真实实的男人,甚至连气质和性格都可以改变。也就是说,性别其实也是中性的。就像理发师可以为任何人理发、职业军人以服从命令为天职、保镖必须为任何雇佣了自己的人服务一样,性别在技术化时代也中立了,女人夏妆几乎没有什么遇到太大的障碍就摇身变成了男人童汉。《理发师》里的宋颖仪对身体也作了一种中立化的理解,所以能坦然地嫁给叶江川,并与阎长官睡觉,而她爱的人其实一直是理发师陆平。身体只是一种手段和工具,只要出于正当的目的就可以使用它,如为了救人或丈夫的升迁。《顺口溜》里的彰文联和米薇,也同样把身体当作工具。

三、身体修辞时代的机器神

在这个充满技术改造与表演性的世界上,人们还力图找到些真实自然的东西,以对抗合理化、中立化的统治。像《幸运的酒徒》,人凭身上的天然胎记确证自己的来历和真实身份,而《扑克》则写出了所谓真实身份的复杂性。人是因为自己的出身获得自己的身份的吗?印度的种姓社会和中国的政审表确实都为此作出了肯定的回答。与此同时,有些中国人又确信人可以背叛自己的出身,如革命者就是这样。在社会生活中,各种情况都可能产生,人无法选择自己的出身,但想选择自己的身份。《扑克》里的王新云就曾经面临选择的困难,王新云是小说主人公身份证上的名字,是他在单位工作时使用的名字,也是叙述者倾向于使用的名字,但"王新云"这个符号显然无法涵盖主人公的全部历史,他五岁前叫韦三虎,这是他生父母取的名字,五岁到七岁之间还曾用过另外一个名字陈昌斌,那是从人贩子手里买下他的人给他取的名字。他的生父历经千辛万苦一直在寻找失踪的儿子，而王新云也一直想找到自己的故乡和亲人。可当他真的找到故乡和生母时，他一度害怕得逃离了。他的故乡是偏僻的山村，家里一贫如洗，而养父是富甲一方的大企业家，自己是前程似锦的电视台记者。虽然他渴望与流着相同血液的人团聚，也为生父寻找自己的真情打动，可他舍不得抛弃现在的生活。

虽然作家最后安排了貌似两全其美的结局，养父支持王新云与亲人相认，承认他还是自己的儿子，王新云也与亲人相认了，皆大欢喜。不过，仔细分析文本，似乎事情并不像表面描写的那么美好。很明显，与从小就分离、几十年不在一起生活的家人相认，除了满足一点寻根的心理安慰，并没有实际意义。不在一起生活，除了自己的名字，对故乡已没有任何记忆，也不可能产生什么心理联系，如共同记忆、相濡以沫、互相依赖等感情。认亲对自己的事业和前途也没有任何帮助，反而会惹来一堆麻烦。倒是王新云把自己故乡和亲人的生活实况的录像放给养父看的一幕，别具意味。把故乡和亲人的贫穷和艰难展示给富有的养父看，是为了博取同情，还是展示自己对亲情和恩情的看重，以让养父放心？作家最后并没有正面描述亲人相见的情境，而是简略地交代了两个场景，一是王新云抱着故乡的树，将脸贴上去，一是陈家收到了当时买韦三虎给人贩子的同等数量的钱，表明韦父已经找到了儿子。这是单纯的写作技巧，还是作家也无法想象重聚的情景？扑克牌和电视录像，都是娱乐表演性的，这两个核心道具的设置，难道是偶然的吗？王新云不可能变成韦三虎了，即使他认了自己的亲生父亲也没有用。如果只给他一个选择，只能在王家和韦家认一个父亲，我想不用太长时间我们就会得到答案，虽然作品给出的是另外一个答案，并且用了很长的时间。姓韦的生了他的身体，但姓王的给了他身份。他不可能摆脱自己的身份，只用赤裸裸的身体在世上生存。身体叙事要变成身份叙事，身体必须从生理学变成修辞学。

正是在这个身体修辞泛滥的时代，我们目睹了机器神对身体的统治。技术已经成为这个时代的信仰，甚至已经改变了我们身体的形态和功能，就像《变性人手记》里，现代技术可以使女人变成男人。现代人生活在机器的世界中，身上是手表和手机，家里空调在改变气温，还有冰箱、洗衣机、电视等，出门是汽车代步，上楼有电梯，我们穿戴机器，携带机器，乘坐机器，依靠机器，甚至跑步也是在跑步机上跑的。表面上看，我们随心所欲地使用机器，其实是机器改变了我们的行为模式，甚至模塑了所谓的人性。机器是人的延伸，最终机器获得了神性。我们无法想象没有机器的世界。机器和技术参与身体叙事，使女人变男人或男人变女人，使丑妇变美女，让人胸部变大屁股变小。机器参与到人的身份建构中，如《寻枪》里的马山丢了手枪后，马上觉得自己不是警察了，丢枪甚至让他失去了性功能。所以他必须把枪找回来，以此证明自己还是一名合格的警察。

从这样的视点出发，能更好地理解凡一平的新作《老枪》。这是一部什么样的作品呢？你可以定位这是一部类型小说，具体说就是侦探/悬疑小说。凡一平的小说素以好读见长，《老枪》更是其好读耐读的极致。从第一个日本兵的死开始，一连串的枪击事件，一连串的误判误解，使读者的思想一直高度紧张，和小说里的破案小组一样，有时似乎走入绝境，有时又似乎柳暗花明，有时似乎真相呼之欲出，最终却又陷入更大的迷宫。密集的故事情节推动读者不停地翻动书页，想尽早知道事件的来龙去脉。每一条线索都似是而非、真真假假，甚至最后自以为明了真相的日本大佐也被证明是犯了天大的错误。作品机心独运，悬念迭出，情节环环相扣，驱使读者想一口气读完全书，获得智力或好奇心的满足。你也可以说这是一部抗日题材小说，反映中国人民宁死不屈的精神与日本人的虚伪和残忍。还可以说这是一部歌颂女性的小说，不光是热爱中国人的伊藤星子，还有伊藤大佐深爱的郑夫人。但作品为什么名为《老枪》？《老枪》里的杀手之所以能神不知鬼不觉地杀掉多名日本军人，一枪毙命，表面上看是枪手的枪法厉害，其实是枪的性能卓越。也许有读者会把这个故事反过来读，可是只要看伊藤大佐如此关注秘密的原子武器的研究，就知道反向逻辑的无力。试想，如果不是美国而是纳粹或日本先制造出原子弹，"二战"的结果不是反过来了吗？只有性能良好的三八大盖，才创造了那位令人闻风丧胆的神枪手。《老枪》之所以命名为"老枪"，不就是出于这个原因吗？

很可能正是因为机器和技术统治了这个世界，人们才如此关注自己的身体，也才有了这么多的身体叙事。凡一平的身体叙事，将身体的各种形态，如身体的政治态、消费态、医疗态[1]等纠结在一起，让表面看起来平淡无奇的日常生活风生水起，表征了对平凡生活的不平凡的想象，形成了自己独具特色的身体修辞。

（原载《当代作家评论》2011 年第 3 期）

---

[1] 约翰·奥尼尔将身体分为五种形态：世界态、社会态、政治态、消费态和医疗态，见氏著《身体五态：重塑关系形貌》，李康译，北京大学出版社 2010 年版。

在漫游中狂想

——林白的《致一九七五》

张燕玲

2005年8月,林白踏上了回故乡之路,北京到广西北流,三千公里;而北流方圆也就五十公里,邮票大的地方,林白却上天入地、天马行空地漫游,在漫游中带着我们抵达北流,回到一九七五。

于是,《致一九七五》便有了漫游的气质,如同一九七五的革命时代,少女李飘扬的漫游。这种灵魂的游走,无限地扩展着林白的精神疆域、她的小说场。场中,日常灵动,人物鲜活;叙述迷人,结构出奇;灵魂飞扬,狂想遍地。

这是林白式的狂想,一个人的狂想。个人化的想象,始终是林白创作的一大特征,而近年,她的想象似乎更为自由自在了。从《万物花开》脑子长瘤的大头的拼接细节,到《妇女闲聊录》的口述实录,再到个人想象山花烂漫的《致一九七五》。在此,"回忆+狂想"的叙述方式,使1970年代南流江两岸的生活庸常,在林白的回忆中获得了生命与灵魂,林白与笔下人物共同成长,天上人间。她说"没有狂想的生活不值一过"。于是,这些狂想与现实在作品中几乎势均力敌,让人时常分不清那些文字究竟是扎根在地里,还是飞翔在天上。她一边挖掘着最日常的生活体验,一边讲述有关革命时代里一个少女的内心狂想。气味,触觉,歌唱,舞蹈;诗词,语录,信件,通讯;学工学农,插队参军,招工调干,回城高考等。林白打开每个人通向过去和成长的可能性记忆,而且,还令这种可能性着上魅人的魔力——在回忆中狂想,让她笔下的万物既扎根现实,又接通天地,魔幻而超现实而进入后革命时代。如那头老是跳栏、关不住、长不大、热爱自由的猪,这头名为"刁德一"的又黑又瘦的小猪,仿佛全身的细胞都是灵性、激情与叛逆,作为主人公李飘扬的贴身保镖,天天伴随着"我"走夜路,那一个个绝妙狂想的惊心动魄的场景,令人叹为观止。这"一只有着诗人和壮士双重灵魂"特立独行的猪,映照的正是表面规矩老实、灵魂不羁的"我",一如潜意识里"我想成为安凤美"。而"不听话的孩子"和"落后知青"安凤美,她有悖于传统和伦理,但作了她想做的人,她的青春年华是开出花的,她与她的公鸡"二炮"调皮地穿行在灌木丛蕉林地水冲村和水尾村之间,"她既懒散又英勇,她的花开在路上",开在吹牛的武功和剑刃上,开在那条去幽会的路桥上。安凤美中年的凄凉,是她为年少时反伦理的享乐主义付出的惨重代价,林白又一次让我们看到这个二元对立下的男权社会对女性僭越者怎样的痛击,安凤美无一例外成了怨妇。

关于猪精"小刁"和安凤美以及超现实的狂想,其实是特殊年代革命语境成长中,青春迷茫的一个平衡点。这种革命时代中庸常生活的感受,是李飘扬、安凤美、吕觉悟们,林白以及生长在革命年代的我们,无知而无畏、虚荣而激情、迷茫而自由、狂想甚而破坏,这是一代人的精神成长史。他们散点的精神生命,在林白有温度湿度宽度的生活细节中，充满活力，他们与林白一道有血有肉有筋有骨活到故事结束，活到我们会心会意，掩卷难释。终于，我们读到一部始终饱满的长篇小说，这在当下长篇小说"半部杰作"的普遍现象中是一个奇迹，林白的狂想直泻而下，扎实妖娆。

还值得一提的是，善于实验的林白在狂想中，再次挑战着我们对长篇小说惯常的阅读惰性，她试图颠覆宗白华、敏泽、李泽厚告诉我们的东方艺术的总体特征——"线的艺术"。对传统小说的线性叙述，林白说她不喜欢，"小说写作的道路有多种，我不喜欢那种单线条的叙述方式，从起点到终点，有高潮有结局，讲个故事给大家听。我的写法是像一滴水融进去那样，靠细节把它丰富起来"。一九七五年，主人公李飘扬作为知青下乡了。于是，这滴水便润化了林白的一九七五，也成了结构本部长篇的支点。上部写一九七五年之前主人公的童年和少女"时光"，是按二五年沿着故乡街道的漫游为线索，写东门口、沙街、龙桥街等等，一路的记忆一路的狂想，自然而然就铺成了上部；下部则写此后"在六感那边"的知青生活，并分上下卷，上卷"人人都要到农村去"描述革命时代青年人的盲从性，而下卷"人人都学一技之长"则是青年人为尽快结束知青生活离开农村而学技术的求生本能，中间还插入一个别章"农事与时事"。于是，我们发现貌似无序并引起争议的结构，其实是林白精心设计的一份小说主旨示意图：上部的"散文化"的感性描述正是下部知青生活的前奏，其中的同学和儿伴在下部知青生活里大都得以更为充分的精神成长，它们是作者二五年回故乡之路个人记忆的一部分，与下部分共同构成南流江一九七五年前后的生活记录，它们之间互相独立又互为关联。可见，林白没有故弄玄虚，她试图以自己的"别具一格"的小说形式传达个人记忆尽可能大的艺术空间，她的艺术探索是有理有据的,而且讲究分寸。于是,《致一九七五》便成为林白迄今探索性最强的一部作品,也成了近年长篇小说形式奇特的一个文本。这份狂想,灵动丰饶,布局用心,行文风格皆与以往不同,上下部故事情节虽气质不同,但其中浓郁的岭南风俗风物风情贯穿始终,点点滴滴,丝丝入扣,野马尘埃,狂想灵动。令我动心动容到合上最后一页,即跑去买了一大袋炒田螺,一个人,像李飘扬式的吸得满脸幸福。当晚,又为她书里的海吃柚子皮而剖了个柚子,并脱水泡好,第二天豆豉辣椒鸡肉末红焖,一扫光!也才止住此书馋起的涎水,这是林白叙述的魔力,它们与她"别具一格"的形式革新一样重要。

这种穿越精神的叙述,虽然还是个人化,但不是林白过去文本(如《一个人的战争》)中女性那种幽深、隐秘的个人内心生活,而是走向渗透着他人生活的众多的个人生活。林白从个人的生命出发,观照广阔的外部世界,走向广阔的人心。她一边是写实主义叙事,挖掘最日常的生活体验,细节的仿真精微鲜活,真切动人;一边是超现实的个人狂想,猪精"刁德一"、公鸡"二炮"以及汪洋大盗、红白飞马、亚热带丛林、庄稼山野等,画面锦绣妖娆,细节准确生动,妙语警句俯拾即是,显示了透彻而强大的叙述魅力。

第一次出门到梦想中的玉林,"玉林的碗竟然是漏的,我们一边笑,汤水一边继续往下滴,觉悟把手指头堵在小孔上,它就不滴了,一挪手,它又滴了"令人忍俊不禁。而每个章节多以狂想为题目,又由短句结段,仅此一句,整个细节就四方张开,伸向远方。描述高考前夜母亲做的胎盘汤,"使我感到那真是一碗微烫的鸡汤/宛如鸡汤",那份饥饿年代无奈的美味和有温度的母爱,扑面而来。故事以"萝卜在地底下生长着/发出簌簌之声"为结,余音还在。

而让人一而再再而三地经受着美善和文心冲击的，竟然是插在下部上下卷之间的别章。

别章的"农事与时事"，在恬淡悠然中，是接近土地和五谷的生活，是感性和理性的狂想。开首，对水冲村日常的白描宛如民谣，宛如一首首南方民间叙事诗。时事，"出大事了！毛主席死了！不得了！"之后，是13个由国计到民生的问题和问号，简洁有力、宏阔精微。而农事，"禾田都是没有见过世面的"而万物家禽一种种，一茬茬，都呼啦啦地在林白的视觉听力声线味蕾感知中按捺不住地发芽变绿金黄，遍地应答，相生相长，喜气洋洋，蓬蓬勃勃。这是林白最为生机无限、瑰丽而迷人的小说；明丽宽阔，灵动丰饶，精微愉悦。真正的"鹤舞白沙，我心飞翔"。别章似乎可有可无，却关联着在六感的知青生活；别章狂想遍地却隽永而深邃，充满诗性。

如此遍地应答的悦读，令我想起韩少功的《山南水北》，尽管《山南水北》更自然从容，但《致一九七五》的漫游狂想，一样散发着自然界与人类的精神气韵，一样融合了感性描写和理性思辨，一样抵达世道人心，一样为今天长篇小说的创作提供许多新的艺术元素。这两部亲历者的书，令我们在这个精神焦虑困顿的时代，依稀看到了一条家园的路。

(原载《文艺报》2008．5．6)

如此荒诞，又如此真实
——评李约热的《我是恶人》

陈晓明

青年一代的广西作家追求个性和奇异性，由此形成了广西作家群与全国其他地界作家群颇为不同的风格。他们既有群体的异，又有个体的奇，他们的创作总能出其不意，也屡屡出奇制胜。东西在90年代初崭露头角，他的小说怪模怪样，出手不凡，艺术张力十足，语言与叙述直抵现代派的高地。同时还有鬼子和李冯，广西"三剑客"立即形成一个冲锋陷阵的阵容，给90年代寂寥的文坛增添了不寻常的风景，让文坛刮目相看。他们的笔名都与众不同，东西、鬼子、光盘，甚至还有八路……等等，他们有胆略玩点自我反讽，他们与中国的名讳传统抵牾，也与文坛盛行的自恋主义风格相悖。李约热这名字也有可能是暗仿李约瑟，那个极著名的科学史家；或许是自讽巴西那个著名的海港城市。但有一点是无疑的，李约热也是要走奇异路线，他发表的一系列作品《戈达尔活在我们中间》、《涂满油漆的村庄》、《青牛》、《李壮回家》，都让人觉得李约热笔力矫健，卓尔不群，有一股韧性和拧劲。贺绍俊曾评价《戈达尔活在我们中间》,"这是当时我读到的最精彩的小说"。此话不算夸张,读过此小说的人,都会留下深刻印象。

李约热的长篇小说《我是恶人》(上海文艺出版社出版),又一次表明他独异的小说风格。

《我是恶人》主要讲述一个叫马万良的人如何从一个普通正常的人变成一个"恶人",认为他是恶人的主要是镇上管理治安的黄少烈(黄公安)。小说另一条主线是黄少烈的儿子黄显达,他竟然崇拜马万良的大儿子马进。马进以打架偷盗著称,是一群孩子头。黄显达要住进马进家当马万良的儿子,并且跟马进学做小偷。为了不断证明自己与马进是同一类人,他不惜干几起坏事,证明自己的勇敢和能耐。这立即就与其父黄少烈构成了讽喻关系,其父管社会治安,但管不了自己的儿子,并且儿子也要成为"恶人"。问题在于,在马万良家的人甚至野马镇上的人看来,黄少烈是"恶人",他一天到晚想着把人关起来。小说开篇就是马万良下论断,"黄少烈是恶人"。小说的具体的叙事过程中,又是围绕黄少烈要认定马万良是"恶人"来进行。实际上,在围绕黄公安羁押马万良的事件中,或者黄公安要实施的治安管理过程中,野马镇的人几乎都变成了"恶人",因为他们参与了投票关押马万良的活动,后来演化为参与殴打马万良的行动。

小说其实在提出一个严峻的问题,一个普通人是如何被看成恶人的,进而又是如何变成恶人的?很显然,野马镇就是这样一个场所,普通人都会变成恶人。尤其是在黄公安治理下,一些可以平安处理的事件,都会转化为制造恶人的契机。小说明写第一主人公是马万良,实则是黄少烈,他看谁都是坏人,都在该管治之例。马万良与黄少烈有家仇,"文革"批斗马万良父亲,黄少烈上台打了马父一巴掌,"文革"后马万良对黄少烈嗤之以鼻,当面吐口水。直到有一天黄想和他和好，没想到马万良不买账，要黄到马父坟上去下跪。更没有想到的是，黄掏出枪就拍在马万良的脑袋上。这下马敬酒不吃吃罚酒，黄少烈说："三天不打上房揭瓦。"

小说叙述了马黄二人恩怨仇隙，聚焦于"文革"过后不久的1982年，实际隐含的主题则是反省"文革"和"文革"的痼疾，去看"文革"过后不久，"文革"的那种恶意相向，仇恨蔓延直至群众运动和群体暴力是如何演化而来的。并不是所有的人都知道，尤其是现在的年轻人并不知道，广西在"文革"时期是重灾区。何以会如此？文学作品对此的揭示是十分有限的。作为土生土长的广西人，李约热显然有他的一份责任。这部小说其实警惕乡村社会或社会底层的恶意生长是如此轻易，如此容易制造一群又一群的恶人。在这一意义上，《我是恶人》没有把中国乡村浪漫化，而是重提了鲁迅的国民性批判的命题，警惕着国民性的恶劣品性在不同历史时期的重演。

其实人、制度、习惯思维和事件成为制造恶人的基础，李约热的小说写得淋漓尽致，并不隐晦。这个问题早就困扰李约热，此前在小说《青牛》的结尾，李约热最后一句话写下："我不是一个好人。"那是很沉痛的反省式的自责。

李约热的小说叙述相当饱满，始终保持一种张力，这在于李约热有能力制造戏剧性的情节，这些戏剧性合乎基本的生活逻辑，又怪诞奇异，它们充满活力，一环扣一环，环环相生，如同一个不断延异的环外环。小说开篇戏剧性就十足，那时马万良在高处看到野马镇一百个人抢砖的场面。这个时间连接小说结尾马万良跑出家门的时间。小说随后直接到1982年的新年开始，这个新年是这场戏剧的开篇，这是一个戏剧性发生的时刻，外地人江湖艺人卖跌打损伤药，马万良应表演者要求上前割了卖药人一刀，结果酿成事故，卖药人手腕几乎被割断。从这里开始,"我是恶人"成为所有在场人将要扮演的角色。小说中一个场景接着一个场景,每个场景都成为或大或小的戏剧性场景。当然,最重要的是整体性的戏剧性,"我是恶人"包含着强烈的反讽与悖反,是不是恶人?变成恶人,何以会变成恶人?小说留下诸多的思考。

李约热的小说总是有能力把握人物的性格,他有足够的技艺可以把人物性格稍稍扭曲一点,偏离一点正常的轨道,他让人物超出常规秩序,让他们走上邪道岔路。黄少烈和马万良,马进和黄显达,他们几乎都有点偏斜,这使他们之间可以建立起戏剧性,建立起超出常规的新的可能性。其实李约热的小说有非常棒的细节,他的那些偏斜怪异都可以做得头头是道、条条在理,这颇为容易。看看马万良关在黑屋子里的状态,他放出来众人的表现,这些叙述让人觉出生活的荒诞却也感受到辛酸。甚至黄显达住进马万良家也还能显得合理和必然,这就是小说家的功夫。夜晚黄显达竟然睡在地下,而且表示十分舒坦,人物的可怜可恨跃然纸上。黄显达所有的行为都是对他爹黄少烈的嘲讽。如小说就是去发现生活的不可能性,使之变成"新的可能性",这就是小说的创造。李约热做到了,做得很充分,这就可见手笔不凡。

当然,利用诡异、怪诞、黑色幽默去揭示生活的悲剧,揭示我们文化中被遮盖的真相,去打开人性中被掩饰的痼疾,李约热的小说直击人性的痛处,讲述我们不愿看到的真相,如此荒诞,又如此真实。虽然李约热依赖怪异和偏斜展开小说叙事的方式还有可商榷斟酌之处,但他直面生活、历史和现实的勇气无疑难能可贵。

(原载《文艺报》2016. 3. 9)

野马镇上"平庸的恶"

——评李约热的《我是恶人》

贺绍俊

多年以前,我通过戈达尔认识了李约热。今天竟然是《我是恶人》,把李约热再一次带到了我的眼前,当年那个激情奔放的小伙子变得成熟老练多啦。

《我是恶人》最初对我来说,的确像是当头一棒,我几乎大脑发生了短路,这还是当年那位追随着戈达尔去寻求电影理想的李约热吗?戈达尔是一位电影大师,但我的电影知识很贫乏,对戈达尔竟然一无所知,应该说是李约热的中篇小说《戈达尔活在我们心里》让我认识了这位电影大师;我不仅认识了戈达尔,而且也认识了李约热这位闯入小说领域里的广西小伙子。这篇小说几乎是我当年读到的最精彩的一篇小说。李约热在这篇小说中塑造了一个充满理想主义精神的年轻人苗红,拍出像电影大师戈达尔那样的电影就是苗红的理想,她不管不顾地沉湎在自己的理想世界。我以为苗红应该是作者的自我写照,因此我将李约热定格于理想主义者。但李约热这回写的《我是恶人》是在彻底消解理想,他仿佛换了一支笔,他给我们描绘了一个灰暗的、恐惧的、邪恶的野马镇，更是塑造了一个发誓就是要当恶人的马万良。李约热把我们带到了上个世纪 80 年代的一个南方小镇。80 年代对于中国的当代文学具有格外重要的意义，因为正是经历了 80 年代，作家们重铸了当代文学的灵魂，与此同时，当代文学也把 80 年代塑造成一个高扬理想主义精神的时代。或许李约热写这部小说，就隐含着要给这样一种塑造以"当头一棒"，因为在他的一篇创作谈中，多少包含了这一层意思。他说："关于上世纪 80 年代，在很多人心中，就是激情与理想的代名词。可我觉得，那只是硬币的一面。"而从李约热记忆深处打捞上来的却是"硬币的另一面"。那么，我们就跟随着李约热看看"硬币的另一面"是什么情景吧。李约热的故事从 1982 年元旦写起。元旦是野马镇赶圩的日子。对于小镇上的市民来说，这应该是一个喜庆的日子。但野马镇的人并没有迎来喜庆。一个售卖虎骨酒的外地人在自己身上表演割肉不出血的绝招，为了吊起众人的胃口，他让围观的人来割他的手臂，只有马万良敢接过刀，真的在外地人手上割了一刀，外地人的骗术就被马万良的这一刀揭穿，割伤的手流了满地的血，人们赶紧将他送往医院。马万良因此被关进了镇政府的房间里，但因为查出来这个外地人是一个骗子，仅仅关了一天后又被放了出来。被放出来的马万良，"看谁都像坏人"，他让第一个来家里看他的黄精忠出去传话，他要让野马镇的每一个人都不得好死。从此野马镇陷入人人自危的地步，但野马镇的每一个人也不是那么好惹的，于是每一个人都释放出内心的恶。

其实，对于"硬币的另一面"，我们早已不陌生了。书写"硬币的另一面"完全吻合了现代主义文学的节拍。我们在现代主义的作品里，看到了太多的对于丑恶的直接呈现，而他们的理由则是说要表现"诚实的意识"。他们反对用善良和美好的愿望来掩饰这个世界的丑恶存在。其实,随着现代主义文学的深入人心,当代文学的审美观已经发生了根本性的变化,尤其对于年轻一代的作家来说,那种完全古典主义的绝对真善美统一体的叙述方式恐怕在他们的文学空间里荡然无存了。这种变化首先是从上个世纪 80 年代的先锋文学潮流开启的。先锋文学的作家们从西方现代主义那里悟到真经,于是手舞着"恶"这把最锐利的武器,一路披荆斩棘,为中国的当代文学开辟出一条新路来。相对于当年先锋作家如余华、莫言等人笔下的血腥、暴力、邪恶,李约热笔下的野马镇还真算不了什么。但对于李约热本人来说,这也许是一个巨大的变化。在我的印象中,李约热就像一个充满着青春活力的年轻人,他在风雨和泥淖中大声歌唱,向前奔走。比方说,他的《戈达尔活在我们心里》完全是借助电影这一艺术载体来抒发他的理想情怀。后来他又写了《李壮回家》,同样涉及理想的话题。李壮是一个贫困乡村的小学教师,不满足于浑浑噩噩的生活,也不甘于被世俗的权势所击倒,但他的努力没有结果,他眼看就要被现实击倒了,于是他就在某一天宣布他要到北京去,因为他的文章被北京采用了。他的谎言达到了效果,人们纷纷对他另眼相看。他也真的上路了,他甚至幻想他真的能在远方找到自己的理想。美丽的谎言使他摆脱现实的困扰。但谎言再美丽也是虚幻的,它不能真正地指引李壮寻找到理想的家园,最终就有了李壮回家的举动。这篇关于谎言的小说很有意思,从中可以看出李约热对于理想的深思熟虑。一方面,李壮外出的一无所获,说明了逃避现实并不能找到理想;另一方面,李壮并不是颓丧地回家,他充满着自信,充满着力量,又说明他的外出并非一无所获,他打开了眼界,明白了该怎么去面对现实的挑战。后来李约热又写了

《涂满油漆的村庄》，这篇小说是写乡村生活的，风雨和泥淖的痕迹更鲜明，李约热总是以热辣辣的眼神盯着现实中的贫困和苦难，但李约热完全跳出了写乡村贫困和苦难的窠臼，他让我们看到，贫困和苦难的乡村同样对精神和文化充满着向往，艺术同样会给乡村带来精神的愉悦。当然，在这篇小说中，李约热也加强了对于现实的愤懑之情，他通过加广村的村民们满怀期待迎接韦虎归来拍摄电影的故事，揭示出城市和乡村这两个精神世界的分裂和无法沟通。小说略带夸张的、富有想象力的情节与作者对乡村的崇敬和激情融为一体，将村庄涂满油漆这一带有寓言性的意象与对淳朴村民的现实性描写巧妙地拼贴在一起，表达了对现代性问题的质疑。而这种质疑是基于他的文化理想的。

《我是恶人》的主色调显然发生了改变。这是否意味着李约热放弃了曾经激励他在精神高地不断奔跑的理想呢？李约热似乎也意识到这一点，他似乎不希望人们产生这样的疑问，因此他要在创作谈中强调他不过写的是"硬币的另一面"。初读《我是恶人》时，我也在想，为什么李约热一下子改变了自己的叙述风格呢？最先我想到的是，哦，年轻人李约热更加成熟了。因为在这之前，我看到的是一个把内心的理想之火点得旺旺的年轻人，激情燃烧，把文字都烤得发烫。但随着岁月流逝，李约热的思想逐渐成熟，他的理想之火当然不会持久地燃烧。当然，一直持守着现实主义姿态的李约热，要改变风格，走先锋的路子也未尝没有可能。其实，尽管80年代的先锋文学潮后来冷寂了下来，那些先锋文学的领军人物也纷纷改弦更张，转向写实了。今天还真需要有人再次接续起先锋的写作。但是《我是恶人》并不是一次先锋的尝试，因为小说并不是向人们表达现代主义的观念。他的写作冲动缘于他的真诚。这恰好是他一以贯之的写作姿态。无论是过去对戈达尔的崇拜，还是对野马镇的阴沉的书写，都是他内心真诚的表达。野马镇的故事曾是他经历的往事，所以他在创作谈中坦言："他们的模样使我快乐不起来，因为很多年前，我就是他们。"这些往事成为埋藏在他内心深处的记忆，他不会对这些"使自己快乐不起来"的记忆采取选择性的遗忘，迟早会要从他的笔端流出，所以他说："这一回，我试图和正在消失的记忆对上暗号，瞬间就被记忆的强光照射得睁不开眼睛。"仅就这种真诚而言，我也要为李约热喝彩。

再一次回到《我是恶人》。李约热写了一个恶人横行的野马镇，马万良不仅自己以恶人自许，而且他的儿子马进也是以恶为荣，他是镇上有名的小偷，身边还有一帮追随者。但马万良以及他的家人还谈不上"恶贯满盈"。李约热所写的"恶"其实是一种弥散在日常生活中的"恶"，在野马镇上，大概每一个人都像马万良一样内心藏着一丝"恶"念，只不过马万良最先觉悟到这一点，他觉得如果自己不恶一点，就会被别人的恶所欺负。他是被众人在纸条上画勾表示同意后，才关进了镇政府的黑房子里的，所以"从那个黑房子出来后，你就别想指望他对别人好"，"他躺在自己家的懒椅上，想着怎么样才能与所有的人为敌"。马万良说起来也没有什么比别人厉害的地方，野马镇的人只要心齐一点，就完全可以制服他。问题就在于，野马镇的人没有一个人愿意站出来，却乐于看别人的好戏。当黄精忠在大街上传递马万良的狠话时，大家不是一起想办法，反而是在分析马万良最先收拾的会是哪个人，当大家都认为最先收拾的是黄精忠时，仿佛都松了一口气，就转过来分析起马万良首先收拾黄精忠的理由，"几乎把黄精忠做的不光彩的事都说出来了，说得大家哈哈大笑，忘了他们还有一个仇人叫马万良"。可想而知，如果人们都是这种态度，马万良要去收拾别人也是轻而易举的事情了。如此看来，马万良的"恶"也是与众人有关系的。我以为，《我是恶人》所写的情景也许可以称之为一种"平庸的恶"。"平庸的恶"这一概念是犹太裔美国思想家阿伦特提出来的，她参加了审判在逃前纳粹分子阿道夫·艾希曼的全过程。在审判中，艾希曼为自己辩解说，他不是组织者，不过是作为一名军人在执行自上而下的命令，忠诚履行职责而已。阿伦特认为艾希曼的确并非"恶魔"，在今天看来也是一个"正常的人"，但是，阿伦特进而尖锐地指出："艾克曼的行为正是现代社会广泛存在的一种恶，这种恶不思考人，不思考社会，却默认并实践体制本身隐含的不道德甚至反道德的行为，虽然有时良心不安，但依然可以凭借体制来给自己的冷漠行为提供非关道德问题的辩护，从而解除个人道德上的过错。因为你我常人都可能堕入其中，所以这是一种'平庸的恶'。"阿伦特显然是一位有勇气的思想家，她敢于向社会的每一个成员追究责任。从这个角度说，李约热写出他记忆中的野马镇也是需要勇气的，因为他揭露了我们社会的一种现实：人们甘于平庸，推卸责任，对公共的事情缺乏热情。当一个镇子里的人都采取这种态度后，人们也就失去了道德价值的评判，甚至将"恶"当成了学习的楷模。黄少烈的儿子黄显达就是这样一个孩子，在他的眼里，马万良敢于和大家作对，算得上是勇敢的人，他把马万良和马进都当成自己的偶像，当他挨了父亲的打后，竟然跑到马万良家住，愿意成为马万良的儿子。校长韦尚义为了把黄显达教育过来，他费尽心机把黄少烈打造为一个英雄人物，并发动全校的师生在镇上广为宣传。这场闹剧自然不会有什么结果，倒让韦校长感慨万千，"他没想到在野马镇，学个英雄也这样难"。在一个弥漫着"平庸的恶"的社会里，英雄、正义、善良等这些正面的道德价值就不可能在人们的心中存留。马万良给野马镇带来了一阵恐惧，并非他是一个穷凶极恶的"希特勒"，只不过是因为他身上的"平庸之恶"得到的恶性膨胀。至于黄少烈，他是野马镇的公安，理应担当起惩罚恶人的职责，他有条件做一名真正的英雄人物，可是当"平庸之恶"像汪洋大海似的包围着他，何况他自己身上也带有"平庸之恶"，因此就成了一个窝囊的公安。野马镇的故事对于李约热来说，应该是一段沉重的记忆。为此他让小说也在一个沉重的场景中结束。马万良与大家作对，让人人感到恐惧，但同时他自己也生活在恐惧中，因为害怕被抓，有一天他疯狂地逃跑，最终跳进了深邃不见底的白露岩。但马万良的灵魂还在白露岩的高处，两年之后，野马镇的语录塔要拆了，他看着一百多人来抢砖，黄少烈嗓子喊哑了也制止不住……或许这是一个暗示，"平庸的恶"一直笼罩着野马镇。

　　因为"恶"，让李约热更加接近了现代主义精神。其实阅读《我是恶人》时，其阴沉的风格就让我联想起福克纳的《喧嚣与骚动》，福克纳这部作品也是一副阴沉的调子，福克纳在这部作品中也写了一个恶人杰生，福克纳将杰生视为"恶的代表"，并且是"最邪恶的一个"。杰生被公认为是一个不朽的恶人典型形象。它之所以成为不朽的文学典型，不仅在于福克纳非常充分地揭露了这个人物的"恶"，而且也表达了他对"恶"的认识。在这个人物身上，体现了庄园主的残忍和资产阶级实利主义者的自私和卑鄙。福克纳也通过对这个人物的刻画，鲜明地表达了他对"新秩序"的厌恶。这也是我对李约热有所不满足的地方。李约热在《我是恶人》中专门写一个恶人，也写了这个恶人所生活的"恶"的环境。但他仅仅止步于讲述"硬币的另一面"的历史真相。但他并没有认真去想一想历史真相为什么会是这样的，或者想一想应该怎么去评判野马镇的日子和人们。

(原载《南方文坛》2014年第2期)

现实的裂口与叙事的缝合：李约热新作论

张柱林

从李约热第一篇重要的作品《戈达尔活在我们心中》，读者可以看出影像在其小说里的重要地位，当然也可以说，戈达尔的政治理念，如对公平、正义和理想的社会的渴慕，都渗透进作家对底层人民的生存状态的关注中（本人已另有专文讨论，此不赘述）。在近作《美人风暴》中，作家又一次将影像世界作为切入点，在小说里，"美人风暴"被用来指称一台相机。相机当然不会自然客观地反映记录事物，作为工具它总是受特点的使用者的主观意图的控制，而"美人风暴"被赋予的功能就是多拍美人和花儿——这正是我们读到的故事的成因———一位不愿与浊世俱进的戏曲名角，流连在亚洲最大的柚子林里，三月的柚子花怒放，鲜花配美人，当然就被框进了"美人风暴"的镜头里。与李约热之前的写作一样，故事其实很简单，但其构思却奇特，这次也是如此：要拍鲜花与美女，并非持相机的男子喜欢这样，而是他在履行自己的承诺。整篇故事，其实都充满了表演的意味，三位人物，一个是舞蹈演员，一位是舞美师，一位是戏曲演员。至于自称舞美师的男人所讲的另类爱情故事是否真实，端看你的世界观如何。他之所以向一位陌生女子讲出自己的隐私，可能出于从偷拍被发现的尴尬中解脱的原因，也可能是为了展示悲情，激发一位独行美女的怜悯，同时博取好感。

不管是否真实，舞美师的故事，却可以当成一个独立的部分来看待。他爱上女演员，对方是"女同"，饱受非议，他通过与她结婚的方式将其挽救出来。这里最有意思的一个情节是，她与自己的"伴"为了感激他的付出，竟提出献身与他做爱。他对这种自残式的报恩，自然无法接受。显然，他爱上的是女演员（妻子）的美，而非作为具体存在的女性的肉体。也就是说，这里我们碰到了一个性与爱或灵与肉分裂的缺口。他的存在在两位"女同"那里只是一种掩饰，当他"妻子"的"伴"出国，而他们为了与其会合也进行的各种努力失败后，她的离开也就成了必然，而能让他们继续产生联系的唯一途径就是她留下的相机"美人风暴"。这不单是指相机中留着她的裸照，而是她留下的讯息，即当他用这台相机拍摄美人和花儿的时候，她能够看得到。这就是他在柚子林中拍花朵，见到美丽的戏剧名角时跟着拍她的原因。通过这个或许是虚构的故事，他跟她之间的冲突得到了弥合。如果他讲的故事是真的，那么我们得到的是一个虚拟夫妻的故事，他与舞蹈演员有夫妻之名，而无夫妻之实。他"妻子"在一个视同性爱为"不正常""变态"的社会环境中，其痛苦其实是我们这些异性恋无法真正理解的，甚至舞美师的爱也是她无法承受的，毫无疑问，当活生生的她只能呈现给他一种抽象的"美"时，两人都知道，他对她的爱与她的回报，根本不可能对等。

显然，如果李约热过多地写这样的故事，一定会遭到如此的指责：这个问题在当今中国一点都不重要啊，这有什么值得大书特书，那么多人还在面临旱涝灾害、环境污染、巧取豪夺、禽流感等等的威胁或实际祸害,你却在这里写什么"女同"的个人境遇和心理,你和她们都是吃饱了撑的!仿佛是为了回应这种非议,李约热写了直面现实的《墓道被灯光照亮》。以前李约热写底层,总是写他们的不能发声,现在这个故事却是写他们如何发声。当然这几个建筑工地上的工人,用流行的称呼,就是农民工,并非最底层的,他们是工地上的重要人物,砌砖的大师傅、电焊师傅、伙夫和保安。小说写的不是常见的冲突矛盾,欺压盘剥强拆欠薪之类,而是临别前的各言其志。一个说在城里干得够久了,为儿子挣学费的任务已经完成,要回老家养猪;一个说要回北方老家,现在到处是废墟和工地,在那边照样有活干;一个说换个工地继续做电焊工,到处大兴土木,离不开。只有保安老李,不愿说话,被大家逼急了,说出一个惊人的故事,他儿子留学德国,在西门子公司工作,他不愿独自住在高档别墅,才来做保安的,现儿子要回国投资创业,他也就不会再到工地干活了。此话招来羡慕嫉妒恨那是自然,"他出来干活是因为闷得慌,而他们是为了讨生活",在他们之间其实横着贫富差距的鸿沟。但是——对于一出悲剧来说,重要的就是但是之后的事情,其实老李的高端人才兼富翁儿子的故事乃出于他的虚构,他的儿子小李跟老板搞家装多年,已经得败血症死了,他要做的,是回村里安葬儿子小李的骨灰。小李生前的愿望,就是要葬在自家的地里,而这是一个永远无法实现的奢望,他们家的地已经卖给了老徐,用现行法律体系的语言来说,就是将他家分到的土地使用权转让给了老徐。无巧不巧的是,老徐买老李家的地,目的并非种植,也非挖煤,而是为了建坟,老徐为自己建"生坟",墓室巨大,需要"客人"住进去,所以他就大方地让老李把小李骨灰放到其中一间"客房"里了。这个"各得其所"的背后,当然矗立着现实的巨大深渊:活得好好的人占用大块土地为自己预造死后启用的"生坟",而已经死去的人要找到方寸之地安放骨灰都不行,只能为不知多少年后才进入坟墓的活人"陪葬",这看似荒诞的事件背后,遮掩着多少不堪的现实。

对老李来说,他的所言所行,都在遮掩和缝合现实的巨大创口,去德国留学到西门子做工,本是儿子小李的理想,现在成了老李抵挡真实创伤的谎言。他明知道将儿子的骨灰放在老徐的生坟里等于为以后将埋在里面的老徐陪葬,但这毕竟算是"入土为安"。他得面对的现实是,他必须马上离开村子,到城里找一个做保安的工作,他在部队呆过,曾经保卫过祖国的神圣领土法卡山……他得继续那个谎言,告诉电焊工老陈,小李是个难得的人才,德国方面不放他,他回不来了。对了,我们必须要提及,贯穿全篇的坟墓这个意象。在工地上,大家辛苦之余的娱乐就是看电视,而电视上大家共同喜欢的唯一节目就是"挖坟墓",挖古代皇帝的坟墓,虽然大家想看到的东西不一样,但毕竟挖坟墓将人物和故事联系到了一起。质言之,这个节目给了处于不能直面自己的真正境遇的人们以安慰,缝合了他们的现实创口。老徐不是钱多得花不完,所以给自己造一个无比华丽巨大的坟墓,让自己能永享荣华富贵吗?这个节目告诉我们,到头来大家都一样,曾经无比尊贵的皇帝,他的装得下一万人的巨大的坟墓里,现在不但没有金银财宝,而且尸骨无存。我想,大家都知道那个原因,大墓被盗挖过了。如果不是皇帝的大墓过于招摇,引人遐想,怎么会横遭盗掘呢?生死贫富贵贱,扯平了。这是展览奇观的电视提供的,是老李感受到的,一种抵抗现实创伤的心理防御机制,当然,它用一道意识形态的帷幕遮住了血淋淋的伤口。

行文至此，也许会有读者质疑，难道只有那些虚拟的影像及提供影像的机械，如《美人风暴》里的相机，如《墓道被灯光照亮》里的电视节目，才具有遮蔽与缝合功能吗？当然不是。遮蔽与缝合，可能发生在任何叙事领域里，就像老李说自己的儿子是留学德国的成功人士，即是例子。毫无疑问，叙事确实能对现实的创口进行缝合，但这种缝合常常只能在虚拟的世界（此即拉康的"想象界"）中进行。如《美人风暴》里的"妻子"和她的"伴"，她们面对的血肉淋漓的真实创痛，而他和她通过相机来感知的，却是抽象的"美"，当然只是最大限度地剥离真实的关系。同样的，电视里的"挖坟墓"，与现实中老徐的挖坟墓，不能同日而语。真正的断裂，并不在叙事与现实的对照中，而就在现实中，正如老徐的造生坟使老李和小李没有安身之地一样。当然，两位"女同"与老李小李的困境处于不同的层次，后者是生无存身之地、死无葬身之所，属于生存危机，前者并无生存之忧，而是性别身份认同之忧，两者并不能等量齐观。同样的，舞台上的名角用"死得有尊严，死得不脏"自喻，与老李只求能有地方放置儿子的骨灰就行了，这其中也包含着一种生命追求的裂缝。《二婚》所叙述的故事，似乎就是为了弥合现实的裂痕。这个小说和上述两篇一样，也是一个嵌套结构。叙述者"我"是一名妇科医生，有一位交往了八年的女友，可在新房装修好即将结婚的前夕，女友出走了。这段情节和小说的主体没有直接联系，因为小说的主体故事是关于另一个女人的，她先是"我"的病人，"冬天到来的时候，我们成了很好的朋友，在这期间，她跟我讲她的故事，现在我贴出来，算是对这一段友情的留恋和纪念"，这样看来，小说主体其实是"我"写出来贴在网上的。从现代小说技巧的角度看，叙述者是一个关键的角色，虽然他声称他"贴"的是她的故事，但这个故事经过了"我"的中介，也即是说，其中叙述者并不是透明的，这个故事包含了"我"对生活、婚姻的理解。这是个什么样的人呢？跟女友交往八年，居然连对方的家乡、父母、同学等的信息都记不住，女友离开后就找不到人了。作为医生，他也不称职，而且对病人病情态度草率。这等于透露给读者这样的信息，叙述者并不是一个严谨认真的人，所以他姑妄言之我们就姑妄听之吧。但有一点必须注意，那位女病人可是对叙述者相当的信任，认为他是神医良友，所以才把自己的隐私故事讲给他听。

《二婚》其实是一个多重嵌套结构，在"我"贴出来的故事里，叙述者变成了另一个"我"，英伦演艺吧的老板蓝小红，但在蓝小红讲的故事里，又嵌套着至少两个重要故事，一个是刘处长的婚恋史，另一个是董含馨的家庭史。这样，包括"我"的恋爱史在内，整个《二婚》变成了一部浓缩的中国当代婚恋史，从1950年代开始到今天的网络时代。依小说的叙述来看，在共和国初期的革命激情时代，伴随着一种高蹈凌厉的乌托邦情绪的，其实是一种巨大的精神压力，董含馨的第一次婚姻就是时代的产物。别具讽刺意味的是，董父所设计的劳动竞赛胜利者娶女儿的情节，其形式类似传统武侠小说中的"比武招亲"，只是换上了时代的外衣而已。这场劳动竞赛和婚姻深具表演意味，董父已经看中自己能力很强的徒弟张强，竞赛其实是为他量身订制的，报社还经常进行报道，"为了渲染竞赛的难度和强度，记者把张强怎么获胜写得曲折生动。这不是真的，但是面馆里的人都相信。以至于某一个月的报道，把张强的事迹写得弱了一点，面馆里的伙计们就有意见"，含馨原先"本能"的抗拒父亲的安排，可是个人完全无法左右事情的发展，最后，含馨自己说："我嫁给张强，不觉得自己受委屈，是因为就像报社那个人说的，这件事，已经不是我自己一个人的事了,而是整个兰州市的事。人啊,就是奇怪,哪怕是一条虫,人人都把它说成一条龙,它在你眼里就真的是一条龙了。"但张强入戏太深,精神失常了。两人以离异告终,含馨带着儿子小文嫁给了第二个丈夫赵大河。虽然小说尽力渲染了含馨第一次婚姻的乖谬,但其实这个故事的真正功能是引出了小文的"轻微的幻想症"。

这正是小说实际的意义所在,当今的时代虽然已经和1950年代大异其趣,可通过小文的"幻想症"巧妙地联系了起来。小文以为自己的父亲是赵大河,其实他的真实父亲是张强,他以为自己跟蓝小红是二婚,其实他们是第一次结婚(小说中有一处写道,小文是小红的"第一个男人",但始终没有提及小红的第二个男人)。有意思的是,小文将他的想象当成真实的生活来体验,他幻想出来的第一任演员妻子,他的对他非常好的继父(他以为是自己的爸爸),等等,小红也非常配合他,把他说的一切当成真的。最后,小红真的开了一家"英伦演艺吧"。这与1950、1960年代一样,具有强烈的表演性,都可以视为"奇观社会"。当然,其中蕴含着一种颠倒,董师傅和张强他们那个时代的表演,乃是把真实当表演,张强实实在在地干活,董师傅真的希望女儿嫁个好丈夫;而小文和小红则是把表演当成真实,演艺吧里确是在表演节目。而小红所讲的这个或真实(董含馨的)或虚幻的(小文的)二婚故事,试图达到什么样的目的呢?对小红来说,这确实是真实的生命体验,她想进入一个准精神病人的世界,就必须适应这个世界的规则,仿佛这是一个游戏的场所(想一想小说里的语言游戏吧,"含馨"听声音会误以为"含辛茹苦"的"含辛",小红原先叫小妹),但其实在表演性强烈的奇观背后,当然是城乡结构不平等的现实创痛,她必须牺牲自己,嫁给一个患有妄想症的权贵之子（她还为自己找了个台阶：小文其实非常聪明，是一位学养深厚、见识超群的研究员），才能进入大城市。而对"我"来说，小红的故事当然也是一种安慰，婚姻嘛，就那么回事，倒是那个女朋友，显得过于认真了，还骂"我"是王八蛋。

可以说，三篇小说都展现了意识形态的缝合功能，《二婚》里是赵大河被"双规"，这个讽刺性的结局既婉转地批评了巴结权贵的逢迎心理，又借机揭露人心势利、世态炎凉；《美人风暴》里则是相机拍照可以让分离的人灵犀相通；《墓道被灯光照亮》中是皇帝大墓里一无所有。你必须得相信别人，就像演员相信相机的故事，老李相信老徐所做的是为了他好，小红相信"我"是神医并且赵大河是被冤枉的一样。至于现实生活的创痛裂缝，那是另一个问题了。

（原载《广西文学》2014 年第 6 期）

广西文坛的"后三剑客"

陈晓明

1997年冬在广西南宁举行了一次广西青年作家研讨会,当时研讨的重点集中在东西、鬼子、李冯三位。这次会议得益于《南方文坛》张燕玲主编的精心策划和深入组织,会后也是应燕玲主编之约,我以"广西三剑客"为名,探讨东西、鬼子、李冯的创作,在《南方文坛》1998年第2期发表《直接现实主义:广西三剑客的崛起》。两年后,又应燕玲主编约请,我再写有《又见广西三剑客》发表于《南方文坛》2000年第2期。至此,"广西三剑客"这种说法不胫而走,得到文坛颇为广泛的认同。在此需要说明的是,"三剑客"一说,既是会前与张燕玲、李敬泽等仁兄讨论而得,又借用了军旅文学批评家朱向前先生的说法,朱向前在更早些时候,用"新军旅作家三剑客"来描述莫言、周涛、朱苏进三位作家。当然,喜欢用"三"来形容某种现象或事物,是文学常用的手法。更早一些有大仲马的"三个火枪手",俄罗斯老歌有"三驾马车",后来还有"现实主义三驾马车"之说。但"广西三剑客"在其崭露头角之时是恰当的说法。他们都有犀利尖锐的特点,都有锋芒和独到的小说技艺。

当然，鬼子瘦硬坚韧更像刀客；东西诡异莫测；李冯则飘逸俊朗，这都是剑术或剑客的某种风范。

岁月如流，恍惚之间，关于"广西三剑客"的说法已经过去十七八年，当年的少年侠士，如今也都人到中年，或许技艺纯青，但也总会问起：广西文坛还有新人辈出么？其实，广西文坛还真是江山代有才人出，且一个个都有剑客模样。说广西人好斗，这我不敢妄言，但善战无畏则是无疑的，否则北伐战争时，就不会是白崇禧率军一路攻到山海关。桂军的生猛是出了名的，如今这种性格和精神却传承到文学上。也是因为有了这种性格和精神，成就了广西文学极为独特的品性。可以说，以东西为代表的广西作家群，几乎是突然发掘了广西人的文学性格，为他们书写广西那一片诡异的土地找到了一种生命体验，一种独特的语法和语言。当然，在上世纪90年代广西青年作家群崛起时，与《南方文坛》也有密切关系。如今更年轻的广西作家群其实蔚为大观：李约热、田耳、映川、光盘、朱山坡、黄土路、王勇英、陶丽群、周末……作为一种叙述和某种象征，这里又有可能建立起一个"后三剑客"的小分队，这符合广西文学的性格。

"广西后三剑客"这里指田耳、朱山坡、光盘，他们仨的创作路数有某种相近，看上去也有"剑客"的风范。说到底，广西这批青年作家或多或少受到东西的影响，东西本人把广西的文学性格表现得淋漓尽致，这就感染了同在这片土地上生长的同代作家和年轻一些的作家。那就是东西那种握住生活苦难本质，抓住人物性格的一个端点，将其略加歪拧，再让其尽情自我发挥，向着命运的极端处偏执地挺进。这促使东西的小说有非常紧密的内在逻辑，人物性格总是有棱有角，命运诡异却极有张力，生活的碎裂让人扼腕而叹。

当然，东西的小说内里还洋溢着大量机智的幽默和无聊的快乐，读东西的小说，你不得不惊叹于他的才华和技艺。如今，这些年轻一些的作家都学到东西的本事，与其说他们受到东西的影响，不如说，是东西引导他们去认识广西人的文学性格，他们以自己的天性和文化性格迅速感悟到这片土地上才有的独特性。东西之前的林白，那可是一个女作家，她的小说叙述也不只是异域风格，那也是略加歪拧的叙述，只是林白注重诗意和抒情的叙述，女性的色彩，使她的叙述消减了硬性和凶狠。如今这批广西青年作家群，则是以硬朗的男性风格向诡异多变迈进，也着实让人刮目相看。

就朱山坡的创作而言，个性鲜明，叙述十分有劲道，他能抓住人物的性格心理，让人物被可悲的命运牵着走。这就是说，他的叙述有意歪拧一下命运，人物的性格和命运纠结在一起，这样的故事肯定朝着不可控的绝望方面发展。小说集《灵魂课》里的《爸爸，我们去哪里》，听上去很孩子气的题目，却是写尽了生活的苦楚和绝望。这是通过一个孩子的视角来看的故事，一个女人带着吃奶的孩子去看望监狱里马上要被施予死刑的孩子父亲，而我爸爸带我是去看马上要实施死刑的伯父。但在这个过程中，父亲对女人产生了微妙的感情，一步之差，女人乘上船远去。小说描写过程和细节相当细致，表层不时泛起暧昧与温馨的情感，内里却是不经意地透出那么凄惨的故事。而父亲半步差池的错过，加重了命运的无情戏谑。朱山坡的故事内里都藏着残酷，他能在不经意的时刻，才把内里最为痛楚的自毁抖落出来。《把世界分成两半》里面有一篇同题小说，父亲说："世界是分成两半的。一半是死了的人，另一半是将要死的人。"作为农民的父亲，因为交粮食不够数，最后杀掉家里的老水牛卖肉。令人痛心与惊异处在于，父亲无法忍受老水牛被杀，自己钻进牛栏，用牛绳绞死自己。这故事也是够悲惨，或许我们可以对如此凄惨的结局有所疑虑，但是惊叹于朱山坡的小说技艺。当然，这些悲戚的结局还是依赖情绪逻辑的推动，朱山坡不少小说以诡异为转折和收场。《捉鳝记》里的死去母亲的幻影，《公道》里的前妻和老瞎子，《陪夜的女人》中的那个陪夜女人，所有这些，都有诡异怪诞之处，内里是生活的痛楚与绝望，却还是有诡异的要素或机制在小说中对命运起破坏作用。《陪夜的女人》把生活推到一个阴冷的困境，在那里透示一些人性的温暖，但很快又让冷漠环绕四周，生命以不同的方式存在下去，这一切都显示出生命的坚韧，但结尾还是要让妇人驾着那只船在江面上不知所终。朱山坡不想给生活多留有一点希望，他在看似散漫松懈的叙述中，随时准备摧毁生活，听任黑暗蔓延。这就是朱山坡，他对生活、对人生和命运，从来都不手软，拿捏得狠，把它弄拧再折断。这里面无疑可以看到东西的那种力道，但无疑也是广西青年作家，尤其是"后三剑客"特有的力道。

  当然，或许也有人会说，广西青年作家用下去的歪拧之力是否有点过猛？或许他们自己也会有所觉察？但我也知道他们目前还不会收手，剑走偏锋这个道理谁都知道，恰到好处，那是功到自然成的时候。所以，我们不妨拭目以待。

（原载《南方文坛》2016 年第 1 期）

《风暴预警期》,独特的南方叙事

谢有顺

朱山坡的中短篇小说读过不少,印象很深。这次读完他的长篇小说《风暴预警期》后,有很多感慨。"70后"这代作家,相对来说是比较被忽略的,作为代际来说,他们出道很早,但迟迟没有成为文坛的主角,这里面的原因很复杂。后来,"70后"作家中真正沉潜下来、持续在写作的,又有了其他的群体,他们当中,不少是围绕着自己的乡村记忆来写的,朱山坡是其中的代表之一。朱山坡的写作,厚积薄发,有自己鲜明的风格。他一方面对当下社会的躁动与变化充满警觉,另一方面又传承了先锋作家叙事探索的遗风,作品风格不乏先锋文学的元素,他对乡村记忆、成长记忆的处理,令我想起苏童,他们的作品中都有一种潮湿、阴郁的叙事氛围,并且充满青春期的各种情绪。苏童的小说,构筑起了自己的南方叙事,而朱山坡也在自己的作品中写下了那个即将消失、不太容易被人记住的南方,是一脉相承的。

南方是一个地理概念,也是一个精神概念。具体而言,朱山坡写的南方是大岭南,他写出了岭南生活的质感。朱山坡书写的地方跟广东交界,生活境况非常复杂。他的小说写出了他与这块土地之间的关系。他既热爱这片土地,又和这块土地之间充满紧张的关系,他有一种要逃离的冲动,也存着审视这片土地的复杂心理。当他扎根于这个地方开始写作的时候,作为作家的朱山坡便开始走向成熟,我相信,朱山坡的名字始终会与这片土地结合在一起。

《风暴预警期》写了这片土地上台风要来而没来的特殊时刻,事件的时间跨度不长,但朱山坡赋予了小说很丰富的历史和现实的内涵。历史和现实,记忆和想象,杂糅在一起,面貌很独特。而我印象最深的是,朱山坡在这部小说中,真正具有了自己的叙事口气和叙事腔调。口气和腔调,就是写作风格,而且是最重要的风格。它不仅是一种语言特色,更是一种叙事角度和叙事精神。《风暴预警期》那种忧郁、潮湿、温润、复杂的气息,既是一种地方性的气味,也是一种语言个性,风格强烈。朱山坡小说中的很多段落读起来都非常生动,语言的节奏感也好。他的叙事方式,几乎不受当下那些商业化写作的影响,你可以说他的写作是一种迟到的写作,有着太多的八九十年代的痕迹,但从这里你也可以看到朱山坡的坚持。比如,现在有很多小说都在拼命讲故事,情节的密度很大,缺少舒缓的、旁逸斜出的东西——这种多余的笔墨,对于小说艺术来说,其实是很重要的,但为了屈服于读者的口味,很多作家都把多余的笔墨删除了。但朱山坡的叙事,常常是停得下来的,有闲笔,也有叙事的节奏感,这就使得他的小说具有了很强的艺术性。这是朱山坡的小说给我留下的第一个印象。

读完《风暴预警期》,朱山坡的写作给我留下的第二个印象,是他有自己理解人物和观察生活的角度。这个角度选取得往往很刁,但也很有意味。他选的角度,不是简单的对现实的摹写,而是对现实做一些扭曲、变形，甚至放大。经过扭曲、变形、放大之后的生活，被拉长了，感觉也丰盈了，这样就能让我们看到生活下面那些细微的东西，包括人性皱褶中不易被人觉察的一面，都被照亮了。看一个作家有没有现代感，一是看他对叙事节奏的控制，另一个就是看他能否找到和现实既贴身又有差异的角度——太像现实了，难免老套；太过夸张，甚至用力过猛，可能又会失去叙事的说服力。我们都不难找到这两方面写作的失败例证。朱山坡的度把握得很好，他不愿意轻易承认现实那坚硬的逻辑，但他也没有扭断现实的逻辑，而是在这种逻辑上做扭曲、变形和夸张的叙事处理，他的小说就像放大镜，把一些东西放大了，看到的还是那些东西，但已稍感变形。一些看起来很重要的场景，朱山坡有意略写，但一些看起来琐细的事，他却有意放大。《风暴预警期》中就有很多这样的处理方式，比如，小莫听电影这个情节，花了很多篇幅，写他没钱买票进电影院，只能在外面"听"电影，电影院守门的卢大耳不让他"听"电影，让他用棉花塞住耳朵，但小莫总是想方设法继续"听"电影，最后，他听出了境界，他的眼前也有了自己的电影世界。这个细节被放大之后，非常有意思，它让我们更深地理解了小莫的内心。电影是小莫的梦，也是他的精神寄托，他身上所有的怪异举动，以及各种冲动，都和电影有关。小莫是一个很有性格的人物。事实上，因为朱山坡总能找到观察人物的独特角度，所以他笔下的人物都很有特点，不单调，也不雷同。《风暴预警期》中，无论是"我"，还是其他几个兄弟，身上都有一点特殊、奇怪的癖好，也有一些特殊的坚持，内心总有一股很拧的、难以摧毁的力量在推动着他们，这种力量感，其实就是通过合理夸张、变形之后，把人的一些隐秘特征凸显出来的结果。《风暴预警期》写的 5 个兄妹，其实是 5 个来历不明的弃婴，是荣耀把这些废弃的生命抚养成人，但荣耀一直没有享受到一个养父的尊严和幸福，直到最后，通过一场葬礼，才让我们体会到，小人物也有小人物的光辉，有小人物的坚韧，他们身上也有着一种不可思议的生命力。正因为朱山坡在荣耀身上建立起了一个如此特别的认识角度，他才能在荣耀身上寄寓一部小说该寄寓的精神想象。

朱山坡的写作给我留下的第三个印象，是他写出了人性中幽暗的部分。每个人身上都有一些黑暗的点，都有幽深的一面，揭示和敞开人性的暗角，是小说存在的重要理由。触及到这个层面的小说，才有深度。我注意到，朱山坡笔下的人物，都有很强的命运感。一方面，这些人物被命运卷着走；另一方面，这些人物又总是表现出对命运的不服、斗争、抗辩，甚至对命运本身还有一种奇特的想象。像《风暴预警期》中的荣润季，想象自己的母亲一定是一个体面、漂亮的女人，找到她，自己就会过上高雅的生活，这就是荣润季对命运的特殊想象，很绚丽，也很悲伤。这样的想象，经常使人物命运从人性的边界溢出去，朝向另一个方向发展。朱山坡从不掩饰人物那些黑暗面，甚至还有意将它们释放出来，目的是为了在黑暗的书写中，发现生活和人性的各种可能性。但他笔下的人物又不是生存的屈服者，哪怕是最卑微的人物，身上也洋溢着不愿意被命运卷着走的意志。荣耀和他的战友赵中国的关系就很典型，这两个人物身上贯穿着作者对历史的思考。放在大的历史视野里看，从历史走来的每一个人都有怨恨，都有不平，人与人、人与土地、人和历史之间，可谓积怨太深，如何才能实现和人、和土地、和历史的和解？惟有死亡。这也是朱山坡对生存、命运的思考：是死亡和解了所有的怨恨。而在死亡面前，会激发出人性的另一面，就像朱山坡在小说中说的，风暴可以唤醒良知。所以，借由荣耀的死，人与人之间实现了这样的和解，同时也让每个人获得了一个审视自己的机会。

《风暴预警期》是一个地方的精密叙事，也是一代人的复杂记忆；是历史对现实的拯救，也是现实对苦难的体恤。朱山坡写的都是小人物，但这些小人物对历史积怨的宽恕，使他们获得了小人物特有的尊严和光辉，这样的写作，展现出了"70后"作家的另一种思想风采，也使《风暴预警期》成了"70后"作家的一部迟到的杰作。

（原载《文艺报》2016.12.5）

朱山坡的创作优势
——谈朱山坡的中短篇小说

胡 平

作为广西"新三剑客"和"70后"代表作家之一，朱山坡是很值得关注的。他是个有想法的作家，在思想和艺术两方面皆有想法，因而早早形成了突出的个人特色。尤其在中短篇小说创作上，他的才华得到更充分的发挥，构成了他的优势，而分析他的优势，有助于更深入地认识他和他的前途。

上篇

小说的题材对象有两种，一种是平常的事物，一种是非常的事物，朱山坡似乎更乐于处理后者，这使他的中短篇小说具有不寻常的吸引力。譬如，他写一个女人被雇来陪一位将要过世的老人彻夜说话（《陪夜的女人》），写一个女人嫁给两个男人（《喂饱两匹马》），写一个男人捡来一个患有神经病的女人为妻（《我的叔叔于力》），等等，就是说，他在小说的选材上要求是比较高的，不喜欢写平淡无奇的作品。

人们经历的大部分生活是平淡和日常性的，但小说家摹仿这些生活时，却可以像化学家在试管里滴入几滴神秘的液体一样，使日常生活顿时呈现出奇异的色彩，那是作家在教会人们看到生活的令人震惊的内质。又有些小说，题材本身便令人惊奇，倘若作家又能在此基础上揭发出更为令人惊奇的内质，作品无疑会赢得更多读者。无论哪种小说，其中是一定要有"奇"的成分。

朱山坡诗人出身，改写小说后，仍像力图打破日常语言的符号性以寻求诗句那样，力图在小说中构建打破日常生活表象的情境，以神秘和陌生化的氛围渲染故事。"奇"在他的故事中并非表面的惊悚，而是人物在特殊境况下或处于生命特殊时刻所暴露的罕见本相，这是一般生活流小说难以抵达的书写内容。他喜欢用"父亲"、"母亲"一类称谓建立人物关系，也是在放大一种难以忽视的现实。

《灵魂课》的场景本身就是非同一般的：寿衣店的二层是客栈，客栈里住有三四十个客人，大多为死在城里又暂时无意叶落归根的打工者。他们占地很少，住在骨灰盒里，盒的上层住骨灰，下层住灵魂。阙小安的堂哥阙小飞因高空作业坠落身亡住在这里，阙小安也干高空作业，但他仍不顾乡下母亲的劝阻，坚决不肯回乡，最后也坠落身亡。母亲终于明白，青年人的灵魂留在了城里，是不愿回家的，于是也将儿子送进了客栈。这个客栈场景对于读者来说是陌生的，却给人印象强烈，颇富象征意味，映照出一批外来打工者的命运。也正是通过这样一个精心设置的场景，朱山坡以极经济的笔墨刻画出一些现代农村青年在生活的挤压下形成的畸形价值观。

《喂饱两匹马》中，作者设置的农家境况，是查旺与查旦两兄弟合娶了一房媳妇，又是个瞎女，凸现了查家的窘迫。这一境况下，两兄弟与瞎女来香如何相处，来香又将如何平衡两兄弟，如何面对外界，构成了强大悬念。可以肯定的是，他们都将在这一奇特关系下生成常人难以体验的复杂心理，做出超乎常人的努力，展示出他们在常态下无从展示的性情内涵。作者以细腻的笔触叙述了一切，小说中的兄弟俩是相互体恤的，像两匹马一样合套拉动一辆车；彼此之间并非毫无芥蒂，但通情达理使他们和平共处，融为一体；当其中一个有机会去娶另一个女人时，竟无法舍弃这个家庭。来香则表现出落落大方，她爱他们，对两兄弟一视同仁，并认为由于穷共娶一妻不是他们的错；她光明磊落地与两兄弟合照结婚相，和他们一起坦然出现在大众面前。朱山坡选取的特殊情境，对人性形成严酷考验，他通过令人信服的描述，挖掘出善良人性在极致情况下焕发出的不寻常的光芒。

朱山坡的大量作品都说明他极善于发现生活中偶然显露的具有较强情感表现潜能的艺术原型，通过想象和完形把它们化为作品中的强力度情感符号。在创作实践中，过去许多经典作家最初确实是根据少数最重要的情感符号体知未来作品的情感力度，而不是一定要设想出未来作品的一切细节才能预计创作的价值。严格说，在正式形成文字前，那些引出主观兴奋的少数情感符号只是未来作品中部分情感符号的雏形或潜能，而老练的作家便能够据此看到整个创作的基础。经常被引用的果戈理的例子正说明了这一点，他两部最伟大的著作《钦差大臣》和《死魂灵》中的关键性情感载体都是从普希金那里得来，他向后者要求："给我一个题材吧，我可以一口气写出一个五幕喜剧。"——显然，果戈理已拥有许多一般的素材积累，但感到这些普通的材料还不足以使作品达到应有的力度。而普希金也确实是慷慨的，他给予果戈理的是两个很紧要的情节：（一）一个好吹牛的家伙冒充彼得堡要人，借百姓控告地方官员之机勒索大量财富；一个省长又把某人当作微服私访的官员殷勤款待。（二）一个投机家购买未勾销的死亡农奴名额，企图借此发一笔横财——它们发展成为后来《钦差大臣》和《死魂灵》中的强力度情感符号。只消假想一下在作品中取消它们的情形，就可以再清楚不过地看出它们的重要程度。又假若普希金自己运用这两个情节进行创作（条件允许的情况下），作品面貌和风格会大不相同，但成就或许相差无几，并且，两个情节势必仍是另外两部作品中的强力度情感符号。

　　当然，创作方式不同，途径也不一，不是所有优秀的作品在萌发创作动机时便出现强力度情感符号。雨果写《巴黎圣母院》的最初契机是在巴黎法院广场目睹了一个所谓犯有"偷窃罪"的女仆，她被绑在木柱上行刑，刽子手用烧红的烙铁烫这个妇女裸露的后背，冒起一阵阵白烟。这个场面没有移用到小说中，它仅转化为作者某种愤怒的情感，负载这一情感的主要符号则是在写作过程中自然形成的。福克纳的《喧嚣与骚动》开始时只是"脑海里有个画面"，画面上是梨树枝叶中一个小姑娘的裤子，屁股上尽是泥，小姑娘是爬在树上，在从窗子里偷看她奶奶的丧礼，把看到的情形讲给树下的几个弟弟听。作者没有想到这个画面很有些象征意味，起初只准备写个短篇。而故事越写越长，出现了最精彩的部分，发展成为长篇小说。这说明并非要预感到主要效果后才能开始写作，创作过程中想象力与灵感的发挥往往带出意外的收获。重要的是，优秀创作最后总要通过强有力的符号手段完成理想的情感表现。固然拥有很好的情感载体却没有达到预期目的情况是有的，可是一开始就缺乏实在的成色而终于流于平庸的现象却司空见惯。如此的创作毕竟还有坚持到底的勇气，又有许多创作终因题材本身少有情感诱惑力半途而废。强力度情感符号，在创作过程中也是激发想象活力、坚固创作动机、导致更佳形式的原动力之一。

　　在朱山坡的《鸟失踪》中,这种强力度情感符号表现为一只八哥和父亲的关系。父亲是个不务正业、不顾家庭、四处嫖赌且无可救药的男人,但自从伺候上八哥,就像被摄去魂魄一般,忘却一切恶习,终日与这只鸟相伴,将它放飞后又追进大山,追去越南。至结尾处读者获知,他曾有一个大儿子,牺牲在越南。那么,父亲沾染上恶习,是否是从大儿子牺牲后开始的呢?便引出读者无限联想。在《骑手的最后一战》中,强力度情感符号表现为父亲和一匹老马的关系。父亲曾身经百战,屡建功勋,如今老得走不动了;一匹老家的马,也老得快要死了,身上长满了癞,聚集来无数苍蝇;但朱山坡让父亲重逢了这匹马,让他在与马的对视中看到了自己。于是,临终的父亲被再次激起血性,他开始像在战争年代时那样训练这匹马,逼它与火车赛跑,直至命家人将自己绑在马上,与马及火车一起冲进漫长而黑暗的隧道,为自己的辉煌的人生画上句号——显然,无论前一个父亲与八哥的相遇,还是后一个父亲与老马的相逢,都成为作品中改变主人公命运或激发主人公生命力的关节点;它们像一根绳子上打下的一个结,把它解开,就展示出主人公的一生。以这样的方法写小说,是深得小说要领的,而能够发现这个"结",则是朱山坡的本事。他独具慧眼,包括他的长篇小说《懦夫传》中,主人公胆小如鼠的特殊性格,也成为全篇发展的原动力。

　　进一步说,从找到"结"到实现一部成功的中短篇作品,还需要作者具有成熟的艺术感觉与想象力,经过复杂的创造过程,但值得信任的是,朱山坡的想象完型能力是出色的,当他发现令人兴奋和存在大量可能性的对象后,能够做到充分发挥原型与元素的潜力,以丰富的想象和虚构构建一个自足的艺术符号系统,使作品臻于完美。这一点在他写《陪夜的女人》时表现得最为突出。

《陪夜的女人》是朱山坡的重要代表作品，它同样以绝对陌生化和使人惊异的情境引人入胜。一个行将就木的老人，一直说要死却迟迟未能死去。他每夜在万籁俱寂的村庄里发出使人心悸的叫喊，扰得全村不得安宁，更使家人不胜烦躁。据作者说，写这篇小说最初的动机来自他对祖父的回忆。祖父也曾终日躺在病床上，白日睡觉，晚上反复呼喊亲人的名字，使人们精疲力竭，苦不堪言。这段往事，由一般人看来，只是生活中普通的不幸，朱山坡却在有一天意识到，那是"祖父对死的恐惧和对生的留恋"，埋藏着生活的秘密，于是开始构思作品。实际上，作者的这一发现非常重要，祖父的呼喊是一个人的生命走近尽头时对整个生命的回顾，发生在他灵魂生活中最绝望、最无助的一刻，是所有平常活着的人们难于领会的，也最具有摧心裂肺的力量。朱山坡抓住了这一刻。在创作中，他为小说里的老人带来了一位陪护的女人。女人是儿子雇来的，儿子在城里打工，竟无暇回来为父亲送终，花钱用了一个替身代他尽孝。这个女人从河上撑船而来，每夜走进老人的房间，陪老人说话。老人常喊叫妻子的名字，给女人讲述妻子的往事，女人听着，也像亲人一样对待他，为他洗刷肮脏的棉被，还强迫他洗了一个热水澡。她的勇敢和善意，使老人平静下来，也改变了家庭和村庄的氛围。终于一天夜里，老人辞世西去，还是由女人将他从堂屋里背了出来。一切结束后，女人又像当年老人的妻子一样，在水上无声地漂荡而去。朱山坡对这个女人的设计，几乎是天才的，恰到好处的。她的出现激活了故事，使临终的老人有了倾诉的对象，使一个无所归依的魂灵找到了归宿，完成了一部天然浑成的作品。在作家的创作中，完整地表现内心情感需要一种完整的符号形式，这种形式一般需要从现实中抽象，实现由原型表象到艺术符号的转化，它创造的是与原型表象等效的感性结构，而不必与原型的表象相同。作品的情感内涵愈丰富，愈需要具有高度涵盖力的情感形式。而在创造小说的情感形式并使之完型方面，朱山坡是高明的。

下篇

小说是作家观察与表达世界的一种方式，由于作家与世界的对应关系不同，世界在小说中呈现的面貌与色彩也有不同。在朱山坡的作品里，作家看待世界的态度多是悲悯、宽容与救赎的，这与他的存在有关。他生长于乡村，成长于城市，空间的改变与对映，使他对处于社会底层的普通农人的命运格外敏感，在创作中倾注了更多的关注与感情，温柔的怜悯自然而生。

在他初期创作中，如《我的叔叔于力》中，叔叔于力经历的苦难和作者赋予的同情都是相对单纯的。于力娶不起女人，一个被城里人遗弃的出身不凡而患有精神病症的异性走进了他的生活。他珍惜这个他能得到的最好的女子，百般疼爱，同她生子，尽全力帮她治病，但当她恢复一些神智时，城里的丈夫又来带走了她，使于力和儿子陷入更大的苦难。这个故事中，善行未得善报，恶人未得惩罚，底层人的宿命无可改变，作者寄予的同情是强烈的，但也仅仅限于同情。

这种态度在朱山坡以后的若干创作中，发生了微妙而深刻的改变。《爸爸，我们去哪里》披露的景象仍然是特殊而使人难以忘怀的。"我"和父亲在船上遇到一个哺乳孩子的女人，上岸后又在关押犯人的工人食堂后窗前重逢。父亲对她不无好感，主动在拥挤的人群中托起她和孩子，帮她们往后窗里望，也托起"我"朝窗里望。

原来，父亲和"我"是来见大伯最后一面的，大伯和女人的丈夫都在食堂里进餐，那是他们被执行死刑前的最后一顿正餐。除了他们，不少看热闹的人们，是专程前来看这顿饭如何丰盛，以及犯人们如何下咽的。小说中，作者的叙述异常冷静、平淡，当女人举起一岁多的儿子让他往里看父亲时，写她的神情是"兴奋而迫不及待"的；当警车载着她丈夫等人远去时，她又在不舍不弃地追着警车，人群散后，父亲再也没有找到她。全篇笼罩的氛围，表明作者对这些不幸人们的态度，已不复是单纯的同情，而形成一种复杂难言的怜悯，这种怜悯里充溢着宽广的悲凉，更可称为悲悯。悲悯，其实是一种宏大的美学范畴，甚至可以成为世界观，用以观照人间。此时，在作者那里，不是简单抨击世间的不公，哀叹苍生的苦楚、表达改变世界的愿望，而是把发生的一切视为人生的本相与形式，"哀而不伤，乐而不淫"，宽宥地看待人间善恶，生成广大的情怀。在《败坏母亲声誉的人》里，母亲是个被人们难以理喻的女人，父亲死后，她舍下儿子去找地理老师，儿子苦苦恳求她，甚至说出走了就永远不要再回来的话，她仍然一意孤行。与地理老师结合的日子里，她受尽折磨和屈辱，二十年后被迫回到儿子家中。她宁可在儿子儿媳面前抬不起头，也不愿再提到地理老师的名字，而当卑琐不堪的地理老师重新出现时，她竟又再次追随而去。即使对于这样一个缺少母性的母亲，作者的态度仍然是宽容，宽容她并不明白自己在做什么。此时，作者与笔下人物的关系是自上而下的，作者是像上帝一样在俯视人世。《惊叫》中，"我"的姐姐被男孩刺杀，他悲痛欲绝，不顾男孩姐姐的哀求，发誓为姐姐报仇，可是当男孩姐姐不惜以自杀寻求谅解时，他终于闭上眼睛，对仇恨与报复有了新的理解。此时，作者与笔下人物的关系也是自上而下的，表现为宗教与世俗的关系。他的小说让人意识到，只有宗教与文学，才能演示人世间宏阔的悲悯情怀。

　　朱山坡的确是以宗教式的情怀从事底层书写，体现了他与其他一些作者不同。他同情底层，但不一味纵容底层；写照苦难，但不以苦难为由放弃灵魂的追问；他的怜悯，更多与救赎相伴，萦绕着人文的关怀。譬如，他笔下的阙天津（《跟范宏大告别》），是个典型的下层人物，年轻时穷困得打光棍，一筹莫展，偶然遇到一个黑乎乎的寡妇，才成了家，养育起四个儿子。活过八十，他感到死期将至，要与所有朋友熟人一一告别，才发现只有范宏大没有见到。小说从这里切入，写出了这个下层人的不安。他要四个儿子抬他去县城寻找范宏大，费尽周折，在城里菜市场的一处角落看到讨饭的范宏大潦倒在地。当年，黑寡妇本是经人介绍来村嫁给范宏大的，是阙天津中间插杠，将黑寡妇迎进自己的家门。这一出入，扎扎实实地改变了阙天津和范宏大两人的一生，有了天壤之别。朱山坡写出这一幕，表明他对底层生活的描写并非不加保留，并不认为穷困可以获得道德的豁免。阙天津年轻时的举动，固然主要出自生存的本能，但作者写他能够在离世前做出由衷的忏悔，要把范宏大带回家，则折射出作者的倾向，托寄了作者更看重底层人灵魂救赎的愿望。在他另一篇作品《回头客》中，"男人"曾是个沦落底层之下的底层人，当年与妻子沿水路讨吃来到浦庄，浦庄人乐善好施，宁可自己勒勒裤腰带也要拿出些吃食送予乞丐们。男人后来有了手艺，妻子临终前嘱咐男人报答浦庄，于是男人再次来到庄里，为每户人家制作一件家具以尽心意，而浦庄人后来却因家具做得不均匀生出是非，引出龃龉。小说旨意有点接近马克·吐温《败坏了赫德莱堡的人》，点染了人性的弱点，抒发了作者对底层人匮乏的精神生活的怜悯，但作品中男人的形象仍然是突出的，使读者萦绕于怀，他带来了底层的温暖，体现了作者对底层民众挥之不去的爱意。

爱正是悲悯的底色，说到底，朱山坡底层写作的基本立场出自博大的怀有悲悯的爱，他所书写的苦难从来不是一团黑暗，他作品里永远"以一种超越的笑、了解的笑、含泪的笑、悯然的笑，包容一切以超脱一切，使灰色黯淡的人生也罩上一层柔色的金光"（宗白华语），它绝不止是作者的一种创作风格，更是作者完整的世界观与文学观的展现。

还需要指出的是，朱山坡也绝不止是一位底层作家，他的其他一些中短篇作品，如《驴打滚》和《论人类不平等的起源》，取自城市知识分子题材，成色上并不比他的乡村叙事、打工叙事作品更差。这些作品里，朱山坡显示出完全两样的创作适应性，以及另一类创作才华。两部作品中的人物，皆为高等院校的高级知识分子，他们的生活处境、事业道路、人生追求、兴趣爱好、思想语言与乡下农人天壤有别，但同样被朱山坡描绘得栩栩如生、个性鲜明，文本里不乏睿智的幽默。《论人类不平等的起源》中，卢梭的《论人类不平等的起源》成为小说的"眼"，是教授们谈论的中心，也渗透进教授们的日常生活中，直至成为小说情节发展的主要动力、人物命运起伏的显著原因，其内容可谓奇特至极。在它以前，人们是没有见过这样的小说的。小说中，人物们对人类平等问题各持己见，不断做出各种专业性表述，都需要作者在写照中具备相当学术素养，而朱山坡皆能从容应对，且不因学术性内容影响作品的生动，让人体味到另一个作家朱山坡。

当然，两部小说在保持悬念和诱人的情境上，是继续了作者的本色的。《驴打滚》的隐蔽结构，乃一部悬疑小说的结构。表面上，中文系诗人鹿小茸公开追求化学系教授马朵朵的夫人，引起马教授的愤怒，马与同仇敌忾的朋友闵良知及"我"制定了谋杀计划，但故事结局却说明，闷骚的闵良知才是马教授的真正情敌，而"我"对马夫人也不是未存心思。在《论人类不平等的起源》中，在洪流教授、他的学生李瑞士、洪夫人、及记者宋仁间建立了扑朔迷离的人际关联。表面上，李瑞士不适宜地爱上了洪夫人，为此丢掉饭碗，回到老家去修钟表。但后来的事实证明，宋仁在媒体上揭发洪教授抄袭的文章，其材料来源虽出自李瑞士，却系洪夫人与宋仁合谋抛出。两部作品里的马夫人和洪夫人有相似之处，多少嫌雷同，但没有干扰人们读小说时的盎然兴味，这是由于故事不同，趣向也不同，它们都属于颇生妙味的作品。两篇作品也同样继承了作者的世界观，《论人类不平等的起源》中，李瑞士不计前嫌，不认为因洪教授有所抄袭就可以全盘否定其学术贡献，终将教授接来家中照料；《驴打滚》中，离婚的马朵朵竟也能与鹿小茸、甚至闵良知化解芥蒂，不再作计较，或许，这是缘自他们之间并无很大区别，彼此都不过是缺乏信仰的芸芸众生。两个结局皆是出人意表的，又使人深长思之。细细体味，都能咀嚼出作者俯视人间、悲悯万物的情怀。这种文学情怀涵盖了作者的乡土创作，也涵盖了他的都市创作。

　　朱山坡是很有创作前途的，表现为审美上的良好悟性和准确的观念，相信小说必须是精粹和富有魔力的，能够抓住人和打动人；也表现为主观境界上的深邃高远和悲天悯人，相信小说应有俯仰天地、超度人生的胸怀。他有这样的追求，自然可以走得很远。

（原载《南方文坛》2016.3.15）

《天体悬浮》的几个基本面

双雪涛

小引

  大概是去年九月,我的一个朋友,在政府部门供职,有一天相聚扯皮,他突然从众人中将我拉走,神秘兮兮地说,有个写小说的叫田耳,知道不?我说,知道。他说,他写了一部小说叫《天体悬浮》,知道不?我说,知道,发在《收获》上,符启明和丁一腾。他捏了我一把,对劲儿,这期《收获》只有上半部,憋得要死了,下半部帮我搞来。我说,这我哪里去搞?等着吧。他的脸皮马上泄了一层光亮,说,那等出书的时候,你帮我搞个签名来。我说,到时再说,回去再喝一圈。

  其实彼时我已与田耳相识,短篇小说读了一些,长篇小说看过《天体悬浮》一部,是全本,但是若是说破,就没了连载的乐趣。人世间的乐趣有很多种,剥夺人欣欣然忐忑期待的乐趣,总是不好。如果在旧时候,掀盖头之前,突然有人给你传了一个彩信,上面是新娘的模样,恐怕要落得一顿好打。

语言

  本想先说故事，搞个千百字的梗概写上，但是首先还是来说语言。故事在故事里，概括出来如方便面一样没有营养，还是请读者自己来读。田耳的语言不易惹人注意，姿态很低，好像邻家二哥，太阳下山之后，进屋坐会儿，给你讲了个昨天见闻。可是如果仔细推敲，他的语言是成熟的，同是湘西人，却完全与沈从文先生是两路，沈从文是凝练的，知识分子的诗意语言，田耳松弛，市井气味浓，东说说，西说说，给你小心织起个语言的网子，以气氛包裹，句子也都平白，但是力道不减。小说的语言，最难是平常，现如今的作家们，许多好做惊人语，搞个奇峻的比喻，铺一条狭长的句子，而中国叙事语言的传统里，其实白描的技巧源远流长，勾勒式的技法，寥寥数语，人与事已经活脱如真，留下引人遐想处，田耳的语言上接《水浒》，即使在冬天读，也有酣畅之感：

  "我们哗啦一声全分散开了，四下去追。我们体力远没有这些半大小孩好，他们细腿长身，跑起来像蚂蚱，一弹一蹦就在几丈开外了。以往抓捕，我们总有精心准备，先把路堵死了再抓人，就像自闷罐里摸王八。好些兄弟肚腩都挺大了，一跑就上下晃，肚皮在前，脚板在后。我也追不上跑在我前头的小孩，追五六里路，感觉两腿已经不长在腰子下面了。正要感受一下腿的存在，人就瘫倒下去。真他妈热，我觉得我几乎被空气焐熟了。我追的那小孩也不想事，跑一阵发觉我跟不上，还自黑暗中朝我扔几枚石头。"

  这段叙述里，基本上以动作支撑，长短句交错，口语与书面语交织，时有比喻，可并不扎眼，而是杂在叙述中，顺嘴一喻。"哗啦一声"，十分形象，辅警身上大都带着零碎，钥匙，手铐，零钱，群人一动,就有了声音。以声音为这段叙述开路,把人的注意力引来。后面便是两者对照,"半大孩子""细腿长身,跑起来如蚂蚱",辅警们"肚腩都挺大了,一跑就上下晃,肚皮在前,脚板在后",一个"挺"字,一个"晃"字,是田耳语言的特点,动词不但具备了动作,而且具备了形容。再往后,"真他妈热,我觉得我几乎被空气焐熟了",这两句一句四个字,完全口语,一句十二个字,用了修辞,不是人嘴说的话,可是放在一处,却十分自然,因为两者都在叙述的恰当节奏里,溶为一体,热的感觉就笼罩在字里行间。最后追捕失败,小孩"还自黑暗中朝我扔几块石头",这一句虽然看似闲笔,却从本质上提振了叙述的质量,真实是其一,其二是视角变化,追的人此时成了目标,被追者到了安全范围,回头扔石泄愤,人的角色轻易就因为所处位置发生了变化,是这小说全篇立意的缩影。

但如果认为田耳只有这一种叙述语言就陷入对作家理解的偏狭,成熟的作家总是有很多种方法,因为小说本身,多种"叙述要求"杂然,用动作和对话推进,凌厉简洁,但是容易腔调油滑,阻碍人思考。有时适当的缓慢静止,倒会起到"镇纸"(村上春树语)的作用。既可如玄关一样遮挡,也可如解剖刀一样,切开一点小说的主旨。

"有了这间小房子,我的爱情生活仿佛才正式开始。正像我预想的那样,用不着梦见同样的内容,我俩也能在里面日以继夜地做爱。——别的事大都夜以继日,但在做爱这件事上,说日以继夜应是没错。我们彼此的身体都是可持续的热源,被窝里会时不时地热至沸腾。每一晚,少说有十辆列车从外面驶过,铁轮撞击钢轨的律动会把我们一次次弄醒,弄醒了索性就不睡。那时我还年轻,身体和时间都尽可拿来挥霍,而她也正值妙龄。完事以后,我瘫在床上,她却从潮热的被窝里爬起来,撩开窗看向外面,远处有一盏信号灯是绿的，如果马上有火车开来，灯就会由绿变红。除了灯，窗外的一切隐藏在一片黧黑当中。"

这段文字写得优美，虽然没有明说爱情的火热，隐约中还有一丝倦怠，和两人所处世界的差别，但是仍能感到那种忘掉一切的相守和贴合，而后窗外的景色，"远处有一盏信号灯是绿的，如果马上有火车开来，灯就会由绿变红。除了灯，窗外的一切隐藏在一片黧黑当中。"又是慢慢把镜头拉开，看到了一个信号灯变红，黧黑一片的隐喻性未来。

人物

《天体悬浮》中的人物众多，以符启明和丁一腾为核心，围绕左右，如同恒星和行星之间的关系。春姐，光哥，陈二，小末，沈颂芬，闪熊，徐放辽，王宝琴等。丁一腾为小说的叙述者，基本上靠叙述本身塑造，而符启明是所有星体中最重要的一个，从名字本身也可窥出端倪。而两人的关系，是贯穿始终的主线，这两个最重要星体之间复杂的引力和斥力关系，构成了小说最基础的叙述张力。

丁一腾是个什么人？简单来说，是个普通人。现实社会中普通人占了大多数，但是如果仔细端详每一个普通人，总能寻出一些不普通之处，再泯然众人的个体，也能找出些许异于常人的禀赋，可丁一腾其人是一个相对纯粹的普通人。长相普通，身份普通，性格普通，能力普通。我想也是田耳有意为之，或者这个叙述者多少有点其本身的影子，七情六欲齐全，憋着劲也能干点漂亮的事情，但是大多数时候随遇而安，混来混去发现自己还是适合安稳的生活。但是此人和作者又完全不同，田耳借用了现实的材料（或者说自己非常熟悉的材料），运用文学的手法，塑造了一个更纯粹的普通人，为的是构成一个硬币的两面，和符启明一起，成为社会人的两种模型。从两人相识开始，便形成了一种类似福尔摩斯和华生的二人组结构，这种性格迥异的"双面人"方法，在文学史上有过先例，而叙述者通常是弱势的那一个，因为视角如果太高，只能显出另一个平庸，而视角较低，不但带入性强，而且对周遭的事物保持着一种平常人的观察法，也使文本具备了更丰富的敏感性。

再来看符启明是一个什么人。他是这部小说的真正主角，是田耳花力气最多的人物。从他出场伊始，和正副所长的对话，到他详细地知道人类身上到底有多少块骨头，到写给陵园的对联，这个人物一点点的以田耳惯有的轻描淡写的口吻，悄然变得牛逼起来。而他游走女人之间的娴熟手法，和在派出所之外，一点点开创自己的事业的野心勃勃，更使此人不只是个侦破高手和民间秀才那么简单，而逐渐变成一个社会中的强者。而上述这些，田耳的叙述节奏一直是不紧不慢，牢牢以琐碎而真实的生活质感去完成，既没有传奇化，也没有因为平淡而变得无聊，而是在不知不觉中，一个人物的成长和转变，一座小镇的蜕变和转型，都已经完成。而把握符启明这个人物最重要的就是他的道德感。

符启明天生聪明，而且野心很大，可以说有些时候不择手段，最极端的例子就是后来协助妓女马桑自杀，陷害安志勇一案。在这个案子里，符启明的缜密心思和无道德感的手段达到了极致：为了拿下那栋观星位置最好的凶宅，取人性命也在所不惜。他和丁一腾之间的关系的离合，除去两人能力差距不说，最重要的是世界观的不同，而这个世界观概括来说就是道德感的不同。符启明对待丁一腾，经常是"大棒加甜枣"的方法，而丁一腾对待符启明，时有追随，时有抵触，有时候因为被欺得紧了，也露出男人的脾性。

"虚伪!"他提高调门说,"我这人的脾气你是知道,要么不要,要想得到的东西死活都会搞到手。只要有人敢和我抢,我心里就不舒服。这样吧,丁兄,这次你不要考试算了,等我进到编制,以后再有机会我全心全力……提拔你。"

我被"提拔"两个字搞得喷饭。"我这几年都在等考编的机会,好不容易等到了,考场都不进去就放弃,对自己不好交代。考不考得上是后话,但我要对得住自己。"

"我给你钱!"这句话字字清晰,余音绕梁,每个人都听得真切。

"不要。"

"你这人,不识好歹是吧?"他紧绷的脸忽然一松,然后有些液体溅到我脸上。

此是两人小说中仅有的一次直接冲突,符启明的霸道和贪心以及丁一腾那种恁人也有的执拗可以说在这段描述中完全显露了。

但是符启明这个人物的味道其实并不在他显性的一面,而在他的矛盾处,也就是他的道德感残留处。此人并非毫无人性的向前奔,什么人都踩在脚下,罔顾所有道德约束,而是希冀着把一切做得圆满,也就是情义和功利的两全。丁一腾对他十分重要,甚至有一次他在电视上说丁一腾是影响他最大的人,这种表述也是他惯常的手法,里面有真情,也有些许抬高自己的目的。而之所以丁一腾某种程度对他十分"重要",也是他在意丁一腾身上平民的道德感,说得玄虚点,是某种佛性。而这种佛性,正是他那个填不满的心魔最甘甜的水,有时候渴望被其涤荡。而他后来酷爱观星,也是他意识到自己在小镇那个几乎无规则的丛林里走得越来越远，而抬起头看见的星星，却如道德律令一样静默和永恒。

而这一切，在田耳的小心经营下，终于在小说的结尾处达到了合流和高峰。这里面就需要提到小说中另一个重要的人物，老詹。

老詹是符启明后半段事业的助手和管家。下面是老詹的出场。

> 他走进屋内，敲响一扇并不显眼的门，朝里喊，老詹，老詹！稍过一会，那光头开门走出来，边走边系睡衣带子，前胸几乎完全敞着。他身体颀长，睡衣里的肉瓤子很白，贼白，简直白死了，胸前却长着些零乱的毛。一刹那，我竟想到浪里白条赚得黑旋风下了水，一边呛人家，一边薅人家的毛贴自己身上……这家伙一出场，总能卷起一股妖风，那走姿，那慵懒的神态，哪像符启明雇来的伙计，倒像他老爹或者他老婆。

这个人物从一亮相，就和小镇上其他人物不同。之前出现的人物，无论是正是邪，或者亦正亦邪，莫不是带有声响和烟火气，有的还十分饶舌。而此人相当沉默，"身体颀长"，有妖气。而此人正是把符启明和丁一腾推向高潮的重要人物，因为他是地道的魔，毫无道德感的恶的化身。

而这个人伏在符启明身边，令他十分舒适的同时，也使他感到主仆的身份颠倒，精神上受到了控制。当他意识到此的时候，丁一腾也开始了某种程度的反击，表面上看去是被旧情人拉来为安志勇辩护，而事实上，是他自己都没有觉察的对道义的追求，让他来到了符启明的反面。两人几次交锋之后，掌握了真相的丁一腾开始占据主动，真相成为这个普通人的利刃，符启明却陷入困境，而此时田耳突然令老詹独立出来，成为不受控制的力量，不但对于丁一腾，对于符启明也是危险的。符启明这个人物在这个时候，展现出前所未有的复杂性，他提醒丁一腾，老詹什么干得出来，似乎站到了丁一腾一边，而事实上，这种提醒的本身也如同某种威胁，而丁一腾旋即发现，符启明要除掉安志勇，不但是惦记那栋宅子，还有安志勇玩弄他的前女友小末的私仇，他竟然一直深爱着小末，上述这些都使符启明的每一个决定都显出双面性，无法说清他到底因何而来。丁一腾最终放弃了针对符启明杀人的控诉，这在某种层面是两人性格的融合，他具备了符启明的一面，肯定了他的某些行为，而性格融合的最高点，是符启明重伤了老詹，使他不再是个男人，原因竟是老詹走了他的后门。这个行为的指向性可以理解成，那种纯粹的恶要占据他，征服他，取消他的全部道德感，符启明的反应是，他拒绝了魔性的全面胜利，为了维护自己作为一个有尊严的男人的合理性，将恶毁灭，具体行为是用鞭炮将其炸得稀烂。

文学观

这里指的文学观，是从《天体悬浮》这个文本，管中窥豹，揣测一点田耳的文学观，而非他所认定的代表他所有创作活动的文学观。

首先，田耳的这部长篇小说相当传统，几乎是一种最简单的方法开始故事，推动故事，结束故事，没有文本的拼贴，没有多线叙述，没有溢出现实的梦幻处，是某种相当本分的写实主义。而正是这种看上去朴素的写实主义，使得这部小说有了它独特的腔调，即是无限接近生活本身，用充满质感的细节，用丰满的人物塑造，用自然真实的对话和心理描写，也就是说，用最笨的方法写成了一部真挚的作品。而这种方法也许是最适合这部小说的方法，很多时候用最简单的方法能写出最复杂的内核，而复杂炫目的方法往往是为了掩饰内核的乏善可陈。这也许是田耳的文学观其一，对故事本身的真诚。其二，是趣味。小说家写来写去，志趣总是闪现在作品中，无法隐藏，所以显得尤为重要。换句话说，什么样的小说人，才能写出什么样的小说。而从《天体悬浮》来看，田耳拒绝无聊，也拒绝所谓纯文学的一些流弊。他借鉴了许多推理小说的元素，在一些场景和段落中，甚至能看到松本清张的影子，但是这些元素，这些悬念，他使用起来，却没有伤害小说本身的有机性，而是给了小说赢得读者的机会。而他所做的这些，看上去又并非单纯为了使小说好读，而是他发自内心地觉得这些方法是有趣的，是来自内心的要求，我相信在很多时刻，他享受了叙述的乐趣，而不是为了故作高深，而绞尽脑汁把作品泛经典化。这种打破类型的藩篱，回到文学本身，一切为我所用，一切从文学的原点出发的观念，反倒使田耳的这部长篇小说具有了某种更加纯粹的文学属性。其三，平民视角。田耳的小说大多写小镇故事，而故事的视角多为普通人，而他看待普通人的视角，是平视的，作家和人物并肩而坐，相互了解，相互体谅。没有知识分子的自矜，也没有底层人物的怨气，而是就这么平平常常地讲述下来。作家在写作的时候也许具备了某种神性，确实偷师了一些上帝的手艺，而真正考量作家高下的，却不是如何从亚当身上抽出一条肋骨，而是当亚当恐惧的时候，你也感到恐惧。田耳的平民视角，使他把某种创作者的神性置换成了和人物休戚与共的权利，而这种姿态恐怕是当下很多作家所真正需要的。

（原载《江南·长篇小说月报》2014．5）

驯养生活

——田耳的《天体悬浮》

黄德海

一

《天体悬浮》，甚至田耳的几乎所有小说，即便写悲剧，也给人一种活力四射的感觉。这种活力，在当代小说里，我似乎只在上世纪80年代初中期的一些作品里感受过。不过，那时候的活力，跟一个时期的上升势头有关，人人都抱着一种奔赴新时代的热情，当然就有活力。进入80年代末期，人们对新时期的欢欣鼓舞遇到了阻碍，兴头慢慢降下来，人逐渐变得恹恹的。小说也难免感染了这种病废的气息，加之创作上现代派小说携带的阴郁成分日益加重，那种曾经非常鼓舞人的活力在小说里就逐渐减少了，甚至于除了一些对时代状况免疫的作品，连爽朗的笑声都在小说里消失不见。

田耳的《天体悬浮》里，却充满了一种肆意的笑意。这种笑意不是为了表现"心灵的光辉与智慧的丰富"的文人式幽默，而是因生活的委婉曲折而来，跟人的迂执、笨拙、狭隘甚至卑贱有关，却不是嘲笑，没有讽刺，所以情真意切，有上好的腔调："是老式蹲坑厕所,据说里面经年的陈粪,干结板滞,一层层淤积起来,枪都打不穿。我刚来时,是伍能升带我熟悉环境,厕所也是环境的一部分,他跟我就这么介绍。我当时收不住嘴,问他:'哦,那一枪是谁打的?'伍能升说他也不知道,是别人告诉他的。说完,他才有所反应,看着我呵呵地笑起来……那以后,所里的人再跟新人介绍起那个厕所,说到打枪,便会连带地说,小丁还问是谁打的枪哩!"[1]在《天体悬浮》里感受到的活力,跟这笑意相似,不高亢,不卑琐,不刻意,不衫不履,切切实实,是人的活力在日常生活里铺展开来的样子。

钱锺书在《管锥编》中隐括柏拉图《理想国》:"人性中有狮,有多头怪物,亦复有人,教化乃所以培养'人性中之人'(the man in man)。"[2]柏拉图真是古典情怀,他笔下的苏格拉底主张让"人性中的人""管好那个多头怪兽","把狮子变成自己的盟友","一视同仁地照顾好大家的利益,使各个成分之间和睦相处"。而现代小说(甚至现代一切文字?)大体走了一条相反的路,他们放纵着人性中的多头怪兽和狮子,"让人忍饥受渴,直到人变得十分虚弱,以致那两个可以对人为所欲为而无须顾忌",或者"任其相互吞并残杀而同归于尽"[3]。

我们从不少严肃的现代小说中感受到的气息奄奄,甚至阳亢的反抗挣扎,差不多都可以看成对两个精怪的屈从或放纵。另一面的情况大概更不乐观,很多人自以为写出了"人性中的人",却不料只

---

[1] 引文自田耳《天体悬浮》,用《收获》本,2013年第4、5期。以下引自小说的,不再注明。小说另有作家出版社单行本,2014年。
[2] 钱锺书,《管锥编》,中华书局1979年版,第1163页。
[3] 以上引文自柏拉图《理想国》,郭斌和、张竹明译,商务印书馆1986年版,第381、382页。

是写出了抽去精怪的人，平面刻板，不过是一副人的躯壳，一丝儿精气神也无。不妨这样比方，人性中的人与其中的两个精怪，一起构成了生命的活力。这个活力必须表现在生活之中，表现在桩桩件件具体的事上，一旦提取出来，在虚构的世界里重新塑造，活力就没来由地消失了，仿佛一个人被提走了魂。不过这话有点矛盾，小说不都是虚构的吗，田耳小说的活力何来？

《天体悬浮》保持的动人活力，或许是因为田耳即便在虚构的世界里，也没有把活力单独提取，他写进小说里的，就是人性中的人和两个精怪，它们各自保持着自己的生命力，一起穿行在纷繁芜杂的世界里。为什么很多小说不是这样的呢？因为很多人自信地以为，他们有能力提升或过滤生活，把活生生的世界加工成一个删繁就简的艺术品。不止写作者，普通人也充满加工生活的热情。田耳曾遇到过这样的事情："以前朋友知道我写小说，但不知道会发出来，就瞎扯，我能得到很多，他们给的都是原始材料；现在，他们经常给我加过工的产品。最痛苦的是，有年纪较大的人找到我，要跟我讲故事：'我的一生就是一本大书'——但听了半天我什么也得不到。说这话的人通常会加工他们的经历，一旦加工，大都是舍去有用的东西，留下残渣。"[1]

不难看出，田耳也不是把生活直接写进了小说，他有自己的选择方式，有自己对生活的观看之道。只是这个观看之道，远离了意识形态，弃绝了各类大词，没有哲学、抽象、形而上，是一种朴素的观看。这种观看，不抱成见，不师成心，脑子空白，不提前带上自己的观点，然后贴着人物，走进他们的生活，把他们因适意或艰

---

[1]《湘西作家田耳：我对底层不敢说是同情》，http：//www.xxcb.cn/culture/yuedu/2014-08-13/8931323.html。

难而来的欢乐，幸福，烦恼，委屈，一点点写进小说。这些人心的微澜，尘世的琐细，因为未经成见的提炼，不虚浮，不张致，细细密密地显现在人物的行为之中，自然地流淌于整个生活不绝的长流，因而有一种与生活本身的活力相生相长的郁勃之气，小说便显得生气灌注，元气淋漓。

二

田耳曾在派出所闲待过一阵，观察到了"辅警"这类人。他们是临时工，在所里没有地位，吃苦受累的活却都是他们干，因而拥有派出所的正式编制成了他们梦寐以求的事。为此，田耳构思了一个作品，写两个能力很强的辅警争夺唯一的转正指标，写着写着，却发现，"现实生活中，获得一个编制对具体某个人可能有意义；但如果把它写成文章印杂志上，就显出格局小，所以自己写起来也没劲，没写完扔电脑里了"[1]。这个扔在电脑里的中篇后来蓬蓬勃勃地长成了《天体悬浮》，争夺转正指标只成了小说的一个组成部分，小说的格局呢，不再是小的，甚至有那么点，嗯，宏阔。

小说仍然开始于一个小城里的派出所。符启明和丁一腾是辅警，一起抓嫖、抓赌、抓粉客，一起偷鸡杀狗，无所事事，一起恋爱，一起失恋。在这个过程中，他们见到了人性晦暗的角落，自己也不免在这晦暗里挣扎。被一巴掌揭掉半张脸皮的粉哥，心安理得吃软饭的光哥，无暇顾及羞耻之心的皮条客，为了甩掉苏妹子而污蔑她有杨梅疮的符启明，都是这种晦暗的表现，标示着人性向下的堕落。最为集中地表现出这种向下堕落的，在小说里是符启明掌握全市的

---

[1]《田耳：小说怎么写都可以，只要能让别人相信》，http://blog.sina.com.cn/s/blog_4a8995430101jf9o.html。

皮条生意、买卖凶宅，改变了符启明生命走向的小末、沈颂芬和安志勇三人嗑药后的性爱游戏，以及马桑被安志勇招妓后的自杀骗局。在卖淫、凶杀、放纵和招妓里面，本就有人性晦暗一角的释放，人却还在这其中加入了金钱交易、情感背叛和密谋欺骗，使本来就晦暗的人性角落，更加显出不堪。

写这种人性的晦暗角落，写作者会有"发现的惊喜"，也让作品在探索人性的长路上走得很远。这差不多是现代小说的惯技，或者用前面提到的《理想国》里的区分，大部分现代小说，都把心力集中在对人性中多头怪兽和狮子的探索上，往往忽视了人性中的人，或者把人性中的人当成了孱弱的、无法抵挡人性暗角的部分，写作者自己也容易沉溺在黑暗的泥沼里。不过，或许这不只是现代小说的特征，倒是大部分文学作品的惯例，自古希腊肇端"诗与哲学之争"时已然如此。柏拉图要把诗人赶出理想国，很可能就是因为"诗（按或者广义的文学）迎合快乐的需要或煽动人放纵的自由，诗必然导致欲望、尤其是性欲望的统治"[1]。《天体悬浮》里那些人性中晦暗的部分，大约就是人不知节制的欲望唆使的，带着未经清洗的欲望所有的丑陋和肮脏。

亚里士多德在《尼各马可伦理学》中说，"每种技艺和探究……都以某种好为目的"[2]，小说当然也不应例外。《天体悬浮》的宏阔之感，正是在写人性向下的晦暗角落之外，还写出了一种对更好和更美的渴求，写出了人向上的冲动。这个冲动，最明确地表现在

---

[1] 罗森：《诗与哲学之争》，张辉译，华夏出版社2004年版，第14页。
[2] 引文用刘小枫《重启古典诗学》译法，华夏出版社2010年版，第50—51页。参见亚里士多德《尼各马可伦理学》，廖申白译注，商务印书馆2003年版，第3页。

与标题相关的"观星"中。观星自小说较为靠前的部分出现之后，就一直贯穿其中。女主角小末和沈颂芬喜欢观星，男主角符启明喜欢观星，后来"我"的妻子王宝琴也加入观星的行列，符启明甚至有一个以观星为号召组织起来的"杞人俱乐部"。田耳开始觉得，"小说将派出所的生活写得过于沉重压抑，这也是写作中小小的失控；将观星写进去，就是一种补救措施"，后来却发现，观星"对人物性格的塑造也特别有帮助"[1]。不管这个不经意冒出的念头如何偶然，在小说里，观星代表着人对无限和辽阔的向往，几乎成了人向上冲动的隐喻。女主角之一沈颂芬有一段对观星的说法：

> 只有两件事能让我一直心旷神怡，那就是——头上的星空和心中的道德法则……人都是脚踩大地，头顶天空，要是这一辈子只和大地发生关系，忽略了天空，你至少就失去应有的一半，甚至是更为重要的一半……从我个人的经验看，观星的爱好不光让人变得充实，也让生活变得轻盈。仅仅和脚踩的大地，每天的生活发生联系，人会有一种甩不开的沉重……要想排遣压力，观星的爱好无疑是最佳选择……慢慢地，你发现人类的总和也不过是一个尘埃……你会沮丧、失落，但经过一阵的适应，你会在生活中得来一种从未体验的轻盈。有一天，你会以全新的眼光审视你生活的全部，身边的一切，这里面有难以言说的快感。

这段对观星的总结陈词因为沈颂芬稍显虚荣的性格，有些夸张

---

[1]《作为小说家，我以动物性的本能去体验》，http：//paper.nandu.com/nis/201404/27/208826.html。

和虚浮的成分，但观星隐喻的人向上冲动非常明显。人不甘心囿于脚下的土地，以直立的姿态向往更辽远的世界，自有一种顶天立地的气概。这个向上之心，是人异于禽兽的几微之差，也是人自身有意无意的内在需求，是那个"人性中的人"对尘世中的人发出的召唤信号。

与观星隐喻的向上冲动直接相关的，是小说中关于"道士命"的说法："乡村里某些奇人、异人、能人、怪人，他们的才能没法用当官、经商、考学、搞女人之类的常见选项加以归类。说起这些有着怪异秉赋的人，大概是让乡亲们有了表述的困难，于是有人想出这个词加以概括……'道士命'某种程度上也就是不认命，和自己命运相抗争。他们通常都会离开家乡，凭着自身古怪才能、百折不挠的韧性以及天马行空般的想象力到处折腾。有了这命，一辈子都不会甘于平静，要么外出打拼混成一号人物，要么呆在家乡活成一个怪物。"不难看出，所谓"道士命"，就是不甘心囿于人生的一隅，聚拢起向更高更远处去的心劲，做向上觉醒的努力。符启明就是"道士命"的典型，他凭借内心的不甘，从派出所的小小辅警，最终混成了佴城举足轻重的人物。

人很容易忘记自己曾有过向上的冲动，但这个冲动与人的其他愿望相同，不会凭空消失，而是以复杂的变形方式表现出来，"道士命"还是其中较为容易辨认的部分。在《天体悬浮》里，除了观星和符启明混成个人物这样明显的行为，连符启明陷入恋爱状态时的顾身惜命，"我"想娶一个读大学的妹子当老婆，陈二的时时以正直自居，甚至连徐放辽对粉妹夏新漪的爱，"我"父亲把棺材本投入融资系统，都是这个向上冲动的曲折表现。一个人要珍惜自身和他者，要与更好的人为伴，要变得正义，要获得爱，要过上更宽裕的生活，不都是向上的渴望吗？只是这些渴望因为与不净的世俗有关，未免会沾染上世俗的各类芜杂，又或在世俗的尘埃里埋得很深，变形得面目全非，很难爬梳出来罢了。

田耳大概是用心做了这个辨识功夫，并如实看待人性中向上和向下的部分，把两端之间的张力拉得很开，虽然生活密密匝匝，却有人性高低之间的俯仰余地，因此作品便有了一种混沌苍茫的气息。《天体悬浮》的宏阔之感，或许正是来自这里。

三

在《天体悬浮》里，有一种对日常和人心的洞察。这种洞察有时是通过绝顶聪明的符启明之口，有时是通过老于世故的春姐之口，也有时从各种角色的口中零星流露出来，但更多的，是小说叙述者"我"——丁一腾的叙述连带出来的，应该是他的观察所得。这洞察因为隐含在小说的叙事之中，很容易被人忽略。这很像丁一腾在小说里的表现，相比符启明的风生水起，丁一腾看起来不显山不露水，直到小说结束，依然不过是一个相对底层的角色。他自己也觉得，符启明"已经在很远的地方，过自己渴望已久的生活，而我一直有生活在泥淖里的感觉"。这样一个人物，仿佛只是符启明风光生活的天然配角。

随着小说的逐渐展开，丁一腾的戏份却越来越重，作用也越来越明显，甚至在结尾的时候，有驾符启明而上，成为第一男主角之势。从这个方向回看丁一腾在小说中的作用，像田耳自己说的，"符启明像一只风筝，可以飞得很高很自由，丁一腾则像拽住风筝的那根线。所以符启明对丁一腾有一种内在的需要，有一种不易觉察的依赖"[1]。丁一腾是这样一个人，他有自己的无能、无奈甚至不堪，却并不因此自卑，懂得该把人心向上的冲动和向下的堕落节制在这个纷纷扰扰、普普通通的尘世，不卑不亢地看待着这个并不美好的世界。他看到了生活的苦况，体察了其中的悲哀，却能在艰辛里微笑。

《小王子》中讲到"驯养"（apprivoiser）——建立感情联系。狐狸对小王子说："现在你对我来说，只不过是个小男孩，跟成千上万别的小男孩毫无两样。我不需要你。你也不需要我。我对你来说，也只不过是个狐狸，跟成千上万别的狐狸毫无两样。但是，你要是驯养了我，我俩就彼此都需要对方了。你对我来说是世界上独一无二的。我对你来说，也是世界上独一无二的……"在外界流浪了很长时间的小王子由此知道，地球花园里无数的玫瑰，跟他自己星球上的那棵是不一样的，花园里的玫瑰"很美，但是空虚的"，而他的这一棵玫瑰，就比花园里的全体都重要得多。"因为我浇过水的是她，我盖过罩子的是她，我遮过风障的是她，我除过毛虫的（只把两三条要变成蝴蝶的留下）也是她。我听她抱怨和自诩，有时也和她默默相对。她，是我的玫瑰。"[2] 不难想象，《天体悬浮》里那些麇集在人性两端、却远离了最切身的日常的人们，其实没有驯养过他们的生活。

丁一腾跟自己的生活，应该是这种驯养关系。乍见热络亲切的符启明，丁一腾就想，"他只不过是自来熟的性情，果子催熟得太快

---

[1]《田耳：小说怎么写都可以，只要能让别人相信》，http://blog.sina.com.cn/s/blog_4a8995430101jf9o.html。
[2] 圣埃克絮佩里：《小王子》，周克希译，上海译文出版社2005年版，第97页，第103页。

硬着心，人熟得太快也只是一种客套"，却也并不因此拒符于千里之外，甚至他们还成了最好的朋友。与沈颂芬热恋之时，因为沈要教他看星，丁一腾就警惕地问："每个人都有不同的爱好，为什么一定要把你的爱好强加给我？"即便如此，他们的恋爱关系还是按照通常的方式延续了很长时间。派出所旧同事伍能升误伤人命，担心自己被判死刑，眼神惶惑无助，作为律师的"我"仿佛掌握着他的生杀大权，却没有一点自负和得意，因为"一个人无权指责别人对死亡的恐惧"。符启明准备把一台高端望远镜送给王宝琴，丁一腾并未拿回家，"我清楚，王宝琴只能是半吊子货，低倍率望远镜就够她用一辈子的了，我可不想她被这台望远镜激发起探测宇宙的万丈雄心"。不妨说，这个与生活建立了感情联系的丁一腾，是这个世界上罕见的有心人。他把生活的点点滴滴和人心的沟沟坎坎看在眼里，洞察其中的隐秘，却并不张扬这些发现，懂得该怎样用自己的宽厚护卫它们。

小说倒数第二章结尾，丁一腾和王宝琴闹了矛盾，在她离家的一段时间，"我"想明白了，"老婆不但是一个女人，更是一个亲人，具有唯一性。她身上的一切优点和缺点，其实都是用来和芸芸众生加以区分的特点"。从这个角度不难发现，这个看起来平平常常的丁一腾，真是一个以往小说里罕见的形象。他对生活不激烈地对抗，也不一味地屈从，而是携带着自己所有的优点和缺点，以最为普通的样貌，健朗地走进了小说熙熙攘攘的人世里，耐心地与生活里的幸福、欢欣、麻烦甚至困苦相处，也让自己在生活里长成为一个独一无二的人。

（原载《南方文坛》2015 年第 1 期）

侦破幽暗，策反道德
——田耳小说论

唐诗人

引言

　　田耳被众多论者解读为书写底层与苦难的作家，认为他是要写出从乡村到城市过渡时的人性变化。据田耳目前的小说来看，确实有很多篇幅呈现了这样的叙事特征和精神面貌。可是，我们也注意到，田耳在一些访谈中曾经明确地告诉我们，他的创作在题材上有很多类型，但有着相对一致的风格。[1]那么，这就意味着从底层、苦难，或者从乡村、城市这些题材性视角去分析，也只能是抓其一面、窥其一斑，不能抓住田耳自谓的"相对一致的风格"。那么，这种作为田耳独特专利的风格会是什么呢？在我看来，那是一种咀嚼罪性、或者说咀嚼人性幽暗意识的趣味。咀嚼罪之疼或许是很多作家的爱好，但田耳咀嚼得滋滋有味，连同把这种味道传达给读者，让读者不自觉地沉浸到这种滋味当中，在浑然不觉中让读者陷入罪

---

[1] 胡顺淑：《田耳访谈录》，《时代文学》，2013年11月上半月刊，第214页。

境——无法判断孰对孰错,甚至于让读者之前单向度的道德、正义观念突然间崩解,再不敢轻易地站在某种自以为然的道德高地去指责他人。也许,这就是田耳的相对一致处。当然,呈现这种艺术趣味,必然有着田耳独特的叙事技巧和思想探求。

一、短篇小说,生活的情报

田耳曾经表述过,如果可能,他更愿意一直写短篇,他说:"如果可以对人生重新加以规划,我愿意当一位只写短篇小说的作家——也不一定是作家,我会用一个毫不暴露自己的笔名写下去,发表下去,过一种略有些困顿的生活。"[1]我们不管这种说法实诚与否,但可以猜测,相比于写长篇小说,田耳的短篇小说创作过程更为畅快。当然,这种畅快如果仅仅是与叙事长度、密度相关的辛劳程度相关的话,那也就没多少谈论价值。但我相信,田耳的这种畅快感不是辛劳程度上的更为轻松,而是其所书写的故事,更像是一种轻型的炸药,可以炸着玩,炸完即跑。在短篇小说里,他的叙述像是在享受一种儿童的捣乱癖,他用故事在人们习以为常的那些生活感受中挖一个洞,然后用一种顽劣的方式,把思想变成炸药,填进这洞里,谁要是阅读它,谁就像是中了彩,要被轰得心扉绽开,出离小说之后,再去体味生活时,将带着一种渴望弥补这洞的心灵之光。

田耳曾说:"短篇小说作家不同,他们应是潜伏在自己生活中的特务,一个个简约的短篇就是他们递交的关于人类生活隐秘状况的情报。它必须短小精悍,因为真正有用的见地,说穿了往往就几句

---

[1]田耳:《短篇小说家的面容》,《文艺报》,2013年4月22日,第002版。

话,必须像情报一样精准。那些收悉情报的人,仿佛被针扎中了某处,恍然间对自己生活的一切得来全新认识。"[1]这所谓的全新认识,其实就是他的故事让我们看到了隐蔽在日常生活中的那些残酷问题,这残酷不一定是罪,不一定是恶,但有着颠覆日常理念的沉重感。比如短篇《衣钵》,这篇被普遍解读为乡土文学代表作,可在我看来,与其说是乡土,还不如说是呈现一种令人绝望的生活之痛。生活总是那么残忍,如何折腾也摆脱不了命运的安排。大学毕业后回家继承父业,我们虽然不能判断这种选择有何不妥,却可以颠覆一个时代的信仰。知识改变命运的神话已经破灭,知识改变不了生命。知识的价值,除开让他更为自信地为父亲做法术之外,还有什么值得他去憧憬吗?小说最后,李可自己的心里话即是:"不去想以后的事情了,他又一次地跟自己说。"这种书写,我们不做对错判断,回归乡土不是问题,但这种故事明了地呈现了一种现代价值观的沦陷。再看《氮肥厂》,这里面的老苏,瘸腿,被人安排到氮肥厂去当厄运星。在许多人看来,这是很悲哀的事,觉得老苏该觉得伤感,但没想到,老苏成了整个厂里最快活的人,还和厂里的胖女洪照玉搞上了,整天喜滋滋的。田耳安排小丁作为叙述者,引领读者去为一种难以想象的生活状态所吸引。在小丁一步一步的侦查下,我们也跟着他领悟到了最边缘人物的快乐可能。瘸腿者也不是人们想象的那样,就要整天感到自卑难过。老苏和洪照玉的偷情方式更不是人们从日常的经验就可以想象到的。总之,这种奇特的状态被田耳借着小丁的眼睛展示给了我们,也是一种既好玩又要让人感受到某种辛酸的生活"情报"。短篇《去寻一个牛人》中,锅村人家每

---

[1]田耳:《短篇小说家的面容》,《文艺报》,2013年4月22日,第002版。

逢大事，宴请宾客要请"牛人"来撑场面，相互攀比的心理下，每家每户都想争"脸面"。锅村从请官人开始，一级一级往上攀请，无法请县级以上的了，就转方向请明星式的"牛人"，然后让牛人跪着唱歌，甚至跪着走、跟着主人跪唱到每一桌前面……让农村盛行的那些恶趣味去碰撞当下文化的那些失格现状，两方面的可笑相撞后，我们尝及了情节滑稽，更领会了作者笑里藏刀式的多维批判。

此外，《到峡谷去》嘲讽了现代人赶时髦的黄金周旅游热，点出了当下遍行各地的虚假景点。同时，小说中插入了母亲晕车一节，母亲在现代气息（包括汽车气、金钱气）的包裹下，被逼着对一切保持沉默。《围猎》，好奇心驱使着"我"去凑热闹，去围猎一个逃跑的裸人，结果被裸人利用，自己成了被追捕的对象，荒诞可笑。《老大你好》中，游戏中的老大，走到现实中来充当老大时，尽显出其恶心和无耻，也嘲讽了参与游戏世界的那一群丑角，最后老大乖乖地顺从廖琼的洗屋要求，令人忍俊不禁。在《事情很多的夜晚》中，一个大雪天夜晚，收费站不值班，三个乡下小青年趁空冒充工作人员收过路费，见钱眼开，在滚滚而来的钱面前脑子都变得笨拙了，被路过的民警识破。这个故事也很滑稽，却更是嘲讽了那些被钱熏晕了的乡村青年。从田耳这些短篇中，我们可以发现他的小说话题并不奇特，基本是日常生活中的现象，但他能够从不同的视角，或者说不同的故事组织方式，让一些日常的东西呈现出奇特荒诞的一面，让隐藏在日常中的那些不被怀疑、不被关注的东西呈现出故事性、思想性特征。

刘恪曾总结过田耳小说的几个艺术特征，其中之一是："田耳在处理小说人物事件时表层上不动声色，有些冷漠，并不透露出观念意图，只是让事件与人物自然行走，但内心里憋着一点坏。一方面他保持冷漠客观的叙述笔调,另一方面他对日常意识形态含有隐晦的嘲讽,这种讽刺来源于他在人物、事件、细节的比较之中。"[1]这个概括很准确。田耳的叙述笔调很冷漠客观,比如《在场》,那种冷静是很残忍的,要让读者因为文中的气氛而紧张,但田耳一个劲地让叙述者"我"使坏,但"我"的这种坏和电视台记者们的坏比较起来,又似乎是应该的、有必要的,因此,在人物、事件、细节的比较之中,有田耳故意使坏的叙述行为,也有着文本更为清醒的嘲讽和批评目的,也因此,与其说田耳短篇呈现的是冷漠客观的叙事,还不如说这是因为田耳看到了生活中潜藏着的可怖事物,他要让小说去呈现那些难以捉摸的坏成分、恶因子。这些短篇,让我们看到了,每一种庸常生活中都可能潜伏着许多不可理喻的东西。这些庸常生活的当事者们可以是底层的打工者,也可以是游荡在乡村世界的青年们,甚至可以是城市社会中的中产阶级者们。但是,不管田耳的题材来自哪里,主题倾向有多么不同,都可以发现,他要寻觅的是生活的秘密,他用短小精悍的故事去搗散这些秘密,侦破它们,呈现它们的潜在危险,而这似乎也是他小说的秘密。

二、长幅画卷,生命的深渊

如果短篇是情报,是精悍的炸药,它们攻击的是潜伏在庸常生活中的恶鬼,那么田耳的长篇小说是一种情报的汇总,但这种汇总并非数量上的,而是性质上的,它们都具备"策反"的性质,它们要策反一种俗常理解中的价值观、道德观,甚至人性观。这些长篇展示人完整的生命历程,从微观去看,策反的效果不明显,但积少

---

[1] 刘恪:《冷漠的微笑——论田耳的小说》,《理论与创作》,2006年第3期,第39页。

成多、完成生命画卷之后，却可以成功"策反"，让一种被人们熟识的人生状态和价值理解变得陌生，或者让一种新型的生命形态变得清晰。田耳的长篇可以让人们陌生和清晰的东西碰撞，最终实现调换，进而让读者看到生活中那些故事化、戏剧性的成分，让之前被我们熟视无睹的东西清晰起来、深邃起来。这种效果当然有其缘由，那即是田耳对细节问题的长期关注，他在一个访谈中说："我父亲经常回忆说，我从小就喜欢观察，提各种让他为难的问题。另外就是一直对自身生活状况不太在乎，所以有闲心观察各种无关紧要的事情，喜欢把一些别人看来毫无作用的问题弄得彻透。"[1]自小开始对细微生活的观察积累，成就了田耳小说具备密实的生活经验，而这是长篇小说中尤为难得的东西，只有生活细节的丰沛，才能支撑起一部长篇小说的厚度与深度。

田耳最新的长篇《天体悬浮》即呈现了这种深度与厚度。他继续用侦探故事的叙事结构，用"我——丁一腾"做叙述者，另设符启明作为小说主要人物。小说把符启明的人生描绘得很有探讨价值，他的故事极具戏剧性，从开始被领导招入派出所里，到最后被捕进监狱，有着清晰的人生轨迹，也有着浓郁的思想内涵。符启明的做事风格有着他性格特征的陪衬，他虽然在社交上意气风发，"事业"上步步为营，成为一个地区的风云人物。但他也有着不为人知的一面，他要和性格、才能都很平淡的丁一腾保持关系，像是需要一个参照物，避免自己有朝一日过于得意忘形，被社交场上各色人物的虚假言语迷惑，找不到生命的基准点。丁一腾老实巴交，过着平淡的日子。但符启明就看重丁一腾这点脾性，这点正直感能够时刻让

---

[1] 叙灵、田耳：《文学是一种仪式——田耳访谈》，《文学界》，2007年5月，第41页。

符启明明白,他所有的追求在丁一腾这类人的衡量下,都一文不值。丁一腾的存在不是要符启明明白过去生活的淳朴,而是要他时刻知晓还有一种不买他的账、不围绕他转的个性存在。符启明最后的落网,与其说是刑侦的成功,不如说是他感受到自己失去丁一腾友谊之后的自行选择。当然,这个故事的看点并不在于符启明和丁一腾的关系上,而是交缠在符启明、丁一腾、沈颂芬、小末、春姐、安志勇等人物身上的琐碎之事,这些或情、或性、或妓、或爱、或友的关系,被田耳的侦探式故事缠绕在一起,也被他设置的天文望远镜聚合在一起。侦探的故事带领我们明白了关系的世界,而透过望远镜看到的浩淼宇宙,也让我们领会了故事的秘密所在——这不仅是符启明用来掩饰其操控卖淫事业的工具,更是掩饰这些人野心和欲望的工具。小说中,"我"丁一腾一直从望远镜中看不出什么,后来所领悟的东西也与符启明他们所说的不同。这里,望远镜代表的其实是精神问题,在这个精神领域,田耳费尽心思地嘲讽那些打着精神旗号行现世欺骗的虚伪之士。这种效果,不禁让我们再思起康德的名言,在仰望星空的时候,我们会不会也去思考内心的道德律呢?这不是所有人都能做到的,仰望星空与道德律在田耳的小说人物中,有出离者,也有暗合者。

《天体悬浮》的厚实故事,延续了他的侦探式叙述,为此,田耳能够叙述得从容不迫,没有多少叙事技巧。为此,徐勇判断说:"田耳的小说在形式上向来没有太多的特异或怪异处,他的小说仍旧可以被置于传统现实主义/写实主义的脉络,并能得到有效阐释。他的小说,仍旧在现实主义表象现实的深度和高度上下工夫。"[1] 仅从

---

[1] 徐勇:《"风蚀地带"的文学写作——田耳新作〈天体悬浮〉及其他》,《创作与评论》,2014 年第 8 期,第 54 页。

故事架构而言，这种判断有其道理。但是，田耳的写作又不全是现实主义的，还带着现代主义的精神气质，这点需要从他整体的叙事精神上去探讨。

所谓现代主义的精神气质，其实就是隐藏在田耳长篇小说整体结构内部的叙事精神。这种精神是说，他所精心布置的故事，其实是在挖掘人的内在罪性，是揭开心理学上的人性之恶，呈现生命中的深渊内容。田耳在很多场合说过自己对心理学的爱好，尤其是对潜意识问题的热衷。他对《释梦》一书尤其热爱，"我专门花一年时间读《释梦》，这本书对我影响很大"。[1] 这种爱好能够从一个侧面暗示出田耳对人性深渊问题的情有独钟。在《天体悬浮》中，符启明一直不愿意隔断与丁一腾的关系，这是不是有着某种心理的阴影呢？他也始终保持着对小末的感情，这种感情到后来已经完全失去了可以理解的现实基础，但一直让他沉醉着。另外，田耳设置的望远镜，虽然望向星空，却其实也是指向内心，只是看到何种内心，却是因人而异的事情。符启明最后的不再挣扎，看似是悔悟，其实是折服于一种内心的失落，失落于丁一腾对他的不再信任，这种不信任相当于否定了他的人格，取消了他的意义。那么，这里符启明为什么要那么在乎丁一腾的看法呢？抵达了混世魔王的地位，却一直对平凡的丁一腾保持尊重，这种设置确实是田耳《天体悬浮》中的一大"黑洞"。我们只能理解为田耳的故事特质，他这种安排要传达的是小说的价值观，也就是田耳想要表现的思想内涵。这就是叙事精神层面的现代主义内容，他需要安排这种特殊的人物关系，就像卡夫卡安排他笔下的人物具有从始至终的特殊性格一般，他要从

---

[1] 胡顺淑：《田耳访谈录》，《时代文学》，2013年11月上半月刊，第214页。

这种恒定的性格和人物关系中讲述出特别的寓意。

　　类似叙事设置在田耳前面两部长篇中更为明显，《风蚀地带》中，魏成功总是不自觉地进入他枪杀余天的那个幽暗之地，最后他也是因此被警方轻松捕获。这种被潜意识控制的生命，似乎是一种被内心之罪牵引着的生命历程，这种潜意识当然是一块神秘的人性深渊。这种特征在《夏天糖》中表现得更为明显，江标一生都被内心里面那个散发着薄荷味的小女孩束缚着，最后把铃兰碾死，也是把内心那份不死的记忆毁掉。江标无法逃离内心深处的那块记忆黑洞，这无疑被田耳书写成了潜意识的力量。我们不能说那种记忆有何罪恶成分，但它的牢固性本身就足以令人恐惧，最后需要的是流血灾难的偿还。这种挖掘人性深处的罪症式写作，当然是典型的现代主义笔法，从中也可以看到弗洛伊德思想以及克洛德·西蒙文学对田耳创作的影响。

　　当然，对于现实主义和现代主义特征问题，有无这些概念层面的问题并不重要，重要的是田耳的小说中把这些因素糅合得难以区隔。虽然他的人物有着作者赋予的潜意识黑洞，他们的人生轨迹基本被这种黑洞意识困扰甚至决定，但牵引着故事发展的并非只有潜意识，还有着更为清晰的别样线索，那就是田耳的侦探式叙事。符启明、魏成功、江标等人的性格特征和精神状况，都是在破案式叙述的过程中呈现出来的，因此这些小说的叙事结构有其多维度特征。这样的叙述当然就避免了现代主义式的极端化追求，也回避了经典现实主义小说的平淡"真实"。田耳在访谈中回答关于小说中侦探式故事的时候这样解释说："首先我一直喜欢看破案故事，我觉得破案这层壳可以涵盖太多的社会内容，而且警察的身份也可以相对合理地进入各种私密的空间。再者，醉翁之意不在酒，或者顾左右而言它,在我看来就是小说本质的东西,它必须有突破故事的成分。而破案模式恰恰有利于这种伎俩的实施。"[1]另外一篇创作论里,他同样谈道:"小说和故事不同的,应在于多了一种类似于挂羊头卖狗肉的机巧,叙述故事时要尽可能地闪转腾挪留足空隙,然后在空隙中塞入彰显艺术特质的弦外之音和个人印记。既然这样,势必得让人把小说读完了,小说中一切附带的成分才可能有效地传递。"[2]李敬泽在"田耳论"一文开头也讲:"田耳是讲故事的人,田耳戴着面具。"[3]从这些表述里,我们可以很明白地了解,田耳所使用的叙事方式有着"醉翁之意不在酒""挂羊头卖狗肉"的特征,这当然也是一种小说修辞术。他要透过一个极具阅读吸引力的侦探故事,来实践一种纯文学的写作精神,同时也是一种讲通俗故事发精英之思的思想历险。也许,正是因为这种融合,田耳的小说才能揭开生活中的许多面具,让那些看似熟识的生活变得神秘、深邃,也让那些看似风光无比的生活形态变得一文不值。这就是田耳小说的"策反"效果,他用侦探的形式挖掘了现世中隐藏着的罪行,同时也对人的潜意识黑洞进行了文学的探幽!

三、向死之欲望,甜蜜之恶

行文至此,我们已经探讨了田耳小说的叙事技巧和思想洞见问题,短篇也好,长篇也罢,它们都体现了田耳挖掘生活秘密的癖好。这种癖好的深处就是它们能够如精准的情报般炸毁一种平庸的生活,

---

[1] 张昭兵、田耳:《田耳:语言是人最难以掩饰的个性》,《青春》,2009年7月,第21页。
[2] 田耳:《小说偶感:创作谈》,《朔方》,2009年8月,第19—20页。
[3] 李敬泽:《灵验的讲述:世界重获魅力——田耳论》,《小说评论》,2008年第3期,第74页。

也能用细致完整的案件故事来策反一些备受瞩目的价值观。那么，具备这种叙事目的的叙事方式到底是一种什么性质的小说叙事呢？如果说很多作家都能够用密实的小说细节呈现令人耳目一新的生活状态和思想价值，那么田耳的不同之处就是他有着一种向死的欲望，这是一种咀嚼死亡本性的写作，他用故事来延宕一种灭亡之本性，通过讲述来体味这种延宕，并连带着让读者来一起欣赏这一消亡过程。

田耳曾经这么表述："我喜欢的文字，总是蕴含着一种大真诚，这种真诚时常表现出一种自虐的倾向，作者时时都有剥开自己皮肉，把自己由皮到骨看个透彻的冲动。其叙述总被不虚饰、不隐恶的道德力量浸润着，时不时表现出坏孩子般的口无遮拦。"[1]这在其小说中也表现得非常突出，比如《坐摇椅的男人》一篇，在田耳的叙述里，小丁完全是一个奔向死亡的人，他具备一种弗洛姆心理学上恶的本性。当然，他的恶不是显性的搞破坏，而是隐形的奔往，好像他的生活目的就是等着这样一个死亡方式。这个故事读得令人窒息。有着岳父的那个阴影作为心理铺垫，小丁为何还要这样做呢？没有理由，只能是那种心理黑洞的作用。还有《围猎》，这里的小丁为何那么热衷于围猎一个与他毫无关系的裸者呢？仅仅解释为喜欢凑热闹是不够的，还必须回归到人的那种向死之欲和狂欢心理。《在场》一篇中，作者和0号哥（叙述人"我"）其实是在一起欣赏这种危险场面，最后的"破坏"行为也不仅仅是浇灭电视台直播的希望，它是用一种决绝方式来浇灭一种人性残酷，取消人们观看犯罪现场的机会，但作者自身借着0号哥的视角观看了一场更为残酷的

---

[1] 田耳：《小说偶感：创作谈》，《朔方》，2009年8月，第20页。

犯罪现场。而在长篇《风蚀地带》和《夏天糖》里，如前面曾经述及的那种潜意识问题，魏成功、江标的故事完全是一种自虐特征。《天体悬浮》中的符启明、小末和沈颂芬，都带着这样的心理。这些人物放在田耳的笔下，通通成了被把玩的对象。田耳好像看清了人类内心的那些诡秘所在，他不相信含情脉脉的东西，他欣赏一种深层次的"揭阴私"式快感。这些性质的内容在传统观念看来，当然属于不道德的东西。《坐摇椅的男人》里，小说语言虽然安静平稳，叙述结构也毫无破绽，但由这些语言建构起一个奔往毁灭的故事，就显得阴冷了，甚至有一种比书写开膛破肚还要沉重的压抑感。在《围猎》里，田耳尽情地表现了自己做坏孩子的欲望，那种狂欢和滑稽，用戏剧化情节玩弄人物小丁，颇有喜感，却又要使读者莫名其妙地难受，像是不知何故地被作者打了一巴掌。《夏天糖》里，"我"——夏谦，和铃兰的那种关系，田耳也借鉴了现代小说的非人格化叙事，"我"不再是柳下惠式的正人君子。未婚妻出差后，"我"坚守了一段时间，最终还是放弃了"虚伪"的意志，和铃兰温存了许多时日。这种叙事不能说明合乎人性真实与否，但显示了作者不被道德阈限的写法，释放了人物的原始欲望。

田耳曾经说："我自小大舌头，一讲话别人就要笑，所以尽量呆在家里，于是就爱上看书。正因为口齿不清，我羡慕那些能言善辩的人，但做不到。后面写起小说，意识到这不就是滔滔不绝地说话嘛，这不就是自己理想的生活嘛。口吃是一种障碍，而我的写作正是对障碍的排除，正因为这样，我写作中得来别人不曾体会到的乐趣。我乐此不疲。"[1]"写作让我获得废物利用的快感。我写小说

---

[1] 胡顺淑：《田耳访谈录》，《时代文学》，2013年11月上半月刊，第217页。

经常获得巨大的快感，快感总是让人欲罢不能。"[1] 这些说法的另外一种解释似乎可以是：写作给了田耳说话空间的完全解放，他在表述中获得了巨大的快感。这种快感当然不只是表现欲的敞开问题，还有着一种很可能是口吃者才具备的邪恶之趣，他看到不口吃者看不到的东西，体会过口齿流利者从未体会也无从体会的东西。在我看来，这种东西就是他窥视生活秘密和人性秘密的兴趣，而通过写作，他把这种秘密分享给了读者，于是，读者也跟随其一起享受这种邪恶的趣味。

当然，如果田耳仅仅有这种趣味，那也不过就是个下三滥的通俗作家，不会抵达纯文学的高度。为此，我们需要给予田耳小说全面观照。有论者从复仇角度去分析田耳小说："田耳在给读者讲述仇恨故事时，却不按传统的复仇套路给我们展示一个个复仇的'快意恩仇记'，甚至很多时候他完全消解了小说一向注重的道德评判和教化功能，消解了传统的是非善恶观念，而直抵人的灵魂深处，对'人性和存在进行着不停的追问，时而安然体味，时而诙谐起舞'。"[2] 认为田耳小说有着复仇主题，这点可以商量，但其上述判断是切中要害的。《夏天糖》里，江标的碾死铃兰并不会引起我们的憎恨，《风蚀地带》中对魏成功被捕的感受也不会是简单的畅快，《天体悬浮》中符启明虽然是混世魔王，干尽了许多污浊之事，但他也有着其非常令人敬佩的品格坚守。田耳这种取消道德判断的叙事，呈现的当然是更为全面的人性观察。

---

[1] 张昭兵、田耳：《田耳：语言是人最难以掩饰的个性》，《青春》，2009年7月，第21页。
[2] 姚艳玉：《田耳小说的"复仇"叙述》，《社会科学论坛》，2007年第7期，第62页。

结语

文学是语言的艺术，好的文学是充注了不朽意义的语言。一切思想或者叙事技巧，始终都要落实在语言上。对于语言的修炼，田耳特别重视，他把小说的语言写成了一种蛊惑人心的东西，并用他情有独钟的心理学知识，结合着他对我们这块土地上独特的人性发现，书写了许多被潜意识控制的生命体。潜意识是幽暗的、神秘的，田耳的人物奔往这种幽暗的潜意识世界，是一种宿命感的呈现，也是呈现人性和人心的写作。"田耳借用侦探的故事框架，让这种揭示幽暗力量的过程变得惊心动魄，他把呈现罪性的故事讲述得极其细致，他在享受小说中的宿命感。"[1]他在讲述中享受着发现和发泄的趣味，而读者也被其抽丝剥茧式的叙述引领着去感受、享受了一种窥私与察恶的愉悦。

伊格尔顿谈悲剧小说时，认为"在乔治·艾略特手中，小说可以避免悲剧，因为其任务是追溯自动编织到现在的复杂的因果关系链条，从而让解释取代谴责"。[2]这是对现实主义悲剧小说的判断，我们可以拿此来为田耳小说特征作一个总结。田耳把现代主义式的叙事精神融入现实主义的故事中，因而他对人性和生活悲剧的书写都没有走向极端，而是在故事的讲述中解释了罪性，在人心的探究中阐释了灵魂的丰富和宽宏，这些性质引导着读者享受了一种窥察幽暗的叙事，同时也为读者敞开了一种关怀不道德人物的可能

---

[1] 叙灵、田耳：《文学是一种仪式——田耳访谈》，《文学界》，2007年5月，第42页。
[2] [英]特里·伊格尔顿：《甜蜜的暴力——悲剧的观念》，方杰、方宸译，南京大学出版社2007年版，第196页。

性。华语文学传媒大奖给予田耳的授奖词中说:"他的伦理观,有齐物之想,无善恶之差别,以平等心、同情心、好玩之心,批判一切,也饶恕一切。"这似乎也是田耳小说伦理观的总体概括!

(原载《新文学评论》2015年第3期)

别具特色的底层叙事

——评锦璐的《弟弟》与《美丽嘉年华》

李运抟

我是偶然中读到《弟弟》。但开读便被抓住，接着一气读完。在当时的底层叙事中，类似的苦难叙事并不少见甚至可谓流行，但《弟弟》还是让我觉得不同寻常。其深刻的文化思考、悲剧的彻底和经验世界的逼真书写，令人无法忽视。后来我在讨论底层叙事的文章中反复提到过《弟弟》。也是后来才得知《弟弟》在2006年第2期《钟山》发表后，很快便被《小说月报》和《中篇小说选刊》转载。看来好作品总是会引起共鸣的。

很长时间后，看到有篇专门研究锦璐小说的硕士毕业论文，我这才知道《弟弟》的作者在广西工作，对这位广西青年女作家的小说创作也有了更多了解。于是觉得在国内当下比较活跃的青年小说家中，锦璐是值得关注的一个。锦璐作品并不太多，但创作质地不可小看。锦璐小说发表的刊物和转载情况，多少能够说明这点。锦璐以往小说多写都市男女和都市情感，似乎属于通俗一类，但实际并非如此。锦璐的都市情感小说固然也具有大众化的可读性，但它们对人性的深度开掘、智慧的历史回忆、经验世界的精彩呈现和对社会环境的思考,使其"通俗"具有耐人寻味的内涵并获得了严肃文学的品格。如发表于《小说月报·原创刊》的《爱情跑道》,发表于《上海文学》的《城市困兽》,发表于《钟山》的《浴缸漏水》,都具有不俗表现;特别是发表于2004年第2期《当代》的《双人床》,不仅被《中篇小说选刊》、《小说月报》等多家期刊转载,而且获得《中篇小说选刊》2004—2005年度优秀中篇小说奖。可以说,锦璐出道虽然时间不很长,创作成绩却是令人注目的。而转向底层叙事的《弟弟》和《美丽嘉年华》,我觉得锦璐小说走向了更为厚重的一路。女性书写的细腻和灵动仍在,但对文化、人性和社会的思考,不怕撕开血肉的有些残酷的写法,却更是显露了她这个年龄段的女性作家决不多见的深刻和厚重。锦璐的创作题材有了明显变化。

文化批判与经验呈现

我们先来看《弟弟》。看看它在近年的底层叙事有着怎样不同寻常的表现。

众所周知,在个人言说的文学时代,还少有像底层叙事这样能激发众人参与的文学景观。这也使底层叙事成为新世纪文学的重要构成和标志性内容。如果说关注普通百姓尤其弱势群体的底层叙事也可以称为"民生文学",其体现的忧患意识、人道情怀和悲剧美学也值得肯定,那么毋须置疑的是关于苦难的书写,也成为底层叙事中最引人注目的所在。这甚至导致很多底层叙事实际上就是一种苦难叙事。《弟弟》毫无疑问也属于苦难叙事,里面诸多细节还原了生活中的阴暗、晦涩、野蛮、狂乱、罪恶等形形色色的场景,作者几乎是无所顾忌地将那些残酷的生存景观袒露了出来。从表现苦难的角度讲,尽管《弟弟》的苦难书写显示了格外突出的现实主义的彻底性,也说不上多么特别。

但同样是苦难书写,人们对苦难的发生和存在有不同理解。而如何理解苦难所以发生的深层原因和复杂因素,则成为检测苦难书写思想的一个试金石。正是在这个关键问题上,底层叙事存在一些比较明显的共性问题。如渲染底层道德优势的道德主义、拒绝城市文明的乡土本位意识、城乡二元对立思想、将某些现实问题归咎于市场经济的误解等。对苦难原因作道德主义的简单处理和出于传统观念的解释,在关注进城农民命运的农民工题材小说中得到了特别的突出表现。如很多农民工题材小说在展示进城农民谋生的艰难、尴尬和不幸时,都不约而同地表现了这样一种意识:反感现代城市文明,赞美田园牧歌的乡土古朴文化,从而显示了回归乡土的意识。由此,不仅极力赞美了进城农民的纯朴、忠厚、善良,而且对城市道德表现出集体性失望。这种城乡二元对立的道德意识甚至成为底层叙事的基本主题。

从底层叙事的上述问题看,我觉得《弟弟》首先就表现了不同寻常的思想价值。

这种思想价值,体现在《弟弟》完全摆脱了对苦难原因作道德主义处理和传统观念的解释。我不知道作者是否受到了鲁迅小说国民性批判的影响,但从文本看,《弟弟》确实表现了继承"五四"时期以鲁迅为代表的中国现代乡土叙事的启蒙主义。退一步说,即使不是有意识地继承鲁迅思想,也是再度张扬了新时期文学初始的启蒙意识。而就这点讲,《弟弟》又超越了新时期文学启蒙意识中流行的政治局限和理想主义。面对市场经济时代的中国,新时期盛极一时的启蒙意识被很多人视为过时观念,"告别启蒙"成为流行思想。

但现实生活中很多充满封建气息的现象告诉我们，即使某些传统启蒙意识显得有些陈旧，我们也未必能够轻率地"告别启蒙"。有学者提出"后启蒙主义"并非没有道理。而对市场经济时代的中国城乡社会作综合思考的《弟弟》，我以为走的就是现代启蒙主义或者说"后启蒙主义"的思想道路。这种清醒的文化解剖和文化批判，不仅成为《弟弟》最具思想亮色的基本主题，而且在整个情节结构中得到鲜明体现。农村姑娘赵小拖悲惨愚昧的生命过程，和其父赵五的思想行为有着因果关系。赵五的愚昧自私直接拖累了小拖，甚至就是他损害了女儿，寻根问底，根子就是"不孝有三，无后为大"的封建意识。可以说，重男轻女的传统香火意识毒害了赵五，同时也害了小拖的一生。而诸如此类的封建幽灵，在我们的市场经济时代难道少见？

　　《弟弟》的文化解剖和文化批判，不仅揭示了封建意识对人性的毒化和扭曲，还特别注意了由此导致的深层人性状态和心理世界。比如赵五这个愚昧又无能的农村男人，根深蒂固的香火意识就导致了其人性中非常自私卑劣的一面。当小拖将何前英拐骗回村关在柴房后，小说对赵五的反应有这样的描写："他把眼睛偷偷的往柴房瞄过去，心里有一种慌张的喜悦，便大声咳了几下。唾痰的时候，顺眼就看见了米桶，装了半桶米。"面对女人和米，赵五"像船靠岸了，又沉重又轻松地缓出一口长长的叹息"。慌张与喜悦，心满意足地松了口气，除了香火延续有望，显然还有一种久违的男性欲望。赵五察看米桶的"顺眼"，这种下意识也是出于生存欲望。赵五在心里赞扬女儿变得能干了，可心满意足的他毫不思考女人和米是如何来的。可怜的女儿在他眼里只是一个可以使唤的工具，甚至就是一个还债的活物。这些细节凸显了赵五的毫无父爱和极端自私，已经不能简单的拿愚昧来解释。

小说作为叙事艺术，主题选择和思想价值固然重要，但如何完成叙事过程同样重要，而且是更为重要的所在。如果说《弟弟》的文化批判和人性解剖令人刮目，那么其叙事艺术则堪称出色。最值得注意的是《弟弟》在表现深刻的文化批判和人性解剖时，没有那种常见的观念先行痕迹，而是将思想隐含在令人信赖的经验呈现中。这种经验叙事不仅融合在场面设置和细节描写，而且贯穿于跌宕起伏又环环相扣的情节整体，呈现出难以挑剔的逻辑性。

小说开头，以非常简洁的笔墨交代了一家三口的角色和地位。在这个穷困破败的家庭中，延续香火角色的幼小弟弟是核心人物；父亲赵五虽是一家之长，但这个病病歪歪的农村男人愚昧又无能：小拖无疑成了这个家庭的主心骨。穷人的孩子早当家，可小拖当的是个什么家啊！对弟弟来说，小拖扮演了姐姐和母亲的双重角色；对父亲来说，她只是一个可以使唤的工具；对整个家庭，她则是唯一的劳力。在这种家庭结构中，小拖已经成为一个承担着过于沉重的生活担子的悲剧人物。这也决定了小说的悲剧基调。接下来发生的种种故事，虽然不无意外和偶然，但根本上还是这种悲剧基调的扩展：弟弟走失后，为满足父亲的香火愿望，小拖起先想把自己嫁出去（实际是种买卖婚姻），拿财礼给父亲买个女人。但媒婆看不起相貌难看甚至有种愚蠢之相的小拖。当无法以出嫁来满足家庭香火愿望后，小拖便进城谋生。先是沿街乞讨，后在一个小饭店做服务员。当所谓"处女生意"被陈春燕先行一步后，无奈之下的小拖又决意卖肝给一个需要实行肝移植手术的人，结果血型又不对。阴差阳错中，小拖将原想拐卖她的何前英反骗回村，给赵五充当传宗接代的工具。病歪歪的赵五也奇迹般的精神起来，竟然让何前英给他生下一个儿子。然而最终竹篮打水一场空：何前英带着婴儿跑了。所有这些令人充满窒息感的荒唐事情，似乎都有些出人意料，其实多在情理之中。在这个既穷困又愚昧的家庭中，延续香火成为家庭唯一生存价值，小拖的精神世界也被极度扭曲，如此，发生在小拖身上的悲惨和愚昧都完全可能，有些还是必然结果。比如初在那个暧昧的小饭店做服务员时，小拖对于男女之事还非常懵懂，羞涩甚至害怕。当听到潘花枝说起有个女孩因客人所迫而跳楼时，小拖还和陈春燕设身处地的讨论过：如果自己遇到此事，是否也像那个女孩去跳楼呢？讨论的结果是：最佳选择是既能保全清白又能保全生命。此时此刻的两个农村少女，恐怕万万不会想到自己不久竟然会接受"处女生意"。因为此事两个好姐妹还彻底闹翻。事实上，对于这两个家庭极为贫困又需钱救急的农村少女来说，一千块钱具有无可抵挡的诱惑力。这就是无情的现实，也是"小拖们"很难避免的无奈选择。

　　锦璐的苦难书写有种淋漓尽致的彻底性，甚至有点自然主义的展示，但实际上笔墨所到都隐含着意味和思考。如小说结尾的细节就非常震撼人心："豁牙孙听到小拖喃喃地说着什么。他竖起耳朵，声音太小，便将脑袋凑上去。咬我，使劲咬我，小拖的脸上写满渴求。"小拖怎么会这样？这是一种什么心态啊？可这却是精彩一笔。它写出了一种最真实的病态心理：这就是在这种时空错位中，香火意识深入骨子，也已经习惯了母亲角色的小拖，情不自禁的就表现了当母亲的渴望。而这种病态心理包含了太多令人心痛的人性意味和文化沉重。不难感受到《弟弟》的叙事非常饱满，而这正是得于许多精彩细节描写。作者并不进行道德的说教和审判，但文化、人性、社会的某些丑恶，已经在这些精彩细节中纤毫毕现。

口红：美丽与悲哀的象征

《美丽嘉年华》（下称《美丽》）于 2006 年第 1 期《花城》发表后，《小说选刊》很快在 2006 年第 2 期转载。作为同样是悲剧性的底层叙事，描写城市下岗女工陈柳英悲剧命运的《美丽》，不像《弟弟》执著于沉重的文化解剖和文化批判，而是着力于对特定环境中人物深层心理世界的开掘和揭示，这也是作品最见独特思考和艺术魅力的所在。

描述城市下岗职工生存艰难的小说，在上个世纪 90 年代曾非常引人注目，如《钳工王》、《翅膀硬了》、《孔雀绿》等作品，当时影响都很大。或许因为城市下岗职工问题得到了基本解决，而城市农民工问题显得更为醒目，因此在新世纪的底层叙事中，城市下岗职工题材的作品就并不多见。当然还是有作家依然在关注城市下岗职工问题。如曹征路的中篇小说《那儿》和《霓虹》就曾引起广泛注意。特别是描述下岗女工倪红梅于万般无奈中沦落风尘的《霓虹》，让我们看到了一些令人难过的生存残酷，作品也由此揭示了多种社会问题。

从城市下岗职工题材在新世纪底层叙事中相对缺席的情况来看，锦璐的《美丽》也就特别值得注意。而比较《美丽》和《霓虹》，也是很有意思的。从具体题材看，《美丽》和《霓虹》无疑属于同一类型，或者说是比较接近的。如：都是写城市下岗女工，都是写她们谋生艰难（这方面，下岗女工较下岗男性职工更为不易），主人公最终也都是悲剧命运。但毫无疑问，两者在思路上和写法上又有着明显差异：倪红梅的悲剧命运，无疑承担了太多普泛性的"国家问题"的思考，更多的是想揭示普遍性的社会问题，"文以载道"的性质突出；而陈柳英的悲剧命运，固然也涉及某些泛性社会问题，但更多的是对个体灵魂的解剖，更重在对个体生命和个体价值的追问。这种明显的思路差异，很难说孰高孰低。可以说，两部作品体现了不同风格，也具有各自的价值。而艺术创造恰恰就需要百花齐放。

如果说对个体灵魂的解剖，对个体生命和个体价值的追问，是《美丽》最值得注意的思想特征和艺术亮色，那么在实现这种解剖和追问的过程中，对生存环境与人物心理的关系的思考与描述，我以为是《美丽》最为成功之处。作品中，"口红"无疑是一个具有重要意义的物象，陈柳英因为口红而获得了巨大安慰和短暂的自信，却也因为口红而失去了工作，甚至成为窃贼而失去了做人的尊严。我们不妨先来看陈柳英成为窃贼的那段描写。

陈柳英在公共汽车上，亲眼目睹几个小青年偷窃一个中年妇女的皮包，在这个短暂过程中，陈柳英本来是可以做个现场揭发者的，也有这样的心理冲动，"陈柳英紧张得直咽口水，刚想出声，两个黑糊糊的脑袋顶过来。陈柳英不敢抬头，后颈上一阵一阵的凉。"由于最后还是害怕，陈柳英没能成为现场揭发者。不能见义勇为当然不好，但至此，我们还不便责怪她。面对团伙偷窃而能挺身相抗，不是一般人能做到的。

问题出在几秒钟后，本想做个现场揭发者的陈柳英，却不可思议地也做了个偷窃者。对于陈柳英最后伸手拿了那个中年妇女皮包里那支法国进口的"魔镜"口红的一幕，小说是这样描写的："在缺氧似的昏眩中，陈柳英却感到内心有一种力量顶起来了，坚决、清晰，甚至有些不由分说不辨是非不管好歹不顾死活的意味了。她的脸在瞬间闪过强悍的神情。她觉出一种危险，藏在张曼玉红唇背后的危险，强烈、神秘、不容抗拒。几秒钟之后，她的手握住了'魔镜'。"不可思议，却又真真切切的发生了，原因何在？其实，这种不可思议中恰恰有着完全可以思议的原因。陈柳英伸手拿"魔镜"，如果说是一种无法控制下的情不自禁或者说是无意识（一直到了派出所，陈柳英的脑子里都是一片空白和恍惚），那么这种深入骨髓的心理状态，却是在长期的生活压力和特殊的生存环境中形成的。

人生对于陈柳英来说确实不幸。下岗，离婚，还要负担孩子的费用，这一切真可谓雪上加霜。所谓祸不单行，所谓"屋漏偏遇连阴雨，船破偏遇顶头风"。陈柳英的命运就是如此。既然如此，我们可能就会想：你陈柳英为何还想"美丽嘉年华"呢？你就老老实实做好清洁工得啦。就像以往，去十二户人家轮流做清洁工。况且你工作勤勤恳恳，甚至过于卖力，又坚决不要额外的钱，很有职业道德。然而我们不要忘了人就是人，任何人都是有希望、欲望和追求的。再穷、再苦、再累、再不幸的人也是如此。关键还在于，哀莫大于心死，可以牛马般劳作，但心不能麻木。而陈柳英毕竟还是个中年女人。她爱美追求美也是天经地义的。

对于陈柳英来说，偷偷地一件件试穿女主人的衣服，照镜子，时装表演，在商场试用各种不同品牌不同颜色的口红，事实上已经成为陈柳英的一种精神寄托，一种证明自己价值的自我欣赏，一种释放自我心情的方式，或者说擦口红、试衣服，已经成为陈柳英的一种日常生存方式。在这种心理状态中，即使饭都没得吃，即使穷得走投无路，陈柳英还是离不开口红了。对于陈柳英，"口红"已经成为一种证明生命价值，留住美丽光阴的象征。由此而来，陈柳英伸手拿"魔镜"的情不自禁，当然有着完全可以思议的原因。

读锦璐小说，我们经常可以看到耐人寻味的精彩笔墨。如《美丽》中那个教舞蹈的薛老师，是个高雅洁净、聪明精致又自强不息的女人，陈柳英非常羡慕也非常敬佩她。薛老师唤起了陈柳英的生命激情和美丽梦想，最后却在无意之中成了毁灭陈柳英生命激情和美丽梦想的人物。对比之下，陈柳英的"美丽嘉年华"就显得那么虚幻、脆弱、无奈和悲哀！

　　陈柳英蹲在派出所时，作品写到的"美丽嘉年华"电视综艺节目，虽有些刻意，却也意味深长。漂亮女嘉宾和主持人做的那种形容好男人的游戏，不仅反衬了陈柳英的人生悲哀，也让人想到了后现代时代的"娱乐至死"。此外，《美丽》中的其他人物，如发廊女人和卖果的孤苦老人，都刻画得相当到位。让我们感受到了各种人间情感和人性的复杂。

（原载《名作欣赏》2009 年第 5 期）

蒋锦璐：跨越欲望朝向精神的书写

黄伟林

蒋锦璐自 2002 年开始发表小说，至今正好十年。在这十年里，她的小说大致经历了 3 个阶段。

第一个阶段主要有中短篇小说《城市困兽》、《浴缸漏水》、《双人床》和长篇小说《一个男人的尾巴》。这一阶段蒋锦璐的小说主要以爱情婚姻为题材，写的是男人和女人的战争，可以概括为性别叙事。蒋锦璐特别关注爱情婚姻中女性的感受，倾向于站在女性的立场上为她们说话，维护女性的权力。与此同时，她用小说近距离透视男性的弱点，不仅写出了男性表面上光鲜强势的一面，也写出了隐秘状况下男性的猥琐与卑微。

第二个阶段主要有《美丽嘉年华》《弟弟》《补丁》等中短篇小说。这个阶段的小说超越了作家的个体经验，转向了底层叙事。不过，与流行的底层叙事不同的是，蒋锦璐对底层的关注主要不在物质层面，而在心理层面。她的底层叙事仍然带有明显的女性色彩，她喜欢书写底层女性，书写底层女性隐秘的内心世界。世纪之交的中国，社会分层日趋明显，但底层的社会群体并没有形成一个共同体，因此，处于底层的人们的内心世界有时候更像一个孤岛。蒋锦璐底层叙事的重要贡献在于她搭建了不同阶层人群之间的桥梁，让我们看到了一个个我们陌生的内心世界。这个内心世界告诉我们，底层不仅以物质贫困为标志，更以心灵贫困为标志，内心世界的贫困、局促、狭窄、偏执，成为底层人群不为人知的重要特质。对于一个从自我经验出发开始小说创作的女性作家，这是一个很大的跨越，它显示出蒋锦璐性格中诚挚与厚道的一面，同时也成为对她第一阶段创作个体性别叙事的超越。

2010年以后，蒋锦璐进入了她小说创作的第三个阶段，主要作品有《灰姑娘》和《看你一眼有多长》，第三阶段的小说创作，有几个方面值得注意。

第一，这个阶段小说主要以80年代的精神记忆为题材。如果说50年代以良好的社会风气为人称道，那么，80年代则以理想主义精神为人传诵。小说界对80年代诗人形象的书写由来已久。早在1984年，张承志的中篇小说《北方的河》就及时地塑造了80年代的诗人形象。80年代刚刚结束的时候，苏童的短篇小说《一个朋友在路上》也记录了一个80年代的诗人形象。2010年，蒋韵以诗人为主人公的长篇小说《行走的年代》更是明确表示"我用这部小说向我的80年代致敬"。值得注意的是，张承志、苏童和蒋韵都是80年代的在场者，他们往往是以亲历者的身份书写80年代。而蒋锦璐是"70后"作家，她在80年代还是一个小学生，并非80年代的亲历者。因此，蒋锦璐的80年代书写，必然有别于"50后"、"60后"一代作家。如果说"50后"、"60后"作家的80年代书写是一种"亲历——在场"的书写，那么，蒋锦璐的80年代书写就是一种"记忆——想象"的书写。

"亲历——在场"的书写无一例外地写出了80年代那种"在路上"的精神，这在上述张承志、苏童和蒋韵的3篇小说中可以得到充分的证明。80年代，文学在路上，诗人在路上。无论文学还是诗人，都显示了动荡、不安分的灵魂。不过，进入90年代，这一切突然结束，一些诗人以决绝的方式结束了80年代，一些诗人成功地实现了90年代的转型。动荡不可能无限期地延续，人总会安顿下来、安居下来。因此，当"70后"作家以旁观者的身份去讲述80年代的时候，自有一种与"50后"、"60后"作家不同的气韵。蒋锦璐书写80年代努力表现的是她关于80年代的少年记忆。经过90年代的转型，新世纪以来逐渐步入中年、安居乐业的一代人，他们的精神有着怎样的来龙去脉？他们的内心世界，葆有怎样的80年代记忆？这些问题在蒋锦璐笔下都有深入的探讨。80年代对于这一代人，既是遥远的精神记忆，又是深刻的文化基因，需要她用想象去丰满和丰富，去呈现和显影。

第二，文学的价值、诗歌的意义成为蒋锦璐这个阶段小说精神探索的主要内容。经过90年代的转型，在物欲中挣扎了二十年的中国人，重新意识到精神的价值，这是蒋锦璐这个阶段小说创作重要的思想前提。在探究精神价值的时候，蒋锦璐将目光聚焦在文学特别是诗歌身上。80年代文学特别是诗歌赢得了巨大的荣耀。究其原因，一方面，当时中国的人文社会学科极不完善，文学发挥着整个人文社会科学的功能，因此深孚众望；另一方面，文学确实给80年代的许多人带来了经济的利益、身份的光环、人生的机遇甚至命运的转变，这一切让文学身价倍增。然而，90年代以后，中国社会实现了从政治向经济的转型，文学回到了文学本身。在解除了社会重压的同时，文学的光环也黯然失色，退守到社会的边缘，甚至成为社会嘲弄的对象。蒋锦璐显然充分理解这样的现实,她本身就是从欲望化书写的文学现场进入精神书写的文学领域的。但是,也正是在物质力量一路凯歌的时候,蒋锦璐开始了她的向后转和向内转。她转向 80 年代,转向精神世界。不过,她的转向并不是回归,而是寻找,寻找她笔下人物曾经有过的那个精神起点和精神高度,寻找今天的来龙去脉,甚至,寻找一种能够帮助人们在功利的现实中安身立命的精神力量。蒋锦璐是否找得到,还不得而知,但她确实在寻找,找得山重水复,找得扑朔迷离。

第三,蒋锦路这个阶段的小说试图告诉我们,在道德法律无法抵达的地方,文学仍然活着。在一个制度建设日趋完善的时代,文学是否还有意义?蒋锦璐的回答显然是肯定的。文学不一定带给人们经济的实利、身份的荣耀和人生的机遇,但它在我们的人生过程和内心建设中仍然具有不可代替的作用。人心是辽阔的,无论法律还是道德,都无法穷尽其边界。以法律去理解《看你一眼有多长》中的主人公刘铭过或许模糊而苍白,但借助文学的眼光,可能达到理解的同情。在这里,文学恰恰以一种"软实力"的形式,建构了人性的恢恢天网。

在人的精神世界中,欲望、情感和信仰各有其位置和功能。中国人更容易理解欲望和情感的精神世界,而对信仰的世界相对陌生。或许正是因为意识到了这一点,蒋锦璐在进行她的精神书写的时候,是将诗歌、文学作为信仰来理解的,诗歌或者文学成为了她笔下人物的精神救赎之道。

诗歌和文学是否真的具有这样的力量?不得而知。齐邦媛在《巨流河》中描述过诗歌对她的重要影响:"英文诗和中国诗词,于我都是一种感情的乌托邦,即使是最绝望的诗也似有一股强韧的生命力。这也是一种缘分,曾在生命某个飘浮的年月,听到一些声音,看到它的意象,把心拴系其上,自此之后终生不能拔除。"即使如此,诗歌是否具有等同于信仰的力量,也难以确证。不过,哪怕诗歌不能等同于信仰,但至少,它在人类内心世界的建设中确实具有重要的作用。

　　十年来,蒋锦璐始终不渝地用小说进行着灵魂的书写。她既专注过个体自我的内心世界,也曾经关注底层心理的特殊与复杂,到如今,更是进入了一个更深层的精神领域。这充分显示了蒋锦璐的自我超越,显示了她的文学进步。当然,蒋锦璐的创作并非无懈可击。在我看来,她的这三次超越或者转向,其实都呼应着整个中国文坛的节奏,几乎可以印证中国文坛近十多年的现实。这个特点,一方面说明了蒋锦璐的与时俱进,另一方面也表现出她的创作与主流文学的同质化倾向。那么,如何从主流意识中抽身出来,进入更具个人性的文学书写,这或许是蒋锦璐今后创作亟待注意的一个问题。与此同时,蒋锦璐小说在显示其可贵的精神探求的同时,有时观念意识过于凸现,理念大于形象。如何更形象地思维人生、思考人生,这在蒋锦璐未来的小说创作中,应该引起重视。

(原载《文艺报》2012. 7. 11)

燃在俗世红尘的理想之光

房 伟

锦璐是近几年涌现出的一位"70后"女作家。她的小说，语言俗白流畅，真实感人，不卖弄抒情，不故作呻吟，有很强的烟火气。她的小说有非常好的故事构思，有一种深入人心的力量，有将故事的经纬织入人性血肉深处的本领。然而，她的故事内核却是坚硬的，一点也不俗气，有理想主义气息。她刻画小人物无奈悲伤的真实生活，展现现实的琐碎平庸，却总赋予这些普通人精神的闪光，从而让她的小说形成了清俊挺拔的价值境界，及小说的哲学维度。这在当代青年女性作家的创作中，无疑是独树一帜的，也有相当的写作难度。

《灰姑娘》与《看你一眼有多长》是两个优秀的中篇小说，题材都以"文学青年"为原型，但各有侧重。《灰姑娘》主要写了70年代出生的一代人的"文学梦"。小说以限制性的第一人称视角，通过KTV包厢里纸醉金迷的生意场景，将一个叫"麦多多"的文学女青年引入了我们的视线。小说的故事性很巧妙，表现为"我"、王博、刚子等人对于麦多多死因的调查。随着调查深入，他们的青春记忆被一点点地复活了。我们对麦多多的怀念，不仅是对青春记忆的怀旧，也是对在当下欲望化的社会，对心灵尊严的一次救赎。麦多多的生活历经坎坷，从一个爱好文学的女学生变成了底层妓女。但她始终无悔，还保持着中学时代对文学的热烈信仰，及对美好人性的向往。她所耿耿于怀的那张《浣花溪诗报》的用稿通知，对编辑来说，不过是一次意外事故，对大众来说，不过是可怜的笑料。然而，麦多多为此付出了生命的代价。在麦多多身上，凝聚了锦璐对70年代人的青春记忆，及"文学者"的命运的双重思考。"灰姑娘"既是90年代流行歌手郑钧的一首歌，有浓厚的90年代记忆特点，又可看做对"麦多多"一生的总结，也是对"灰姑娘"当代传奇的反讽性思考。那个活在过去和诗歌中的麦多多，不会像童话的灰姑娘一样等来白马王子，社会给予她的，只是无情的抛弃和压榨。麦多多死于人们的冷漠和恶意。欲望横流、人心浮躁的时代，容不下诗歌，更容不下一个生活在"梦幻中"的麦多多。麦多多善良单纯，却又颓废放纵，麦多多理想而激情，却又自甘堕落。这是一个被时代谋杀的女人，却又以清醒的自戕显现出"优雅"的死亡。她的毁灭是触目惊心的疼痛，却又被蒙上了黑色幽默的荒诞。时代在诱惑了麦多多之后，又无情地抛弃了她，将之流放在了那个尔虞我诈、没有温情的黑暗现实世界。时代强暴了麦多多，却又让麦多多无法自拔；时代让麦多多只能以"妓女"和"诗人"的怪异组合，强行嫁接缝合在她伤痕累累的身体，成为我们这个时代精神和价值死亡的"暗夜之歌"。小说结尾，游戏人生的王博终于和马拉结婚了，他们朗诵了麦多多未发表的诗作《寒露》："很少有人像我一样/不怕冷地滞留在/小镇寂寥的街口/那些机灵的飞鸟/那些失魂落魄的花朵/早已撤离现场/只有我/还在这里执着地等。"—滴寒露，不怕寒冷，执着地等待，正是麦多多一生的写照。刚子、王博和"我"，在麦多多的诗中，再次感受到了纯真，重新迈向了新的生命前景。这无疑是锦璐在低沉压抑的悲剧中，给我们留下的一抹靓丽的色彩。

《看你一眼有多长》可以看做是《灰姑娘》的姊妹篇，但思考的深度和广度，比之《灰姑娘》又有新的变化。小说依然有第一人称"我"的叙事视角，不同的是其身份，变成了一个40多岁的爱好文学的男律师。小说以刘铭过杀人案件的调查入手，为我们真实再现了改革开放以来，一代人文学理想的失落与重聚。小说中文学爱好者，既有平哲这样的体制内的文学编辑，又有陈以茛这样多年前成名的诗人，也有律师和商人，更有像老董这样至死无悔的苦吟派，以及刘铭过这样默默地热爱文学的小书商。该小说的深刻之处在于，锦璐清醒地看到了文学过分浸入生活所导致的悲剧，却同时肯定了这种精神要求的合法性。锦璐没有在一般意义的知人论世、道德训诫的层面描述这个人物，而是赋予了他哲学的深度和人性的可能性。比之麦多多，老董这个人物少了几分理想色彩，却似乎更加真实，也更加潦倒。他年轻的时候，依靠文学欺骗了刘铭过的母亲，并在刘铭过出生后，抛弃了他们母子。他的诗歌写得不好，却把诗歌当做了生活，终生过着颠沛流离、穷途末路的生活，直到生病后被亲生儿子用被子捂死。这个人物形象，让我想起了威廉·冈特的《美的历险》中，对那些有着波西米亚风范的流浪文学者的描述。那是一群酷爱艺术的唯美狂，却甘心在巴黎的大街和最下等的小旅馆里过着食不果腹的生活，并对此至死不渝。而刘铭过之所以杀死老董，是出于儿子对父亲的复仇，还是不想让他活着受罪？小说留下了很大悬念。小说结尾，刘铭过居然将所有钱财都捐给了陈以茛的文学组织，而慕林林也怀上了刘的孩子，坚持等待刘从监狱中被释放。

小说似乎又给我们提供了人性和解的可能。这篇小说还使用了"故事引故事"的重叠手法，也使得在当下社会寻找文学理想这一主题得到了深化。小说先是由刘铭过杀人案，引出刘铭过的故事和老董的故事，又引出了陈以莨的故事和平哲的故事，而这些故事，又引出叙事者"我"和律师事务所主任的故事，从而形成了一个"点线结合"的网状的叙事结构，共同服务于小说对"文学与生活意义的关系"的思考。小说的题目也别有深意，"看你一眼有多长"来自法庭上刘铭过对律师"我"的注视，而这平凡的目光，饱含着人性的伤痛和理解，对于文学理想的寂寞坚守。小说结尾，那些曾经为文学激动过的人们，纷纷在生活中做反季节的回归。尽管人世沧桑，阅尽千帆，但文学让他们洗尽铅华，去除了那些虚荣和幻想，在一个更为普世性的意义上找到了生存的价值。

《半空》也是一篇构思非常"惊险"，但对人性有着深度挖掘的小说。锦璐的小说，总有一种"心理揭秘"式的写法，她仿佛总能借助案件侦破式的心理冒险，一层层地引导我们进入人性幽暗复杂的内部，了解人世的险恶与温暖，在杀机中看到悲悯，在温情中看到自私。而在奇诡的故事中，我们仿佛跟随着作者进行了一次风光险峻、峰回路转的心灵之旅。小说描写了一个因父亲入狱而被世人抛弃的少年徐合，巧遇电台女主持瓦兰的故事。瓦兰表面上是一个典型的贤妻良母，她坚守着因出车祸而痴呆的丈夫，不离不弃，勇敢地面对生活的挑战，少年徐合在帮助瓦兰的时候，对她产生了微妙的情感。然而，随着故事的深入，我们渐渐发觉，瓦蓝或许并不是那么完美，她精心策划了丈夫的车祸，利用善良的徐合杀死丈夫。当真相暴露之后，徐合无法接受，他选择在雷雨天气，像纸鸢一样飞向半空。可以说，锦璐总在隐秘情感内部找到一条暗夜通道，发现那些平凡生活中的杀机,又总能用悲悯的心将之放在大的时代背景中予以考量,从而发现物质化社会人们情感的危机。《补丁》则体现了锦璐对于80年代历史的处理能力。张招娣、胡心眉与王阿姨的80年代的故事,被锦璐讲述得绵密细致,充满了原生态历史的真切而混沌的在场感。很多历史的大事件,如"严打"、改革开放,都被融合入三个女人的这台"悲欢离合的戏"中。张招娣误杀丈夫,王阿姨被人诱使贩毒,双双在"严打"期间进了法场,那件衬衣上被忽略的补丁,仿佛我们永远也不会完满的人生,透露出了作者浓浓的悲观与对历史真相的洞察力。

她的其他小说如《双人床》、《美丽嘉年华》、《弟弟》等,也都写得灵动别致、新颖生动。由此,我发现,锦璐特别擅长把握中篇小说的文体。她的很多故事,其实都可以拉成长篇小说,但她选择了一种格局相对小,但浓度很大的中篇的体量来安置那些"惊心动魄"的故事。她的那些巧妙的故事构思,那些深刻复杂,又鲜活生动的人物,都得益于作家能以一种敏锐却精准的心理把握世事人心,写出人在不同的现实情境中的真实反应。这使得她的那些构思奇诡的故事,总能深入人心、感人肺腑,又让人身临其境。这些小说中的故事,不同于简单的讲述故事,她非常讲究故事的悬念,人物的鲜活,情节的节奏等,而这些故事又是"独特的那一个",它们不仅有普通故事的品质,更在故事中保持了"巨大的张力",即通过故事、人物、情节、语言,彰显出大于故事本身的人类的"存在意义",并使读者在阅读过程中,获得"超越性"的快感。

进而言之,在我看来,锦璐的小说,对整个"70后"女作家的创作来说,都有着重要的启示意义。她在"70后"一代人情感经验的开掘上,在"70后"女作家书写历史和现实方式的拓宽上,都做出了有益的尝试。目前，批评家们对 70 年代作家的一个主要的质疑就是，如何从自身的代际体验出发，书写出别样的历史感受。而要真正写出有当下现实感的小说，也离不开历史意识的树立，而在锦璐的小说中，我们看到，历史似乎完全作为一种"在场"被处理的，也就是说，无论是那些逝去的文学梦，还是 80 年代的杀人案件，历史都被作为一种活生生的人的历史，被呈现在读者面前。在她的笔下，看不出革命的阴影，也看不到那种拥抱世俗的表层写作，历史被作为一种悲观的理想主义的时空存在物，被内化为作家的一种言说价值尺度，这在"70 后"女作家中非常有特点。70 年代人的时代体验，是一块没有得到很好开发的领地，90 年代末，丁天的小说《饲养我们的城市》等小说似乎涉及一些，但还怀有对物质进步的道德恐怖感，没有凸显出 70 年代人记忆特质。70 年代人缺乏 50、60 年代作家对革命文化的批判性，却比 80 年代作家多一份责任感。他们对于历史的回忆，具有很强的过渡性质。同时，改革开放后的中国，除了世俗化进程之外，也是文学兴盛的余绪，依然有文学青年，苦苦地做着文学梦。如《灰姑娘》、《看你一眼有多长》所揭示的"文学梦死亡"主题，其实 90 年代就有，王安忆、格非、苏童等作家都写过，但立意都在"反思"知识分子气质。进入新世纪，姚鄂梅的某些小说，也涉及这一题材。而锦璐的这个小说，将 70 年代人的记忆，附着于形形色色的普通小人物之上，她对于"文学梦死亡"的描述，不仅具有哀婉的气质，更直指时代的弊病。70 年代人的记忆，主要与改革开放后的历史有关，特别是 90 年代。90 年代具有着很强的过渡性质，这个年代是世俗之神降临的时代，也是平民神话的经典灿烂之时代，四大天王的流行歌、唐朝和崔健、郑钧的摇滚、录像厅的遮遮掩掩的毛片、甲壳虫和杰克逊的打口带，都曾风靡一时。然而，90年代又是"潘多拉的盒子"被打开的时代。中国自从90年代开始，一系列的激进改革措施，"以破代立"，以经济发展的新进化论，强制性地将人们抛入高速发展的竞争。然而，这种竞争，又不是在良性的制度环境发生的。人性的扭曲，环境的恶化，伦理的沦丧，似乎成了"改革的合理代价"。然而，物质的进步，是否能带来精神自由与人性提升？锦璐笔下的那些小人物的悲剧，似乎为我们找到了一种另类警示。

也许，锦璐就是一个悲观的人性理想主义者。她对生活和历史的揭示，总让我们想起那个面冷心热的美国女作家奥康纳。但是，和奥康纳不同，锦璐的讲述是细密的、热烈的，带有女性的悲悯、理解和人性理想主义的光芒。锦璐的创作量并不大，但成绩非常可观。她的切入角度很低，却有一个非常高的精神内核，这无疑有巨大的难度。作为一名媒体人，锦璐对于当下社会有清醒而深刻的认识，然而，难能可贵的是，她能超越一般女性写作视域，在表现一代人情感经验，及人类共同的普遍性精神追求方面，展现出独具慧眼的能力，及勇敢的社会担当。广西的秀丽山水，滋养了她的文学才华，也让她生出了一颗悲悯善良、玲珑剔透的心。她的小说写得真诚感人、凄婉细腻却不乏直入人心的力量，朴素简省却富有深刻同情，它总在世俗生活的粗鄙诡计之中，显现出高傲的智慧和决不妥协的倔强；总在须臾挥洒的轻松玩笑中，透露出最深刻的绝望和宁静的虚无；总在漫不经心的简单诉说中，渗透入梦幻般的光亮和色彩。所有诗意的挽留，终将像"温水流过心脏"，闪烁着水晶般的理想主义光芒。

（原载《广西文学》2014年第2期）

荒诞的叙事　真实的人性
——关于光盘长篇小说《英雄水雷》

石一宁

光盘是一位创作路子宽阔的作家，既有富于现代主义色彩的力作，也有传统现实主义手法的佳篇。他具有左右开弓和打组合拳的出色能力。

新时期以来，对西方现代主义文学的学习和借鉴使中国文学出现了崭新的景观，涌现出不少让中国读者耳目一新的作品。但这其中也有弊端，存在着某种程度的食洋不化、水土不服和夹生饭的现象，只有不多的作家能够真正融会贯通，穿越自如。光盘就是这样的一位作家。他的长篇小说《英雄水雷》（漓江出版社2014年12月）就是这样的一部作品。

《英雄水雷》是一部荒诞风格的小说，人物与故事都被置放于一个荒诞的背景之中。小说安排了两位主人公：因烤红薯引起森林火灾却被当做救火英雄而备受荣宠的水皮，真正的救火英雄却被当做骗子而遭遇悲惨的雷加武。两位主人公之所以命运错置、荣辱颠倒，是因为他们身处的时空的荒诞。水皮被自己引起的火灾烧伤并逃离现场，却被人们错认为抢救了国家重要物资的救火英雄，医院专门召开紧急会议全力救治，并指派专职护士悉心照顾。地区领导专程看望，并在全地区开展向救火英雄学习的活动。接着是学校邀请作英雄事迹报告，地区钢铁厂招工，《救火英雄水皮的故事》在写作小组加班加点的工作下迅速出版并举行隆重的发行仪式，护士阳晓莉和地区副专员的女儿、工农兵大学生李姝则不屈不挠地向他表达爱情。尽管水皮一再申明自己不是英雄，甚至坦承自己是纵火犯，但人们认为他是被火烧伤了大脑，反而对他更加同情和呵护。雷加武本来是真正的救火英雄，但因为种种不巧而没能被官方发现和认定。民间中医刘华佗为给雷加武疗伤，去山上采药坠崖而死。雷加武的妹妹被刘华佗的儿子刘杏霖逼婚，婚后备受折磨。雷加武救火被烧坏的双膝因得不到有效的治疗而导致双腿残疾。社会上视雷加武为骗子，家人视他为给家庭和亲人带来屈辱和不幸的不肖子。一次次为了证明身份的上访，一次次的希望落空和更加沉重的身心打击。

与西方荒诞小说的主题有所不同，光盘的小说《英雄水雷》并无社会批判的寓意，尽管作品所揭示的社会背景有一定的荒诞性。小说故事最初发生的时间是1978年。那个岁月的中国，刚走出"文革"的噩梦，某些"文革"的思维，包括英雄崇拜情结，仍深刻地烙印在国人的心中。人们仍然思维单纯，这种社会的心理结构，形成了《英雄水雷》主人公的环境，成为小说的荒诞背景。但在现实中，这种荒诞只是作为一种因素而存在，或者说，只是作为一种小说家所意识和把握的逻辑，而不是已经发展为一种普遍的事实。因此，《英雄水雷》并无潜在的社会批判主题。同时，光盘在小说中对英雄和英雄主义仍是一种致敬的态度，并无颠覆和批判的意图。

事实上，《英雄水雷》是一部向内转的小说，是一部哲理小说或心理学小说。它描写的是人对良心、对真正的尊严的追求和坚持。它展现的是人的精神高度是怎样树立起来的。用一句话概括,就是美好的人性是如何实现的。人性是一个复杂的概念,但无论如何定义,人性都是和动物性相对峙的。良心和尊严,只是属于人性,是人性所必须具备的东西,是完美的人性的基本元素。良心,简单地说就是内心对是非善恶的正确认识,是一种基本的道德情感和个人自律。人性的尊严,则是指精神的尊贵庄严,这种尊贵庄严与人的身份地位无关。良心需要召唤,否则它会昏睡和迷失。一个人拥有良心,才会拥有真正的尊严。当水皮逃离自己引发的火灾的现场的时候,他的良心是昏睡和迷失的,此时的他也毫无尊严可言。但从他否认自己是英雄,而坦承自己是纵火者的那一刻起,良心在他的身上觉醒,使他拥有无比的尊严。为了追求和坚持自己的良心,追求和坚持自己不说谎的尊严,被荣誉和美女簇拥的水皮所面临的考验和挑战在某种程度上反而比身处逆境更为严峻。因为一个人在这样的喜剧性氛围中比在艰难困苦中更容易被软化、被同化、被消化,从而掉入人性的陷阱和深渊。然而,作者笔下的水皮良心觉醒后就不再有丝毫的彷徨,他竭力抗拒本来不属于自己的荣誉,抗拒本来不属于自己的爱情。相对于强加于自己头上的英雄称号,他宁愿像一个普通人那样平常地甚至是卑微地活着,为此他千方百计放弃优待和特权,选择最艰苦和危险的炉前工工种并兢兢业业地工作,全心全意地向人们虚构出来的自己的英雄事迹学习,并因抢救同事丧失一条腿而成为真正的英雄。为了拒绝李姝的爱情,他甚至不惜泼盐酸毁容自残。在与虚伪、谎言和浮华的搏击中,水皮成为一个伤痕累累的怪物,甚至在外表上已经失去了人的模样,但他修炼成了一颗强大而柔软的良心,筑起了灵魂和精神的高地,内心的高贵和尊严使他的人性闪烁着无比美丽的光辉。

雷加武这一人物的性格在深层的意义上和水皮是同构的，尽管他们的遭遇截然相反。如果说雷加武起初一心想证明自己的救火英雄身份，还存在着某种谋求这一身份所可能带来的好处的话，那么在经历了周围人包括家人的怀疑、嘲讽和打击之后，他对证明身份的执著已经不再有任何的形而下的企求，而是出于对尊严的捍卫。雷加武对尊严不屈不挠甚至是惊心动魄的追求和捍卫，与水皮是可以一比的。雷加武在和水皮相遇，并得到水皮对自己的身份确认后，即对来自官方和社会的承认彻底断念。在内心，他已经获得了尊严，为此可以永远心安，死而无憾了。英雄雷加武的死，是默默无闻的死，又是悲壮的、震撼人心的死。雷加武和水皮这两个主人公的塑造，他们的命运和际遇，他们的挣扎和奋斗，揭示出这部小说的深刻内涵。

《英雄水雷》还呈现了作者光盘在小说艺术方面的圆熟气象。小说将深刻的内涵和生动的叙事进行了融洽的处理。作品的先锋气质和中国本土的审美传统能够圆融地糅合，它一方面以极度夸张的手法营造出荒诞的时空，另一方面紧紧地抓住故事和人物这两部小说的关键元素。小说在故事层面和人物塑造上保持着好看和有趣。这部以荒诞的形式虚构的小说，着眼和关切的却是中国当下现实的道德危机和困境。但它严肃的道德主题的展开和实现，伴随的是小说艺术的生气饱满和天趣盎然。

（原载《南方文坛》2016 年第 2 期）

神秘与荒诞：小说家光盘理解和呈现这个世界的方式

韩颖琦

阅读光盘的小说，常常会不由自主地被带到一种神秘莫测的氛围中，神秘与荒诞既表达了作家对这个世界的理解，同时也是他采用的修辞手段和艺术呈现方式。这是我阅读光盘小说集《野菊花》（广西人民出版社2016年版）后最直观的感受。收入《野菊花》集子的绝大部分作品是光盘近两年刊发的，也包括之前刊发但未收入过其他集子的作品，用光盘自己的话说，就是遗憾相对少一点的作品，具体包括《大闸蟹》《老虎凶猛》《我的"再生人"太太》《慧深还俗》《野菊花》《达达失踪》《坦桑石》《迈阿密有贼》《破桃花》《碧玉龙凤手镯》《走完所有的入口》。可以说，每一篇都构思奇巧，出人意外。作家对这个集子的重视程度，可见一斑。

神秘与荒诞，是解读光盘小说的两个关键词。首先，我们生活的这个世界本身就充满了神秘，所谓"神秘"，"是对文学认识功能的一个有效的解构手段。它彻底打破了文学反映生活、把握生活的传统理论神话，打破了人们对于必然性和本质性的认识"，也就是说,"神秘使人们失去了对于本质、对于深度的期待,而把世界和生命的不可知的一面呈现了出来"。[1]显然光盘对这个未知的神秘世界充满了好奇和探知欲。"荒诞"最先是作为一个音乐术语出现的,指音调上的不和谐。在光盘的小说中,荒诞更多体现为一种主题风格,代表的是他"对于世界的一种反抗的姿态",是"对秩序的反动,是对既定现实的不认可",从某种意义上来说,荒诞代表了作家"对于世界和人性的一种反抗性的想象",借助于它,作家"轻而易举完成了对理性的、秩序的、可知的世界的颠覆和消解,并对'新世界'的建构打下了基础"。[2]光盘将偶然性因素引入小说叙事,通过荒诞风格的营造,传递除对历史与现实、人生与命运的理解,并将这种理解深入对人的精神和灵魂进行拷问的层面。

光盘小说中大量运用"偶然性"因素来推动故事的走向,揭示人物失败或悲剧的命运,让我们看到世界和生命不可知的一面。《大闸蟹》中的偶然性因素很多,首先,小说素材的来源就是很偶然的,故事源自作家一次买牛肉忘记提走的经历,这个经历给了他写作的灵感,因此小说写得十分顺利,甚至是一气呵成。光盘现实生活中的这个经历很平常,很多人都可能遇到,一般也都不会引发更多的麻烦。而小说中的情形就大不相同了,甚至可以说是,由两只大闸蟹引发的惨案。引发惨案的是一系列的偶然性因素:先是老孙在给雇主鲁新建做饭的时候,孙子田田偷吃了刚做好的大闸蟹;然后是鲁新建竟然因为两只大闸蟹的"失踪"去找卖主陈光秀理论,结果

---

[1]吴义勤:《中国新时期文学的文化反思》,江苏文艺出版社,2009年,第111页。
[2]同上,第107页。

鲁新建进了医院，陈光秀进了派出所；接下来老孙作伪证收的钱被老伴发现，为防止老孙退钱，老伴代替老孙去做了伪证；再接下来，老孙心存愧疚去帮助陈光秀老婆，并想尽办法为陈光秀减刑，结果被骗；最后，老伴从看守所出来，老孙却被家人拒之门外。梳理下来我们会发现，小说故事情节的发展始终处于一种失控的极端状态，太多偶然性因素的介入仿佛昭示着人物命运的荒诞与滑稽，这种有意打破常规因果链条的做法，传递出作家对人生和命运无常的感慨，以及对人生荒诞感的深刻洞悉。

光盘小说的神秘与荒诞中蕴含着深刻的人性内涵。《迈阿密有贼》中的故事在现实生活中发生的概率极低，却让我们看到荒诞故事背后的真实。在"迈阿密开锁事件"中，同样是去陌生人家开锁，父亲是为了名誉和人格，儿子则完全是为了钱，同样的行为，不同的动机，折射出两代人不同的价值观。《大闸蟹》也有同样的描述，在对待作伪证的态度上，老孙一直备受良心的谴责，而他的儿子和媳妇却不以为然。两部小说都隐隐透出作家对世风日下的无奈与失望。光盘的很多小说都与案件有关，这可能与他的记者职业有关。《坦桑石》中的"坦桑石失窃事件"聚焦于贪欲对人性的异化。珠宝店主柳宗洋"监守自盗"了店里名贵的坦桑石后，竟堂而皇之地去报了案。围绕着失窃案，警方展开了一系列紧锣密鼓却毫无成效的侦查，侦查过程荒唐可笑，与"案件"有关的刘宗洋的朋友和情人们纷纷被卷入其中，一个比一个下场惨烈，最后连柳宗洋本人也死于自责和不安后的酗酒。同样以案件形式讲故事的还有《碧玉龙凤手镯》，这是作家从寻宝鉴宝类节目中得到灵感而做的，与《坦桑石》一样，都属于文物类题材，不同的是，"坦桑石失窃事件"是主人公有意为之，而碧玉龙凤手镯的失窃则完全是主人公宗平海的疏忽所致。为了弥补这个疏忽，他采取了一系列行动，却始终没有勇气说出真相。二十多年过去了，被秘密折磨的宗平海成了别人眼里的疯子，而这桩悬案也永远地被束之高阁了。《坦桑石》主人公的所为殃及一群无辜的人，而《碧玉龙凤手镯》更多的是主人公的内心煎熬。无论如何，光盘都给我们呈现出物欲名利对人性的考验。只有淡物欲轻名利才能回归本心，找回人性中正在失落的美好，这是小说留给我们的思考。

　　人性是介于动物性和神性之间的一种物质，在人的身上，同时存在着人性，动物性和神性。对于人性，周国平的认识给了我们启发："人一半是野兽，一半是天使。由自然的眼光看，人是动物，人的身体来源于进化、遗传、繁殖，受本能支配，如同别的动物身体一样是欲望之物。由诗和宗教的眼光看，人是万物之灵，人的灵魂有神圣的来源，超越于一切自然法则，闪放精神的光华。在人身上，神性和兽性彼此纠结、混合、战斗、消长，好像发生了化学反应一样，这样产生的结果，我们称之为人性。所以，人性是神性和兽性互相作用的产物。"[1]《野菊花》集中的两篇小说《老虎凶猛》和《达达失踪》都是通过动物性写人性的。《老虎凶猛》中雄老虎文凯为了更顺利地与雌老虎大雪交配，虐杀了大雪的幼崽。如果说老虎文凯的凶残更多展现的是动物的一种本能和天性，那么深谙虎性的研究者黑河杀了爱人与前夫文凯所生的孩子，则彻底暴露了人性中阴暗与邪恶的一面。在黑河身上，"善"与"恶"并存，善恶之间的冲突和转换，真实地揭示了人性丰富复杂的内涵。《达达失踪》里，与人与狗之间的情脉脉形成鲜明对比的，是人与人之间的冷漠与对

---

[1] 周国平：《人性·兽性·神性》，新浪博客 http：//blog. sina. com. cn/s/blog
　_471d6f680102ej9h. html。

立。已近不惑之年的单身女医生在对人达达失去了信任后，与狗达达相依为命，在女医生眼里，狗达达既是恋人又是儿子。然而狗达达在路上的一次突发交配行为，将女医生推到与被交配狗主人张太太的官司中，荒唐的"达达强奸案"一审再审，让两位狗主人都破财并住了院。更为荒诞的是，小说结尾竟然将前述的故事完全推翻，张太太的讲述与女医生的讲述大相径庭，到底哪一个真实可信？真相扑朔迷离，对真相的探究也陷入虚妄，其实事件本身的真实与否已变得无足轻重，由狗事引发的对人事的思考，才是小说的真正立意。

同样采用开放式结尾的，还有《野菊花》和《走完所有的入口》。《野菊花》中的土生土长的沱巴姑娘叶小菊爱上了修路工人刘大可，并在一次激情过后怀上了孩子。路修好后，刘大可随队离开，之后的几个月里音信皆无。就在距离预产期还有两个月的时候，叶小菊突然收到一封来信，这封改变了她命运的信里究竟写了什么？作家给了我们两个截然不同的说法。在结尾之A中，这是一封刘大可遇难的报丧信。二十年后，孩子刘可菊长大成人，并偶遇了父亲刘大可，谜底揭晓，原来是刘小菊曾经的追求者从中捣鬼。两个家庭最后在温暖和谐的气氛中见了面。在结尾之B中，这是一封刘大可的绝交信，悲痛欲绝的刘小菊将满腔的恨都倾注到也叫刘大可的孩子身上，并最终将她丢进河里。A与B，一个温情脉脉，一个残忍恐怖，到底哪一个更接近生活的真实？相信不同的读者会有不同的解读。至于作家光盘，他只提供给我们生活的可能性和不确定性。《走完所有的入口》更是将人性中的不确定性书写到极致。"真"和"假"在赵弦铎身上始终是个不解的谜团。在赵弦铎拾金不昧、救火、照顾孤寡老人等一系列先进事迹的背后，似乎都隐藏着加官进爵这一真实的动机,然而始终得不到证实。

小说最大的看点在结尾,对于谜团的破解,作家痛殴"作者幻想之一:老马回到沱巴街"、"作者幻想之二:赵弦铎的义正词严"、"还是作者幻想:赵弦铎思考之一"、"作者再一次幻想:赵弦铎思考之二"等多种可能性的设置试图接近事件真相,每一种"幻想"都逻辑缜密合情合理,真相依然扑朔迷离。在大结局"这是真的"里,赵弦铎的真实面目仿佛被一则新闻揭开——《曾经活雷锋,如今阶下囚——赵弦铎因犯贪污罪、行贿受贿罪,生活腐化,被判有期徒刑15年》,然而我相信读者的心里还是充满谜团,赵的下场和他此前的"事迹"之间毕竟没有必然的因果关联。知道真相的只有赵本人,而他在"我"探监时的一言未发,将读者对于真相的探知最终归于虚空。

光盘小说的神秘感还表现在他对非经验世界的叙述上,即对神性的探索。《破桃花》中春梨为了破掉老公的桃花运求助于普度斋,老公的反破桃花行为也同样求助于普度斋,然而普度斋并没有帮助他们超越烦恼,春梨的一把大火将一切化为乌有。小说叙述始终离不开某种神秘力量,而归根到底,思考的还是人性。《慧深还俗》中慧深为抚养捡到的弃婴而还俗,重返世俗社会的慧深一如既往地行善敬佛,让我们看到还俗与否,只是个形式问题,与敬佛没有关系。作家对人性和神性的探索,对入世和出世的思考,进一步拓展了对人性主题的开掘。同类题材中,《我的"再生人"太太》是比较有意思的一篇。"再生人"题材本身就带有神秘色彩,在民间信仰里,这种灵魂转世现象是一件真实而普通的存在,就像光盘小说中描述的那样,沱巴镇的人对此都深信不疑,而且他们中很多人就是再生人,他们的身份也得到了彼此的确认,"我"

的太太桢微就是这样一个人。桢微应该就是"真伪"的谐音，"我"在追寻"再生人"现象的真伪中不能自拔，甚至新婚不久就闹到了离婚的境地。同样对再生现象深表怀疑的"我"父亲在深入沱巴调研后，被神秘的沱巴深深吸引，正准备写一个涵盖沱巴全部历史文化、风土人情、生存现状的庞大的调查报告。直到小说结尾，"我"的疑惑也没有得到解决。人类对生死之谜的探究由来已久，对不可见力量的好奇心和恐惧感，使人在面对未知世界时始终心怀虔敬，正如面对"再生"这种超越人类感知能力的超自然现象时，沱巴人所采取的态度一样。作家对"再生人"现象探究的热情正源于对生命本身的探求。

虽然，光盘小说的主体话语多为变故、罪案、绝望、死亡等传统的悲剧性话语，但作家显然抛弃了其本身所具有的悲剧内涵，而通过荒诞感的营造将其引入一种相反的审美风格，颇具闹剧甚至喜剧的意味；同时，以偶然论代替因果论，对于人物命运采取夸张化处理，打破了传统的真实观，构建出某种陌生的神秘气氛，反过来更强化了人生的荒诞，并将这种荒诞嵌入人性的最深处，彰显了命运的无常与无助。五年前，在确定《当代广西小说十家》人选时，除了已被写入当代文学史的"广西三剑客"（东西、鬼子和李冯）外，剩余七家的选择着实费了一番思量，现在回过头来看，将光盘列入"十家"之一是恰当的。因为在随后五年的时间里，光盘的创作日臻成熟，除了他用稳健厚重的小说作品证明了自己的实力之外，"广西后三剑客"的命名更是一个颇具分量的证明和肯定。2015年10月9日，在北京召开了"广西后三剑客"作品研讨会，研讨会是由中国作协创作研究部、文艺报社、广西作协和《南方文坛》杂志社联合发起的。光盘与另外两位广西作家田耳和朱山坡并称"广西后三剑客",这一命名既体现了广西文学的新水平和新希望,对于作家光盘本人来说,则无疑是一次重大的突破和提升。

(原载《文艺报》2016.6.22)

荒诞背后的生存之痛
——瑶族作家光盘小说论

杨 荣

光盘,本名盘文波,是继"广西三剑客"之后近年来崛起的重要作家之一。迄今为止,光盘已出版长篇小说三部:《摸摸我下巴》、《请你枪毙我》、《王痞子的欲望》;并在《花城》、《上海文学》、《钟山》、《广西文学》等刊物发表中短篇小说数十篇,共计逾200万字。其中短篇小说《对牛说话》获《广西文学》首届青年文学奖;长篇小说《王痞子的欲望》在文坛产生的影响尤大,获第六届桂林市人民政府文艺创作金桂奖、广西区人民政府第五届文艺创作铜鼓奖,并入围第六届茅盾文学奖前40名。大致而言,光盘小说的关注维度主要集中在两个层面:其一是对现代都市中普通人物的生存状态、思维方式和价值取向的深入剖析与追问;其二是作者以一个瑶家后人的身份对瑶山沱巴人在历史变迁中的生存境遇的描述和对瑶家文化的现代思考。作为一个在现代主义文化语境中成长起来的小说家,光盘擅长以灵动的笔触、幽默的叙述,在不无荒诞的故事演进中透视人物心灵深处的隐秘创伤,在看似极度荒诞的故事背后却潜藏着作者对人类生存困境和心灵伤痛的深度思考。下面我拟从两个方面展开论述。

一、"根性"写作：基于桂城与沱巴的生存叙事

我一直认为，一个优秀作家的创作必然具有一个恒久的精神支点，而这个支点最坚实的基础无疑应是他原生意义上的故乡。只有在这种土壤中生长出来的文学，只有这种具有"根性"的写作，才有可能为我们呈现出最真切的生命体验和最厚实的生命质感。葆有了这种精神自觉的作家，那么无论日后他在异地怎样漂泊，都会在文学中天然地承续上故乡的血脉，从而通达更为宽广的世界和人心。事实上，我们也可以把写作看成为一次次返回记忆、返回精神领地的过程，在这种不断穿越时空的心灵之旅中，曾经残存的印象和图景会再次生动和明晰。正是在这个意义上，我看重光盘的写作。恰如商州之于贾平凹；吴越之于李杭育；高密之于莫言；桂城、沱巴、玫瑰镇成为光盘小说叙事的起点与归宿。这种充满强烈"根性"意识的写作，使我们有理由相信他具备成为一个优秀作家的可能。

光盘最初的创作主要是以桂城为中心。桂城是中国南方的一座大城市，这里有着任何城市都拥有的一切：石头森林、经济、机关、医院、报社、工厂、饭店、涌动的人群、横流的物欲、人性的搏杀、真挚的爱情……这里每天每时每刻都有各式各样大大小小的故事在发生。作为报社的编辑，光盘对于发生在城市之中的任何故事都有着异于常人的敏感。于是，在作家的妙笔之下，一个个故事在桂城拉开帷幕。《搞好关系》中大学教授邹森因一件子虚乌有的嫖娼事件，引发了一连串令人啼笑皆非的故事。邹森本来发自善意的助人行为却引来了警察的狐疑、盘问和拘留，妻子的恶语相向，同学的

趁机报复将原本简单的事件变得越来越复杂与暧昧。于是澄清事实的真相,证明自身的清白,以便使自己早日恢复到生活的正常秩序,成为了邹森此后生活的唯一目的。为了达到这个目的,他进行了一场旷日持久的寻找妓女,劝导其推翻假供的战争,并最终在这场战争中身心疲惫。《隔层玻璃》讲述的是工程师周乡立生活、工作中的遭遇以及由此展开的对他人生起落的叙述。玻璃内外隔开的不仅是身份地位的差异,也阻断着人性的温情和最起码的信任与良知。作者通过一对恋人玻璃内外位置的置换,巧妙地透视出现代人内心深处的冷漠、孤独与创伤。一对本来爱意绵绵的情侣却因彼此位置的微小置换产生了巨大的情感裂隙与隔阂,故事能否重新开始,我们不得而知。如果说在《搞好关系》和《隔层玻璃》中,光盘无情地撕开了亲情、爱情美丽而虚幻的表象,暴露出它们内里的苍白与虚弱,那么他的另一篇小说《穿过半月谷》则试图掩饰起现代人的心灵之伤,给我们一个在虚假的世界中存活下去的幻景和理由。沈晓阳的丈夫陈家鱼是桂城赫赫有名的企业家,也是众人眼中浪漫而柔情的好男人。同学聚会,他用豪华小车接送妻子,令人惊羡不已;在外出差,温馨的短信从不间断,令"幸福"的沈晓阳感动莫名。然而就是这样一个有口皆碑的好丈夫,意外地被沈的同学徐星子遭遇了包养小姐的尴尬场面。在文章的最后,徐星子看着沈晓阳脸上幸福的笑容,终于强忍下这个"天大的秘密",喝醉了酒一般逃离现场。"逃离"也许是一种不忍,但更是我们无法直面现实的惊恐与不安。说到这里,或许我还应该提到光盘的第一部长篇小说《摸摸我下巴》。在这部作品中,故事仍然发生在桂城。畅通电子公司的副总裁赵人义在与传西、石荫、萌子、佟月四个女人的交往中游刃有余却始终难以获得内心的充盈与满足。最后,他终于回归家中,在与妻子昔日交往的情书中重新找回那种简单而满足的快乐。在一个生活空虚、精神苍白的年代，光盘仍然希冀用一种久已尘封的人性温情照亮我们这个业已冰冷的情感世界。

　　作为一个现代城市的书写者，光盘并没有在都市欲望的洪流中迷失自己的方向，而始终以一种独特的思考表达着自己对于这个世界的感受和理解。客观地说，一个时期以来，我们的小说创作在都市欲望的泥沼中已经越陷越深。酒吧、会所、跑马场、咖啡厅似乎成为我们这个并不发达国度的共同表征，而粗鄙的想象和快乐的呻吟则成为它们招徕看客的唯一手段。肉欲的泛滥和人性的迷失导致了我们这个时代文学内里的虚弱和贫血，这是一种灵魂遁去之后的写作。光盘显然洞悉了此种创作的弊端和虚假，从而有效地避免了在城市表象上滑行的浅陋与平庸，他将坚硬的笔触直指现代人的内心病象，艰难地进行着一种有灵魂、有深度的写作。因此，我们清楚地看到，城市在光盘的小说中只是人物活动的一道布景，对人物心灵的探索与追问才构成了作品的最终意义指向。可以毫不夸张地说，光盘是一个智慧的写作者，他的荒诞背后的生存之痛"根"不仅仅基于桂城，更重要的是基于人心。正因为此，我认为光盘的写作是残忍的，因为他用犀利的笔触剥去了现代人最后一丝遮羞的面纱，呈露出赤裸而肮脏的灵魂底色，让我们有了无路可逃的恐惧和震惊。但另一方面，光盘又是仁慈的，在生存的焦虑和人性的沉沦中，他仍然寄予世界以亮色和希望。《搞好关系》中的妓女最后良心发现，推翻了伪证；《隔层玻璃》中周乡立又来到了玻璃的另一边，开始着新的人生；《穿过半月谷》的徐星子最终选择了让沈晓阳在幸福的美梦中迷醉。光盘是善良的，他试图为现代人的心灵病症找寻一种有效的救治途径，但事实上这一努力只会更深地加剧作者内心深处的撕裂与疼痛,尽管如此,我仍然为这种矛盾、真诚而充满善意的写作所感动。

相对于桂城而言,沱巴河、瑶山才是光盘真正的精神原乡。作为瑶族的后代,对于养育过自己的故乡;对于丰富悠久的瑶家文化;对于故乡的山山水水,作者都表现出一种深切的迷恋与向往。他始终以深情的目光关注着故乡的点滴变化;关注着沱巴人在市场经济的变迁中面临的生存困境;关注着瑶家文化在现代文明冲击下的落寞与哀伤。光盘把他对故乡的热爱,对沱巴人生存状态的洞察和对瑶家文明的思考集中写进了第二部长篇小说《请你枪毙我》。小说围绕主人公报社编辑盘染童与画家万的沐、大学教师罗巧雪的感情纠葛而展开。尽管主人公盘染童经常狡辩自己是两个都爱,但比较起来,代表着沱巴文明的万的沐是他的最爱。对瑶家历史文化共同的向往与追求构成了他们爱情最坚贞的基石,所以,当亲眼目睹着古老的瑶家文化精髓一步步走向衰亡时,他们的悲剧也终究无可逃避。古老的沱巴文明不仅孕育着原始、纯真的爱情,也保留着璀璨丰富的民间文化。小说中的爷爷俨然是古老沱巴文明的一个象征,他不仅会诸多手艺:编织绳索、编织竹篓、缝制衣服,而且还精通古诗古韵,用富有节奏的唱诗追索着已成记忆的久远的历史文明。在盘染童的心中,爷爷就是历史文化的"活化石",他象征着瑶家文明中最灿烂的部分。爷爷家保存下来的"不仅有歌颂纯洁爱情向往幸福的风花雪月之作,也有诉说瑶族历史和苦难之作,还有表现瑶族风土人情和灿烂文化"[1]的民间诗词。这些都是沱巴文明最古老的见证。然而令人悲伤的是,古老的沱巴文明正在市场经济的冲击下

---

[1] 光盘:《请你枪毙我》,中国工人出版社 2002 年版,第 15 页。

日益沦丧。美丽的自然风景在旅游开发的大潮中面目全非,人性的腐蚀更让人喟叹不已。淳朴的民风在不知不觉中成为一个遥远而悲凉的回忆。作者用一种挽歌式的笔调动情地展示了瑶山沱巴人在现代文明侵蚀下的生存之痛。他们的转变是这样地令人痛心,面对这样的沱巴,盘染童能否一如既往地深爱那片土地?万的沐的死能否再度唤起人们对于真、善、美残存的良知?光盘在深深的忧虑中仍然留给了我们一丝微茫的希望。

如果说《请你枪毙我》是作者对业已逝去的沱巴文明最深情的呼唤、最凄美的爱恋,那么在另一篇短篇小说《美容》中,作者则以清醒的理性意识对瑶家文化的蒙昧之处进行了最深刻的审视与批判。王五无意中从赵飞龙给他的春宫图里得到了一个美容的药方,于是由此展开了他改造丑老婆玉珠的宏伟计划。为了寻找药材,他风雨无阻,历尽艰辛;为了熬制药泥,他日夜琢磨,锲而不舍。当药终于熬制成功以后,他便夜以继日地在老婆脸上展开了实践。果然,不出几天,王五老婆的脸便变得白嫩而光亮。可惜好景不长,怀孕的玉珠忽然有一天下身流血以至小产。尽管如此,执着的王五没有放弃他的美容计划,越来越频繁的换药次数,越来越大量的药剂成分终于让虚弱的玉珠在七窍流血中迷茫地死去。故事如果到此为止,充其量不过是一个并无多少新意的悲剧,显然缺乏震撼人心的力量。光盘把这种残忍的叙事进一步推向了极致。死了老婆的王五并没有丧失对美容的巨大信心,在第二任媳妇香草的脸上又展开了新一轮的实验。最后的结果可想而知,香草的鲜血让王五的脑袋一片血红。诚然,古老的沱巴文明曾经孕育了让作者心驰神往的辉煌历史,但是闭塞的瑶家文化也同样根深蒂固地潜存着愚昧和无知。值得庆幸的是,光盘并没有沉醉于对瑶家文化无尽的迷恋之中,而是以一种清醒的姿态走出了这种文化的拘囿，以更为理性的目光逼视着这个民族灵魂深处的痼疾。在作品中，我分明地听到了源自作者内心深处的叹息：不断重演的悲剧啊，何时才是一个尽头？这是一种异常疼痛的写作，在疼痛中，我真实地触摸到了光盘那布满哀伤的灵魂，也在更深的层次上体会到了这种充满矛盾张力的写作带给我心灵的震撼。

在桂城和沱巴之外，"玫瑰镇"也是光盘小说中不应忽略的一个存在。长篇小说《王痞子的欲望》和中篇小说《我是凶手》便共同以玫瑰镇为背景而展开。在小说中，玫瑰镇应该是一个比桂城落后而比沱巴要发达的中间地带，它的存在使得桂城与沱巴有了另一层面的比较，也使得桂城和沱巴之间太大的差距有了较为充足的缓和空间。那燃烧的玫瑰、宽广的密西河、盛开的巴桑花都无声地见证着玫瑰镇人的生存和死亡、荣辱和哀伤。不难看出，在光盘的笔下，桂城、沱巴、玫瑰镇已不仅仅是一个地理意义上的所在，更是作者灵魂栖息的家园。正是有了这种灵魂的依托，有了这种"根"植于故土的淡定，光盘的小说才在雍容的叙述中显示出一份难得的睿智、深刻和力量。

二、荒诞背后的生存之痛

存在主义认为，选择是自由的，存在却如此荒谬。我们可以自由地选择，我们却无力摆脱现实的荒诞，荒诞构成了现代人最真实的生存处境。也许正是源于这种最真实、最根本的生命体验，光盘将正常的世界扭转过来给我们展现出一幅幅非常态的人生图景。短篇《谁在走廊》深入挖掘出现代社会中人与人之间相互猜疑、互不信任的心理状态，展现了人类心灵的伤痛。李菲菲对丈夫陈水河种种不可理喻的不信任之举发出了绝望的呐喊："这个世界叫人迷惘令人失望，卖淫和同性恋暴力阴谋欺诈天天发生，就是连与自己生活了十来年的老公也无法使人信任。"[1] 面对这样一个纷繁复杂、真假难辨的畸形社会，人与人之间的感情逐渐淡漠和空洞，一种无方向感的迷惘与惶惑正成为我们这个时代日益鲜明的症候。同样，曾经获得《广西文学》首届青年文学奖的短篇《对牛说话》也讲述了一个荒诞不经的故事。海难发生，主人公肖像和一头公牛在荒岛中醒来，没有食物，他们静待死神的降临。在这一漫长的等待中，肖像开始对牛讲述他的秘密：他曾经密谋强奸了薇薇，并向薇薇宣布他知晓了这一事实。随后，他以此为把柄不断逼迫薇薇给身为市委副书记的父亲施压，来满足其卑鄙的人生欲望。不明真相的薇薇始终生活在害怕秘密被泄露的极度恐惧之中，这种长期的隐忧终于变成她挥之不去的心病。最后，薇薇在自己心灵、精神的重压下沦为了疯子。这是一个无人知晓的秘密，凶手肖像在自认为断无生还可能的绝境中进行了一次深度的心灵释放。然而悖谬的是，肖像偏偏被救还过来。在医院中醒来的肖像第一反应就是"牛呢，那头牛呢？它还活着吗"？[2] 在得知牛也侥幸不死时，他费尽周折找到了牛并用五千元的天价把它给杀了。因为"有的秘密说出来会改变一个人的命运"。[3] 肖像的恐惧显然源自灵魂，这颗充满罪恶的心灵在面对良心的审判时，沉重的压力不是让它荒诞背后的生存之痛走向新生而是堕落为更加骇人听闻的人性的灭绝。光盘几乎是用一种近乎残忍的手法对现代人灵魂中恶魔性的一面予以严厉的解剖。倘若说，

---

[1] 光盘：《谁在走廊》，《花城》，2002 年第 10 期。
[2] 光盘：《对牛说话》，《广西文学》，2003 年第 2 期。
[3] 同上。

肖像杀牛的荒诞行为是属于个人良心逼视下的极度疯狂和恐惧，那么，《对一个死者的审判》中构火生存退路的消失则是由于现实社会中异己力量的淹没和吞噬。从监狱回来的构火，与媳妇呼么进行他该不该死的争论未果，寻找了一个解决的方案：让村民们对他的死进行一次公正公平公开的审判。少数服从多数，构火不该死。但不该死的构火从此成了众人的眼中钉，媳妇不容他，儿子不认他，老唐勒索他，村民们也不信任他，原因是已经改造好的构火不愿意跟村民们去偷矿。构火怀着重新做人的美好愿望出狱归来，却荒谬地遭遇了以偷盗为生的村民。现实环境的丑恶、滑稽与荒诞毁灭了构火做一个好人的卑微愿望，他只能选择了弃家而去，重回监狱，可是连监狱都没有收留他。本不该死的构火最终只有死路一条。光盘用不动声色的笔调娓娓地讲述了最底层人的生活状态，探讨人性中的善与恶，并把恶的一面充分展示在读者面前。构火向善不得的心灵之伤成为现代人的精神隐喻，在这看似荒诞的生活背后我们异常清晰看到了光盘穿透现实的力量。

"将正常的世界扭曲给人看，实际上是一种荒诞。"但"有些东西在扭曲、变形的情况下往往比正常状态下看得更清楚、透彻，更逼近真实，也更有力量"。[1]可以说，光盘正是借助这些看似不合常理的情节来表达自己对于现实的深切体认，从而更为有效地抵达内心的真实。正如康定斯基所言：艺术家"睁大的双眼应该紧紧盯住自己的内心生活，他的耳朵应该常常倾听自己内心需要的声音……艺术家不仅以他目的所必需的任何方式来处理形式，而且他

---

[1] 橙子：《朱山坡：从不同视角观察新乡土》，《南宁日报》，2006年6月16日。

必须这样做"。[1]对于内心真实感受的倾听和尊重是一个优秀作家最起码的责任与良知。从这一点来说，光盘是个遵从内心写作的作家，他试图在自己的文学创作中构筑一个连接世道人心的精神通孔，反映出现代人在荒诞现实中剧烈的生命痛感。《王痞子的欲望》应该是此类创作中最有代表性的一部长篇。小说采用了极端个人化的叙事方式，宏大的历史进程（抗日、内战）消融于个人庸常的生命流徙之中，为我们从另一个侧面窥视宏大叙事遮蔽下的民间真实提供了一种崭新的纬度。但在这里，我更关心的显然不是作者巧妙的叙事方式，而是一个叫王痞子的男人带给我的沉重的生命思考。王痞子的豆腐坊在一场突如其来的大火中灰飞烟灭，也使他有幸在这场灾难中结识了救命恩人刘少爷。于是王痞子的一生就从这场充满了宿命的大火里发生了转折，同时故事也在这里进行了荒诞的开场。为了报答刘少爷的救命之恩，王痞子发誓要生一个女儿来给他做妾。这一追求成为他此后人生的全部动力和唯一目的。但不幸的是，王痞子的愿望和憧憬在一次次的期待中化为泡影：第一胎生了个男孩，第二胎又生了个男孩，第三胎终于生了个女孩，死了。尽管最后的结果总是与王痞子的最初目的背道而驰，但他始终没有熄灭掉心中熊熊燃烧的欲望。为了达到生个女孩的坚定目的，他包养妓女、纳小妾云芳，甚至最后强娶养女王玫瑰。但这一切变态的努力都最终烟消云散，怀孕的云芳倒在了日本鬼子的枪口之下，养女王玫瑰在道义与爱情的两难中魂归密西河，穷其一生都没达到目的的王痞子最后也死在了他假想中的女婿———刘少爷的枪下。这是一个宿命

---

[1]康定斯基：《论艺术的精神》，查立译，中国社会科学出版社1987年版，第45页。

的悲剧。报恩本来是人应有的一种道义和良知，其本身无可厚非。作为个体主体的王痞子产生这一想法也具有事实上的合理性。然而当这一单纯的感恩心态混入复杂的个人私欲时，它就有可能完全背离既定的轨道而成为让私欲任意驰骋的旷野。王痞子对富人区的向往、对上层社会阔绰生活的渴望导致他的报恩已经失去原初的含义，生个女儿给刘少爷做妾只不过是他通往上层社会的一个途径。所以，当这种畸形的欲望侵蚀到王痞子的心灵和血液时，一种因扭曲而变态的人性便合理地呈现于我们面前：他对儿子仇人般的痛恨；他对妻子魔鬼般的暴虐；他对养女畜生般的猥亵。王痞子种种的残暴与荒唐都源于他私欲极度膨胀下正常人性的丧失。为着他生命的唯一目的，所有与之有关或无关的一切都成为他排斥、牺牲和摧毁的理由。所以在他整个报恩的过程中，爱、亲情和伦理始终是缺席的。这种缺席使整部小说弥漫着令人毛骨悚然又啼笑皆非的残忍、暴虐和滑稽，这就使本来富于人性的报恩行为充满了不可理喻的破坏性和荒谬色彩。

　　光盘的感觉是细腻而深刻的，他敏锐地洞察到了人类心灵深处哪怕十分微小的秘密，并用一种推向极致的书写无情地展览人性的罪恶与荒诞。当我们蓦然发现亲情、良知、尊严这些原本人类生存的力量之源在人的欲望面前显得苍白而无力时，我们该有一种怎样发自内心的震惊？可以说，光盘在一种平平淡淡的故事讲述中，始终在思考着我们时代最深刻的问题，始终以最深情的目光注视着在悲苦的命运中挣扎的人们。他以直面现实的勇气，真实地裸现了一幅幅人生百态图，展示了人类在荒诞现实中的生存之痛与心灵之伤，在一个更深层次的维度上，思考着关于人、关于存在、关于灵魂的话题。作为一个年轻的作家，光盘对文学的领悟和执着令人敬佩，但未来的道路仍很遥远,我真诚地希望他能在这个浮躁的时代中坚守内心的信念:拒绝平庸,远离媚俗,将文学的"根"深扎于故土,深植于人心,创作出更好、更有分量的作品来。

(原载《民族文学研究》2009.5.15)

黄佩华小说中的文学地理世界

陈金文

黄佩华是广西知名作家，他先后获得广西首届青年文学创作奖、广西首届青年文学独秀奖、全国第三届城市报纸连载作品二等奖、第二届壮族文学奖、全国第四届少数民族文学奖、广西区政府文艺铜鼓奖及全国第四届少数民族文学奖。无疑，他是值得学界尤其是广西学界关注的作家。

近年来，一些学者发表了部分关于黄佩华文学创作的研究文章，如《从自然到社会——论黄佩华小说〈红河三部曲〉》[1]、《黄佩华的民间文化姿态论》[2]、《一个家族与二十世纪的风云》[3]、《河流·家园·女性》[4]、《黄佩华小说的文化内涵阐释》[5]等等。以上论文主要是通过对黄佩华小说内容的分析，发掘其小说在选材

---

[1] 黄伟林：《从自然到社会——论黄佩华小说〈红河三部曲〉》，《民族文学研究》，2010年第1期。

[2] 黄雪婷，韦德强：《黄佩华的民间文化姿态论》，《百色学院学报》，2007年第1期。

[3] 刘兰萍：《一个家族与二十世纪的风云》，《西南农业大学学报》，2007年第2期。

[4] 石群山：《河流·家园·女性》，《广西社会科学》，2011年第6期。

[5] 张淑云：《黄佩华小说的文化内涵阐释》，《广西教育学院学报》，2011年第6期。

方面的特色，以及探讨著者对人类生存现状的思考。

本人认为，无论是就作品的数量，还是质量来说，有关黄佩华的研究都远远不够，参与研究的学者不多，有关研究论文也偏少。本人不揣浅陋，拟从文学地理学的角度就黄佩华的小说创作发表一点看法，希望能起到抛砖引玉的作用。

文学地理学批评方法即在作家的作品中发现不同地区作家写作的共性或普遍性，或者寻找作品中呈现或建构的不同地方的个性。围绕着这一文学批评方法，杨义发表了多篇研究论文，如《文学地理学的渊源与视境》[1]、《文学地理学的三条研究思路》[2]、《文学地理学的信条：使文学连通"地气"》[3]等。关于文学地理学的批评方法，除杨义之外，还有不少学者发文探讨，如邹建军的《文学地理学批评的十个关键词》[4]、《关于文学发生的地理基因问题》[5]，梅新林的《文学地理学的学科建构》[6]，陈舒劼、刘小新的《空间理论兴起与文学地理学重构》[7]，等等。

本文拟采取文学地理学的批评方法，通过对黄佩华小说的细读，发现其文学创作的地方性，即寻找其作品中的文学地理世界。需要说明的是，以往关于黄佩华文学创作的研究虽没有人明确提出使用了文学地理学的方法，但一些论者采取的研究视角与文学地理学方法比较接近，因此，本研究在一定程度上借鉴了以往的

---

[1] 杨义：《文学地理学的渊源与视境》，《文学评论》，2012年第4期。
[2] 杨义：《文学地理学的三条研究思路》，《杭州师范大学学报》，2012年第4期。
[3] 杨义：《文学地理学的信条：使文学连通"地气"》，《江苏师范大学学报》，2013年第2期。
[4] 邹建军：《文学地理学批评的十个关键词》，《安徽大学学报》，2010年第2期。
[5] 邹建军：《关于文学发生的地理基因问题》，《世界文学评论》，2012年第1期。
[6] 梅新林：《文学地理学的学科建构》，《华中师范大学学报》，2012年第4期。
[7] 陈舒劼、刘小新：《空间理论兴起与文学地理学》，《福建论坛》，2012年第6期。

研究成果。

　　故事发生的特定自然环境是黄佩华小说文学地理世界最鲜明的要素。文艺学者认为风景画对于构成文学民族特点与地方特点具有特殊意义,他们指出:"共同地域是民族形成的条件之一,自然环境对培育熏陶民族气质、心理状态,对民族作家的成长和他的审美观念的形成,有不可忽视的作用。有些景物甚至是国家民族的象征性形象……风景最容易激发人们对祖国、对民族的深厚感情,勾起他们的乡关之思。因此当这些客观因素进入作家的视野,被点染上浓郁的情绪色彩,作品就会呈现出民族特色和地方特色。"[1]无疑,黄佩华小说民族特色与地方特色的获得是与他对特定区域风景画的描写密切相关的。

　　在黄佩华的小说中,故事所发生的地点往往在他的故乡,因而,红河(亦称红水河)、驮娘江、西洋江、桂西北、云贵高原南麓、八达、平用等地理名称频频出现于他的小说中,他作品中的风景画自然也取材于这一地区。其中,他最为情有独钟与醉心描写的莫过于家乡的河流——红水河。可以说黄佩华写得最好的小说都是取材于红水河畔的故事,而对于景物的描写最为传神与饱含深情的则是红水河。

　　在黄佩华的作品中,对红水河的描写时常可见,在中篇小说《涉过红水河》中有这样一段对红水河的描写:"看见这么满盈的河水,巴桑的脑子里在极力地回忆往日那条狂奔不羁、势不可挡的红河。那时的红河水是褐红色的,它洗刷过了云贵高原的满身污浊,浩浩荡荡,一路狂奔,一路怒吼,震撼着广阔雄奇的桂西北喀斯特

---

[1]丁纯、王弋丁、向彤等:《文学理论基础》,上海文艺出版社1981年版,第311页。

山区。然而，瘦红河又是另一种风景了。每到冬天，红河的水就有褐红变成橘黄，再变成清澈的碧绿。大多数河段都裸露出两条长长的河滩，而河水则静静地缓流在槽状的河道里。两排长滩礁石嶙峋，从远处看去，似万马奔腾。身临其境，巨礁和沙槽宛若迷宫。在巴桑的印象中，红河是条脾气古怪的河流，一时雄性勃发，一时阴柔如蛇。"在黄佩华的小说中，这种对红水河的细腻描写几乎是随处可见，在其短篇小说《红河湾上的孤屋》中有多处对水起水落的红水河的描写："连续一昼夜的豪雨，把原先还很瘦的红河涨得满盈盈的，水色变成了红褐色。满河面的漂浮物前推后拥地从上游流来，河水还在疯长，波涛声变得异常沉闷。""红河的水瘦了很多，河滩上的礁石裸露出来，被一层厚厚的泥沙盖住。从远处望去，河谷一片浑黄。唯有阳光下河面的反光河涛声证明，河是流动的。"

作者的青少年时代一直生活在红水河畔，喝着母亲河的水长大，他对红水河的描摹，当然形象逼真，但是，并不仅仅如此，作为黑衣壮的子孙，红水河的儿子，黄佩华笔下的红水河自然不是纯客观之物，而是情景交融，饱含着作者对家乡故土的一片深情。作者满怀激情地讴歌红水河勃发的雄性与如蛇的阴柔，字里行间都体现着他对红水河的热爱与敬畏。

在黄佩华的小说中，红水河不仅仅是故事发生的背景、人物活动的场所，也是故事主人公根之所系、魂之所在。黄佩华中篇小说《百年老人》中的主人公农宝田，年轻时是红水河上的船工，他从红水河上迎来了新娘依月，也是红水河吞噬了他的妻子依月、依达姐妹，红水河承载着他的幸福与痛苦、骄傲与悲哀。死后，子孙们将他的遗骸撒到了红水河里，让他的生命与红水河一样长流不息。《涉过红水河》中的主人公戈桑，他一生的功德就在于从红水河里打捞起无数的落水者,他为溺亡者一一起了名字,为他们装殓,并在清明节为他们修墓除草。当河下游修起水电站,因为蓄水要淹没他的家园时,他迟迟不肯搬迁,最终与溺亡者的骸骨一起葬身于水底,红水河成为了他最终的归宿。其短篇小说《红河湾上的孤屋》中的主人公,那位离群索居,苟全性命于红水河湾上的无名老者,几十年间都是靠红水河为生,"一涨大水,吃的烧的穿的老天爷都给他送来了。"最后,当他抢救溺水者时,浑身乏力而葬身于红水河的激流中。

总之,黄佩华在小说中对于他的故乡,特别是对于红水河的描写,是与人物形象的塑造密切相关的,而不仅仅是讲故事的道具或一个支架。红水河自西而东横穿广西中部,长达659公里,流域面积达63162平方公里,约占广西总面积的37.4%。是广西,尤其是桂西北各族群众当之无愧的母亲河。红水河之于黄佩华当然有着其他自然景物无法替代的独特意义,在他的笔下,红水河是壮民族的化身,是壮族历史文化的象征,"是一个被充分意象化了的载体"。[1] 而在黄佩华小说中频频出现的红水河的意象也形成其最鲜明、突出的文学地理基因。

风俗画比风景画更具生活气息。风土人情、宗教信仰、婚丧嫁娶、节庆仪式、服饰饮食等,是一个民族历史文化传统和精神与心理的具体反映,具备实在的物质条件与模式化的行为方式,是识别民族身份的重要标志之一。因而,作家对民俗生活的反映更能使自己的作品体现出区域性与民族性特色。鲁迅小说《祝福》中描绘的"年终大典"的盛况,《社戏》中描述的跳鬼的排场和女吊的扮相。

---

[1] 石群山:《河流·家园·女性》,《广西社会科学》,2011年第6期。

这些极具地方特色的风俗画面，对鲁迅小说"中国作风中国气派"的形成有着很大的作用。而沈从文笔下端午赛龙舟、捉鸭子比赛和高山丛林中男女对歌定情，以及边地所特有的婚嫁礼仪、信仰崇拜等方面习俗的描写，也是沈从文文学创作地域特色的重要标志。

黄佩华小说中对独特的民间习俗的描写无疑是其文学创作区域特色与民族特色又一重要体现。黄佩华的中篇小说《远风俗》即是以"以弟为子"的习俗为出发点的。小说中"我"的二姐出嫁多年，却一直没有生育。父亲出于各种原因，让"我"过继给二姐作儿子，从此，姐成了"妈"，父母成了"外公外婆"，哥嫂们也变成"舅公舅母"了，而这是"一种古老的风俗"。小说以这种特殊的风俗引出叙述者的出场，同时，对这种古老习俗的描写，也因为文化差异的原因，给人以心理上的冲击，进而给人以特别的审美体验。

长篇小说《生生长流》中，黄佩华通过三公农兴良的沉浮史，浓墨重彩地描绘了壮族魔公文化。故事讲，农兴良年轻时救了一名外乡大魔公而得到真传，成了红水河一带颇负盛名的大魔公。壮族民间有魔公、师公、道公等多种宗教职业者，他们是壮族传统文化的重要传承人，他们活跃于壮族民间，为百姓祈福禳灾、丧祭超度、驱鬼逐邪。小说中的农兴良就是这样一个壮族魔公文化传人，他为此既出尽风头，也吃尽苦头。小说中多处以细腻的笔法描写农兴良以魔公身份主持法事的情景，仅在"魔公·教师·县长"一章中就先后描写了农兴良主持的让神灵帮助"我"曾祖父把大烟瘾戒掉的仪式与黄家大老爷八十寿终的"隆重的道场"。作者对魔公文化不惜笔墨地铺排与渲染，让读者在领略文化多样性的同时获得了耳目一新的感觉。

黄佩华的长篇小说《杀牛坪》，更是有着浓郁的民族民俗文化特色。壮族地区属于稻作文化区,在传统社会中,牛是壮族社会最重要的生产力,因而,壮族人民与牛有着不寻常的感情,他们爱牛、敬牛。《杀牛坪》中牛轭寨的乡亲,在农业机械化程度提高,耕牛已经没有多少用武之地之后,仍然保留着养牛的习惯。小说中,多处描写了壮家养牛的习俗。在小说上部"我是一个盗牛贼"一章,作者写到四月八壮家的牛王节:"四月八牛王节,独眼主人除了喂它(岔角牛王)一顿好吃的黄豆米粥,还带它到红河里去洗澡,清除身上的虫虱。"在中部第22章中,作者则讲了流行于广西壮族群众中的"砍牛"习俗:"为了祭祀的需要,大户人家往往要杀牛隆重祭祀一番,同时把牛肉分成小份分发给各家各户。"

壮家人好酒,米缸里可以没米,酒缸里不能没酒。在《杀牛坪》中著者屡屡描写饮酒的场面,其中自然涉及饮酒的民俗。在上部第7章中,描述了壮家人"你敬我一匙,我敬你一勺"的"桂西北待客喝酒的一种方式"。这种杯来杯去、你灌我喝的饮酒习俗,广泛流行于某些壮族地区群众中。据说,这种习俗是布洛陀创下来的。相传,一年,壮家人备下酒菜送上敢壮山孝敬布洛陀。宴席上,一位老者站起来,双手举杯向布洛陀敬酒。布洛陀美滋滋地一饮而尽,也双手举杯回敬老者:"难得各位父老一片诚心,来来来,大家杯来杯去开怀畅饮。"从此,杯来杯去饮酒的习俗便在壮家世世代代传下来。

在《杀牛坪》中部的"死狗与仇人"一章,黄佩华对民间猜码斗酒习俗的描写更为传神:"韦一刀脸上现出一丝诡谲,大声地说永平老哥,我们来猜码吧,猜码散酒哩!黄永平似是被激活了,顿时来了精神。连忙说,好,好。久不和你猜拳了,妈的,手都生了。韦一刀叫女人弄来两只碗和一只匙子,把两人的酒合倒到一只碗里。

又舀了一匙酒倒到空碗里。接着移开位子挽起袖子,拉开架势和黄永平喊起码来。别看黄永平只有一边眼正常,人也好像是快醉了,但猜起码来手疾眼快,声音也还是高亢有力,更令韦一刀感到意外的是头三码他都赢了。赢了码的黄永平似乎又找到了某种尊严,脸上的神情也变得自信多了。虽说他第四码输了,挨喝了一匙,但随后又连赢了两码,总数一下子变成了五比一。眼看老公要吃独眼龙的亏,女人憋不住了,只见她捞起袖子攥紧柚子般大的拳头,伸向黄永平说,来,哥,我代我老公猜,输了我喝。黄永平从来没有碰到这种阵势,一下子也愣住了⋯⋯"喝酒猜码的习俗在广西极为盛行,可以说是不分民族、无论男女,在这里,黄佩华对这一习俗的描写可谓是活灵活现!

　　总之,黄佩华的小说特别注重风俗画的描述,具有鲜明地域特色与民族特色的风俗画卷是黄佩华小说中文学地理世界的又一要素。黄雪婷在《黄佩华的民间文化姿态论》一文中指出:"具体地说,原始素朴的民间生活方式和蛮荒的生存氛围、质朴传奇的民间人物和富有地方特色的乡村生活语言共同构成了他小说中的农村社会氛围和具有民间色彩的乡村风俗画。"[1]黄佩华对桂西北乡村风俗画的描绘使其作品既散发出浓郁的乡土气息,又凸显出鲜明的地域色彩与民族特色。

　　文艺学者认为:"现代文学内容的民族化体现在两方面,即不仅看它是否直接以本民族的现代生活为题材,更重要的是看作者反映生活时是否带有一种特殊的民族眼光,亦即是否有一种时代的民族

---

[1]黄雪婷,韦德强:《黄佩华的民间文化姿态论》,《百色学院学报》2007年版,第1期。

精神、气质渗透在他对生活的观察与评价里。"[1]可以说,一部作品内容的民族化或区域化程度是与作者对本民族、本地域民族生活的理解深度成正比的。对于一个民族或区域的历史文化、生存状况体验愈深,他笔下的艺术造型也就愈洋溢着独特的区域或民族气息。黄佩华的创作即是如此,其作品中特殊的民族眼光,对本民族生活的理解与评价,是构成其小说中文学地理世界的尤其重要的因素。

在黄佩华描写的生活画卷的背后,是一双悲怆、忧郁的目光,诚如《黄佩华小说的文化内涵阐释》一文所讲:"黄佩华在深厚的乡土情结中表现出一种民族的忧思,他以强烈的责任感和使命感,思索着壮族人民的生存状态和独特的文化心理。……揭示出一种直面残酷的生存现实的勇气,真实反映出壮族人民存在的苦难和苦难的存在,表现出壮族民众的独特的文化精神和别于其他民族的异质心理。"[2]的确,黄佩华作品中描绘了壮族民众生存现实的残酷,其叙事背景往往是灰色的,看不到些许亮色,民众生活贫困、艰难,故事往往以悲剧结局,在他的作品中很少看到让人振作的希望。

黄佩华的小说中天总是阴的,阴雨绵绵,好似无始无终。《涉过红水》中,作者笔下的天气是阴的:"天空被一块厚黑的云层占据着,而且愈压愈低,接着怒吼几声,下雨了。""傍黑,天空又布满了黑沉沉的乌云,空气异常地沉闷,天边电光闪闪,虫蛾漫天飞舞。""那晚的乌云如盖般扣住了四周的山顶,震耳欲聋的雷声在空中滚碾着,空气沉闷得让人喘不过气来。"《红河湾上的孤屋》中,故事也发生在阴雨的天气,"连续一昼夜的豪雨,把原来还很瘦的红

---

[1] 黄世瑜:《文学理论新编》,华东师范大学出版社1986年版,第139页。
[2] 张淑云:《黄佩华小说的文化内涵阐释》,《广西教育学院学报》,2011年第6期。

河涨得满盈盈的，水色变成了红褐色。""天仍然是阴沉沉的，厚厚的黑云似乎凝固不动了。他抬头观察了一会天气，估计不久还会有一场暴雨"，"远处几声闷雷，越滚越近。和着河湾里的水流声，使人心胸颤抖、郁闷。""外面，雨下大了，打得地上冒出一片白烟。"在长篇小说《杀牛坪》中，除了在韦一刀的回忆中曾有过一个"风和日丽的春日下午"（上部，第10章）之外，差不多所有的叙事都在茫茫阴雨中，小说的开端即写道："老天爷还在下毛毛雨。这个老天像是被谁捅了几个口子，竟如此没完没了的下，不大不小的下，到现在已经下有个把月了。这场罕见的牛毛雨，把云贵高原南麓的山岭河谷都浇得一遍湿漉漉的。傍在红河边上的牛轭寨，人们更是被浓重的雨雾罩得都快要憋死了。"（上部，第2章）小说中这种要憋死人的雨好像一直没有停过，直到所有的故事就要结束依然是绵绵阴雨："夜里下了一场雨，这已经是两个晚上下雨了。"（下部，第36章）

在红水河流域，乃至整个广西这种阴雨绵绵的天气并不鲜见，但是，我并不认为黄佩华作品中对于天气的描写仅仅是客观描摹。以绵绵阴雨天作为叙事的背景，是作者忧郁、压抑与悲观心理的反映。

黄佩华笔下民众的生活贫苦而艰难。这一点在《杀牛坪》中有着逼真细致的表现。小说主人公"我"的家里可以说是一贫如洗，自己要去广州寻找在那里打工的恋人，不得不冒险偷卖自家养的牛王筹措盘缠；祖父黄金宝咳嗽只能请得起兽医来打针；而父亲则卖掉看家狗阿黑来解决经济困难。牛轭寨的其他乡亲也并不好过，香桃一家拿不出三百块钱给香碧买运动衣，香桃妈生病住不起医院，一生病就打算在家等死。经济状况比较好的邓秋月也并不幸运，她的丈夫死于矿下，一直没有挖出尸体，沦为了被人视为不祥的寡妇。

牛轭寨乡亲生活的贫困与艰难让人刻骨铭心！

　　黄佩华的作品多以悲剧结局。《涉过红水》如此，《红河湾上的孤屋》如此，《远风俗》也是如此。黄佩华的小说中很少有乐观情绪。《杀牛坪》下部中，小说主人公"我"因为结识了肥佬，给牛轭寨带来了改变。不但"我"的身份有了提高，祖父经常吃上了猪脚，村里人也都有了活计，连狗鼻子岑天禄也不再游手好闲。但作者对外来因素给牛轭寨带来的改变也并未持乐观态度。风雨之夜，哑巴阿五被杀，小牛王被盗，预示着牛轭寨的明天未必美好。长寿对于多数人来讲是可遇不可求的好事，在黄佩华的笔下也不再美好，在《百年老人》中，他通过主人公农宝田之口，否定了"寿元"长与"有福"的关系："我们红河边的人也是怪，哪个越清苦寿命越长。河上有个老蓝，自己几多岁都不懂了，他儿子差不多有我这把年纪了。你说他吃什么？说起来都不是人吃的住的啊！"在作家黄佩华的眼里，人人所憧憬的健康长寿也不是什么好事！

　　总之，黄佩华笔下的生活画卷是灰色的，在他的心灵深处隐藏着忧郁与悲怆。韦苏文指出："就壮族社会而言，它具有与别民族不同的独特之处：首先，在土司制度的中后期，以土司为代表的领主阶层不仅占有统治区全部的土地，而且对生息在这些土地上的人们操有生杀予夺的权力。农奴们受到极其野蛮和残酷的经济剥削及政治压迫，长年累月地负担着各种各样繁重的徭役，几乎被剥夺了人身自由和政治上的基本权力。壮族人民不但受本族土司的欺凌，还受到中央反动统治者的蹂躏，近代又遭到帝国主义的压迫与掠夺，集阶级压迫、民族压迫和帝国主义压迫于一身。"[1]韦苏文认为，

---

[1] 韦苏文：《壮族悲文化》，广西人民出版社1994年版，第3页。

所有这些是形成壮民族悲怆心理的客观原因。本人认为，韦苏文对壮民族悲怆心理的理解、认识很有道理。具体地说，黄佩华在作品中悲观、忧郁眼光的形成与其对本民族历史文化的理解与体验大有关系，其中蕴含着他对本地区、本民族生活的观察、认识与评价。

在黄佩华的笔下常出现历史的影子，在《百年老人》中，他写到设卡拦路的土匪；开着小火轮架着枪炮，在中国江河上横冲直撞的黄头发、白皮肤、高鼻梁、蓝眼睛以及身材高大的洋人。《涉过红水》写土匪、烟匪；写让法国作为参加第二次鸦片战争借口的"马赖事件"；写巴桑一家与黑老虎一家的三代冤仇；写韦昂出卖他的亲叔叔红军将领韦拔群；写一亩田能打十三万斤粮的荒唐岁月；写在"文革"中被批斗，最后死于非命的大胡子县长……即使在其反映现代生活的作品中，他也会往往看似漫不经心地把我们带入苦难的回忆，在《杀牛坪》中写道："这个地方，当年曾经发生过一起惨烈的事件。一些参加过百色起义的一支红军队伍，与数倍于自己的白军在红河两岸周旋。白军像赶山围猎一样将红军层层围打，最后一个个纵身跳下了悬崖。"（中部，第 22 章）

作为壮家儿子的黄佩华一旦拿起笔就会勾起对红水河两岸生灵涂炭、满目疮痍的不幸历史的回忆，不由得触动民族记忆深处的深痛巨哀。当然，对故乡与本民族生活现实的深切体验也是形成黄佩华小说中忧郁、悲怆的民族眼光的重要因素之一。

广西是一个美丽的地方，却不是一个富饶的地方。广西有"八山一水一分田"之说，全境土山、石山较多。石山地区为典型的喀斯特地貌。地理状况限制了广西的经济发展，至今广西还有一些地方的群众仅能维持温饱，全区尚有二百多个国家级贫困县。黄佩华的故乡桂西北地区更是典型的老、少、边、穷地区，民众生活的贫困程度超出人们的一般想象。故乡百姓艰难的生活现实无疑也影响到黄佩华在创作过程中审视生活的眼光。

此外，本人以为，影响黄佩华反映生活时的眼光的还有他对本民族传统劣根性的认识。黄佩华对家乡百姓生活的陋习有很深的体验。《杀牛坪》中，黄永平一家可谓是"今日有酒今朝醉"，虽家无隔夜之粮，常有无米下锅的窘迫，但一旦有些许荤腥，就要聚起一干人等饮酒狂欢，猜码斗酒，直到烂醉如泥、丑态毕见。《远风俗》中的二姐夫，"在工厂工作并没给家里带来什么实惠。几十元工资，还不够他抽烟喝酒。"退职回家之后，"没有酒喝，……就像被抽了筋骨似的没力气干活，整天像个聋哑人似的不说不笑。后来他实在熬不住了，就悄悄地把家里的鸡鸭拿到圩上卖钱换酒。他的勾当最终被阿公当场捉住，恼羞成怒的阿公差点用火铳把他崩了"。最后，二姐夫喝够了酒死在圩场上。《百年老人》中好吃懒做，被"我"曾祖称为混账的农才成；《远风俗》中醉死圩场的"我"的二姐夫；《杀牛坪》中游手好闲，被称为狗鼻子的岑天禄，都是壮族这种劣根性文化模塑出来的典型性人物。

总之，在黄佩华小说世界的后面隐藏着一双忧郁与悲怆的目光，这种目光是具有民族性的，这种特殊的民族眼光的形成归因于黄佩华对本民族历史文化与生存状态的深刻体验与理解。

综上所述，本人认为，黄佩华作为桂西北地区的壮族作家，在他的作品中体现出民族的、地方的个性，形成了独特的文学地理世界，这个文学地理世界包括地域性鲜明的风景画卷、具有浓郁生活气息的民族风俗画及反映生活时带有的一种特殊的民族眼光。

（原载《广西民族大学学报（哲学社会科学版）》2014．3．15）

论黄佩华小说中民俗叙事的建构向度和精神意蕴

李佳佳

作为一位土生土长的广西壮族作家,黄佩华是"百色作家群"的一个重镇。自1982年从《右江文艺》开始发表文学作品以来,已经连续写作了三十年,并拥有了小说集《生生长流》、《远风俗》,以及传记文学《瓦氏夫人》等优秀的文学作品。他以所熟悉的红水河和驮娘河为背景,以深厚的文化自觉性和历史责任感,不断追述着家族的古老传承,建构起一种从未断裂的民族文化延续,并使其成为其小说最为独特的部分。

解读黄佩华作品中的民俗构成,是探究其创作价值的一个重要渠道,也产生了众多的研究成果。这些现有的研究成果是一种学术积累,也是拓展研究空间和方向的学术基石。所以在开始进行新的探讨前,笔者将对之前的研究进行一个梳理。本文旨在以艺术化的视角来解读民俗在黄佩华小说中的存在,对其进行学理性的解释,进而去挖掘其中的历史和文化意蕴,最终完成对作家本身文化追寻的一个认定,即以"民俗内容——艺术建构角度——历史文化意蕴——作家精神追寻"为一条线性脉络进行推理研究。我们试图以这样一种方式去探讨，黄佩华如何在小说这样独特的文体中间，将民俗内容进行成功的艺术转化，实现艺术可读性和内涵丰富性上的重要权衡，这样也许更容易找到文本背后所特有的精神品格和文学特质，并对其作品进行更为科学的评价。

一、近年来关于黄佩华的研究综述

从刘永娟 1996 年发表在《民族文学研究》第 1 期上的《意蕴沉重·文体潇洒——试论壮族作家黄佩华小说创作的艺术个性》到现在为止，研究黄佩华的学术论文已经超过 20 多篇，跨越了将近 17 年的时间。在这些研究成果中，无论是研究方法，抑或是研究思路和研究角度，都各有侧重，有很多的学术闪光点。这些都是对黄佩华及其文学创作进行学术研究和探讨的重要资粮，是推动其研究多层面、多角度、多思维的前进基石。

从"地域文学"和"民间文学"的角度，是众多黄佩华研究论述的重要切入点。比如黄雪婷、韦德强所论《黄佩华的民间文化姿态论——新时期百色作家群研究之一》（《百色学院学报》，2007 年第 2 期）。在该论文中，将黄佩华置放在"百色作家群"的一员之中，以强烈的地域视角对其小说的民俗描写进行了一番解读，对其民间生活方式、民间人物和民间土语都进行了非常细致的探究和分析。另外，黄璐所论《深厚悠远的红水河文化魅力——解读黄佩华的〈生生长流〉》（《广西教育学院学报》，2010 年第 6 期），则是以地域文化的角度对《生生长流》这本小说进行了分析。

除了这两个角度，从"女性主义"、"家族史"或"现代主义和反现代主义"的角度来分析其艺术个性，也是一些评论家比较常用的角度。比如《洪水河畔女性命运的悲歌——黄佩华小说中的家族女性》(张淑云,《广西民族学院学报(哲学社会科学版)》,2006年第12期),《论壮族作家黄佩华的现代主义小说》(刘纪新,《广西大学学报(哲学社会科学版)》,2009年第2期),《论黄佩华小说的反现代性品格》(刘纪新,《理论月刊》,2009年6期),《河流·家园·女性——论壮族作家黄佩华小说的生态意蕴》(石群山,《广西社会科学》,2011年第6期)等。

无论是"女性主义"还是"家族史",或者是以"现代主义和反现代主义"的角度,都为黄佩华小说研究提供了更多的参考,开阔了研究的视阈,丰富了研究的层面。这些角度其实都是现当代文学研究领域的几个关键视角,他们从高屋建瓴的梯度将作家置放在特地的地域和文化中间,对其进行学术性的阐释,发掘作家对女性、对家族、对时代的看法和认知,从这中间判断出作家本身的思考,展现作家本身文学创作的更多意义和魅力。

在这些研究中,黄伟林教授发表在《民族文学研究》2010年第1期的《从自然到社会——论黄佩华小说〈红水河三部曲〉》较为引人注目,为我们提供了更多的学术思考。这篇论文以黄佩华创作的《红水河三部曲》为研究对象,从叙事学的角度对其进行详细的解读,认为其可以"分为自然叙事和社会叙事两种类型。自然叙事通过再现壮民族近乎原始的生活,为我们保留了一份特别的民族生存记忆。社会叙事则跟踪记录了红水河壮族子民进入现代社会的过程"。论文从"寻根"这样一个当代文学命题作为切入点,既寻找到了黄佩华小说中在地域文学或民间文学角度之外的崭新基点,又在整个当代文学视阈和黄佩华研究之间架起了一个桥梁。文章并不没有停止在仅仅是综述的角度,在对黄佩华小说的思想意蕴上,也进行了颇具功力的开拓性探讨。在对研究者大多语焉不详的《涉过红水》的主题分析之中，其借用黄佩华自己的另一篇散文《我的桂西北》，从文化心理等视角详细分析和诠释了小说的主题，其论述为黄佩华的研究提供了更深一层的学术依据及空间。

二、传奇化是其进行民俗艺术化的重要方式

民俗文化很多时候是原始文化以及原始文化的衍变体，"就其广泛的民族学意义来说，是包括全部的知识、信仰、艺术、道德、法律、风俗以及作为社会成员的人所掌握和接受的任何其他的才能和习惯的复合体"。[1]所以，从这种角度上来讲，它是个体和群体间的互相融合和共同创造，如果缺乏鲜活的个体塑造和群体呈现，都不可能将民俗叙事在艺术创作中找寻到一个恰当的位置。黄佩华将民俗艺术化的重要方式就是构建传奇。

在黄佩华的小说中，民俗是以一种全面展示的姿态出现，包括岁时节日、语言、建筑等生活的众多方面。它是丰富小说主要情节，使小说呈现艺术包容性的重要支撑。各式各样的民俗内容又是错综复杂地穿插在小说之中，并以传奇化的叙述方式，完成小说情节的不断推进和演化。这样不仅使小说脱离了可能坠入纯粹意义上的民俗展览的窠臼，也使小说在民俗氛围的基础上拥有了在艺术个性上的许多可能。所以，民俗实际上是通过传奇化的叙述方式完成了一种独特的建构关系，并在这种关系中，扮演着文化底蕴的角色。

就民俗内容而言，在岁时节庆的层面，他的两部小说《回家过

---

[1]〔英〕爱德华·泰勒（连树声译）：《原始文化》，广西师范大学出版社2005年版，第1页。

年》、《生生长流》第一部分《百年老人》均是以"过年"为小说的叙述主线,对"过年"的相应描写占据了小说中大量篇幅。在语言的层面,我们很经常能读到具有浓厚地域特色的语言表达,诸如:"'别满嘴油了,要吃就自己打饭,不吃就滚卵蛋!'农才旺没好气的说。"(《百年老人》)"合社笑起来,说:'狗日你个丑巴桑,真鬼精。我不说了,你都晓得了。'"(《涉过红河》)等。在其他层面,风水、建筑等都在民俗表达上起着非常重要的作用。在长篇《生生长流》和其他一些作品之中,比如"棕榈树下"的"衣冠冢"(《生生长流》),"靠水的住家最好是种一些竹子"(《杀牛坪》)等,都蕴含着这些丰富含义。

对民俗的描摹不可能独立成为文本的唯一构成,而传奇则在这个时候拥有了丰富小说故事性和增强小说可读性的可能,并成为民俗叙事的桥梁作用。当然,民俗在黄佩华的小说创作中并不仅仅体现在上述这些方面。这些民俗内容的展示,一方面体现作家对民俗努力还原其原始面貌的意识,通过代表性民俗活动和语言等具体细节来强化小说民俗叙事的表现力和穿透力。一方面体现作家对历史的态度,通过小说对民俗的转述进而完成丰富历史的内涵和独特魅力。

人的生老病死和喜怒哀乐,以及人与人、人与自然、人与整个社会所构成的关联,黄佩华小说都从一个整体性的哲学命题转变成一个个小的基点,然后通过故事性的转化,实现了文本的艺术完成。比如讲述了两个老人安葬死人头骨一事的《涉过红水》。这个小说便涉及壮族一个重要的传统葬俗——崖葬。在壮族人心中,他们"认为人的灵魂永远是不会消灭的,人死之后,灵魂依然在另一个世界里继续活动。在这种灵魂不灭思想的支配下,死者的后代子孙认为灵魂有很大的威力，它可以给人制造灾祸，又可以给人们带来幸福"。[1]但显然，作家并没有完全停留在单纯的民俗写照上，而是将两个老人的经历故事化。在重述故事的细节之中，作家显示了其在艺术创造上的匠心独运：

> 他父亲是桂西有数的地头蛇，明里是保安团长，暗地却干着鸦片生意，和另外两股烟匪势力相当。平时各占营盘，井水不犯河水，倒也相安无事。不料，当时的广西省政府委派大员坐镇桂西，严令禁烟，剿灭烟帮毒匪，并任保安团长为禁烟剿匪司令。从一个毒枭变成了司令，这可难为了团长，但无奈军令如山，他只得硬着头皮去执行公务。他和大员密谋，准备请求上级增兵，一举剿灭另外两股烟匪。谁知自己窝里藏着内奸，把军机漏了出去。还没等他动手，两股烟匪纠集了数百人枪，趁着一个雷雨之夜包围了保安团。[2]

作家娴熟地运用语言和转接技巧，将其"父亲"的故事简洁明快地勾勒出来，显示了作家在对待民族或家族"秘史"上的态度，使文本在流畅性和传奇性上保留住了应该存在的质感。小说家坚守住了小说家的任务，而没有成为单纯民俗叙述的匠人。另一方面，民俗在经过传奇化的丰满之后，也并没有变成支离破碎的碎片，沦为点缀之物。而是融入小说故事本身当中，和小说所透露出来的精神气韵达到了"共存"的状态，从而完成了对"对过去的了解总是受制于某些深层的历史归类系统的符码和主题，受制于历史想象力

---

[1] 黄现璠，黄增庆，张一民：《壮族通史》，广西民族出版社1998年版，第18页。
[2] 黄佩华：《广西当代作家丛书·黄佩华卷》，漓江出版社2002年版，第63页。

和政治无意识"[1]的成功突破。这种精神气韵则普遍存在于黄佩华小说之中，也将是下面我们沿着线性脉络所进行更深入探讨的部分。

三、人性是其民俗叙事背后的精神追寻

黄佩华曾自言："对于一个文化人来说，认识红水河和感悟红水河是困难而有益的。和地质学家、水利专家不同，文化人对红水河的认知和发现乃至利用都是凤毛麟角的，甚至是九牛一毛的，因为红水河不仅凶险，而且还深远和神秘。由于独特的地貌和自然因素，红水河流域的文化也具有自己惟一的特性。"[2]这种颇具内涵而"神秘"的"惟一特性"其实就是黄佩华小说中的民俗风景。桂西北是作家最为熟悉的土地，是作家血液里的根脉，是作家最了解的民俗风情之地。在这块地域上，以及在浩渺历史中的独特民间风俗，在人物的言行和故事的转变间轮番呈现，被作家运用得惟妙惟肖，恰到好处。通过小说进行传奇化的民俗叙述，完成对艺术塑造背后现实意义和历史意义的拷问。

比如上节我们讨论过的《涉过红水》。作家通过这样两位主人公对这种民族风俗非常细致地进行戏剧性的再现和叙述，根本上就是对民族血性的追认和倾慕，表达着作家对民族传承以及对生命无限尊重的敬意。一个民族得以延续的根本所在其实就在民族本身对先辈本身以及先辈遗产的态度。

---

[1] 王先霈，王又平：《文学批评术语词典》，上海文艺出版社 1999 年版，第 638—639 页。
[2] 黄璐：《深厚悠远的红水河文化魅力——解读黄佩华的〈生生长流〉》，《广西教育学院学报》，2010 年第 6 期。

那作家用艺术手法对民俗进行包装和再现，为的是表达怎样的精神追寻呢？我们认为是对人性的思考，对生命的体认和敬畏之情，对原始野性和人文血性为特质文化传承的一种追寻。这种特质也许和人们所熟知的现代文明语境并不能完美地契合，也许并不能和现代文明在秩序上拥有一定的共性。作家似乎也没有做哲学家的兴趣，他通过具体的小说情节将人性多层面地剖析开来，将人立起来，通过他们对一切事物的看法和认知来表达其本身所追求的人性之谜。

比如经常在其小说中出现的"杀猪"情节：

> 剥光毛，白白肥肥的一头猪就被农才旺以娴熟刀法破开肚，然后肢解。骨肉被高昌健提回厅堂，放在一张竹垫上。农才旺夫妇则忙于理那堆内脏。秀英神情淡然，机械地做丈夫的帮手。辛辛苦苦养大的猪，说杀就杀了，作为女人，自然是没什么值得高兴。[1]

"杀猪"是这段的主要情节，"神情淡然"和"机械"则真切地将农才旺夫人秀英的内心情感完美烘托出来。于心不忍，徒有无奈和明知事理都在作家两三笔带过中，勾勒出一个鲜活的农村妇女形象。从这个角度上讲，小说本身不仅拥有了历史感，而且具有了情感。对历史和情感的双重把握，是黄佩华小说具有非凡表现力的一个重要原因。历史被进行民间化的转述，在民俗这样一个大的背景和底蕴之下，既没有消损基本的人文情感，又在追溯中完成了作家的精神追寻。当然这种追寻是非常隐晦的，作家并不直接地表达出

---

[1] 黄佩华：《广西当代作家丛书·黄佩华卷》，漓江出版社2002年版，第17页。

来。需要读者去思考、去体味、去感同身受。在这样的交流中，传奇化的民俗叙事则成为抵达其精神腹地的一个重要津梁。

无论是对生命的体认和敬畏，还是对原始野性和人文血性为特质文化传承的追寻，我们都应该承认这些对人性层面的思考都来自作家自身对本民族文化，甚至对当下社会形态和秩序的一种深重焦虑感。这种焦虑感是作家文化责任的一种体现，正如裕固族作家铁穆耳所言：

> 就以'众小民族'之——尧煞尔人来说，我最强烈的感受是：无论就他们的历史、文化、性格还是心态来说，都是典型的流亡者……而我们草原出身的知识分子呢？可以说大多都是心灵上不断地流亡的知识分子。我是一个受现代汉文化教育的北方游牧人的后裔。我从小接触的是两种完全不同的文化，我生活在不只是一种历史、一种群体、一种文化中……[1]

其实，黄佩华在文艺创作背后所隐藏的文化焦虑和同样是用汉语描绘本民族文化的铁穆耳是一样的，这种焦虑来自全球化语境之下几乎一切外来文化的侵袭、压榨和同化，来自一个转型期中国视阈之中几乎随时在消散的传统历史氛围。对故去的历史进行人性层面的思考是否值得当下镜鉴，在作家艺术构思中成为一个主要的表达。比如在《生生长流》里，作家将一个红水河家族的百年沧桑史，穿插在诡异却多姿多彩的民俗文化之中的是作家对这种民俗的态度，隐含着一种坚韧的追寻姿态。对于老人描述自己年轻时的故事，以

---

[1] 铁穆耳：《创作随想》，《西藏文学》，2005 年第 2 期。

及对军队、土匪的描述，对消逝的历史进行追溯和还原，都表现了这一点。

这种文化焦虑很大程度上源于地区文学的本身自觉，源于作家自身的历史责任。在黄佩华的小说创作中，这些都有积极的体现和值得我们思考的彰显。

黄佩华文学生涯横跨二十多年，无论在中篇小说还是长篇小说的创作上，抑或是编剧、传记文学等其他艺术创作方面，取得了一定的艺术成就。这种艺术成就给研究者所带来的是文化和美学上的思考。民族文化是他文学创作的底色和灵魂，是挺起其艺术生命力的一根脊骨。民俗作为民族文化的一个重要方面，被其娴熟的运用和长久的使用，在过往的研究中被一些学者讨论和分析，但显然，这些分析理应得到我们更多的关注和回应。而无论是"地域"、"民间"，还是"现代"、"后现代"这样的研究角度也从某种程度上制约着黄佩华研究的深入和拓展，成为一个值得警惕的瓶颈。

（原载《贺州学院学报》2013.6.25）

缅怀咫尺的牛族
——《杀牛坪》中地域文化解读

刘澎珊

黄佩华发表在《作家》2010年9月号的长篇小说《杀牛坪》是一部反映人与水牛题材的作品，小说以独特的视角讲述了打工者牛蛋祖孙三代与几代水牛王命运交织沉浮的故事。在偏远桂西北山区的牛轭寨，牛蛋祖孙三代都分别与牛王结下了不解之缘。小说以一宗盗牛案开篇，牵扯出牛王岔角和主人公牛蛋身世的秘密，同时引出牛蛋一家三代人与屠夫韦一刀和牛王的三角关系以及爱恨情仇，最终以另一桩盗牛案结束。不言而喻，小说始终以人与动物、人与自然的关系为主线，通过探讨这些关系来逐步展现"天人合一"的美学思想。这部小说不仅题材在国内鲜见，而且作者对故事中红河岸边牛轭寨纯真质，朴实的人们以及剽悍野性的牛群的描写更是令人震撼。本文将通过对小说中独具特色的桂西北地域文化的分析探讨小说所蕴含的精神文明追求和深切的生态关怀，力图揭示出小说对生态平衡的价值追求和相融共生的生态美学立场。

一、小说中的杀牛坪

　　《杀牛坪》的作者黄佩华出生于桂西北的百色市西林县平用村，这里地处桂、滇、黔三省区的边缘，可谓是广西的最西端，并素有"广西省尾"之说。虽然这座依山傍水的壮族村寨地处偏远，却拥有着两条富有生机的梦想之河——红水河与驮娘江，这也是黄佩华怀念家乡时最魂牵梦绕的母亲河。从黄佩华发表的众多小说中不难看出他对于家乡的热爱之情，从《红河湾上的孤屋》到《生生长流》，从《涉过红水》到《公务员》，无一不是从家乡的两条河流出发，书写出一种与生俱来的厚重感与桂西北的乡土情结。而在《杀牛坪》这部作品中，黄佩华则启用了家乡另一个更加生机勃勃、源远流长的元素——杀牛坪。小说中是这样描写这一神圣而又神秘的场所："杀牛坪这个地方，其实是这一带红河沿岸难得一见的风水宝地，原本是住人的，以前的牛轭寨就在这里。说是风水宝地，主要是那个石山窝中央的小半山腰上有一个洞，洞不大，却很深，常有一股小腿粗的泉水流出，一年四季从不枯竭。这样一个好地方，后来居然住不得了，变成凶地了，究竟什么原因，现在寨子上的人们都不太晓得。"

　　2011年10月，笔者有幸跟随《广西文学》"重返故乡"栏目组去到了黄佩华的老家平用村，通过黄佩华的介绍，大家看到了现实中的杀牛坪：平用村前一片荒草蔓生的空地，也是过去村里宰牛的场所。在桂西北乡村举行盛大祭事时往往都要宰杀牛羊，以示隆重。"砍牛"是一份危险性非常大的活，通常是由一些青壮年用粗绳索把牛捆绑，然后将牛放倒，再用长刀穿刺牛的心脏，直至牛被放血气断。由于水牛力大无比，往往要一二十个人才能够制服它，于是每个村落都有一块平地用于杀牛,人们称为杀牛坪。黄佩华说他不止一次地亲眼目睹过杀牛的那种壮观而血腥的场面,每一次他的心灵都受到强烈的震撼。因此,他将家乡这众多的古老习俗都写入小说中,如"割耳朵"。

"割耳朵"是当地特有的民俗,是惩戒不仁不义的手段,这又是一种被认为天经地义的神秘主义。这个"割耳朵"的民俗就像是某种仪式,一种禁止人们犯错的警示。小说的主角之一韦一刀是一位坚定的生态环境保护主义者,当时他是畜牧局一名技术员,为了将红河水牛提纯扶壮,打造成一个名优水牛品牌,他来到牛蛋家生活,得以观察当时的牛王图额。他每天给牛王图额接屎接尿过秤和量体温,并且观察它的各种活动与习性,历经八年。但因观察牛王交配时同牛蛋母亲发生关系,被牛蛋父亲黄永平割掉半只耳朵。这些具有明显地域文化的习俗,也体现出黄佩华一直所坚持的桂西北地域与壮族文化色彩,与民族文化心理和文学地理因素保持一种血脉和根的亲缘关系。

二、小说中的牛性

《杀牛坪》是通过探讨人与自然、人与动物的关系来一步步展现牛轭寨村民的精神追求的。他们依赖自然并精心守护,虽然曾经迷失过,但所幸还是找到了回归的路。在这样一个叙事维度中,小说特别以穿插融合的方式详细描述了红河岸边水牛王的剽悍野性,为现代人展现了一幅幅精彩的"牛王图",其中的寓意亦不言自明。这些惟妙惟肖的文字不仅写出牛王的特点:"牛王家族的身体上,独有与红河一带别的水牛没有的一个标记,那就是在脑门上有一处铜钱般大小的白毛旋涡,四条腿的拐弯处分别有一个一手指宽的白毛圈。"还写出了牛王受驯的壮观："四岁多的牛王不仅天生有一种霸气，更有一种杀气。受驯那天，寨上几十名青壮年悉数轮番上阵，牵牛的，掌犁耙的，大半数都被它整得累趴了。对于同类，图额对它们都充满了敌意，寨上那些个小体弱的公牛，大都惨死在它那副粗壮而尖利的角下。"同时又不可或缺地对整体的牛群进行了唯美的描写："轻灰色的雨中，田野里有一群水牛，散淡地低头食草，看上去像一些深色的石头，一颗一颗地分布。我一眼就找到了那颗最大的石头，它肯定就是牛王岔角了。"这些罕见的牛群描写生动形象地刻画了当年牛王的霸气与刚烈，而牛轭寨的人们生活在牛王和牛族的周围，自然也孕育出了顽强而刚烈的性格。

当地人对牛王的崇拜还可以通过文中详细描写"吃牛胎盘"这一地方习俗看出。牛胎盘是母牛生产后的遗留物，是天然的营养补品。当地人非常重视牛胎盘，对其烹调也极为细心，这实际上表明当地村民对水牛的看重，甚至把它们的胎盘都当作如此神圣的馈赠。牛王就像是一个象征，一种图腾符号，那里的人们拥有自己的牛王节，拥有自己特定的传统。文中多次提到其他水牛包括母牛对牛王的心悦诚服，而牛王就代表一种威严，是牛群中的精神领袖，统领着整个牛群的世界，甚至对人类都有一定影响。牛王所享有的殊荣，在一开始并不是一种图腾崇拜行为，而是一种因珍视生命而采取的自我保护行为。久而久之，才形成图腾观念。桂西北是壮族人民的故乡，壮族的许多古代文化事象，大多出于本能、生存的需要，结合环境特点一步步衍生。

文中的牛性无疑是影响当地人民最深的一种精神食粮，原始的牛轭寨壮民们对牛王的崇拜正体现出这种本质的人与动物的和谐。那时，作为保护者的韦一刀，恰是怀着对牛王的崇敬与对培育小牛王的期待，放下自己的一切，在环境恶劣的农村一待就是八年。在这一层面上，人的精神与肉体的和谐得到充分的展示。

三、小说中的人性

随着物质文明的高速发展，牛轭寨的人们不可避免地受到了金钱与利益的诱惑，原始生态的自然环境和壮民族生活方式在消除贫困和现代文明的进程中无可奈何地消逝，人与人的关系开始变得畸形起来，人和动物的情感也被践踏甚至亵渎。《杀牛坪》中产生了一批生态环境破坏者，首当其冲的是主人公牛蛋。他为寻找失去联系的恋人香桃，将牛王岔角偷去卖给韦一刀，同时韦一刀也由畜牧局的副局长摇身一变成卖牛肉的屠夫。期间他请牛蛋吃动物眼睛，"只听噗的一声，羊眼就破了，顿时有一种从未体会过的味道迅速在我的嘴里扩散开来，我说不准是怎样的一种味道，眯起眼睛就囫囵咽下喉咙"。此时的人们已经开始漠视牛王漠视自然，也不再将动物的生死存亡放在心上，这从牛王丢失，牛蛋父亲黄永平去派出所报案，警局人员的无动于衷也可见端倪。

除却人们对大自然的漠然，随之而来的是便是对大自然的一系列破坏。由于牛蛋偷盗牛王，他还是被判拘留，于是在牢房结识了对抗自然的破坏者：肥佬。肥佬曾经在牛轭寨插过队，这里的人民用宽厚的心接纳他，他却打起了牛轭寨的主意，成为牛轭寨生态平衡破坏的始作俑者。他从省城下来，打算弄一批年代久远的奇石古树回城美化园林小区，而牛轭寨人杰地灵正拥有这些独特的奇石古树。他不仅打起了全村榕树的主意，还蓄意拉走红河里的奇石，又肆意妄为地在红河里炸鱼，更是用金钱诱惑全村的人们为其打工，迫使人们的生态观念因金钱而改变。与此同时，原本说"不好搞"

的村长王老吉，却在肥佬的金钱收买下默认这次开采。连村里好吃懒做的狗鼻子，也在肥佬的力撑下负责带领村民在红河取石头，最终同村长王老吉发生冲突，悲哀收场。

在这一阶段，人与自然的和谐关系遭到严重破坏，人与人之间的和谐也岌岌可危，人性的弱点展露无遗。老黑从牛蛋的挚友变为抢走其未婚妻香桃的不仁不义之人，不但是对牛蛋信任的背叛，也是对自己心中纯真本质的废弃。除却人心的改变，人与人之间也愈加不平等，例如黄永平对待养子哑巴的态度。哑巴是杀牛坪的专职放牛员，各家的牛都归他管理。担负着如此重任的哑巴得到的却是人们的蔑视，可见他所事工种的卑微。从岔角丢失后黄永平踹哑巴，到找不到岔角的毒打，再到发现哑巴睡懒觉的暴打，暴打后还命令没吃没喝的哑巴牵着公狗阿黑去镇上卖。饥寒交迫的哑巴劳累交加，晕倒在韦一刀的牛肉摊前，而黄永平却并不在乎，面对韦一刀的惊乱，"黄永平缓缓地吐出一口烟，淡淡地说，饿了呗，死不了的"，如此淡漠。哑巴自小兢兢业业地为黄家看牛，为牛轭寨的人们放牛，却遭受如此对待，不难看出，这时人与人之间的和谐已荡然无存。不难看出，小说表面上写的是壮族特有的生活环境遭到破坏，而实则写的是人们逐渐产生的精神危机。作者在这里实际上是从侧面来写自己对生态平衡的诉求，希望重新回到人与自然、人与动物和谐共处的局面。

于是，与生态破坏相对，文中也出现了一批生态环境的保护者，首先是韦一刀的女儿韦米兰。韦米兰在小说中出现的次数并不多，却是不可或缺的生态要素。身为屠夫韦一刀的女儿，在岔角丢失后极力关注并报案，还欲向书记镇长汇报情况。同时也是她，在父亲的牛栏里发现岔角后，成功劝阻父亲，使牛王物归原主。这里的女儿作为保护者，其对立面便是作为破坏者的父亲，最终父亲还是听从女儿的劝告，使人看到和谐回归的希望。其次，给我们带来安慰的还有一个弱势保护者：哑巴。在这个人们淡忘牛王、淡忘自然的年代，只有勤勤恳恳的哑巴独自留守在杀牛坪看护牛群。杀牛坪自古以来是人们精神领地的象征，虽然哑巴过不上优越的物质生活，得不到公正的对待，还是一如既往地为人们服务，这正是因为他拥有自己的精神属地。最后，与哑巴同病相怜的是曾经拥有威望的祖父，他同样是一个无能为力的保护者。祖父对着连降一个多月毛毛雨的天空破口大骂，却又只能悻悻然坐回烤火炉旁；祖父看到大家都不愿意养牛后忿忿不平，"他认为，现今的牛轭寨人都忘本了，怠慢了那些曾经和人相依为命的水牛，这些人迟早有一天会遭到报应的"。可是祖父身为一位手无缚鸡之力的老人，连自己的衣食住行都照顾不周，更别说保护动物和自然，于是他也成为一位无奈的保护者，只能靠抱怨来索求心理平衡。小说在这里实际上是从正面诉求生态平衡，倡导对自然和动物的生态关怀。无论是哑巴还是祖父都是弱势群体，作者通过对这一系列弱势群体人性的书写，暗示我们保护环境和动物的力量太过弱小，有意唤起我们的忧患意识和对自我的反思。

四、人性与牛性的和谐共融

虽然破坏一直在进行，可是随着岔角的回归、牛蛋的出狱、小牛王的出生，人们渐渐意识到生态平衡的必要性，慢慢开始适应大自然，这就到了《杀牛坪》中最初的"和谐共融"阶段。之前的破坏者也逐渐转变，首当其冲的还是牛蛋。牛蛋在迷失后又找回了自己善良的本质。香桃背叛他，可他仍尽心尽力帮助香桃一家，而且对分手之事只字不提；得知小牛王出生，牛蛋想出一个两全其美的办法，将小牛王的所属权卖给觊觎已久的韦一刀，而抚养权放在牛轭寨，这样不仅韦一刀得到牛王，自己一家与香桃一家也都定期获得抚养费，众人均对这一主意交口称赞；挣到钱后，牛蛋很细心地为家里所有成员买必需品，感动得大姐眼泪潮湿，因为现在这个弟弟终于会想姐姐了，连一向恶狠狠的父亲也认为牛蛋懂事多了；半夜吃完夜宵，还不忘记留着祖父爱吃的鱼肠，这种孝心证实牛蛋的本性其实是很善良的。

  这一阶段，人类慢慢意识到不应为了暂时的经济利益而任意损害自然利益，要使人类文明可持续发展，只有依托自然、保护自然，与自然和谐相处。于是，生态环境保护者的队伍逐渐扩大，韦一刀收养了小牛王，众人开始商量如何照料它，从给牛栏的加固到买锁扣加角钢固定，再到香桃爸自愿加入看守的队伍，最后到签协议众人达成一致。牛王的地位显著提高，人们再一次将关注的目光投向曾经的精神领袖，并意识到只有精神回归了，人的本真才得以复归。黄永平也用他薄弱的力量与肥佬抗争着，他首先不认可肥佬所做的缺德事，"他质问肥佬，省城需要美化，牛轭寨就不要美化吗？一棵树长成要百把几百年，卖掉了就没有了"。尽管他无力阻止肥佬，却仍以无声的力量反抗，他认为"既然不能阻挡肥佬在牛轭寨的掠夺行为，但是他可以延缓肥佬的施工进度，尽可能的消耗他的时间和金钱"，虽然不够光明正大，却是他一片好心仅仅能做的事。这个时候，黄永平也终于对哑巴动了恻隐之心，后者也开始收到各类礼物，如水鞋、雨伞、棉被、防雨衣等。人们在关注自然的同时，也开始关注一直秉持自然操守的弱势群体，人与人之间的距离拉近，牛轭寨人们的淳朴本性显现了回归迹象。这种人性的回归，不得不说是壮民族人民在面临的新环境与新生存状态所做出的一种努力,这个古老的民族伴随着红水河、驮娘江,也伴随着时代的河流,随波逐流,生生不息。

五、结语

当众多作家关注于现代都市的欲望写作,揭示现代人的精神危机、思想危机,反映快节奏的现代社会和竞争带给人的焦虑和漂泊无定感时,黄佩华却穿越丛芜,对造成这些现象的根源做了理性的思考。《杀牛坪》所讲述的发生在大西南红河流域这片神秘土地上的故事,在传达出对昔日壮民族中牛性顽强与刚烈的缅怀以及人性中那些失而复得的善良的同时,作者也告诉我们有些东西并未真正丢失,只是被遗忘在某个角落。他告诉我们还有这么一群人有着自己的精神牛王,他们的信仰仍在,过着踏实而快乐的生活。

海德格尔在其《路标》的扉页写了这样一句话:"道路而非著作。"从这部长篇小说中我们可以看到,作者无意于提出一种解决人类目前困境的方式,而专注于给我们以深刻的启发和哲理的思索。故事并未结束,小说唤醒了我们对桂西北地域文化的依赖和尊重,亦同时向我们做了如此提问:我们是否觉察到仍旧与我们朝夕相处的,居然就是我们此刻缅怀的对象;我们所缅怀的,是否真的已经成为了被缅怀的事实而毫无挽救的余地;我们现在追求的是否有意义,我们现在拥有的是否有价值;我们是否丢失了人性中最本真的东西。而我们守候的,又应该是什么。

(原载《广西文学》2013 年第 11 期)

在意义消失的世界中重建生活

刘大先

尽管从1983年就已经开始写作,但红日还是个新作家,因为从1989年从政后,他的创作开始了断断续续的旅程,直到2003年才恢复。这个人生经历的背景对于理解他的作品很重要,那种常年在基层工作所获得的丰富经验,不是靠短暂的体验生活或者旅游采风所能够提供的,那是经年累月呼吸濡染在一种环境与氛围之中才可能具有的从表面到肌理的全面而整体的经验。这种十几年经年累月的机关生涯凝聚成他近年来的"文联三部曲"——《报销》、《报废》、《报道》和讲述乡镇干部生存状态的《述职报告》。

这些作品中具有纪实的自然主义色彩,即它们与生活齐平,文字精细入微地描摹了生活,并且见证了作家的内在世界与外在世界的消融。读者从中可以看到宏大历史观念遁形之后,经验世界是如何形成乃至在一定程度上干扰一位作家的表达,毫无审美距离的贴近性描摹,会给文本带来一种透明的表象,似乎文字的呈现直接成为生活的面貌本身。如果放眼更广阔的同类官场或者社会题材写作,我们会发现,红日并非独例,这无疑显示了当下文学写作具有共性的某种东西，事实上也就意味着某种特定的"时代精神"已经潜在地成为作家的写作无意识。那么，这种写作无意识究竟是什么？是什么样的动机造成了这样的状态，又是如何令写作的自我与现实中的自我没有差别，随时可以互换？

"市文联"是红日笔下的常见意象，它在现行的中国行政机构中属于处级单位，不过是庞大交错的权力网络的毛细血管，然而它也是内在于整个体制之中，所有权力机构相应涉及的人事、制度、盘根错节的情感往来也一应俱全。红日孜孜于对这些权力体系的细枝末节进行精细描摹，就像一个勤奋的人类学家介入到某个族群中对社会结构、关系、动态往来进行"深描"。需要注意的是，他的文本并没有19世纪批判现实主义色彩的深度发掘或者揭示某种社会规律的企图，他只是在讲述一种细琐乃至边缘的"中国故事"，呈现"事实"，而不是"判断"。故事的形式和节奏决定了小说着眼于体察而不是评判，是一种呈现与告知的状态。叙事声音的这种方式导致了故事本身的平面化，曾经被现代主义注重的内面的深度个体也消失了，人物都是平面化的人物，不具备典型性。他这些小说的主人公几乎都可以视作同一个人，或者说他小说中的那些基层机关人物是个群像，而他意不在塑造某种性格，而是营造一种现实氛围和关系结构。

"关系"是所有这些作品的真正主角，当人物遇到困恼与矛盾的时候，通过现行制度正面解决的途径几乎从来没有提及，人物的第一反应是利用各种人际关系去"曲线救国"。《报销》里H市的文联主席章富有因为屈指可数的办公经费与繁冗杂多的实际事务之间造成的金钱匮乏而狼狈不堪。这本来是集体的困境，却需要由作为领导的他个人来承担。他必须要在春节前把单位由于各种必要或无聊的活动与应酬所产生的费用报销掉，在这个过程中他想尽办法：找上级要钱，以摄影家协会主席的身份诱惑拉拢酒厂厂长赞助，甚至与酒店老板老婆上床企图让她说个好话宽限几天。小说的叙事动力是个大限将至的时间结构，这种好莱坞电影式的紧迫感一直伴随着读者的阅读始终，本来这是快感型的节奏，然而章富有如同一只陷入蛛网中的昆虫努力挣扎的徒劳无益却让人感到粘黏、焦躁、不清爽，当最后他的一切找钱报销的举措全告失败之后，忽然"机械降神"式的荣厅长拨来了三十万旧房维修经费解决了他所有的问题的时候，也并没有带来压抑许久之后按照常规应该如期而至的快感。

快感的难以形成来自于个人所不能承受之重：个人生活与公共生活纠缠在一起，就像泥巴与水混合成为难分难解的一摊浑水，暗示了正规制度出现的窳败与失效，人们不得不走向自求多福的境地。但私人生活与公共生活的混融，呈现的确实集体意义上的公共性的消解。这种荒诞与矛盾的境遇的出现显示了当代生活的普遍面相。集体性的瓦解与个人主义的兴起是 20 世纪以来文学的核心命题之一，然而到了红日这里，经过了"短 20 世纪的终结"之后，那种雄心勃勃的个人主义式的英雄在新世纪已经退隐了——1980 年代的高加林，甚至在 1990 年代初期，读者还可能在邱华栋笔下那些北京的外省青年身上寻到自己的影子，但如今个人奋斗在时势大于人的情境中显然已经只能是令人念想的理想主义。像章富有这样疲于奔命的失败个体成为普遍性的心理感受，屌丝的形象不仅映照在从农民工到底层公务员的脸上，更铭刻在他们的心里。

在这种情况下，现实的繁琐如同弥漫的雾霾，无孔不入无处不在无边无涯，人物纠缠胶着在其中疲惫不堪，根本无暇顾及心灵。小人物被现世生活所累，根本无法拥有畅想的高蹈姿态，因而无法进行深刻的反思。这种人的境况的发生不能仅从个体身上找原因，而是一种特定时代社会结构性固化所形成的对于个体的压抑。于是个人在这种无能为力的处境中放弃了自己的主体性，叙事者红日的瑶族身份这种特殊性层面已经变得不再重要，他要处理的是带有普遍意义的话题。《述职报告》里水泥厂发生事故的时候，县委领导班子开会讨论谁该承担责任时，一个官员说："我们现在要追究的责任人，必须是在我们的权限范围之内，至于政府班子成员的责任，应该由哪个同志来承担，那是市委决定的事项，轮不到我们来拍板，你们现在是以吃地沟油的心去操中南海的事，真是的！"[1]这种敷衍脱责的行为固然有着个人修养与职业道德滑坡的原因，更主要是它显示了一种习以为常的思维惯性。即每个人都是在所谓的"权限范围"之内思考问题，而命运则放手于更高一层的权力象征。当个人与他身处的社会环境彼此割裂的时候，就会发生这种情形，即个体不会再认为自己与整个集体性的体系密切相关，自己的实践举措尽管风起青萍但依然是有意义的，可能会反作用于体系本身。到红日笔下的人物这里，这种对于自己行为有意义的自信焕然冰解，红日的写作正是投射了这种时代社会人的症候：他们都是过着一种意义消失的生活，并且对意义本身不再感兴趣，甚至可能早已遗忘。他们与他们的生活构成了一个意义消失的世界。

　　意义消失的世界是一个犬儒主义盛行的世界，用提摩太·贝维斯（T. Bewes）的话来说，就是"对政治现实（以'宏大叙述'和'整体意识形态'的形式）分崩离析状态的一种忧郁深广和顾影自怜

---

[1] 红日：《述职报告》，《小说月报》原创版，2013年第12期，第21页。

的反应"。[1]这是一种后现代式的品格,不仅异化于社会而且异化于其主体性,精神上显示为一种将"应然存在的世界"调教为"实然存在的社会"的堕落。

向实在屈服,超越于日常生活层面的意义的消失必然导致在文本上去深度化的出现,其结果是细节的枝繁叶茂,基层经验像漫漶的大水淹没了可能具有反思精神的个体。如前所述,基层经验体现出向人情与规则之间的一边倒现象。集体性制度的存在被搁置化,每一个在体制中活动的人物似乎都深谙制度之外的另一套游戏规则,并且游刃有余,丝毫没有犹豫。从这个意义上来说,红日的小说接续了自晚明以来世情小说的余脉,是"描摹世态,见其炎凉"[2]的世情书。作家并没有试图将主人公从烦冗庸俗中拯救出来的企图,因为他深谙在无边无际的权势之内自己的无能无力,写作在这个时候并不具有救赎的功能,而是身处庸常中的庸常行为之一种。它的神圣性荡然无存,倒是将"文学"回归为生活的一个平常组成部分。失去了精神的支撑,写作就像早点摊贩烙一个烧饼或者裁缝制作一件衣服,同样是个人的手艺,是世间生态的一部分。

这里涉及作家怎么面对时代真实的问题。红日采取的是平视主义,叙事者大多数时候与主人公"我"合而为一,这个叙事人是浸泡在一整套繁复错综的关系网络之中,其视角并没有超越于他所处的环境之上,而作者也并没有任何提升的欲望。这就使得叙事本身呈现出吊诡的层面,作者与叙事者同时身处现实之中,但是并没有跃出现实之外,他的叙事也没有对现实施加任何的介入举措。这是

---

[1] [英]贝维斯:《犬儒主义与后现代性》,胡继华译,上海人民出版社2007年版,第15页。
[2] 鲁迅:《中国小说史略》,《鲁迅全集》,人民文学出版社2005年版,第186页。

一种非介入的在场，显然不是具有批评意识的知识分子式精英叙事，而是一种抱有体贴与同情的大众声音。叙事者常常认同于主人公的视角，《报废》一开始就自嘲"我们单位"文联是个"前列腺部门"，用一分钱就像排一滴尿一样困难。但是就在这样的单位，新来的李主席因为羞于单位配车的低档次而积极投入换车的行动之中。这个事情成为整个文联超越于其他一切工作的重心，为了筹集换车资金费尽心机办了一个刊物，并不是为了繁荣文艺事业，而只是为了拉得赞助。这一系列行动只是印证了曾经作为精英的文艺工作者在精神上的逐级降解，曾经在1980年代想象中高扬的人文精神荡然无存，这群人的精神空间退缩到小市民的虚荣之中，那辆"大众PASSAT领驭"就成为活生生的物质象征。这里透露出的是1990年代以来的新自由主义式观念的深入人心，金钱强势地抢占了文人象征资本的领地，在浪漫主义时代汲汲于精神的文人也必得要靠资本实物来给自己的自信加分。而整个社会关系变成了交换关系：为了解决配车超标问题的审定核准，"我们"四处找关系希望能影响一个恪守规章的女副科长。但"侦察的结果让我们大失所望，仿佛她已经对我们单位的不轨行为做了滴水泼不进的防范。她的丈夫除了喜欢与外籍游客对话以外，再也没有其他爱好，连外国文学都不阅读。她的女儿既不练美术书法剪纸，也不练声乐舞蹈钢琴，练的是乒乓球。他妈的！这不是跟我们对着干吗"？[1]这个荒谬的桥段带有一丝悲凉的味道：文联所能提供的交换资源实在太过稀薄，这被"我们"视为审批不能通过的原因。

红日在波澜不惊的叙述中显示的这种变化，实际上是个惊心动

---

[1] 红日：《报废》，《小说月报》原创版，2011年第5期，第40页。

魄的精神衰变。原本的人文知识分子蜕变成新时代的契诃夫笔下那种谨小慎微、胸无大志的小公务员，他们不再关心灵魂和其他高尚的事情，而把眼光放在肉身和符号消费带来的虚假快感。在经济之外，还有等级制度所造成的困境——本该报废的老车因为僵化的体制而无法退役，另一方面处级单位的级别也决定了用车的等级，"李主席们"的生存智慧、巧妙心机最终止步于此。最终因为一场事故终于让老车走上了报废的命运，却也让司机的双腿报废了，那辆新PASSAT终究也只能落入搁置的实际报废的命运。我们可以看到，"级别"作为固化了的体制铁门槛的威权。道德与虚伪的张力、精神的紧张与挣扎在文本中不再出现了，人物做任何违背规章制度的事情都有种心安理得和理所当然：伪君子都不再出现，真小人不觉得在伦理上有任何的欠缺和过错。也就是说，自我反思这一维度已经在人物的情感结构中消失了。那么，它是从什么时候开始消失的呢？描写官场的小说在1980年代还有着带着启蒙热情的主人公，然而从新世纪以来的王跃文《国画》、李佩甫《羊的门》以来，主体逐渐收缩为为了个人利益以高妙的生存智慧辗转腾挪的小人，曾经的集体利益被全然搁置。近期阎连科的《断裂志》更是以寓言式的写意勾勒了尔虞我诈、弱肉强食的社会达尔文主义在中国社会的复活。到红日这里，似乎走得更远，以至于回到了晚明晚清的社会小说、新闻小说一路。

但红日又不是愤世嫉俗的，文学既然已经不再是救赎的途径，就像那些原本的手段成为目的。那么，它的意义就为了世道人心存留一份记忆。恩格斯评述巴尔扎克时所说："现实主义甚至可以违背作者的见解而表露出来。"红日的见解隐而不显，却同样让读者"在经济细节方面所学到的东西，也要比从当时所有职业的历史学家、经济学家和统计学家那里学到的全部东西还要多"。[1] H 市文联的欠账发票可以一窥所谓"事业单位"的日常开支和活动一斑：

  一张威运大酒店会议餐饮费、住宿费以及公务接待费，计五万四千六百元；一张是"俞平夫打印店"打印、复印文件材料费，计八千九百元；一张是"努力推动文艺事业大发展大繁荣"横幅标语制作费，计五百元。四张欠账发票，总额为六万六千七百元。这六万六千七百元，实际上也是 H 市文联本年度的公务开支费用。……作为一个拥有十一名干部职工和十个下属协会的正处级单位，这六万六千七百元的公务开支，应该不算高的。而且这四项开支也是必须的，符合规定的和问心无愧的。一年一次的文联委员会议是必须召开的，这从中国文联章程到地方文联章程都是这样规定。还有上级文联领导下来检查工作，各兄弟县市文联前来交流，不可能躲着不见吧。至于搞板报比赛悬挂横幅标语，那是市里统一布置的活动，是政治任务。政治工作是一切工作的灵魂，你不搞也得搞。章富有无法在这四张发票上爽快地签上"同意报销"这四个字，肯定有他的原因。原因是目前 H 市文联的账面上只有四千三百元，多一两分肯定有，那是利息。而这四千三百元，一分也不能动了，要在"荒月"的时候才能动用。[2]

  这里罗列的不仅仅是日常支出的名目，还有文联这一文化事业单位的工作内容。我们赫然发现，在红日的笔下，文联作为文官体系的组成部分完全在体制内部运作，与体制外民众的生活几乎不发生关联，与更超越的精神生活更是风马牛不相及。它像其成员一样，

---

[1] 恩格斯：《致玛·哈克奈斯（1888 年 4 月初）》，《马克思恩格斯选集》第 4 卷，人民出版社 1995 年版，第 682 页。
[2] 红日：《报销》，《北京文学·中篇小说月报》，2011 年第 10 期，第 88 页。

成了个意义消失的空心化存在。红日以一种去心理学的经验主义，呈现了亲身、现场、综合、不可还原的琐碎日常，却没有走上"日常生活审美化"，没有含义的输送，也没有激发意义生成的企图，有的只是无穷无尽的真实经验。

这种真实经验不同于现实主义的地方在于它只提供事实不提供价值与判断。就像他的小说中时不时蹦出来的短信与段子，并没有反讽的意味，红日的叙事全部是可靠叙述，诉说这种生存经验本身就是目的。他无意开拓人物内心层次的感性本质或者形而上学庇护下的理性本质。然而作为社会关系的产物，人不可能停留在蝇营狗苟、勾心斗角的层面，他必然有着生机奔波之外的精神空间，这个精神空间也许不是那么超越，却是疲倦与无奈时最后的依靠。《述职报告》中，从乡镇书记岗位调整上来但还没有新的任命的"等代办"官员玖和平，像他的同侪一样精于官场上各种厚黑之学[1]，平息上访，代理政府办主任，处理水库移民，每每能在河边市的小小道场中合纵连横、黑白通吃。然而，他希求升官时回乡祭拜祖坟求得心理安慰；到母亲患癌症、无药可治的情况下，也只能找巫师道公进行"补粮"的民间传统救赎仪式。所谓"补粮"是一种桂西北盛行的风俗，认为老人一生中的粮食吃完了，生命走到了尽头，需要子女们从别人那里偷一点粮食给他补充，以延长寿命。另一位副县长姚德曙贪污受贿在接受调查前心神不定，也需要请道公来帮忙"过油锅"。究其原因，当然是由于早先公共信仰的消解，形成匮乏，而使得精神下行，从民间中寻求慰藉。更主要的是，作者有种平视

---

[1]《厚黑学》中所谓求官六字真言"空、贡、冲、捧、恐、送"，做官六字真言"空、恭、绷、凶、聋、弄"，办事二妙法"锯箭法"和"补锅法"。参见李宗吾：《厚黑学》，群言出版社，第16—19页。

者的悲悯——他所讲述的世情故事中，一系列主角都是普通人，而普通人就是普通人，绝对不会升华为某种道德或智识上的英雄，却有着最后的伦理底线：不害人，在不损害自己利益的情况下乐意帮助别人。

如果说，高标准的道德是一种利他主义，低标准的往往是利己，那么这种普通道德则是一种时代的新道德，区别于利他的积极道德与自私的负面道德，姑且可以称之为机动的"中立道德"。中立道德可以用海桑的一首诗简单地说明："你呀你别再关心灵魂了，那是神明的大事／你所能做的，是些小事情／诸如热爱时间，思念母亲／静悄悄地做人，像早晨一样清白"。[1] 在意义消失的生活中，世界上存在的多是这种机动的中立道德，它会随着外界环境的变化而适时变化，要在为自己谋求更好的生活，关注于个体自身的平常心态与生活。它固然是最低的标准，却暗示了一种在意义消失的生活中重建意义的可能，玖和平、姚德曙在绝望中返回民间的弥散性宗教，只是困兽犹斗式的本能。而到了近期的《报道》中，红日似乎找到了一种新的意义：在建立集体性皈依中认识并重建生活。

文联的记者"我"下乡到龙骨村扶贫，出山难的问题一直困扰着这个贫穷的山村。围绕着拆天桥与修路，产生了常见的官员颟顸推诿、迟滞不作为现象，"我"人微言轻，虽然比之前下来"扶贫"的两位只知道吃喝的同事更有迫切希望帮助村民的同情心，实际上与当地村民一样也有心无力。"人民群众是不会走弯路的，只有干部才走弯路。"[2] 数次求助无果之后，村民在干部老跛的带领下，自力更生艰苦奋斗，冒着违法的危险之极制造炸药修路——制度的反

---

[1] 海桑：《我是你流浪过的一个地方》，新星出版社 2012 年版，第 69 页。
[2] 红日：《报道》，《小说月报》原创版，2014 年第 7 期，第 27 页。

人性再次被浓墨描写。作为制度衍生物的"干部"们在之前以修路需要"长期论证"为借口不作为，到村民建成了一部分路被"我"报道之后，又纷纷带着媒体来抢镜头。在这个小说中，可以看到红日在思想上的发展，他加重了讽刺的笔调，却又带有主旋律色彩：之前画家导演下乡来空言许诺说要同构拍电影、画画、报道把公路引进来，但实际的情形倒过来了，村民自己把公路修成，从而引起别人的兴趣，把电影引进来了。"人民，只有人民，才是创造世界历史的动力。"[1] 毛泽东在七十年前所说的话，似乎在这里得到了响亮的回声。红日让老跛及其代表的一群村民在无望的情况下自主行动，在行动中结成了新型的集体，通过集体的努力完成了效率低下的体制所不能完成的实践。这种主旋律式的书写不着痕迹的，既有入骨的批判，也有新价值的建立和颂扬，有种无目的的合目的性。

"我"正是在下乡与先民共同生活中，才见证了这一共同体重塑的过程，而这种见证行为本身也是链接曾经被割裂了的公务员（知识分子）与民众之间关系的隐喻。"我"不再是只关心自己切己利益的脱离群众的另一群体，而是在参与性活动中成为他们中的一分子。这不禁让人回想到早先的一些文学实践，"在创造典型的同时，还原于全体的意志。这并非从一般的事物中找出个别的事物，而是让个别的事物原封不动地以其本来的面貌溶化在一般的规律性的事物之中。这样，个体与整体既不对立，也不是整体中的一个部分，而是以个体就是整体这一形式出现。采取的是先选出来，再使其还原的这样一种两重性的手法。而且在这中间，经历了生活的时间，也就是经历了斗争。因此，虽称之为还原，但并不是回到固定的出发点

---

[1] 毛泽东：《论联合政府》（1945年4月24日），《毛泽东选集》第3卷，人民出版社1991年版，第1031页。

上，而是回到比原来的基点更高的新的起点上去。"[1]作为个体的"我"实际上与整体融合为了一体，个体与整体不再是对立或分裂的状态，而成为彼此互相支撑与显现的条件。

　　红日这种观念发展和对于集体性的再发现也许是无心插柳之举，却正显示了现实世界里，人们在无意义的生活中寻求重建生活意义的冲动。坚不可破的现实既无高潮又无起伏，在钝刀割肉式地逐渐败落，那种一盘散沙的土豆式民众在生活的教训中，逐渐凝聚起来自救，成为一个个集体性存在，通过自己的实践与历史对话，进而改变了历史本身。有意味的是作为见证人的作者"我"对于"报道"这种写作行为进行了反思，这个在困境中重新获得反思能力的书写者让写作自我与现实自我区别开来，从而让写作对现实有了反作用能力。现实不再是不假思索的信息——那些从各种媒体纷至沓来的"现实"其实只是简化乃至扭曲了现实的符号，现实成为一种需要主体参与的实践。这是一种新的起始，预示了各种可能性，也为红日的写作拓展了值得期待的品质。

（原载《南方文坛》2015.1.15）

---

[1]〔日〕竹内好：《新颖的赵树理文学》，《赵树理研究资料》，北岳文艺出版社1985年版，第490页。

时代特征与民族文化背景下的机智叙事
——论红日的小说创作

温存超

在新时期边缘崛起的文学桂军中,河池作家群无疑占据了相当大的比例,而且实力雄厚,地位突出。自1980年代以来,桂西北就犹如一座铁打的营盘,不断地给文学桂军输送能征惯战的骁将,在文学桂军进军中国文坛的战役中,披坚执锐,冲锋陷阵,抢滩登陆,攻城拔寨,名列前茅,立下了汗马功劳。从蓝怀昌、聂震宁、杨克、宋安群、常剑均……到东西、鬼子、凡一平、韦俊海……一队接着一队,源源不断。这种显赫的阵势至今未改。在近年来被称之为广西"小说新势力"的队列中,河池作家同样表现不俗,引人注目。其中,红日是颇具实力和影响较大的重要代表之一。红日自1984年开始文学创作,1989年从政后创作断断续续,2003年下半年起从事专业创作,迄今已在《小说选刊》《小说月报》《小说月报·原创版》《北京文学·中篇小说月报》《花城》《江南》《芳草》《小说请选》《广西文学》《红豆》《传奇传记文学选刊》等发表中短篇小说50多部。虽然数量不算很多,但颇有分量。作品先后荣获《北京文学》

优秀中篇小说奖、广西文艺创作铜鼓奖、"金嗓子"广西青年文学奖、广西少数民族文学创作"花山奖"和广西年度作家奖。红日以其相当突出的创作实绩,当之无愧地成为至今仍然留守在桂西北本土上的河池文学阵营的领军人物。他的小说既具有鲜明的社会时代特征,又具有浓重的地域民族文化内涵,叙事灵活机巧,体现出一种思想与文化的智慧色彩。

一

红日的一系列小说多以桂西北城乡作为背景,从当下现实生活中提取题材,真实地描写中国社会转型期由乡镇到县市一级基层干部的生活和普通百姓的生存状态,反映官场中复杂的人际关系和炎凉世态,揭示客观存在的社会突出问题。由于红日有着比较丰富的基层工作亲身经历,有着来自于现实生活的深刻体验与深层思考,因此,他的小说直逼现实,具有浓郁的当下基层官场生活气息,体现出十分鲜明的转型期社会生活特征。

中篇小说《黑夜没人叫我回家》以描摹小城公务员夜生活为叙事层面,反映一些县市级干部的复杂生活、人际关系与精神状况;《钓鱼》以一个发生在红水河边上的真实事件为原型,揭示家庭矛盾,披露县市一级官员在改革开放中出现的腐败行为;《门里有门》刻画了一个报社老总的晦暗人生;《影子》描写一个农村基层干部横行乡里的卑劣行径;《欢迎光临》批评接待上级和贵宾的弄虚作假现象;《有种的站出来》反映了扶贫工作中的种种实际困难。而且,这些作品又都在不同的程度上尽量拓展社会背景,以犀利的刀笔解剖具有普遍性的生活真相,以辛辣的讽刺意味揭示生活矛盾,引发读者的思考,颇具现实批判的力量,确有一种"决意将幽默讽刺进行到底"的架势。因此，红日的一系列小说被人们称之为"官场风花雪月小说"，红日也被比之为当今的"李宝嘉"。人们对于红日小说的这种评价自然不无道理。然而，在我看来，红日的官场系列小说与《官场现形记》自有不同，与王跃文的《国画》等"反腐败小说"也不一样，除了暴露和谴责以外，更多了一种人生的观照——对那些境遇尴尬或承受着沉重压力和不平待遇的小官员们的一份理解与同情，更多的是对他们日常生活与精神的真实写照，是对他们同时作为普通人复杂人性的形象剖析。这种独特的观察视角和书写侧重，同样来自于红日人生经历中的深刻体验与无限感慨。

《钓鱼》中怀才不遇的县志办主任姜静波、《被叫错名字的人》中被误诊为患了绝症的县政府助理调研员李乃高、《有种的站出来》中的下乡挂职书记电视台台长杜白、《欢迎光临》中被戏称为"李莲英"、"小顺子"的接待办主任陆干、《跃过冰层》中的电视台节目制作人"我"，无不如是。这些人物本性不乏正直与善良，但有时也圆滑与狡黠。姜静波因看不惯官场的虚伪，厌恶当县长的妻子麦小丽的所作所为，爱好上钓鱼，洁身自好，寄情于山水；李乃高为了落实纪委梁书记遗体告别仪式所需要的场地，抓住把柄，要挟掌管宅基地开发的实权派；杜白为解决瑶族村民茅草房改造问题，情急之下，冒险组织群众扩大受灾现场，虚报受灾数据；平时以海量闻名一方的陆干因同情受害人周志超的不幸遭遇，一反常态而突然醉酒，致使周志超有机会拦车上访。这些人物在某种情境和场合中表现出来的圆滑与狡黠，实际上是由于官场的生存法则与官场生活打磨之使然，是由于对客观现实的无奈和为摆脱困窘不得已而为之的手段，是一种在夹道中行走被迫产生和运用的"官场智慧"。

红日小说的独特之处就在于不只是对官场丑恶现象的简单揭露，

或者说他所要表现的重点不仅在于揭露与谴责，而是在于对基层干部的形象塑造与人性刻画，包括麦小丽（《钓鱼》）、俞平夫（《门里有门》）、谭幸福（《我的远房叔叔英明》）等，也包括姜静波、李乃高、杜白、陆干等，即两类不同的基层干部形象，尤其对后一类人物的刻画显得出色。红日很注意表现这类人物的思想意识变化，杜白、李乃高、陆干们的思想意识变化，都是在深入接触百姓并经历了一系列的事件后发生的，这种思想意识变化的过程，即了解民间疾苦而感同身受的过程，也是人物心灵受到震动、得到净化与升华的过程。这些人物并非高大完美，但具有典型和积极的意义，真实可信，让你感到可亲可敬。

除了描写基层官员的生活，红日还把关注的目光投向一些普通的小人物身上。如《我的远房叔叔英明》中的叔叔英明和《影子》中的复员军人牛宝与他的父亲。英明为了在摘掉"黑帽子"之后能够找到一顶"红帽子"，竟然几十年弯腰屈膝，逆来顺受，饱受精神折磨，实际上就如自然界中的一些动物那样在寻求一种保护自己生命的颜色，求取自己生存的一点空间。残酷的生存环境中人物的坎坷命运和复杂的人性交织在一起，让我们感觉到一种无比的悲怆与沉重，同时亦感觉到小说家那种悲天悯人的人文情怀。而牛宝父子对于婚事的最后决定，则表现了普通农民对人格自尊的觉醒和对新生活的明智选择。从中，我们亦不难感受到红日对普通人生活及其人生价值的关注与尊重。

于是，读红日的小说，我们看到了这样一种事实：批判与肯定，讽刺与赞扬，愤世嫉俗与不泯希望，作为矛盾的统一体，并存于红日的小说之中，体现出作家不同流俗的生活态度和鲜明的民间立场，体现出小说家难能可贵的艺术良知和强烈的社会责任感。

二

回顾自 1990 年代以来的文学，我们不难看出，在中国社会迅速全球化的进程中，我们的民族文化遭遇了现代性大潮的猛烈冲击，文学创作出现了民族风情集体消失、民族集体意识不断淡化、民族作家身份渐次遗忘的普遍现象。地处边陲远离中原的广西文学也不可避免地出现同样的状况，不少广西作家的作品缺乏地域特色与民族个性，陷入一种"无根的游走"的状态。而当我们面对民族文化资源迅速流逝的现状的时候，我们就感受到民族文化所面临的空前危机，猛然产生出精神家园丧失的内心焦虑与疼痛，从而产生对民族历史文化精神价值的重新认识，产生对文化差异存在重要性的一种认同，激发了重构本民族文化的强烈愿望与异常冲动，开始了对精神家园的寻觅，走上精神情感意义上的回乡之途。于是，近些年来，我们又看到诸如神话、传说、说书段子、山歌、方言土语等民族文化叙事资源在桂西北作家的小说创作中得到利用，程度不同地起到了开拓艺术空间的作用，并在文化肌理的交融中展示小说叙事的审美效果，努力显示作为地域小说的某种艺术特质。

然而，应该指出，民族文化资源在小说创作中的利用，不仅要以这些文化资源丰富小说的美学表现力和拓展艺术表现的空间，更重要的是对民族心理与文化积淀的表现和深入挖掘，进入民族集体无意识的文化层面。值得我们注意的是，红日的小说在这一方面所表现出来的自觉与较大的突破，他推出了两个在表面的现实叙事下面蕴含对民族集体无意识探究的中篇小说——《说事》和《蟒蛇生活在热带水边》。

《说事》的故事情节并不复杂，叙述一位民间道公为县长钱平的父亲主持丧葬仪式的过程。但简单的故事分量不轻，包含了社会政治与经济、乡村伦理道德和民族集体无意识等丰富的内容。患了重病的老生产队长钱老久等儿子不归，熬不过除夕之夜，死不瞑目，而身为县长的大儿子在此时忙着他一系列的官场活动——并非仅是县电视台新闻报道的尊老活动，而且还有像亲生儿子一样陪伴现任上级领导过年，到监狱看望与之有特殊关系的在押犯人"老领导"，与情人"小燕子"在宾馆中约会……道公刘叔在主持丧葬仪式的过程中充分利用了"说事"的程序，进行了一场触及灵魂的良心拷问与人性审判。民间的道公，往往具有一定的文化，见多识广，在民间尤其是在乡下拥有相当的地位与影响。小说中的刘叔属于民间人物中的智者与善者，这个曾经也当过乡干部的明眼人与死者钱老既是世交，又是同事，与钱老一样愤世嫉俗，眼里容不得沙子。他利用自己当道公的特殊身份，抓住绝好的时机，淡定从容，绵里藏针，步步问心，既有对时弊的严厉批评，又是一种本意的劝善。他一系列的拷问与引导，机智而又含蓄，尖锐而又宽厚，蕴藏着丰富的民间伦理与道德文化，体现出人性的耀眼光辉。

　　文艺民俗学认为，民俗与人生难解难分，"它是两栖型的独特的社会现象：从一个角度看，是一种文化意识形态；从另一角度看，又是社会生活的一部分"。与常态生活不同，无论是有形的物态样式还是无形的心态模式，民俗生活相一旦风行，便具有一种巨大的约束力，生存于其间的个人与集体都会感受到其无形的约束。（陈勤建：《文艺民俗学导论》，上海文艺出版社1991年版）"说事"，作为桂西北少数民族世代相传的一种特殊的心态模式民俗生活相，包含着民族传统文化观念和伦理道德规范，亦具有相当大的约束力。钱老的儿子和媳妇们的反省，都是在这种特殊的情境与无形的约束力下被迫袒露的，即使是身为一县之长的钱平也同样感受到这种习俗规范的巨大压力，不得不在正直的老父遗体面前作出内心的反省。《说事》成功地利用了民俗生活相资源，并从中挖掘了民族文化心理。评论家黄伟林在《广西小说家的三级跳》一文中指出："红日的《说事》构思很好，借用桂西北世世代代流传下来的一种风俗'说事'，将生者真实的内心世界暴露在尚未入殓的死者先人面前，以此来达到当代人内心世界的叙述目的。比这个构思更宝贵的是红日对桂西北地区少数民族文化传统的挖掘，过去的小说家更喜欢通过展现少数民族的奇异风俗满足读者的猎奇感，红日显然向深处递进了。民间风俗蕴藏的内心反省力量在这里显得那么强大。"（《广西文学》2006 年第 8 期）这一评价十分准确，并带有一种导向性。

中篇小说新作《蟒蛇生活在热带水边》同样利用了民间文化资源，小说中的小人物老潘因屡告贪官不倒，便集合乡人诱捕他们视为贪官祖先的大蟒蛇，并用一种民间法事的方式对那条蟒蛇及其子孙进行"审判"。梁家人则利用手中的地位与权力保护和供养那条蟒蛇，并对老潘等进行迫害。矛盾的双方都受民俗风水文化意识的深刻影响，小说对蟒蛇的文化象征意义不断地加以渲染，营造了浓重的传统文化心理氛围。老潘们以民间法事的方式对那条蟒蛇进行"审判"的行为看似荒唐，但实际上，既涉及一种民间风水文化心理，又反映了民众要求惩罚贪官恶霸势力的强烈意愿。甚至，派出所"陆所"下令开枪击毙蟒蛇，都带有此二者的意识色彩。《蟒蛇生活在热带水边》以民俗纠葛作为故事情节主线，在相当典型的民俗纠葛事相中表现社会政治生活内容，反映现实生活中的激烈冲突，正是红日小说创作对民族文化资源利用与开掘的又一种尝试与探索。

从《说事》和《蟒蛇生活在热带水边》，我们不难看出红日小说创作对于桂西北少数民族文化资源开发和对民族集体无意识挖掘的不断努力与深入，表现出一种本土化回归的自觉意识，开始了另一种意义的地域民族文化寻根。

三

红日的小说好读，每个作品都有一个真实而引人的故事。其小说的可读性应该来自于他对小说文体特点的深刻认识与理解，体现了他对小说本源回归的一种自觉追求。

但凡有基层官场生活经历或对当下基层官场生活有所了解的读者，大约都不会怀疑红日小说故事与人物形象的艺术真实性。据我判断，红日小说中的故事大都有生活原型，他在基层干部任上所亲身经历和听闻的一些真实事件往往就是他小说故事的胚胎。这是他小说故事的源泉，也是他小说创作的一种优势，这种优势并非所有作家都能拥有。但是，读红日的小说，我们又会发现，红日对于自己拥有的那些故事资源相当珍惜，并非滥用，他的每一部小说似乎都在构思上下了功夫，故事的叙述大都寻找到了比较合适的载体和巧妙的角度。《黑夜没人叫我回家》和《钓鱼》分别以时下基层官员生活中流行的两种休闲活动（卡拉OK和钓鱼）为叙事角度，将家庭生活冲突与社会生活矛盾交织在一起，丰富了小说的故事内容，突出人物形象的塑造和刻画；《被叫错名字的人》故事在一次误诊病情中发生，巧妙地联系到宅基地，揭开绿岭小区开发中的腐败问题，故事以纠正误诊病情结束，人物在其间的曲折经历和心灵洗礼过程与此形成了一种形式与内容的同构关系；《有种的站出来》在故事叙述的过程中不断渲染气氛，层层涂抹，渐次推至高潮，营造出一种悲壮的氛围；《欢迎光临》的叙事则草蛇灰线，故意设置悬念，犹如中国绘画与书法中的"飞白"手法。据此而论，红日似乎总是在有意识地开辟新路，避免故事叙述载体与角度的重复，不断地追求变化与超越。

读红日的小说，我们还可以看到他在小说创作中对于文化意义的重视。《钓鱼》和《门里有门》从题意到事件到若干细节等几个层面，都进行了足够的渲染与暗示，"钓鱼"和"门"不仅作为小说表层叙事的活动与物象，而且作为一种意象蕴含文化隐喻与象征意义，使作品更为耐读，形象而有韵味，幽默而不失深沉。而《说事》以民俗事相为叙事载体，《蟒蛇生活在热带水边》以民俗纠葛为故事主线，成功地利用民族文化资源，努力挖掘民族集体无意识，其文化含量显得更为浓重。这种对于文化意义揭示的重视，增强了红日小说作品的美学意蕴，显示出思想与文化的智慧色彩。

在我看来，红日小说的叙事智慧还表现于他善用语言，其叙事动力来自于他颇具特色的叙事语言。红日小说的叙事语言具有比较鲜明的地方色彩，既包含了桂西北民间百姓口语的成分，又大量改造性地运用当下基层官员中的流行语言。红日的脑海中储存着很多当下民间流行的段子和笑话，很善于将那些段子和笑话不失时机地自然融入人物的对话，语义双关，恰到妙处，由此推动饶有趣味的叙述，其间多用戏仿——以还原、改装和活用的"官方语言"调侃戏说，揶揄反讽，幽默风趣，在得以有效控制的节奏中流畅地推进叙事，收到了一种特殊的审美效果，这种具有红日个人机智性格的平常生活语言本色的叙述，已成为他小说个人化叙事的又一优势。

鲜明的社会时代特征、浓重的地域民族文化内涵和机灵智慧的叙事策略，三者的有机结合，成就了红日小说个人化叙事的显著特点，日趋呈现出红日小说独特的叙事风格。这种叙事风格只属于红日，在广西"小说新势力"中无人可以替代。

（原载《河池学院学报》2009．2．15）

探索与发现的追问
——红日小说《报废》《报销》《报道》读后

芭 笑

近十年来,红日的小说创作势头有一种"厚积而发"的势头。这种创作势头,得益于他对文学有自己的理解和追求,因而有了自己的探索和发现;同时,他把坚守的文学良知和恪守的职业精神有机地结合起来。红日现在是一位人民公仆,他从小职员干起,一路跋涉几度风霜,在"为人民服务"的人生旅途上,经历了积累了别人难以获得的生活经验和精神感悟。红日在公务的时空隙缝,用文字把这些生活经验和精神感悟艺术形象地挥洒,于是便有了人们"昵称"为"官场风花雪月小说"面世。也有人说,风花雪月非等闲!这"非等闲"就是红日的小说与时下纯粹的官场小说有着迥异的"思想发现"与独特的"艺术想象"的书写。时下泛滥的官场小说,恍似从一个模子倒出来——"权势(官员)与金钱(商人)的交易(行贿、受贿)加上色情(小蜜、二奶)与游玩(旅游、玩物)"等大同小异的样式。红日的小说仅仅是把官场当作写作背景,或者说创作的生活环境。在这样的背景和环境中,红日敏锐地洞察到了自己从来不曾或者说不敢正视过日常生活浮现的社会不公、身份等级、权力制度以及公共关系等所衍生的诸多社会问题。于是，红日便有了《报废》和《报销》等脍炙人口的小说相继脱颖。人们又"誉称"为"社会问题小说"。应该说，红日把"社会问题"当作"探索与发现"的写作考量，是一种"文学使命"。在故事的渲染中，在人物的塑造上，让读者获得审美愉悦的同时，产生对社会现实追问的共鸣。

在《报废》中，小说以一辆破旧的"羚羊"小车需要报废，来隐喻那些没有与时俱进而僵化、陈腐与教条的规章制度，不是更应该报废吗？这样的规章制度为什么如此根深蒂固，又常常掌握在没有树立科学发展观的"现管"手上？小说不能改变什么，但小说的揭示能让读者知道改变什么；小说也不能回答什么，但小说的追问能让读者有各种各样的回答。坚守文学良知的作者，不应该"听从任何号令"，惟有大胆地、真诚地进行"探索性"的书写。

《报废》中有这样一段话："以前我只知道人坐在车上，车载着人并按照人的思想抵达的目的地，我没有想到车和人居然有很多相似的地方。公务用的车，和作为人的公务员一样，都是有户口的，有籍贯的，有身份证号码的、有编制的、有规定退休（报废）年限的。买一部公务用车，就像调动或者录用一个干部一样。"从这段带有哲思的直白叙述中，似乎又让我们感悟到"羚羊"小车从诞生（购买）到消亡（报废）的过程，是不是又隐喻人们某种身份命运的缩影？作为中篇小说，围绕主线进行多角度的抒写，收到多题旨的效果，是作者进行"主题陌生化"的创作探索。

在《报销》中，作者仿佛不经意地从日常生活中截取一段故事：在H市，作为文化符号的代表人物——市文联主席章富有，与作为经济符号的代表人物——威运大酒店老板邢俊卫,"异化"成为"穷"与"富"的社会阶层代表。邢老板的"讨债"与章富有的"躲债",演出了一幕荒唐而辛酸的年关戏。故事把文化滞后于经济发展的社会畸形现象呈现出来,揭示了文化的生存与发展被诸多社会因素制约,导致文化生态危机,本来应该触目惊心,为何我们却视而不见?可以说,《报销》和《报废》一样,见微知著,以小喻大,叩击社会问题,体现了作者对文学创作的真诚和勇气。《报废》和《报销》之所以成为"原创"小说,就是作者在生活源泉(存在)的探索中,"第一次"获得"思想发现",并"第一次"将其艺术形象地馈赐给读者。

《报道》是红日"文联三部曲"的收关之作。在这部作品里,作者的笔触从"社会问题"的纷纭世界转向了"社会民生"的一方土地。一个"这不叫偏僻,这叫闭塞"的龙骨村,是市文联的扶贫联系点。这个村只有一座连接山外世界的木架天桥。五千多群众进出山必须通过这座天桥。曾经有十六个村民五十五头牲畜不幸坠下桥底,葬身绝壁深谷。要修一条村级公路替换这座天桥,一直把路修到家门口,是群众的强烈愿望。由于"政府的人"认为"这条路线路长、地质复杂、投入资金巨大,公路项目需要有关部门反复论证才能立项"。扶贫单位的市文联又是一个"前列腺炎部门",用一分钱像排一滴尿一样困难。前两任扶贫工作队人员,他们"回避了天桥,也就回避了一切"。"我"作为新一任的扶贫工作队人员,用《一座天桥连接山外世界》和《不等不靠自力更生修公路》两篇报道,点燃了龙骨村修路的炮声。然而,随之而来的经费短缺,"政府的人"的扯皮和作秀,修的路就像一个先天不足的孩子降生又遭遇后天的营养不良,面临着夭折,为筹集资金,老跛的儿子阿夕带领村民去林场劳务，却因车祸身亡，老跛把儿子被卖尸体获得的赔偿金全部用来买修路物品，后来老跛在排除哑炮时不幸牺牲了。"我一下子扑倒在他的身上，我一声接一声地呼唤老跛，我对着他的耳朵喊，我对着他的心口喊，最后我仰头对着湛蓝湛蓝的天空喊，上苍！你还给我老跛……"这是惊天地泣鬼神的呼唤！"我不是不相信政府，我是不相信政府的人"，老跛的遗言掷地有声！为了改变生活环境，改善生存命运，老跛和阿夕父子俩为了修路双双献出人生只有一次的生命之后，"政府的人"才被惊醒！读罢《报道》，掩卷沉思，我们打碎一个旧世界（拆除天桥）是那样轻易，为什么建设一个新世界（修村级公路）是这么艰难？《好村官韦鸣炮》的报道之后，老跛被追授为模范共产党员、优秀党支部书记，是扶贫攻坚中涌现出来的先进典型。"政府的人"终于决定彻底解决龙骨村群众行路难、用电难、上学难的历史问题，龙骨小学改名为鸣炮小学。这是一条炫目的故事尾巴，其实是绝伦而深刻的反讽！迟到的公路戴上"政府的人"的德政光环，用老跛的英雄事迹作遮盖布，将变成连环画、变成电影、变成电视节目、变成报纸新闻……龙骨村成了追名逐利的消费场所。在"消费者"们面前，"我"成了多余的人。"我"告别长眠地下的老跛阿夕父子，收拾行囊，离开这个"很多事情往往只能做，不能讲更不能写，有些事情可以讲可以写但不能做"的地方，也是不能够真正褒扬英雄事业的地方。如果说《报道》是一篇正能量的"关注民生"的小说，毋宁说是作者多年"为人民服务"的赤子之心的表露。

　　捧读红日的小说，在字里行间总会触摸和品尝到有形有味的生活质感。这是红日长期深入生活（时尚的说法叫做接地气），对自然环境与社会现实造就育化的生活条件、生存样式、命运遭遇、机会纷杂等现象的观察和剖析，汲取为我所用的主体素材，形诸文字，就成为充满"现实感"的小说，得到读者的审美认同。

　　无论我们认为红日的小说是"官场风花雪月"也好，是"社会问题"也好，抑或是"关注民生"也好，其小说都有一个跌宕起伏、九转回肠的故事。但是，红日在营构日常故事"传奇性"的同时，更是把浓墨重彩倾注在普通人物的"传神性"上。在红日的笔下，小说人物尽管生活质量与身份地位不同，但没有因此贴上贵贱尊卑脸谱的标签。他们的根本差异，只有"真善美"与"假恶丑"的本性显现。比如高位者也有居下者的小气，居下者也有高位者的大度；有时候高位者比居下者更渺小，居下者比高位者更高尚。小说人物和现实生活中的人一样，不应该有阶层之分，他们都是"一切社会关系综合的人"，都是普通人物的"这一个"。这里说的"传神性"，是指小说人物本真呈示的活灵活现。比如在《报废》中，李主席是国家中级干部（生活在高端），他明里要报废"羚羊"小车，暗里却是为了要买豪车。他走进车行，拍了拍胸口说，"宝马"我已有了，我想看的是"宝马"的师弟。他的上衣是一件"宝马"牌T恤，胸口有一个"别摸我"的"宝马"商标。在这里，李主席的"假"（虚伪）本性昭然若揭。我们再看司机小黄（生活在低处），他像带着奶奶去做面膜一样，去修理厂给遍体鳞伤的"羚羊"喷漆。小黄最后一次拿"羚羊"去整容，找了一位画家在车上可涂抹的地方都画上一棵棵苦楝树。至此，小黄的爱岗敬业精神和追求美好（新车）的愿望充分体现出来。在这里，小黄"真"（诚实）的本性，清晰托出。最后小黄的受伤上告（讨回公道的"善"），被李主席千方百计压制，用来作为能够买到豪车的筹码，成为落后制度的"现管"者的帮凶，其"恶"的嘴脸暴露无遗。小说在这里把"美"撕碎了，让"真"与"善"在"假"与"恶"的残害中,凸现了"丑"的卑劣,更加彰显出"美"的崇高来。这是小说留给读者的审美感悟。再比如在《报销》中,章富有荒唐的"献身"显露出了他卑陋的本性,但是,"顷刻之间他觉得脸上一阵剧烈的疼痛,他分析是自己的脸皮被一只无形的手给剥下来了"!章富有在显露卑陋之后,犹如交了沉重的学费,得到鞭辟入里的警醒和觉悟,走出灵魂的泥淖,重拾一个文化人担当的责任,向"善"回归,拿出自己的储蓄去还债。这是一种"人性自省"的小说笔法,作者在《述职报告》中进一步娴熟运用。《述职报告》中的玖和平,是一个人类的优点和弱点集于一身的人物。他最后用毒品来给母亲解除病痛,应该说和章富有的"献身"一样,是一处"险笔",假如掌握不好分寸,"献身"就变成"淫"的媚俗宣泄;毒品治病则变成颠覆"勿以恶小而为之"的犯罪教唆。幸好小说在"欲念"与"意识"之间没有游走失控,让章富有和玖和平接受了道德与法律的清洗。这种"人性自省"的写作探索,作者的真诚与勇气是值得肯定的。

假如一味揭示人性的"假恶丑",就像一味暴露官场的贪腐细节一样,容易满足世俗的猎奇和窥癖心理。但是,要呈现人性的"真善美",不慎又会落下"假大空"和"高大全"的窠臼。在《报道》中,作者可谓殚精竭虑,数易笔墨,终于让老跛人性的光辉熠熠闪耀。老跛并不是一个完美的人,曾经因为偷情被打跛了腿,但他为了修路献出了儿子,又把儿子的尸体被卖后获得的赔偿金全部用来买修路物品,最后把两个人点炮的任务全包在自己身上,在排除哑炮中献出了生命。老跛形象和本性之"真",老跛言说和行为之"善",最后凝铸成一尊"美"的雕塑,竖立在小说人物的画廊里。作者对老跛英雄式的人性呈示是成功的,是值得学习的。

最后，说一说红日的小说语言。红日的小说语言轻快而流畅，像潺潺的春水，而其俏皮与调侃，犹如春水的涟漪，令人赏心悦目。然而春水毕竟要穿越大地汇入大海，以一种博大而多彩的姿态面向世界。红日的小说语言正在破蛹化蝶，在《报道》中，化俏皮与调侃为机敏的表述，化恣肆的渲染为庄重的吐纳。人到中年，小说的语言也跟着人的丰厚阅历成熟了。

红日说："人们都说文章是自己的好，可是我现在还没有对我的一篇文字满意过，刚写的时候，感觉尚可以，过一段时间再看，就感觉不成样子了……"这是作者的谦词，也是作者的警醒。总的说，红日的小说瑕不掩瑜，其瑜如此，其瑕如彼，作者心知肚明，归真从善；读者也会心神体味，见仁见智，这里就不赘述了。

（原载《广西文学》2014 年第 3 期）

性别文化建构视阈中的文学想象

——关于杨映川长篇小说创作

王 迅

杨映川是出生于上世纪70年代的广西青年女作家,但从她的审美经验和叙事姿态来看,我们似乎很难把她完全归类到"70后"女作家的阵营中。与一般的"70后"女作家相比,杨映川的小说创作没有步"美女写作"、"私人化写作"的后尘,无法认同她们躲避时代的写作姿态。从写作心态看,杨映川是真正意义上的无功利的写作者,她并不指望写作能给自己带来什么"效应",或者以丧失精神立场和艺术价值的方式取悦读者,写作于她而言:"只是一种修养,是一种能让我心安的东西。"[1]在艺术虚构的领域,杨映川是安静的,也是坦然的。她以自己独异的审美眼光打量生活,自觉地构筑着她的精神空间和艺术世界。同时,文艺理论出身的专业功底造就了她观察事物的深度与广度,而叙述技术的娴熟,又使她看起来像一个花招迭出的魔术师。在写作的意义上,她能点石成金,她能天

---

[1] 杨映川:《不如写作》,《女的江湖》,花城出版社2004年版。

雨散花。杨映川的叙述总能窥破女性内心的密码，让她的人物的命运偏离惯常的轨道。当我读完她的长篇小说《女的江湖》和《魔术师》后，着实让我惊叹的，还不主要是叙事表层的精细微妙。她不仅可以把一切现实的不可能变成可能，而且能探入女性的内部，打开人物的内在隐曲，然后拼贴成一道道陌生的精神景观，让我们的阅读变成一场奇妙的精神旅行。那干净细腻而韵味绵长的叙述中显示出的那份优雅、那份从容，已然显示出一位优秀作家的叙事风范。细腻、敏感、机智而不失优雅的语言，人物内在情感与心理极有分寸的拿捏，肌理健康、质地结实又直击人性的叙事维度，无疑为新世纪的中国女性写作提供了新的审美经验。

从审美视角和叙事结构看，应当说，这两部小说均属于典型的"女性写作"，这主要源于两部小说由女性主体创作，关注女性生活，忠实于女性经验和情感，反映了女性的文化立场和审美判断。在这里笔者以"女性写作"的视角观照杨映川的长篇小说创作，借助女性主义话语来解读文本在性别文化建构中的审美想象。

描写男女情爱、婚姻家庭的小说，在当下中国文坛并不少见。这类叙事往往在两性文化的张力中表达作者的文学思考。关于两性关系的文学想象，很多作品的叙事都在消费文化语境中展开，从物欲的角度，揭示消费主义话语咄咄逼人的强势地位及其对诗性话语空间的挤压。面对这种消费主义语境，杨映川并没有彻底地陷入绝望。她不愿轻易撤退，而是不遗余力地在纸上构建那个乌托邦式的审美世界。关于这一点，为她赢得巨大声誉的中篇小说《我困了，我醒了》已初显端倪，她对传统两性关系的反思，以及小说对男女性别角色的重组，就很能体现作者在性别观念与审美思考等方面的先锋气质。这种先锋的思考和审美方式，是杨映川写作的内在线索，在她的两部长篇小说中自然也得到了充分的贯彻。

　　孟悦、戴锦华在《浮出历史的地表》中认为，男性作家的女性书写一直受菲勒斯文学机制所左右，女性形象的塑造往往是作家受历来已久的男权文化影响而形成的一种审美方式，体现了男权文化对女性的要求，而这些由男权文化所塑造的女性形象都是"空洞的能指"，她们是在"男性之镜"中映照出的欲望对象。[1]也就是说，"女性"是由男权文化塑造和建构起来的，正契合了法国女性主义学者伏波娃的那句名言："女人之为女人，与其说是天生的，不如说是形成的。"以这种女性主义诗学观照中国文学便可发现，"五四"之前的文学叙事中，妇女处于被压制被遮蔽的客体地位，没有逃脱作为"他者"而被支配和被书写的命运。即使在"五四"之后，现代男性作家的叙事也不同程度地表现出对女性形象的扭曲和女性真相的掩盖（孙犁除外），女性在男性作家的文学叙事中几乎处于"永远的客体地位"。导致妇女成为"第二性"，甚至被沦为"永远的客体"的原因，除了性别政治外，还在于由性别差异引起的某些内在层面，如女性的心路历程、情感体验与生命感悟，都是男性作家难以完全体察到的。而现代女作家对女性的书写则在一定程度上改变了这种状况，女性开始有了塑造自我并开创话语空间的权利。戴锦华从主题上大致勾勒出我国现当代女性文学发展史的轮廓："五四"时代女性意识觉醒期的"父亲的女儿"、母女关系、爱情与事业的冲突；30年代女性成人期的书写都市女性与婚姻生活中表现出的"女性肉体的觉醒"和"对男性的怀疑"；40年代沦陷区张爱玲、苏青的写作已开始建构成熟的女性话语，女性文学以清醒的性别意识展

---

[1] 孟悦、戴锦华：《浮出历史的地表——现代妇女文学研究》，中国人民大学出版社2004年版。

开了对男权话语的反抗；新时期与主流男性话语迥异的"爱的话语"、"女性成长"、"家族故事"等主题；90年代至今的"历史"、"城市"与"姐妹之邦"等层面的女性书写显示出成熟的女性意识，以及个人化写作借助"身体叙事"实现对男权秩序的反叛与突围。从中国现当代的女性写作实践来看，女性作家作为创作主体，她们的叙事一般在历史的断裂处展开，其终极目标是建构女性自己的历史主体性。在这个意义上，杨映川的《女的江湖》与《魔术师》具有一般女性文本的审美特征，她的叙事在前辈女作家的女性书写还尚未定型的层面展开，例如，小说借助婚姻、家庭、爱情、个性等话语来言说自我，表达女性话语所突显的女性文化经验和性别体验。但作为书写主体，杨映川的叙事并没有特别强调性别对抗，也没有对男性形象进行单向的消解，因此其话语方式不是在冲突性、共犯性，甚至决裂性的层面上展开的。她认为："在创作中女性意识过强并不见得是一件好事，我现在是在有意识地削弱这方面的意识。"杨映川试图"缓解女性对于男性的仇恨和诅咒"[1]，她的思维因此更趋于理性和冷静。某种意义上正是这种女性作家少有的理性思维与冷静心态，使杨映川的叙述贯穿着特有的宽容、理解以及女性的自审精神。于是，她的作品与一般意义上的女性写作便产生了明显的分野。基于这样一种两性观念，在这两部作品中，作者从女性自身的立场出发，从两性关系的角度揭开男性伪装的同时也反观女性自我的欲望与宿命。由此看来，杨映川的叙事既在一定程度上是对极端女权主义话语的反拨，也是在两性平等对话的基础上试图找到一种和解的途径。从创作动机看，杨映川在文化敞开与裂变的缝隙中

---

[1] 贺绍俊：《男性可堪拯救?》，《南方文坛》，2005年第1期。

寻求一种关于两性关系的文化建构，在对两性文化的重构中向读者展露出她独特的审美理想。

细细探究男性经典作家的女性想象可以发现，19世纪现实主义文学中的经典文本《复活》、《珍妮姑娘》，包括曹禺剧作《雷雨》中的女主人公，往往都是依附性很强的客体存在。"既没有自我肯定的勇气，更没有自我选择和行动的力量，几乎绝大多数的人物只具有年轻美丽的外貌，而无丰厚的内心世界，她们处于一片混沌柔弱之中。"[1]而在《女的江湖》和《魔术师》中则迥然有别，女主人公并不是以男权文化所限定的"他者"出现的，而是被放在主体和看的位置。她们内心不再是"处于一片混沌柔弱之中"，而是充满了女性经验的复杂性和丰富性。她们基于女性的自我意识和欲望去选择自己的爱情和婚姻，是选择自己生活道路的主动者。这种人物形象的塑造强调了女性生活选择的主体性，打破了以往男性叙事中"男追女"的叙事模式，这对男权话语对女性形象的既定想象所显示出的颠覆性意义是不言而喻的。《女的江湖》的开篇有一个细节值得玩味：女主人公荣灯松开端着稀饭的右手，将挂在前额的几缕头发往右耳根后撩了撩，手中的瓷碗啪地应声落地，碎成七八瓣。这个细节不仅定下了小说的叙事基调，而且准确地传达出主人公荣灯"不一定"的游移心态，这似乎预示着她可能作出一个不同寻常的决定，而且这个决定一定是有悖于常规的，一定程度上会超出读者的审美期待。从另一方面看，荣灯的一心二用，也表明她不安于现状，是一个富有幻想气质的女性。荣灯的男朋友顾角获得出国一年的机会，于是提出在出国前办理结婚证，应该说这是恋爱多年的目标，也是

---

[1] 刘慧英：《走出男权传统的藩篱——文学中男权意识的批判》，三联书店1996年版。

水到渠成的事。但在荣灯看来,这一天似乎来得太早。这是她要的爱情吗?这种内心的自我质疑,充分表现出女性在婚姻问题上自我决断的主体意识。荣灯对婚姻的逃避,尽管使顾角深感意外,也可能让读者匪夷所思,却是符合女性的诗意想象与生命逻辑的,并由此开启了小说后面的叙述。有趣的是,在完成这部小说的四年之后,作者创作第二部长篇小说《魔术师》时,似乎开始对女性冒险决断表现出些许疑虑。后者以完全相反的人物情感逻辑,表达了作者对荣灯的某种否定。《魔术师》里的女主人公朱聪盈,也是一个追索"纯粹美"(杨映川借用康德"纯粹美"和"依附美"的哲学概念)的爱情理想主义者。这个才华横溢的女记者在邂逅律师黎金土之后,就开始守望着那份"纯粹"的爱,显得那样执著、那样坚定。这种决绝的姿态使她意识到"我是我自己的",即使后来情感上出现了裂缝也要竭力补救。尽管为她着迷倾心的男人还有与她青梅竹马的祖康,以及靠诈骗起家但一直逍遥法外的房地产大亨冯时,但在内心深处,她无法让自己接受这种根植于亲情伦理和物质范畴的"依附美"。所以直到最后,她还是执迷不悟,对早已背叛她的黎金土抱着幻想。事实上,这种"纯粹"的爱情本质上只是人物的一种精神幻觉,是一种不可现实化的经验形态。它处在虚幻的云端,但最终会降落到现实的大地上。从结局看,无论是荣灯还是朱聪盈,女性毕竟未能摆脱两性角逐中的精神弱势地位。她们要么成为强大现实的屈服者(比如荣灯,包括她的父母,在常规情感轨道之外走了一圈后又回到原点),要么在徒劳挣扎后沦为"弃妇"(比如朱聪盈最终遭到黎金土的遗弃)。在解读这类女性时,《魔术师》中的伍明丹,即祖康的母亲,也是一个不容忽视的人物。她深爱着朱聪盈的父亲朱行知,但由于错失姻缘只能在意识中把这份爱寄托在下一代身上。

伍明丹一直把朱聪盈当作自己的女儿看待，要求朱聪盈叫她"妈妈"，并主动撮合儿子与她交往。但这份爱并未获得回报，因为朱聪盈只是把祖康当弟弟看待，而不愿与之缔结姻缘。更重要的是，朱行知在妻子死后，并没有与伍明丹结合，而是选择了在公园偶然重逢的老同学翟玉香。这个时候的伍明丹不得不认命，她只能在内心信守着"一个人的地老天荒"。这个人物虽然不无悲剧性，但仍然渗透了作者的理想主义情怀，在对上一辈人情感世界的回望中表达出一种精神膜拜的意愿。由此我们可以推断，杨映川小说中流露的那种古典主义情结，也就是陈晓明在评价杨映川作品时所指出的"反现代性"，在现实中只能是一种乌托邦式的幻想而已。

  杨映川小说中的"反现代性"不仅表现在女性对"纯粹美"的寻找，还体现在女主角对"常规型"男人和"知识型"男人的厌弃，而对具有野性文化性格的男人则欣赏有加。所以，在婚姻问题上，《女的江湖》中的荣灯对体制内的男友顾角（"常规"的符号）表现出二心不定的情绪，同时也拒绝了仪表堂堂气质优雅的大学英语教授庞尔特（"知识"的符号），而对居无定所、人生大起大落的小客却情有独钟。与此相反，《魔术师》里赵琼背弃日夕相处的男友，选择了大她很多岁数的老教授，但最后的结局自然也很惨淡。对于朱聪盈来说，情况就更复杂了。她显然是情感专一并富于诗性幻想的女性，开始对黎金土爱得死去活来，但最后爱情的天平还是倒向了冯时。而冯时可称得上是现实中的"魔术师"，在短短的时间内由一个市井中的小混混摇身一变，成为身价千万的房地产大亨。为了诈骗成功又能不入法网，他只能过着神出鬼没的日子。这种生存状态，很大程度上规定了他的野性文化人格特质。在爱情事业双双受挫的情况下，朱聪盈欲跟随冯时外出闯荡，为自己的未来寻找新的生存空间。小说中有这样一段对话：

　　冯时苦笑着说，"我在外面跟流浪差不多，怎么能够带上你。"
　　朱聪盈说，"流浪？太好了，明天走不走？啊，从明天开始做一个幸福的流浪人。"

这种叙事指向一定程度上显示了女性的诗意生命追求对知识理性的反动，而知识理性是男权文化所极力维护的，是在男权社会秩序中建构起来的。在这种秩序中，女性作为感性的主体处于被男权秩序的象征——知识理性所控制、所规训的状态。因而在间接的意义上，文本中体现的这种爱情观是极具颠覆性的。小说中女性主人公所表现出的对这种原始野性人格的倾慕，是作者对现代文明造就物质神话的同时又压抑生命的悖论所作出的理性反思，显示出鲜明的"反现代性"的文化立场。

在这两部长篇小说中，男性作为女性的对象化存在，成为性别文化谱系中的价值参照者。正因为有了男性形象的参照，女性的历史主体性欲求才得以敞开而显得异常醒目。《魔术师》中的冯时和《女的江湖》中的小客是作者着力塑造的两个男性，是作者以一个女性作家对男性内心深刻体察之后提炼出的艺术形象。从审美功能看，这两个男主人公是小说阐释生命价值和人生意义的重要载体，也是杨映川重塑两性关系的文化符码。冯时作为小说的男主人公，是一个复杂的生命体。冯时从小遭父母遗弃，生命空无依傍地成长。应该说，他的世界观是入狱后由经济重犯叶叔一手塑造的。叶叔的启蒙，对冯时后来的命运具有决定性的影响。意味深长的是，冯时不负叶叔所望，出狱后根据叶叔的指点如法炮制，顺利赚取了第一桶金，为他自身的发展获得了资本。但他并未就此收手，而是躲在暗处遥控指挥自己的公司，获取巨额非法收益。冯时通过非法途径实现了自己的魔术人生，但作者并没有把他塑造成一个贪婪成性的恶人，而是看到了人物生命的丰富性和复杂性。一方面，他实践着叶叔灌输的人生信条，"以玩魔术的态度对待生活，玩好了，什么都会有"。另一方面，他对朋友忠义守信，不惜花费百万巨资为叶叔的女儿叶认真治病。当然，对他来说至关重要女人当属朱聪盈，他们的交往也是小说最大的看点。冯时对朱聪盈的爱是贴心贴肺的，但也是无求无望的，也许正因为爱得无求无望不图回报，才使这份爱显得无怨无悔，变得惊心动魄。读完小说，我们面前呈现的是一个充满生命激情和原始野性的艺术形象，也是当代中国小说人物画廊中少有的男性悲剧形象。但小说中情感的重头戏并没有放在朱聪盈与冯时的关系处理上，而是在朱聪盈与黎金土的情感纠葛上。黎金土与冯时，是两个人生定位和情感取向完全相反的人物。冯时一生的付出，在本质的意义上都是为了一个所爱的女人；然而，黎金土以发展事业为借口，抛弃了深爱自己的女人。尽管我们不可用彻底否定的眼光看待黎金土对朱聪盈的感情，但在他的意识中客观上更多地表现出把女人当作借以发展事业的工具。这充分表明了男权文化对女性的压抑，以及对朱聪盈作为"第二性"的文化身份的限定。显然，作为叙事主体，杨映川在冯时这个人物身上倾注了更多的理想主义色彩，尽管他在获取物质的途径上表现出恶魔的一面，但我们无法忽略他作为拯救女性的"天使"的一面，而后者显然更能体现出野性生命的价值与意义。不过，这种对女性的拯救，既不同于许地山的小说借助宗教从精神上拯救女性，也不同于当代叙事，特别是90年代以降的都市叙事中利用物质手段拯救风尘女子的文学想象。在《魔术师》中,冯时面对的是一个纯情女子,他要做的是把朱聪盈从梦幻的云端迎回大地。与此相反的是,《女的江湖》中小客的生存处于昏暗状态,是一个需要被点亮的生命。而荣灯充当了"天使"的角色,承担着对男性人物的救赎功能。从根本上看,冯时、小客都是处于社会边缘地带的灰色人物,但他们的生命散发出原始的力量和野性的魅力,正是这种放荡不羁的文化气质和文化人格吸引着女性。显然,这种人物关系的设置表现出作者对单向性别角度的反思,贯穿着作者对两性关系的思考。在作者看来,两性必须在互为主客体的两性关系中寻求互助,才能抵达理想的两性和谐状态。

小说中提到,玩魔术的要领在于转移观众的注意力。那么,杨映川的魔术呢?为了表达她对性别文化的深层思考,她似乎在不停地转移读者的注意力。从故事结局看,两个文本内在地表现出一种悲观色调,但女主人公荣灯、朱聪盈身上分明映照出作者的理想主义情结。犹如鲁迅在《野草》中表达的那种复杂的情感状态,绝望中内蕴着希望,而在期盼中却又陷入绝望。希望/绝望,乐观/悲观……在叙述中交替出现。杨映川是否故意让读者看不到出路,她的内心对两性和谐的未来是否还存有一丝希望?但无论怎样,对每一个人来说,诗性的人格是否值得坚守,"纯粹"的爱情出路何在?都是我们必须思考的现实问题。从创作心态看,杨映川的叙事是一种"悲观与理想同在,尖锐与温情共生"[1]的诗性言说。在我看来,这种内心的抵抗与挣扎所带来的文本的张力,正是杨映川小说

---

[1] 张燕玲:《以精神穿越写作——关于广西的青年作家》,载《批评的本色》,广西师范大学出版社2009年版,第148页。

深刻的地方。尽管杨映川以其直指内心的叙事,为建构女性独立自主、两性平等共存的秩序进行着自己的努力,但内心还是无法抗拒那种女性与生俱来的宿命,因为她无力改变这种现状。其实,从作者对性别经验本相的揭示中,我们也可以领悟到作者的这种矛盾心情。一方面,作为对现代男性叙事中把女性单方面对象化、客体化,压抑女性主体性的一种反拨,作者极力褒扬女性的诗性生命价值,叙述中流露出鲜明的浪漫主义梦幻色调;另一方面,她又看不到希望,所以总是让她的女主人公处在矛盾的旋涡中挣扎,或者说没有理由让她的主人公拥有理想的爱情与婚姻。小说中这样写道:"有的东西根本就是一种理想,一种传说,谁也得不到。"和谐、理想的两性世界,也许,从根本上只是作者对未来的一个美好的期许。

(原载《南方文坛》2010. 11. 15)

杨映川中短篇小说创作简论

王　迅

　　新世纪以来，广西文坛涌现出杨映川、纪尘、凌洁、陶丽群、杨丽达、梁志玲、王勇英等一批颇具创作实力的"娘子军"。作为其中的杰出代表，杨映川小说创作颇丰，成绩斐然。杨映川以其出众的叙事才华引起批评家的广泛关注，以鲜明的创作个性在中国文坛产生了较大影响。杨映川出生于20世纪70年代，但与一般"70后"女作家的写作有着不同的路向。杨映川对"私人化"写作的自我暴露无动于衷，但也绝非女权主义的忠实信徒。就前期创作来看，杨映川以旗帜鲜明的女性主义立场引人注目。但自《三公里》的创作以来，杨映川的叙事从单纯、明净逐渐走向复杂、深刻。杨映川开始以她自己的方式，对我们这个时代的某些本质层面作出颇具个性化的思考。然而，杨映川并不满足于社会历史层面的描述，而是着力于现实生活的细致把握，并从中提炼出具有现代哲学意味的精神主题。确切地说，作者通过对人与社会、人与时代之间关系的考察，直逼人类的生存本相，表现出一种执拗而尖锐的精神特征。这主要体现在她把叙事目标择定在人类生存的终极问题上，对人的生存现实和生存本质进行不屈不挠的追问，从而表达出一种强烈的人文关怀意识。在对杨映川小说作出综合性判断之前，我想借用几个关键词来描述她的文本特征，在此基础上归纳出杨映川小说的叙事策略和思维特征。

逃离

　　选择"逃离"这个词，在于它能在一定程度上传达出杨映川小说的精神特征。"逃离"在杨映川的叙事中不仅指涉女性文本，而且几乎覆盖和联结了她前后期的创作。"逃离"几乎成为杨映川小说主人公的精神向度，但使用"逃离"这个词指认杨映川的作品，并非我首创。其实，陈晓明先生在《逃跑的童话》一文里早已指出杨映川的这一创作取向，不过这篇文章是对作者当时仅有的几个女性文本的阐释，况且文章发表距现在已有十年，这十年中，作者的创作发生了很大变化。但无论怎样变化，"逃离"作为小说的精神线索却贯穿始终。这样看来，再度引入这个概念，对杨映川近十年来的作品进行阐释，并对这一线索作出进一步的厘清是很有必要的。

　　陈晓明认为："杨映川的小说一直在讲述女性的童话故事，这些故事明显带有女性幻想的特征，带有强烈的超越现实的愿望。她们是超凡脱俗的鸟，反现实的另类，唯美主义的精灵。"（陈晓明：《逃跑的童话》，《南方文坛》2002年第1期）在商业化语境中，杨映川早期作品中的女主人公绝对属于"另类"，她们耽于幻想，是一群"超凡脱俗的鸟"。在情感追逐中，她们一再拒绝物质性的生活，对男性有着本能的蔑视和不信任感。她们要逃离的正是现代性的物质生活，而所追寻的则是一尘不染的理想化爱情，那是"拉康式"的幻想界。这是一种陷入绝境的写作，绝望到拒绝亲情和友情，绝望到"只爱陌生人"。从写作立场看，稍后发表的中篇小说《我困了，我醒了》、《不能掉头》、《当花瓣离开花朵》等作品，是对她前期女性写作的一次超越，尽管这些小说也是关于逃离的故事，但杨映川对逃离这个词的认识更趋复杂化。如果说《做只鸟吧》、《只爱陌生人》等小说的女主人公们一心想要逃离的是物质化的现实，那么，《当花瓣离开花朵》中的主人公莫云要逃离的则是物质困境中的亲情，但她的逃离姿态远没有"果果们"那般决绝。莫云生性敏感，由于与其他同学相比，家庭环境相差悬殊，她开始怀疑父母身份的合法性。于是，莫云在意识中虚设了一个父亲形象，那不是现实中的亲生父亲莫贵，而是作为物质符号的石磊爸爸。但最终莫云还是被父母的良苦用心所感化，在短暂逃离后又回到父母身边。杨映川通过一个女孩对亲情的叛离与回归，向我们提示了物质现实中的伦理困境及其重建的可能。与莫云对亲情的逃离不同，《不能掉头》则是一部关于精神逃离的小说。男主人公黄羊需要逃离什么呢？是杀人之后的恐惧感和罪恶感吗？但他毕竟没有杀人啊！黄羊杀死胡金水，正如杨映川另一个小说标题：意杀。他是在意念中杀死了情敌胡金水。出逃之前，在黄羊看来，只有杀死胡金水，才能把自己那朦胧情欲从危机中拯救出来。在这种意念驱使下，他给自己制造了一个虚幻杀人的梦境。这个虚设的梦境始终扎根在黄羊的内心。由于把梦境当作现实，他只能选择逃离，没有人能救他。因为黄羊要逃离的正是他自己的幻觉，是他自己在意念中设置的圈套。在外逃亡十五年，最后从虚幻中回到现实。作者以荒诞的手法展示了这一过程。与杨映川女性文本相比，我们发现，黄羊的逃跑路线与女主人公们并不相同，甚至可以说是相反。黄羊一开始就生活在梦里，生活在幻想界。他需要回到现实的大地，在噩梦方醒中获得救赎，以使生命得以净化和升华。如果说黄羊的逃跑方式就是不断地寻找自我救赎的途径，那么，在《我困了，我醒了》中，主人公张钉则是以沉睡的方式逃离现实。在与几个女友的交往中，一旦遇到自己需要承担和付出的时候，张钉就会安然睡去。与黄羊不同，张钉的逃离没有那么沉重，因为他的逃离只是逃避，自然无以获得自救。换句话说，张钉需要异性去拯救，去唤醒。

历险

如果概要地描述杨映川的前期创作，我以为用"情场历险记"是比较精当的。某种意义上，物欲化的时代，也就是男性主宰一切的时代。面对男权的压迫，女性非主动出击不可。否则，女性不能获取自我生存的空间，其弱势地位也自然不会发生根本性的改变。基于这种认识，杨映川通常赋予其主人公以冒险的精神特质。就前期作品来看，关于男性对女性的物欲化侵犯，杨映川抱以深恶痛绝的态度。杨映川并不想让她的女主人公待在深闺，沦为男性"他者"的消费对象，而是让她们走出闺房，以主动的冒险姿态赢得自我生存资源。《爱情侏罗纪》、《逃跑的鞋子》、《做只鸟吧》、《只爱陌生人》、《意杀》等作品都是这样的篇什。短篇小说《爱情侏罗纪》中的小婵对现实中的爱情弃之不顾，而对神秘、虚化的爱情情有独钟。小婵收到神秘信件后的所有行动，与其说是对诗性爱情的苦苦寻觅，不如说是对一种新奇陌生的体验的追逐。为了获得这种人生经验，小婵决定避开现实经验的世俗，投向陌生化的虚幻世界。对她来说，这种幻境是见证神秘爱情的精神场所。只有通过精神的冒险，她才能抵达那神秘而新奇的彼岸空间。

相形之下，中篇小说《逃跑的鞋子》的女主人公贺兰珊寻找爱情的历程要艰辛得多,也复杂得多。如果说小婵只是一颗透明的水晶,那么贺兰珊则是一块饱经风雨的礁石。贺兰珊的歌女身份,在当代叙事中常常被当作欲望符号加以指认,而在杨映川的叙事中却被置换为精神的符号。贺兰珊不但没有屈服于物质的诱惑,彻底沦为男性的消费品。而是相反,她对物质诱惑不屑一顾,因为她在内心对精神层面的爱情生活怀有渴求。基于这种渴求,她在三个男人之间周旋,确定利弊,择善而依。就小说人物的意义指向来看,胖子是物欲的符号,于中则是诗意化、理想化的精神符号。而第三个男性就正如他的名字:路上加,是物质与精神的双线结构中的补充。尽管小说对他的叙述不多,但还是可以看出作者的隐喻冲动。三者之中,于中似乎是贺兰珊理所当然的选择,但在本质上于中与胖子其实并无二样,如果有所不同的话,那不过是于中善于伪装,把欲望隐藏得更深而已。但贺兰珊被其表面所迷惑,最终遭致被抛弃的命运。也许,在物欲横流的都市社会中,这通常都是女性在情场历险中所必须付出的代价。

　　为了赢得生存空间,女性不能止于逃离,而要历经重重险境。而与此同时,男性作为物质社会的主宰,也常常面临女性的潜在威胁。换句话说,随着现代社会的发展,尽管男性代表商业社会的主流价值,存在一定程度上的传统性别优势,但仍不足以完全控制女性的生存,反而容易背受冷箭,防不胜防。中篇小说《我记仇》的男主人公申大志就陷入这样的困局。经历两次不幸婚姻后,申大志遇到了现任妻子王鸽,但这并没有让他摆脱婚姻的陷阱。原因在于,王鸽生性虚伪、凶险、贪婪,与孙高共同策划了一场场险恶的阴谋。阴谋的直接针对者是申大志,目的是杀死他从而获得遗产。面对妻子的狠毒与阴险,申大志没有正面出击,而是在暗地里较劲。而对于来自妻子及其同谋的挑战，他总能在运筹帷幄中击败对手。令人意外的是，经历重重险情之后，申大志并没有戳穿妻子自作聪明的险恶企图，以此为证据提出与之离婚，反而迷恋上这种不断历险迎接挑战的生存方式。小说中写道："在我的未来生活中我乐于她（王鸽）的存在，虽然她像一条美女蛇，像安插在我身边的特务，像一颗定时炸弹，但只要她在，我会始终警醒和满怀斗志，谁也不会有这样的待遇。"这样的构思既离奇，又机智，显示出杨映川独自的叙事智慧。不得不承认，《我记仇》有很强的虚构性，虽荒诞离奇，却别有余味。如果说黄羊是为了自我救赎而决定冒险地生存，以此换来灵魂的安宁，那么申大志却是以主动的姿态认定了这种生存方式。但申大志的选择，并非只为寻找刺激或是填补精神的空虚，更大程度上是以此为契机，让生命在冒险中发生裂变，在裂变中获得一种超越性的生存。

非典型

"非典型"是对杨映川小说标题的借用。在短篇小说《非典型生活》中，作者设计的爱情游戏显然是非常态的，一种现代社会所衍生的病态爱情生活。杨映川把这种病态的生存方式命名为"非典型生活"。当然，选择"非典型"作为阐释杨映川小说的关键词，主要还是基于她的叙事所显示出的审美异质性。这种"非典型"的审美取向既指小说所表现的现实空间的非常态化，也指人物性格特征、心理状态和生存方式的"另类"化。杨映川说："我笔下的人物形象，没几个是可爱的，他们大多是些千疮百孔的人，毛病多得出奇。他们不是完美的人，也没有做完美的人的理想。"比如，中篇小说《我困了，我醒了》的主人公张钉表现为"沉睡型"人格。他自私、不愿承担责任。而在与异性交往中一再逃避，逃避的动机显然是出于不愿付出。最突出的表现是他时不时就犯困，一犯困就是几天几夜沉睡不醒。为什么会犯困呢？显然，这并非因为张钉背负的经济压力，他没有这个压力。在物质上，他并不显得窘迫，而是宽绰富裕的。那么，是不是一种颓废的情绪作怪呢？显然也并非如此。对于这种"犯困症"，杨映川开出的药方是，异性通过富于牺牲精神的爱去拯救。这种拯救究竟会在多大程度上产生效果，在此我不敢妄作评断。但张钉作为现实中"非典型"的典型，是一个有待救治的病态形象，在现实中有一定的普遍性。与张钉"沉睡型"人格不同，《非典型生活》中的波波则是"控制型"人格的代表，她有超强的控制欲，在千里之外的美国遥控丈夫花族的生活，企图实现对他从内到外的控制。具有反讽意味的是，面对这种来自"他者"的控制，花族则以游戏的方式敷衍和应付。花族的生存方式表现出"游戏型"人格，与波波玩着猫捉老鼠的游戏。同时，他在谎言的外衣下发展小护士为情人，而他与小护士之间关系也是快餐式的，转瞬之间就如删除短信一样将其抛弃。与花族的游戏化生存不同，中篇小说《为你而来》的主人公袁方的追求却显得严肃而沉重，因为他要在社会中立足，并获得生存的尊严。生活在底层的袁方是一个极端自卑的人，这种自卑感表现为一种深度的自我认同危机。从根本上说，这种根植于商业语境的精神危机，与现代社会相当流行的自我矮化、自我亵渎情绪如出一辙。就袁方而言，这种情绪是在一种攀比心理作用下产生的。从社会地位和现实处境看，袁方与自己哥哥姐姐之间相差悬殊。袁方的哥哥姐姐都是社会上的成功人士，而他不过是一个空调装修工，处于社会最底层。于是焦虑和苦恼随之而来，最后袁方甚至想到自杀。但袁方最终并未因为过度焦虑而彻底消沉，而是企图以怀疑的姿态来对抗或消解这种焦虑。这是主人公对自己的"存在"发出追问的信号。当然，他必须把这种追问付诸行动，才能获得文化身份的心理确认。但袁方无法独自跨越自我心理障碍，而是借助现代社会的衍生物——私人侦探，主动地请求"他者"来实现自我的身份确认。不可否认，袁方的"怀疑型"人格及其表现，既是我们时代焦虑症的表征，也是作者对人的"存在"本质的追问。

形而上

　　杨映川的小说不仅在形式上追求个性化，而且文本内聚着对人与自然、人与社会、人与自身的关系的形而上思索。无论如何，对一个"70后"女作家来说，这是相当难得的叙事品格。在创作的起步阶段，《爱情侏罗纪》《只爱陌生人》等作品就显示出那种冷静的理性思索品质。在中篇小说《吹笛手》（《人民文学》2010年第1期）中，杨映川把她对时代的思考放在城乡文化视阈中进行考察，揭示了现代化进程中人类面临的矛盾心态与荒谬命运。小说把叙述焦点投向奋斗在都市底层社会中的几个年轻人，他们内心都存有各自的人生理想和实施计划，代表了都市闯荡者几种不同的文化心态与人生取向。在人生态度上，马冬梅与陈林的主要分歧在于他们关于"城"与"乡"的不同想象，以及由此展开的他们对人生理想状态的求索。小说中有这样一段对话：

　　　　马冬梅说："这么多间房子，你有把握把人招进来这里住？"
　　　　陈林说："当然有把握了，我没招都经常有人上门来找地方住咧，这里风景好，一年四季都有人来游玩，天时地利，加上我俩人和，什么都齐了。"

马冬梅叹了一口：“陈林，你这楼如果是建在城里就好了，哪怕是建在城里的一间房也好。”

马冬梅在城市立足与创业的终极目标，是把自己改造成都市消费主义文化的追随者，而陈林则把城市的一切作为他积累财富的途径，他从根本上厌倦都市生活，一心构筑着他逍遥自在、诗意盎然的乡村乌托邦世界。由此看来，他待在城市的理由，与其说是为修建乡村木楼而赚取资金，不如说是为实现那个原始纯朴的乡村情结而操劳、奔波。从表层看，作者似乎在陈林这个人物身上涂抹了过多的理想主义色彩。比如，除了上文提到的皈依乡村的反璞归真情结，作品还通过很多细节表现了他的侠义之气，展露出很多人性的亮点。不过，从整个人生看，陈林这个形象还是照见了作者的某种游移心态。小说结尾的对话表明，陈林最终未能捕获他所心仪的女友马冬梅的芳心。从这个角度看，陈林的人生并不完满，乡村的乌托邦幻想终究是残缺的。而马冬梅呢，在表哥何书香的帮助下，她终于实现了在城里开一家美容院的梦想，但为了获取更多的利润，她自己也不得不参与按摩工作，这使她无法从根本上挤进中产者行列，甚至潜在地面临嫁人难的尴尬局面。与马冬梅一样，何书香也想在城市立足，企图开创一番事业，但他的命运似乎更曲折，也更真实地体现了都市底层创业者的生存现实。应该说，何书香是一个心地善良、本分厚道的生意人。他靠卖烧烤维持全家的生计，但这种合法的个体经营也因其得罪街道办主任而难以维系。可喜的是，他靠着自己的手艺，找到了合伙经营的同伴，而且门店就在人气甚旺的中山路。但后来他才发现被人利用了，在烧烤店日进万金之时被变相驱逐出门。最后，乡间清脆悦耳的笛声催生了他的灵感。他突然想到以乡间面临绝种的瓜猪为烧烤原料参与美食大赛,最终成为"烧烤大王"。

从这个作品中,我们发现,杨映川的审美视野在不断的拓展中变得廓大和丰富起来,她开始把目光投向最广大的社会底层,更加关注城乡二元格局中弱势群体的文化生态。但她并没有陷入城乡二元对立的传统思维模式,而是显示出试图超乎其中的叙事意愿。关于这一点,我们可以从何书香与陈林不同的个人奋斗历程中看出。陈林在骨子里是返归自然的,所以尽管他并不认同都市的物欲化现实,但也要去城市筹措资金,以建造那个具有田园诗意的乡村乌托邦。而何书香则是在乡村悠扬的笛声中获得灵感,使他的事业取得突飞猛进的发展。显然,杨映川没有把城市与乡村决然对立起来,而是把城乡文化生态的内在复杂性呈现在叙述中,使我们看到在中国现代化进程中城与乡在互相建构中谋求发展的某种可能性。但杨映川的叙事没有停留在城乡社会发展的抽象构想层面,而是更进一步思考人的生存问题,以及在城乡文化交织的语境中,人如何在精神追求与物质欲望之间达成某种平衡。在小说中,笛子和钢琴作为文化符号,分别隐喻着两种不同的生命境界。笛子是形而下的乐器,进不了大雅之堂,但代表了一种原乡情结和返归自然的生命境界。而钢琴虽是高雅乐器,但无法进入寻常百姓家,是"何书香们"难以抵达的境界。换句话说,乡村的精神优越无法掩盖物质的匮乏与人气的冷落,而城市的物质繁荣却不能让我们无视人心的浮躁与精神的贫血。在提倡以人为本的时代,如何实现人的全面发展,依然是一个值得我们关切和深思的问题。

人本化

  从审美视点看，我以为杨映川的小说世界存在着"两个文本"，第一类文本描写都市情感与两性关系，从接受的角度看，应该说这是杨映川小说读者面较广的文本，也是杨映川的叙事重点和审美敏感区。另一方面，她也不放弃对整个人类的现实文化生态的关注，在逼近人本的叙述中洞穿时代，揭示人类普遍面临的精神危机。

  杨映川擅长中篇小说文体的写作，对她来说，中篇小说具有很强的冲击力。中篇小说《不能掉头》、《我困了，我醒了》等作品曾引起全国文坛的广泛关注。近几年来杨映川的作品并不太多，在创作到达一定的审美高度之后，她的创作速度显然是放慢了。如何寻求艺术上的突破，并实现新的审美超越，也许，这是每个作家创作实践中都无法回避的问题。在阅读杨映川近期几个作品后，我还是很容易就能辩明那些她所惯用的技术，及其作品所显示的美学气质。但从她的叙述中，我也能觉察到新作中所表现出的审美新走向。在这些作品中，杨映川开始更倾心于对人的生命形式和生存状态的形而上思考，这使她的叙事内蕴着"70后"女作家少有的精神穿透力。而逼近人本，直抵人的内心，既是这种思考的落脚点，也是其作品思想深度的主要来源。《轻声说大声笑》（《钟山》2008年第2期）是一篇都市题材的中篇小说。小说的主人公王众是一个出租车司机，因为失恋便借酒浇愁，在昏迷中把一个被骗醉酒的女孩施诗带到郊外的住处，没想到一夜醒来自己却被阴差阳错地当成强奸犯。为了逃避警方的追缉，王众最终只好被逼绑架了这个女孩。整个叙事到此似乎才进入正题，换句话说，故事即将转入一个紧张而复杂的破案过程。但杨映川的叙述并未在案件的侦破上纠缠不清，主人公内心的焦虑和恐惧，施诗被王众的行为所感动所唤醒的过程，以及因此而导致的两个人情感关系的裂变历程，这些环节成为小说叙述的密集地带。很显然，这样的叙述重在对人的生命形式的探讨，但这种生命哲学的表达并不让人感到生硬，而是以考究的细节、机智的语言抵达生活的现场，洋溢着丰饶的生活质感。

在现实中，朋友分很多层次，有场面上的狗肉朋友，有推心置腹的知心朋友，有君子之交，有忘年之交，有生死之交。但在《最后的朋友》（《花城》2009年第2期）中，映川的叙事似乎并没有围绕这些常见的朋友类型展开，而是指向那种关乎临终依托的"最后的朋友"。这种朋友关系固然包括了信任、忠诚等传统要素，但更重要的是，这种朋友之间的交往行为一般具有私密性和协议性，夹杂着金钱、欲望、名誉等复杂的利害关系。尽管双方定下的协议是暗中进行的，具有一定的隐蔽性和很高的安全指数，但从根本上说，由于个体与个体之间，个体与社会之间存在着复杂的利益冲突，这种私密性的友谊还是存在这样或那样的不可靠性，归根结底还是不能公共化的经验，否则将会造成无法预料的灾难性后果。在这个小说中，张和让自己的隐私被皮乐山获取之后，便从一个幸福的生意人，一夜之间沦为囚犯。而皮乐山最终也没有找到那个他想象中的"最后的朋友"。皮乐山的处境就像他常常唠叨的那句歌词：我被孤零零地抛到这世界了。张和与皮乐山之间的友情，在很大程度上是建立在金钱利益的基础上的，换句话说，皮乐山是在用金钱来购买和培养一个可以绝对依托和信任的人。但故事的最后发生了戏剧化的一幕，皮乐山在张和写给金菊的遗言中，意外地发现张和竟然是一个畏罪潜逃的抢劫犯！这对皮乐山来说无疑是一记响亮的耳光，彻底颠覆了他先前对张和的期许。从商品主义时代的整个大环境来看，皮乐山的处境又何尝不是我们整个人类的处境呢？皮乐山是孤独的，孤独似乎是我们整个时代的情绪。这不能不说是我们这个时代的悲哀，人类历史的悲哀！杨映川的眼光是敏锐的，她从生前与生后的双重视角来观照人的生存处境，严峻地揭示出现代社会中人与人之间普遍存在的信任危机，信任的缺失直接导致了社会关系的紧张，紧张的结果便是孤独。这便是《最后的朋友》提炼出的情绪，这种情绪弥漫在现代社会中，成为一个时代焦虑的征兆。这种由信任危机变异而来的孤独情绪虽然相当普遍，甚至可以说是一个世界性的命题，但并非每个时代、每个社会都必定产生的情绪，而是与现代性相伴的衍生物。无疑，杨映川提出的命题是很有价值的。她对现代性的深层思考与对我们这个时代的发问令人警醒。

余论

近些年来，杨映川的创作出现新动向。情感叙事方面，短篇小说《零食》中的现实，已然不是纯净和明朗的天空，而是一副极其严酷的表情。杨映川对爱的全新阐释，给人一种透心的冰凉。另一部分小说中，小说主人公不再扮演逃离的角色，而是直面而上，勇于担当，显示出道义的光辉，而这种道义也正是灵魂获得救赎的人生指针。中篇小说《所有人的秘密》（《广西文学》2012 年第 7 期）和《马拉松》（即将发表）便是这样的篇什。与前期小说不同的是，作者没有讲述女性逃跑的童话故事，也没有多少女性幻想的特征，而是开始关注那些既贴近现实又指向精神的命题：承担、原罪、救赎等。两部作品的篇幅都在四万字以上，显示出作者叙事的耐心。前者写尽了少年为还清父亲所欠下的债而付出的辛酸，而在小说中，父亲是缺席的存在，是欲望的符号。因为作者用力的地方，不是对父亲罪责的追究，而是对少年内心边界的探索。后者讲述主人公为了找回失踪的儿子，不仅改变了偏执的个性，而且不断忏悔，寻求救赎。对良心、道义、承担等传统命题，作者别有洞见。这种书写蜕去了前期作品的女性色彩，显示出更为宽厚和大气的叙事品质。

与其他"70后"女作家相比，杨映川的作品并不算多，但现有的作品足以显示出她在语言和结构方面的才华。杨映川的小说不仅结构奇巧，更可贵的是它的"及物性"，犹如她现实中的言行风格，真诚而直率，敏感而犀利，又能直击事物的本质。杨映川的小说亦然，笔锋锐利，直捣问题的要害，毫不留情地戳破我们这个时代的华丽面纱。在我看来，这源于杨映川的内心始终存有一个现实主义作家的使命感，在文学普遍走向商业化的今天，这样的写作尤其显得难能可贵。我看好杨映川的小说创作，因为对于这个时代，她的写作是一种有效的文学表达。杨映川的小说既直面现实，洞穿时代，又逼近人本，保有人文的温度，体现了一个优秀作家应有的精神坚守和人文情怀。从创作历程看，杨映川的小说创作经历了"两个文本"的转换与交替，这使我看到一个作家不断寻求超越自我的意愿。但这种转换与交替还主要局限在创作视野的延伸和精神深度的掘进。作为研究者，我还是更期待杨映川的创作表现出一种更为决绝的反叛气质。近年来，林白在形式上大胆革新，从《妇女闲聊录》到《致一九七五》，再到《归去来辞》，每次出手都令人耳目一新。这使我想到，一个作家只有在对自我的不断颠覆和反叛中实现写作的价值。但我并不是说，一个作家必须与"旧我"彻底决裂，而是说，他应该在反叛中又建构一个新的自我。由此，杨映川的"第三个文本"就会诞生。

（原载《广西文学》2014 年第 10 期）

文学桂军的一种释读

张燕玲

走进当下文学桂军的小说世界,扑面而来的是一束南方的阳光以及阳光背后的阴影:强烈而迷离、尖锐而朴拙、神奇而魅惑,充满着冲突的力量和创造的气息。鬼子、东西对苦难以及荒芜灵魂的极致写作,李冯、海力洪的自由姿态,凡一平的世俗情怀,黄佩华的民族忧思,映川的女性尊严和智性写作等等无不着上广西这方水土浓密的阳光和水汽。此次推出的是另一组由广西籍林白以及沈东子率领的几位广西文坛颇具新气象的新人新作。

魅惑的幽暗之域

林白的创作总是散发着令人屏息的魅惑。

20世纪80年代初,林白还是个灵气魅人、意气飞扬的年轻诗人。"她就是为写作而生的!"与林白交往了近二十年,这话也说了近二十年。那时,她和几位诗人时常聚在我那间临街小屋谈诗,当时他们正在结集出版《含羞草》诗丛——那是广西那个时代的文坛盛事。同样写南方初春的树叶,那时绚丽轻盈的林白"立在每一片新绿上舞蹈",她发出的是阳光的声音:"三月真年轻!"90年代,小说家林白避开每一片绿叶,她在窗帘后面撕开女性意识深处的焦虑、创伤和隐痛,让它们痛快地尖叫、呼喊、挣扎与倾诉,那是令中国文坛瞩目的《一个人的战争》;世纪之初,林白的春天来了,《万物花开》,她走出逼仄,一扫惊恐而变得母性十足,她的视线穿越了曾经严实的窗帘,透过藏着隐蔽物里的人与事,落在实实在在的日子里了,《万物花开》的寓言化构思里,色彩明亮,"明亮光线尽头落下苍凉的阴影"(林宋瑜语)。这个阴影的衍生物,便是她新创造的幽暗之域,下层女性生活的镜像之地——银角。

《去往银角》开头仍然是南方初春的树叶"旧得发黑,湿淋淋的闪着阴沉的光。它们像石头一样挂在树上,好像随时都会掉下来,但从来不掉。天气一天比一天冷,好像不是要顺时进入春天,而是相反"。林白变得冷峻有力的笔头营造了一个倒春寒的人生境遇,下岗女工崔红的人生厄运就此展开。为了生活,为了病重的父亲,离婚了的下岗女工崔红走投无路中要去银角做妓女。《去往银角》一个与我们现实经验颇为吻合的开头,诱惑我们开始去假设故事的走向,以为林白小说只是转向现实中下层女性的苦痛与挣扎,然而,读到姊妹篇《红艳见闻录》,你才发现前者只是一个过渡性的平台,真正的不断的魅惑与新奇在后者。林白创造了一个极富寓言色彩和荒诞性的极恶之地银角。银角是个小城,银角只有享乐欲望,灯红酒绿,纸醉金迷,罪恶欺诈;处处盛开的肥厚的腥甜的鸡冠花,便是一朵朵疯长的欲望之花。于是,似乎脱离日常生活状态的银角,变得怪异、魅惑,崔红的历险记也变得犹如炼狱般神奇恐怖九死一生了。这朵长在幽暗之域的恶之花,由于林白把恶写到极致的笔力,而变得令人恐惧并熠熠生辉了。于是,我们记住了银角。

林白总是擅长把庸常化为神奇，那种深入骨髓的林白式诡秘奇异并不在表层，而是把表层日常故事内化为梦魇和魂魄的话语，并亦梦亦幻地展开，流畅舒展，一泻千里。林白真的是生来就是为写作的，她的叙述充满智慧和力量，她穿透了潜藏于日常生活的表象，在亦梦亦幻中挖掘出生命存在的幽暗之域，并把它推到了极致。林白说："极致就是力量、冲击和震撼。"于是，我们被这个幽暗之域冲击着，因为它不仅是空间银角，还是时间概念下我们欲望化的时代，更是那种潜存于人们（包括我们自身）内心深处阴暗面的可能性，它们的外化正是存在于银角的堕落。小说的力量由此而生，小说世界的无限意味由此而生。

　　在这两篇新作里，林白的言语方式一如既往地飞天入地，天马行空。生动，怪异，诗性而酣畅淋漓；依然是优雅的粗俗，寓言化的构思，自由恣意的想象。尤其她那旺盛的想象力还会不时唤醒我们的记忆，她说银角的妓女都是番薯变的，那在深坑里长得古灵精怪硕大无比的嫩白番薯，瞬间掠过我的记忆，那是初中时代农业课关于科学种植的记忆，这种番薯种植好像是一个范姓农学家的成果。那是一代人的记忆。于是，我肯定林白直抵我们一代人记忆深处的缝隙；于是，我们也随着林白的想象飞翔。

　　而她小说的意义指向是一个新突破。林白突破了那个心气很高的窗帘后面的女人。从《万物花开》出发，曾被她忽略过的芸芸众生全部如花盛开，长出各自的形态。从王榨村的大头一干民众，到去银角的下岗女士，林白的人物变得丰富多样、卑微现实了。尽管她依然向着她从来迷恋的关于人的梦魇和魂魄努力，依然在流畅的故事表层中潜入世界少为人知的、幽暗的背面和生存不可更改的宿命，但是她的质疑和悲悯已经落在崔红的身上，一个下岗的离了婚的无助的女工，那是下岗女工的宿命；王榨村的大头的悲剧同样是现代农民的悲剧，是对乡土中国的书写。女巫林白双脚已经着陆，她善良的双眼开始面对民众苦难、社会生存，面对乡镇下层女性的命运。这是林白的一个自我颠覆，坚实而决绝。于是，她一如既往的神秘诡异的笔调，就给我们挖掘出最绝望悲惨的生活世相，哪怕小说结尾，红艳（崔红）死里逃生那"纵身一跃"，未必挣脱梦魇，兴许梦魇还在继续，命运意识浮出水面。于是，林白纯粹的写作新增了更为广阔的精神内容和更为丰富的表现形式。林白也变得更为深刻而坚强、厚实而亲近了。林白走向更为广泛的读者。

《205路无人售票车》虽然小说格局逼仄，叙述也缺乏林白式的自由恣意和酣畅淋漓，但它同样是对一种非经验性的内心生活的叙述，即对黑暗的叙述；它同样开进了生存的幽暗之域。

在这里，年轻的纪尘一如既往地讲述着一个疯狂的爱情故事。小说由四个不同身份的叙述者"我"、"流浪汉"、"失去丈夫的女人"、"S"以不同角度叙述发生在205路无人售票车上的故事，结构颇具匠心，四个部分：引擎、方向盘、油门和四个轮子起承转合着人物内心在夜晚黑暗的孤独、混沌和虚无。故事尖锐、感伤、粗糙，还有些隐晦迷离，呈现出一种生活自身的无奈与无助，我们感知到了盛开在夜间的这朵朦胧的黑暗之花，感知到潜流之下无人知晓的另一种生活、另一种命运。但是纪尘太沉迷于故事结构的起承转合了，同样是黑夜的叙述，林白那些燃烧着的文字不仅照亮了人性的幽暗，使人物生动起来，而且她对这种幽暗的背后有着更深更远更为丰富的思索，她对叙述进行了必要而独到的提升，从而抵达了生存的幽暗之域。于是，我想，对叙事技巧与审美思考之间如何巧妙地融会贯通，兴许是年轻灵动的纪尘所面临的。

冲突的理想之境

有着一双明亮眼睛的李约热，写起小说同样有着里约热内卢足球的热力。

虽然这是小说一个恒常的主题——小知识分子的理想幻灭，然而，李约热却有着令人心动的叙述。小学教师李壮出走家乡，去寻找自己的理想王国，包括梦中情人王小菊，以抗争小镇生活的挤压以及镇长的无德丑女杨美的逼婚。理想遭遇现实，感情遭遇时空，李约热把这种遭遇推到了极致，他让他的人物一面在虚幻的理想天空上飞翔——不断成功的北京来信；一面遭遇大地引力的拷打——现实根本性的冲突。极致的残酷逼迫人物的崩溃，当李壮历经沧桑回家时，面对的已是故乡迁移后的废墟，最后疗伤的家园李壮也失去了。此刻，小说的进展已经出人意料了，因为前面三分之二的叙事，作者极为细致耐心，不惊不乍，而到结尾峰回路转，节奏急促，渐渐揪起了人心。简洁来了，突然衣衫褴褛的李壮朝着他曾经极度厌恶的镇长家空空荡荡的房子大喊："杨美，我爱你啊！"故事的叙述者，瞎了一只眼的李壮的哥哥叹道："那个有狐臭的杨美，那个一只腿长一只腿短的杨美，那个已经和12个男人睡过觉的杨美，现在被我的弟弟呼喊。"紧紧牵动我们心底的悲伤不期而至，小说的悲剧性产生了，小说的力量在简洁的结尾中凸现了，同时，作者将自己内心冲突的理想之境也赋予了他的人物。

小说选取的是李壮瞎眼哥哥的独眼视角，因为一只眼看东西总是成倍放大。这是一种智性的叙述，一种放大的视角，当所有事物放大之后，我们就能直逼内里，进入事物的真相。这种智性叙述还表现在小说对李壮出走后的漂泊，始终不着一字，我们已经读得太多民工在城市的挣扎以及城乡文化冲突的沧桑。李约热却抽空了李壮在理想王国左冲右突的过程，极尽渲染他一封封所谓来自北京报成功报平安的家信，给我们留下了无限的空白和模糊。偶然、空白以及必不可少的"真实的幻觉"是小说的生命线，李约热深知并张扬着。于是，小说呈现出更丰富、更自然也更自由的形态，令我们尽可能想象李壮的出走；而故事本身的逻辑自由自在、一往无前、势不可挡，犹如里约热内卢的足球。于是，我们看到了一个小知识分子的成长史，曲折且历尽沧桑，这是怎样冷峻的现实，以及这种现实对人的生活的极度挤压和剥夺，对人性的强力扭曲。李壮只想过自己的日子、爱自己想爱的人，可最终理想在冲突中妥协了，他的抗争失败，凝结着多么沉重的社会变迁内涵。作者没有回避弱势群体无法挣脱的宿命和社会问题，尽管残酷，但人性的暖意并没有被问题消散，李壮还有他哥哥那只痛惜的眼睛抚摸他的创伤。作者的精神追求依然指向理想主义，指向家园，这是人间最后的一抹暖意。

李约热给我们最初的惊喜是《戈达尔生活在我们中间》（《小说选刊》2004年第3期下半月号头条），这篇佳作给了我一次不可多得的愉快的阅读经验。收放自如的故事叙述，回环往复的叙述节奏，智性灵动的叙事语言，小说意义的丰富性和厚实的精神资源呈现出一种比较开阔的艺术视野和小说格局。

李约热的乡党潘莹宇同样也构造了自己充满冲突的理想之境。如果说《李壮回家》散发着悲凉，那么《光荣弹属于谁》的紧张压迫就透着惨烈和悲壮。潘莹宇给我们讲述了陷入亚热带丛林的远征军散兵突围的故事。故事开头呈现给我们的还是一群有理想憧憬的军人，随着潮湿闷热，虫蝎暗桩，干渴饥饿，恐惧伤亡……想活也活不了，死也死不了，生命意义跌落到求生的最底线，人性的善恶也惨然地一一裸露。潘莹宇把人类困兽般的绝望的境遇推向了极端，并在极端中拷问人性，悲剧的力量油然而生，尤其结尾一声爆炸，更是把小说推向惨烈。于是，我们随着潘莹宇的想象进入历史那幽长的精神隧道，看到了一个个震撼人心的墓志铭。

《永远的礼拜四》依然是沈东子式自我反思的现代主义小说。小说通过一个男人对一个离婚女人的眷恋，表现着繁华时代背后的孤独和激情。是啊，所有的激情都在理想中归于孤独，而由激情化做的孤独，要比通常意义上的孤独丰富得多，也强大得多。沈东子一如既往地在故事层面上强化着生存的特别景象和人物的独特个性，以探测着人的生命存在，使读者既感受到作者的理想主义色彩又触摸到他形而上的理性自觉。

极端的命运之后

光盘在长篇小说《王痞子的欲望》中，叙述了一个叫王痞子的男子，"他一生的终极理想就是为了生一个女孩给恩人做妾"。小说的荒诞性和富于想象的语言，以及光盘在解构人的生存意义所显示的命运意识，给第六届茅盾文学奖初评委们（读书班）留下了较深的印象。而《把他送回家》中，光盘的荒诞性叙述以及对故事和人物的把握更具深度和力度了。

同样是一个超出日常走向极端的有着宿命色彩的荒诞故事。故事开始，主人公阿德就处于一个极端奇特的困境，陌生人把一个黑布包（实则骨灰盒）给了阿德，并让阿德"把他送回家"。在命运的三岔路口，是阿德自身的性格把自己的命运推向绝境，这也是光盘的高明之处，他层层揭示出命运真正难以抗拒的是个人的内在性。

本来中国传统对死者从来是"入土为安",阿德只要把黑骨灰盒埋了也就完事了。可是,善良而认真的阿德对"家"的概念有自己的理解,他只认死者有形的"家"——上有老下有小生他养他也只能葬他的家,而绝非青山处处埋忠骨。于是,阿德和自己较上劲了,他处处寻找"他"的家,却无处寻找。一次一次似乎抵达了目的,却一次又一次回到起点,他承受并努力摆脱着命运的追踪,直到最后他按老婆说的去做了,将骨灰盒抛入江中。然而三天后"阿德惊诧不已,抛出去的骨灰盒又被人送回来了",故事戛然而止。阿德没有退路,命运捉住了阿德,是阿德自己及其家人乡邻把他的命运推到了极端。我们无需考究这个荒诞故事的可能性,但我们真切感受到命运无法把握的可能性,感受到人物极端性格的悲剧性,感受到故事里穿透的无奈和悲凉,以及命运顽强透示出生活最后的品质。光盘开掘出了生活的内在蕴含,颇具质地,令人回味。于是,寓言性的《把他送回家》较《王痞子的欲望》有了自己更深透的思考和追求。

  这种追求体现在光盘的话语方式和文体追求上。光盘在这篇仅有三千来字的小说中,依顺着语言自身的逻辑和想象,紧扣故事和人物展开叙事,自然而然地流动着一种向前推进的力量,这种力量穿透阿德奇诡而极端的命运,直抵深处的绝望。叙述顺势而为,层层推进、内敛、清晰、富有节奏、善于控制,文字干净、简朴生动,人物奇特,故事诡秘而朴素,却好读耐读。在愉快的阅读中,我们感觉到光盘建构寓言的叙事力量,一种把握趋于自如和隐喻的表现力,一种如何把小说叙述得既好看又耐读、既通俗又纯粹的努力。无疑,这是一份对当下创作有意义的创作经验。

  其实,这组短篇小说,无论林白笔下崔红的宿命,纪尘、沈东子叙述的现代都市繁华时代在黑暗中流向命运的普通人，还是李壮要改变命运的执著、远征军陷入丛林困境的突围都无一例外地走向各自的绝境，那都是关于个人的故事，也是个人一生的故事。个人命运也许并不都是折射和隐喻集体的命运，因为在他们的叙述中，我们看到悲剧性绝境的个人因素，是人物性格的奇特韧性（如崔红、阿德、李壮、女司机等），使他们一一执拗地走向极端并把自己的生活推向绝境，令我们看到极端的命运之后生活内在性的方式，从而凸显了作家们各自的命运意识。

还值得一提的是，这组短篇都有各自的文体自觉，他们的艺术探索如林白的自我突破和自由姿势、沈东子的现代叙述、光盘的荒诞和俗雅、李约热的叙述节奏、纪尘的用心结构、潘莹宇的历史叙事等都是颇具意义的探索，这不仅呈现了各自的叙事质地，而且在一定程度上体现了文学桂军永不懈怠的探索精神。

读完这组短篇，便有了"凯风自南"的感受，一如窗外，春光正好。

（原载《上海文学》2004 年第 6 期）

图书在版编目（CIP）数据

生机勃勃的南方：文学新桂军小说评论集/张柱林主编. -- 上海：上海文艺出版社，2020
ISBN 978-7-5321-7396-9

Ⅰ.①生… Ⅱ.①张… Ⅲ.①小说评论－中国－当代－文集 Ⅳ.①I207.42-53

中国版本图书馆CIP数据核字(2020)第096561号

发 行 人：毕　胜
责任编辑：胡曦露
封面设计：周志武

书　　名：生机勃勃的南方：文学新桂军小说评论集
主　　编：张柱林
副 主 编：张亮华
出　　版：上海世纪出版集团　上海文艺出版社
地　　址：上海市绍兴路7号　200020
发　　行：上海文艺出版社发行中心
　　　　　上海市绍兴路50号　200020　www.ewen.co
印　　刷：上海天地海设计印刷有限公司
开　　本：710×960　1/16
印　　张：23.75
插　　页：2
字　　数：276,000
印　　次：2020年9月第1版　2020年9月第1次印刷
Ｉ Ｓ Ｂ Ｎ：978-7-5321-7396-9/I・5883
定　　价：55.00元

告 读 者：如发现本书有质量问题请与印刷厂质量科联系　T:13817973165